MARK CHILDRESS

Große Abenteuer

Buch

Alabama, 1942. Der Krieg ist allgegenwärtig, doch der sechzehnjährige Victor langweilt sich entsetzlich. Von seinem Vater auf eine einsame Insel in der Mobile Bay verbannt, um seine kranke Großmutter zu pflegen, kann er vom Krieg und den mannigfaltigen Abenteuern, die er dort vermutet, nur träumen. Nichts wünscht er sich sehnlicher, als seinem eintönigen Leben zu entkommen und sich den jungen Männern anzuschließen, die für die Freiheit der Welt kämpfen.

Doch dann wird alles anders: Eines Nachts weckt ihn ein donnergleiches Grollen, das von der Bay herkommt, und Victor sieht den geisterhaften Schatten eines Unterseeboots auftauchen. Auf einmal ist er mitten im Kriegsgeschehen, verwickelt in undurchsichtige Intrigen und gefährliche Geheimnisse, und muss allzu schnell erwachsen werden, um zu Hause seinen Mann zu stehen.

»Mit seinem meisterlichen Gefühl für Sprache und seiner unendlich reichen Vorstellungskraft hat Mark Childress einen großartigen, mitreißenden Roman geschaffen. Fantastisch, extravagant und durch und durch bezaubernd.«

The Boston Globe

Autor

Mark Childress, geboren in Monroeville, Alabama, arbeitete als Journalist und Zeitschriftenredakteur. Internationalen Ruhm erlangte er mit dem Bestseller »Verrückt in Alabama«, der auch erfolgreich verfilmt wurde. Mark Childress lebt abwechselnd in San Francisco und Costa Rica.

Außerdem bei Goldmann lieferbar:

Heartbreak Hotel. Roman (42308)
Welt aus Feuer. Roman (42310)
Verrückt in Alabama. Roman (43207)
Der Bruchpilot. Roman (44690)

Mark Childress

Große Abenteuer

Roman

Aus dem Amerikanischen
von Frank Böhmert

GOLDMANN

Die Originalausgabe erschien 1989 unter dem Titel
»V for Victor«
bei Alfred A. Knopf, New York.

Der Goldmann Verlag ist ein Unternehmen
der Verlagsgruppe Random House GmbH.

Deutsche Erstausgabe 8/2001

Redaktion: Henriette Zeltner
Umschlaggestaltung: Design Team München
Satz: deutsch-türkischer fotosatz, Berlin
Druck: Elsnerdruck, Berlin
Titelnummer: 42309
TH · Herstellung: Katharina Storz/Str
Made in Germany
ISBN 3-442-42309-0
www.goldmann-verlag.de

1 3 5 7 9 10 8 6 4 2

Meinen Brüdern

1942

1

Man denke sich einen Ort mitten im Nirgendwo. Einen Ort aus Wasser, dem Himmel, einer Salzmarsch. Das wär's schon fast. Bäume, ein Boot. Ein Junge von sechzehn mit einer gefährlichen Vorstellungskraft.

Spät an einem der letzten Tage im Mai, als die Sonne knallrot war und nur noch Zentimeter über dem Horizont hing, sah Victor von seinem Schmöker auf und roch Holzfeuer: Seine Großmutter Willie wartete mit dem Abendessen: grüne Bohnen, in einer gusseisernen Pfanne genau richtig angebrannt, im Backofen Maisbrot, auf zerrissenen Papiertüten zum Abtropfen ausgelegter gebratener Fisch.

Victor streckte die Arme durch und fühlte sich stark und schnell für sein Alter. Er forderte die Sonne zu einem Wettlauf heraus. Er wettete um sein Leben. Er würde den ganzen Weg die Insel runter zu Willie laufen, bevor die Sonne den Horizont berührte.

Er hatte Hunger. Der Duft versprach ihm Sättigung. Er schnappte sich das Buch und rannte, was das Zeug hielt. Er wusste, dass er gewinnen konnte. Er kannte den Weg in- und auswendig oder dachte es jedenfalls, bis sich eine vermeintliche Abkürzung als jäh abfallende Sackgasse erwies. Er stürmte gerade durch mannshohes Unkraut, da blieb er mit dem Fuß an einer Wurzel hängen, und plötzlich ging es hinab. Der Aufprall verschlug ihm den Atem.

Er rollte sich keuchend auf den Rücken und sah etwas über sich aufragen, etwas so Gewaltiges, dass es den halben Himmel einnahm – einen Hügel – nein, einen *Berg* aus grauen Austernschalen.

Er hob eine Schale auf. Grobe Schrammen und Vertiefungen erzählten von Lebewesen, die versucht hatten, an die perlmuttschimmernde Innenseite heranzukommen, an den grauen Glibber, der einst darin gewohnt hatte. Irgendetwas, irgendjemand hatte diese Schale hier hingeworfen, und dann noch jemand eine, und dann Hunderte, Tausende von Jemands …

Ein längst untergegangener Stamm? Ein geheimnisvolles, gefräßiges Tier?

Victor war längst auf der ganzen Insel seiner Großmutter herumgestromert. Konnte dieser Berg schon immer hier gewesen sein? Warum hatte er ihn nie gesehen? Handelte es sich vielleicht um eine Illusion, wie eine Fata Morgana in der Wüste?

Sein Wettrennen fiel ihm gerade noch rechtzeitig wieder ein, um es verlieren zu können. Seine nackten Füße sanken ein, knickten weg und lösten klirrende Lawinen von Muschelschalen aus. Bis er die Kuppe erreicht hatte, war der letzte Fingernagel Sonne schon in den Wellen verschwunden.

Er gab sich geschlagen und setzte sich mit angezogenen Beinen auf den Gipfel des Muschelbergs. *Rück's-raus, rück's-raus,* rief eine vorbeifliegende Seemöwe.

Unter ihm lag, in Rosa und kühles Blau getaucht, die gewaltig breite Bucht – zwanzig Meilen im Norden der vage Schimmer von Mobile, zwanzig Meilen nach Süden, wo es zum Golf von Mexiko hinausging, das Leuchtfeuer von Fort Morgan und dazwischen statt des glitzernden Bandes von Lichtern nur Schwärze. Die Verdunklung. Der Krieg.

Mit einem Blinzeln verwandelte Victor das ganze Wasser in Sand. Er dachte sich eine Wüste so groß wie die Bucht. Niemand hätte den mageren Jungen oben auf diesem Muschelhaufen als einen Scheich erkannt, aber er war einer und dieser Berg war eine hohe Wanderdüne. Victor beschwor eine schöne Dame in Gefahr herauf, Räuber, aus deren Händen es sie zu befreien galt, einen Säbel, einen Umhang, ein weißes Pferd ...

Die Japse hoch oben in ihren Cockpits sahen nur eine Insel unter sich, einen Haufen Austernschalen. Das sich drehende Auge der Flak fiel den Piloten erst auf, als es zu spät war. *Pocketa-pock,* ein Aufblitzen, und dann wölbte sich ihnen die hungrige See entgegen.

Aus den Japsen wurden Nazis, Vorhut-Trupps, die in der Nacht heranflogen, grün wie die Bäume, nach Leder riechend. Victor erspähte eine Messerschmitt hoch oben – ein ganzes Geschwader, Jäger, ME-101er –, aber die flinken deutschen Piloten wichen seinen Leuchtspurgeschossen aus.

Ihm ging die Munition aus.

Der letzte Schleier Zwielicht fiel und enthüllte das wahre Gesicht der Dunkelheit. Nichts als Schwärze. Die Farbe des absoluten Nichts.

Plötzlich kam er sich auf seinem instabilen Muschelhaufen so täppisch vor wie der Riese in einem Bilderbuch. Er war zu alt für solche Spielchen, außerdem war die Sonne längst untergegangen, und es wurde langsam Zeit, bei Willie aufzutauchen, bevor sie sich noch näher an den Tod heransorgen konnte, als sie es ohnehin schon war.

Die Brise trug den feuchten Geruch von Fisch heran. Über ihm war alles schwarz, als hätte jemand einen Vorhang vor die Sterne gezogen.

Unten, drüben im Osten, drängten sich ein paar winzige,

schwache Lichtpunkte zusammen. Weitere tauchten auf, schwebten ziellos und unruhig umher, als versuchten sie, ihre Plätze zu finden.

Victor zitterte. Ein Frösteln.

Der Mond. Wo blieb der Mond? Es war längst an der Zeit. Er suchte den Horizont ab. Nichts.

Er presste das Gesicht gegen die Knie. Vielleicht sammelten sich die Sterne in der Dämmerung und warteten darauf, dass der Mond kam und ihnen den Weg zeigte.

Victor wartete.

Als er den Blick hob, trug der Himmel ein neues Kleid, ein dunkelblaues mit einer Million heller Sterne darauf. Drüben im Süden lugte ein Lichtsplitter über den Horizont. Der Mond hatte sich mit zu viel Licht beladen. Er wuchtete es hoch und stützte sich auf den Horizont, um Kraft zu sammeln.

Schließlich begann er langsam nach oben zu kriechen. Ein goldener Arm streckte sich schimmernd über das Meer aus. Er zeigte auf Victor.

Dann – eine flüchtige Unterbrechung des Lichtstreifens, ein schwarzer Balken, der über den Arm hinwegglitt –, ganz kurz nur.

Victor blinzelte. Alles lag still. Da war nichts zu sehen als der Mond, der Glitzer ins Wasser goss.

Die Stille konnte Victor nicht täuschen. Diese Bucht öffnet sich in den Golf, und in dem wiederum mischt sich Wasser aus allen Weltmeeren. In diesem ganzen Wasser musste sich einfach irgendetwas verbergen, irgendetwas Unerklärliches – ein Hai, ein Feind, ein Ungeheuer, ein Geisterschiff, ein schrecklicher Schlund, der einen in einem Stück verschlingen konnte, ein Wesen so groß und finster, dass man seinen Anblick selbst am helllichten Tag noch für ein Trugbild halten würde.

Victor kannte Ungeheuer aus Büchern und aus Träumen, aus den entsetzlichen Augenblicken kurz vor dem Aufwachen. Ihm war natürlich klar, dass es keine Ungeheuer gab. Trotzdem hütete er die alte Furcht in seinem Herzen wie eine Fackel – dann kamen sie nicht an ihn heran.

2

Der Magnolia River schlängelt sich unterhalb seiner Quelle fünf Meilen weit dahin, wird breiter, öffnet sich, vermischt sich mit der salzigen Flut, die in die Weeks Bay fließt. Diese breite, flache Bucht verengt sich wieder zu einer Mündung. Die untere der beiden Landspitzen war Willies Insel – eine halbe Meile Marschgras, ein länglicher Dickichtstreifen, eine Erhöhung von vielleicht einem Hektar, die gut von Virginia-Eichen beschattet war, mit der Weeks Bay auf der einen Seite und der großen Bucht, der Mobile Bay, auf der anderen.

Zwischen den großen Bäumen verborgen, stand Willies Haus so wackelig auf seinen Pfählen, dass man dachte, der nächste Windstoß werfe es über den Haufen. Victor lag mit dem Rücken auf dem Fußboden der Seitenveranda, das Ohr am Radio. Er saß hier bei Willie auf der Insel fest und wartete darauf, dass etwas geschah. Dass die Sonne unterging, dass die Sonne aufging, dass die Flut kam oder die Ebbe. Dass irgendetwas geschah, gleich hier vor seinen Augen.

Er saß hier fest und wartete darauf, dass Willie starb.

Er hatte das Warten allmählich über. Er war zu alt, um sich hier noch so wohl zu fühlen wie früher als Junge, und zu jung, um woanders hingehen zu können. Das Radio war sein einziger Freund. Es war ein Silvertone, das die Form einer Kirche hatte, mit einem tollen Drehknopf, der wie ein geschliffener Bernstein aussah, genau an der Stelle, wo der Prediger hingehört hätte. Es gehörte eigentlich seinem großen Bruder Joseph, aber der war im Krieg.

Victor wäre ihm am liebsten gefolgt. Es war noch kein Jahr her, dass Joseph losgezogen war, um Adolf Hitler eins vor den Latz zu geben, und schon war er ein Held.

Das Einzige, worüber die Leute reden konnten, war der Krieg.

Die ganze Welt machte mobil. In der Bon Secour High School teilten sie Karten mit den Schattenrissen der Feindflugzeuge aus. Victor überprüfte sämtliche Maschinen, die über ihn hinwegflogen, aber sie stellten sich jedes Mal als welche von den unseren heraus, als Transporter auf dem Weg nach Brookley Field oder zur Naval Air Station bei Pensacola.

Er lauschte Edward R. Murrows düsteren Berichten aus London und Hitlers Gekeife in Berlin. Er schnitt sich Fotos von Churchill, Göbbels, Tojo und Tokyo Rose aus dem *Mobile Register* aus. Er prägte sich jeden Satz und jede geschwärzte Stelle in Josephs Briefen nach Hause ein; alles, was ihm typische Soldatensprüche zu sein schienen. Er bettelte um einen militärisch kurzen Haarschnitt, aber seine Mutter hatte schon immer so getan, als ob seine Haare ihr persönliches Eigentum wären, und wollte es nicht erlauben.

Victor hatte Naturlocken, seine Frisur sah immer aus wie das Meer bei Sturm. Seine Mutter meinte, das ließe ihn griechisch und attraktiv aussehen, während sein Vater geheimnisvolle Andeutungen über Kreolen (oder noch Schlimmeres) unter den Vorfahren mütterlicherseits machte. Victor sah weder seinen Eltern noch seinen Geschwistern allzu ähnlich, die alle mehr oder weniger rothaarig, von Sommersprossen übersät und kompakt waren. Er war hoch aufgeschossen und dunkelhaarig und hatte eine Hautfarbe wie Kaffee mit viel Milch. Er hatte unter Garantie nicht einmal ansatzweise etwas Griechisches oder Attraktives an sich – bei seinen vielen Pickeln und den vorstehenden Schneidezähnen. Unter seinem Hemd zeichneten sich die Rippen ab. Er konnte kaum in den Spiegel gucken, so ein hässliches langes Elend war er.

Sein Leben war eine einzige verpasste Gelegenheit. Er saß hier fest und träumte von Meeresungeheuern, während es für alle anderen überall auf der Welt kämpfen oder sterben hieß, weil sie in irgendwelche Abenteuer, Geheimunternehmen oder Verbrechen verwickelt waren.

Es war alles im Radio zu hören, Abend für Abend, ein reißender Strom von Vorstößen und Attacken an den ausgefallensten Orten. Vorrücken der Japse auf den Karolinen. Niederlage für Rommel im Wüstensand Nordafrikas. Victor lümmelte auf dem Fußboden herum, die Augen geschlossen, und saugte das alles in sich auf – die Berichte dieser tollen Kerle, die es schafften, immer weiter- und weiterzureden, ohne sich je zu wiederholen.

Das Spiel der Cubs gegen die Cards. Die schmeichelnden Klarinetten am Beginn der »Colgate House Party«. Nachwuchsdetektiv Henry Aldrich, der sich an eine verdächtige Scheune heranrobbte. Charlie McCarthy, die Bauchrednerpuppe mit dem losen Mundwerk … und ganz hinten, am Ende der Skala, ein schwaches Signal aus New Orleans, ein Dutzend Neger, die Amen riefen und so fest auf den Boden stampften, dass der Lautsprecher zu schnarren begann.

Wenigstens hörte er dann nicht, was Willie so von sich gab.

Sie wollte unbedingt auf ihrer Insel sterben, nirgendwo

anders. Jeden Abend betete sie die Liste ihrer Gebrechen herunter, von dem eisigen Schmerz in ihrem Ellbogen bis hin zu den offenen Stellen an ihren knotigen, alten Füßen. Nichts davon war so schlimm, dass es sie umbrachte, aber wenn man ihr jeden Teil der Liste abnahm, dann waren ihre Tage auf dieser Insel gezählt.

Victor drehte die Lautstärke hoch, sodass ihre Stimme nur noch während des statischen Knisterns zwischen den Stationen zu hören war.

»Pe ... ri ... kar ... ditis«, verkündete sie. »Eine entzündliche Erkrankung des Herzbeutels. Klingt schon gruselig – oder, mein Goldjunge? Dafür sollen die blauen Pillen sein. Aber ich glaube, da hat er sich glatt geirrt. Mein Herz macht mir überhaupt keine Probleme. Nicht seit ich wieder da bin, wo ich hingehöre.«

Der Radioknopf war auf LAUT gestellt. »Und nun wollen wir Ihr Ohr mit der Sangeskunst von einem der schönsten Singvögel Texas' erfreuen ... Ladies and Gentlemen, Applaus für – Miss Dinah Anderson!«

Klatschen. Victor stellte sich vor, wie sie zum Mikrofon ging, ein hellhäutiges, langbeiniges Cowgirl mit einer Krone aus blonden Haaren. »Guten Abend«, hauchte sie, ganz rauchig und leise. »Ich möchte dieses Lied unseren Jungs an der Front widmen, wo immer sie heute Abend auch sein mögen.«

Applaus in einem samtverkleideten Raum. Sacht gegen Kristallglas geschlagene Gabeln. Sie begann zu singen:

»Skylark
Have you anything to say to me?
Won't you tell me where my love can be?
Is there a meadow in the mist
Where someone's waiting to be kissed?«

»Also sonst kann mir das Zeug aus dem Radio ja gestohlen bleiben«, sagte Willie und legte ihre Füße auf die Ottomane, »aber das jetzt ist schön.«

»Dinah Anderson«, sagte Victor nachdenklich. »Sieht bestimmt toll aus.«

»Sie sind nie so schön, wie sie sich anhören.«

»Wetten, dass Joseph das Lied hinkriegen würde«, sagte Victor.

Willie nickte. »Wenn ich ihn bloß mal wieder hören könnte. Dieser Bursche kann vielleicht singen.«

Dinah Anderson hielt den Atem an, bis der Applaus vorbei war. Dann: »Das ist ein wunderschönes Lied von einem wunderbaren Menschen, Hoagy Carmichael.« Über den anerkennenden Beifall hinweg schnurrte sie: »Und jetzt spiel uns was Langsames, Tommy. Für unsere ganzen einsamen Matrosen draußen auf See.«

Die Trompeten machten den Anfang, und die Stimme der Sängerin fügte sich geschmeidig in die Melodie ein. Das Lied war in Moll, getragen und traurig.

»Ich wünschte, ich wäre tot«, verkündete Victor.

»Nein, tust du nicht. Hör einfach nicht hin. Das kommt bloß davon, wie sie singt. Wenn du es zulässt, bricht sie dir glatt das Herz damit.«

»Dann wünschte ich eben, wir beide wären tot«, sagte er. »Wem würde das auffallen? Niemandem.«

»Also jetzt hör auf … Swaney würde mit der Post kommen und uns finden.«

»Und wenn Swaney nun nicht käme?«

»Der kommt«, sagte Willie. »Und wenn doch mal nicht, dann kommt am Donnerstag immer noch dein Daddy, und was meinst du, was der sagt, wenn er uns dann so findet.«

Victor schmunzelte. Seine Augen leuchteten. »Dich würd ich an die Wand vom Bootshaus setzen. Und mich dann in der großen Zypresse erhängen. Da schaukle ich dann vor mich hin, wenn er kommt.«

»Er würde dir den Hintern versohlen. Schüttel mir doch bitte mal das Fußkissen auf, mein Goldjunge.«

»Wär doch egal, ob ihm der Kragen platzt. Ich wär doch eh schon tot.«

»Jetzt sei aber mal still …«

An dem Zittern, das sie überlief, sah Victor, dass er den Witz zu weit getrieben hatte. »Brauchst du eine Decke?«

»Nein, so kalt ist mir nicht. Wir haben schließlich fast Juni.«

Der Ansager bat um weiteren Applaus für die Sängerin. Victor drehte ihn leise. »Soll ich dir ein Bad einlassen?«, sagte er. »Ich kann Wasser holen.«

»Nein, ich möcht mich nicht erkälten. Bleib einfach hier bei mir sitzen. Du bist ein guter Junge. Eigentlich sollte ich für dich den Haushalt machen.«

»Willie.« Er stand über ihr. »Dass du mir jetzt ja nicht stirbst, sonst bin ich nachher noch schuld. Hast du gehört?«

»Mach mal 'nen Punkt, Victor«, sagte sie, und das überraschte ihn; sie nannte ihn kaum einmal anders als Goldjunge. »Ist noch keine Minute her, da hattest du mich mausetot am Bootshaus sitzen.«

»Aber das ist was anderes. Dann wäre ich ja bei dir.«

»Du bist unverbesserlich.« Sie musste lächeln. »Du bist wirklich so ziemlich der ungewöhnlichste Junge auf dieser Seite der Bucht.«

Er beugte sich hinunter und gab ihr einen Kuss auf die Wange. »Ich nehm das Radio mit raus auf die Veranda. Der Shadow fängt gleich an.«

Willie sah ihn verschwörerisch an und krächzte: *»Der Shadow weiß Bescheid«*, und ihr bekloppter Gesichtsausdruck ließ ihn losprusten. Die Orgelklänge ertönten, die Titelmelodie. Willie ging in ihr Zimmer und fummelte dabei an ihrem Gebiss herum.

Lamont Cranston und Margo beim Essen in einem piekfeinen französischen Restaurant. »Oh, Lamont, sieh nur!«, rief Margo. »Als dieser Ober in die Küche wollte, ging die Tür von ganz allein auf!«

Victor konnte Lamonts wissendes Schulterzucken beinahe hören. »Ja. Eine Lichtschranke.«

»Ach, und was ist das?«

»Schau mal links und rechts an der Tür, Margo. Siehst du diese beiden verchromten Kästchen auf dem Fußboden? Mit diesen Lämpchen oben?«

Willie sah durch die Tür, ein Haarnetz auf dem Kopf und ein schalkhaftes zahnloses Grinsen im Gesicht. »Ich habe alle meine Pillen genommen. Ist es jetzt soweit?«

Es war jeden Abend das Gleiche. Sie liebte Whiskey. Der Whiskey brachte sie um. Victor hatte strikte Anweisung, sie von dem fernzuhalten, was sie auf der Welt am meisten liebte. Es war hoffnungslos. Seit Kriegsausbruch war an Whiskey noch schwerer heranzukommen als an Ersatzbenzin, aber Willie hatte trotzdem immer irgendwo eine Flasche versteckt. Wo sie die herhatte, wusste niemand.

Victor entdeckte ihr Versteck in seiner zweiten Nacht auf der Insel, als er von seinem Schmöker aufsah und Willie sich gerade in die Küche stahl. Er folgte ihr auf Zehenspitzen. Sie kniete neben dem Ofenrohr des riesigen Küchenherds, hob eine Diele an und zog eine Flasche Old Forester hervor.

»Ah-*ha*!« Er sprang vor. »Auf frischer Tat ertappt! Rück sie raus, Willie, aber sofort!«

Bevor sie sich von ihrem Schrecken erholt hatte, griff Victor sich die Flasche und hielt sie hoch über seinen Kopf wie eine Trophäe. Von da an verwahrte er sie in seiner Reisetasche und gönnte Willie nur vor dem Zubettgehen ein Glas, wenn sie brav ihre Pillen genommen hatte.

»Klar ist's soweit«, sagte Victor und stand von seinem gemütlichen Lager auf. Er holte die Flasche und schüttelte sie. »Fast alle.«

»Nicht so ruppig.« Willie hielt ihm ihr Glas hin. »Sei nett zu deiner Umgebung, dann ist deine Umgebung auch nett zu dir. Außer Wespen vielleicht. Die lassen einem kaum eine Wahl.«

Victor goss ihr den Rest ein. »Alle.«

»Keine Sorge, mein Goldjunge. Davon gibt's noch mehr.«

»Willie! Also wirklich!«

Ohne Zähne war ihr Lächeln irritierend.

»Wo steckt das Zeug? Los, rück's raus.« Victor hielt ihr die offene Handfläche hin und wackelte mit den Fingern. »Wo hast du es versteckt? Sag schon.« Er ging zum Herd und tastete nach dem losen Brett.

»Da nicht. Und diesmal findest du sie sowieso nicht.«

Er sah auf sie hinab. »Du bist eine böse alte Frau, weißt du das? Lässt mich wie einen Trottel dastehen. Du brauchst überhaupt keinen, der sich um dich kümmert.«

»Ich bin schließlich nicht von gestern«, sagte Willie. »Warum hältst du nicht den Mund und genehmigst dir selber ein Schlückchen? Ist eine gute Medizin, ganz egal, was dir fehlt. Ehrlich.«

»Nein danke.«

»Wie du willst.«

»Was soll's, für den Shadow ist es eh zu spät bei deinem ganzen Gequatsche«, sagte Victor. »Ein Gläschen kann nicht schaden.«

Willie ging ins andere Zimmer – »Nicht hergucken!«, rief sie – und war sofort wieder mit einem Schnapsglas und einer Flasche zurück. Sie brach das Siegel und goss ihm zwei bernsteinfarbene Fingerbreit ein.

Victor kippte den Whiskey runter. Junge, brannte das. Er musste husten. »Mmrg«, sagte er. »Hustensaft.«

»So isses«, sagte Willie. »Davon vergeht einem das Husten. Aber du musst ihn langsam trinken. Immer bloß ein bisschen die Zunge anfeuchten damit. Dann schmeckst du auch was.« Sie setzte sich auf die Kante ihres Bettes. Ein Windstoß zerrte an dem schweren schwarzen Vorhang, der zur einen Seite gebunden war. Vor einer ganzen Weile war jemand von der Küstenwache vorbeigekommen und hatte Willie mit roter Lakritze dazu zu kriegen versucht, dass er ihr die Fenster verdunkeln durfte. Willie stellte es so dar, dass sie ihn ausgelacht hatte. Sie hatte nur eine einzige Glühbirne, die wie das Radio von einer alten Autobatterie gespeist wurde. Vor ihrem Küstenabschnitt hatte sich der Feind, egal ob Japaner oder Deutscher, bisher nicht blicken lassen, erklärte sie, und wenn sie sich nun die Fenster verdunkeln ließe, würde sie nicht einmal etwas sehen können, falls er doch kam.

Aber dann überschüttete der Coast Marshall, ein bebrillter, übertrieben diensteifriger junger Mann aus Bay Minette, sie mit Erklärungen: Es sei Vorschrift und mit einem Bußgeld nicht unter so und so viel Dollar zu bestrafen, und ob sie sich denn keine Vorwürfe machen würde, wenn ausgerechnet ihr Fenster einem U-Boot-Kommandanten den Umriss eines unserer Schiffe verriet?

Blätter raschelten, ein Geräusch wie Regen auf dem Dach. »Willie weiß Bescheid«, sagte sie zu Victor. »Ich war auch mal jung, weißt du. Diese Insel kam mir wie der ödeste, gottverlassenste Fleck auf Erden vor.«

»Ja, ich weiß, was du meinst.« Victor verschränkte die Arme.

»Aber je besser ich mich hier auskannte, desto mehr fand ich heraus. Dieser Fluss, dieser ganze Fluss hier, er ist lebendig.« Sie nahm zufrieden einen Schluck. »Hier kann man es gut aushalten. Ich kann dir die ganzen Orte an der Nasenspitze ablesen, die du unbedingt sehen willst. Bloß hast du keine Ahnung, dass du *jetzt gerade* an einem ganz besonderen Ort bist. Diese Bucht ist der einzige Ort auf der ganzen Welt, an dem es ein Jubilee gibt. Das ist eine wissenschaftliche Tatsache; kannst du selbst in der Bücherei nachschlagen gehen. Da kannst du einmal um die ganze Welt fahren, ein Jubilee kriegst du erst zu sehen, wenn du wieder *hier* bist.«

Jubilee! In diesem Wort schwang die Aufregung sehr, sehr früher Morgende mit ... Ein Ausruf, der durch das Fliegengitter drang und einen weckte. Manchmal, vor der Dämmerung, wenn der Sommer am heißesten war, wenn die Hitze den Wind zum Erliegen gebracht hatte, wenn Tide und Mond und Wasser in einem ganz bestimmten, seltsamen Verhältnis zueinander standen, dann schwammen die Fische und die Garnelen, die Krabben und die Aale aus den Tiefen der Bucht empor.

Das Wasser konnte sie nicht länger halten. Sie wollten hinaus. Sie warfen sich in die Untiefen, sogar auf den schmalen Streifen Sand, eine Welle von Meerestieren nach der anderen – bleifarbene Flundern, zuckend, nach Luft schnappend, eine Million kläglich zuckende Garnelen und überall hektische blaue Krabben, die als Einzige zu spüren schienen, wohin das alles führen würde.

Die Naturgesetze waren außer Kraft gesetzt. Die ganze Bucht brachte sich um.

Nur wenige Tiere waren noch am Leben, wenn der Impuls nachließ und sie in ihre angestammten Tiefen zurückkehren konnten. Alle anderen waren zum Tode verurteilt, draußen an der Luft.

Ganz gleich zu welcher Nachtzeit das passierte, irgendjemand spazierte immer allein den Strand entlang, holte rasch seine Laterne und füllte Netz und Eimer, bevor er seine nächsten Nachbarn dann im Vorbeilaufen mit einem *»Jubilee! Jubilee!«* bedachte. Die Nachricht verbreitete sich wie Nebel. *Jubilee!* Die Leute strömten aus ihren Häusern, schlurften verschlafen nach draußen und wurden erst richtig wach, wenn sie das Wunder erblickten, das sich am Ufer ereignet hatte. Dann holten sie rasch die Beute ein, bevor diese es sich anders überlegte.

»Aber es hat schon lange kein Jubilee mehr gegeben«, sagte Victor. »Seit ich klein war, nicht.«

»Das sagt doch überhaupt gar nichts. Meinst du etwa, das wäre lang? Das ist ein Fliegenschiss, mehr nicht. Das Jubilee gibt es länger als dich und mich und sonstwen hier. Und es wird noch lange nach uns hier sein. Es lässt sich Zeit, aber sonst wäre es ja auch nichts Besonderes mehr. Was meinst, warum es dazu kommt?«

Victor popelte an seinen Zehen herum. »Keine Ahnung. Daddy meint, das läge an der Terpentinfabrik.«

Willie rümpfte die Nase. »Und davor hat er gesagt, es läge an dem ganzen Blut im Wasser. Von den vielen toten Negern in Süd-Alabama. Das würde hier runtergespült und brächte die Fische um.«

»So ein Quatsch.«

»Was sonst. Aber so ist dein Vater nun mal. Sein Onkel C. L. meinte immer, das Jubilee kommt dann, wenn es zu viele Fische gibt. Er meinte, die Fische träfen sich dann zu einer Vollversammlung und führten eine Fischzählung durch und suchten diejenigen aus, die nach oben müssen.«

Victor schnaubte.

»Du lachst, aber es haben sich schon verrücktere Sachen als wahr herausgestellt. Es gibt noch einen ganzen Haufen

Indianersagen darüber, bloß kann man denen sowieso nicht trauen. Die Indianer sind zu lange weg, als dass man da noch durchblicken würde. Ich habe meine eigene Meinung.«

»Vielleicht haben die Fische es satt zu schwimmen«, sagte Victor. »Vielleicht wollen sie endlich mal spazieren gehen.«

»Es geht nicht darum, was sie wollen.« Willie piekte ihm bekräftigend einen Finger in den Arm. »Sondern darum, was sie *denken,* dass sie wollen.« Sie zeigte zum Fenster, zur Bucht. »Pass auf. Fische sind blöd. Sie schwimmen da in der Bucht herum und haben den ganzen Tag lang nichts anderes zu tun als zu schwimmen und zu fressen und zu fressen und zu schwimmen. Irgendwann geht ihnen auf, dass sie lauter Meeresfische sind, die es in einen Teich verschlagen hat. Nicht einer von ihnen war je schlau genug, einfach nach Fort Morgan hinunterzuschwimmen und sich durch die Meerenge davonzumachen. Stattdessen springen sie alle auf den Strand und gehen ein.«

»Das kann nicht stimmen«, sagte Victor. »Ein paar müssen doch hinausgeschwommen sein.«

»Aber begreifst du denn nicht, dass die Fische in dieser Hinsicht den Menschen ähneln?«, sagte Willie und legte ihre Füße wieder auf die Ottomane. »Sie lernen nicht voneinander. Das sind nicht die ersten Fische, die vor diesem Problem stehen. Das sind Fische, die keinen besseren Instinkt haben, als es mit dem Strand zu versuchen, weil Fische das nun einmal so tun. Dumm wie Bohnenstroh. Sie sehen endlich mal den Strand, na fein; aber können sie die Luft dort atmen? Können sie nicht.«

»Was hat das mit mir zu tun?«, sagte Victor. »Ich komm schon raus, wart's nur ab. Und dann auf Nimmerwiedersehen.«

»Aus was willst du denn so unbedingt rauskommen, mein Goldjunge? Aus deiner Haut?«

»Klar. Warum nicht. Was weißt du schon.«

»Ach, ich weiß mehr, als du denkst.« Sie sah ihn durch die Rundung ihres Glases an. »Mach mir doch nichts vor. Du vermisst bloß Joe. Aber dem geht's gut. Sie werden ihn schon wieder nach Hause schicken.«

»Ist mir doch egal, ob er wiederkommt«, polterte Victor los. »Ich will hier weg! Manchmal, da möcht ich einfach in ein Boot steigen und immer weiter und weiter fahren. Bis nach China.«

»Und was würdest du dort drüben machen?«

»Mir jemanden zum Kämpfen suchen.« Victor blies die Lampe aus; der Glasaufsatz war so heiß, dass er ihn beim Absetzen beinahe zerbrach. »Ich geh ins Bett.«

»Pass bloß auf mit deinen Wünschen«, flüsterte sie. »Sie könnten in Erfüllung gehen.«

»Gute Nacht, Willie.«

Sie tupfte sich den Mundwinkel mit einem Taschentuch ab. »Ich dachte, du wolltest uns noch 'nen schönen dicken Schnapper fürs Mittagessen morgen angeln.«

»Tja, dachtest du.«

»Guck sich den einer an, erzählt was von nach China fahren und bringt's noch nicht mal fertig, einen Fisch auszunehmen«, sagte sie. »Schluss, aus, Ende – *ich* geh ins Bett.«

»Gute Nacht, Willie.« Der Shadow war vorbei. Victor drehte das Radio leise und zog sich die Arbeitshose aus. Die Federn des Feldbetts klirrten. Er balancierte das schwere Radio auf der Brust. Das Kabel schnitt ihm in die Brustwarze. Jetzt spielten sie Barmusik, Lieder für die Nacht.

»Willie? Hast du je davon gehört, dass mal ein Wal oder so in die Bucht geschwommen wäre?«

Sie antwortete nicht.

Donner grummelte in der Ferne – bewegte Luft, Wind im Gras der Marsch, das Klatschen der Wellen an den Anleger. Meeräschen schossen aus dem Wasser und schlugen klatschend wieder auf.

Victor überlief ein Schaudern. Stirb nicht heut Nacht, Willie, dachte er. Heute Nacht möchte ich, dass du niemals stirbst. Auch wenn ich das vorhin ganz anders gesehen habe.

Dann sagte er sich: Naja, das muss am Whiskey liegen. Im Wegdämmern hoffte er noch, von Miss Dinah Anderson zu träumen.

3

»Puste deine Kerze aus, Victor«, sagte seine Mutter und zog an ihrer Zigarette. »Sie kleckert den ganzen Kuchen voll.«

Victor pustete.

Sein jüngster Bruder, noch ein Baby, der von allen nur Peanut gerufen wurde, klatschte in die Hände, lachte und zeigte seinen Zahn. Er saß in einem Kreis von lauter Sylvesters: der sechsjährige Doolittle, der Victor über alles vergötterte, Margaret Ann, die zehn war und später einmal ihrem Mann eine gute Chefin sein würde, und Roxanne, vierzehn, die sie alle übertraf, auf den Teppich hingelümmelt, die Finger in den roten Haaren. Wenn sie alle in einem Zimmer versammelt waren, kam ihm das Haus an der Quelle noch kleiner vor als Willies.

Victor war sich darüber im Klaren, dass er angesichts ihrer erwartungsvollen Mienen und dem Haufen kleiner Schachteln lächeln sollte, nur war am anderen Ende des Zimmers sein Vater zu spüren wie die an ihrem Haltemast zerrende *Hindenburg*. Der kleinste Funke konnte ihn hochgehen lassen.

»Das hier ist von Joseph.« Seine Mutter schob ein Schächtelchen über den Tisch. Sie sah inzwischen nur noch erschöpft aus, mit dunklen Ringen unter den Augen; manchmal stand sie erst mittags auf. »Er hat mir das Geld geschickt und geschrieben, was ich kaufen soll.«

Victor zerriss die Schnur. In der Schachtel kam, unter einer Watteschicht, eine silberne Kette mit einem ovalen Anhänger zum Vorschein: ein Medaillon, ein gehender Mann, darum die geprägten Worte SANKT CHRISTOPHER.

»Toll.« Er legte sie in die Schachtel zurück. Seine Mutter drückte die Zigarette aus und ließ den Rauch durch die Nase ausströmen. »Die Katholiken tragen solche Medaillons. Sie sollen Glück bringen, Sohn. Häng es dir um.«

Doolittle zog an ihrem Arm. »Mama, was ist ein Katholik?«

»Halt den Mund, Doo«, sagte Margaret Ann und starrte ihren kleinen Bruder so finster an, als hätte er eine Ohrfeige verdient.

Die Ungeduld ihres Vaters breitete sich im Zimmer aus. »Nun kommt mal langsam zu Potte.«

Ihre Mutter hielt den Blick auf den Kuchen gerichtet, auf das kleine Rinnsal hart gewordenen Wachses. »Man muss kein Katholik sein, um Glück haben zu wollen«, sagte sie. »Victor, was ist falsch daran? Er hat gedacht, sie würde dir gefallen.«

»Ich hab doch schon gesagt, dass ich sie toll finde, oder nicht?« Victor holte das Medaillon wieder heraus und drehte es an der Kette hin und her. »Siehst du? Es gefällt mir. Ich find es toll.«

Sein Vater verdunkelte die Luft hinter ihm. »Sohn.« Eine Warnung, dieses Wort.

Victor spürte das Blut in seinen Wangen. »Daddy, du kannst doch nicht ernsthaft von mir erwarten, dass ich hier sitze und so tue, als wäre alles in Ordnung.«

Schweigen senkte sich herab. Die Kinder zogen instinktiv die Beine an.

Victors Mutter holte die nächste Zigarette aus der Schachtel. Sämtliche Familienmitglieder sahen ihr dabei zu, wie sie sie anzündete und den ersten Zug nahm. »Was um Himmels willen soll das heißen, Victor?«, sagte sie.

Er sah an ihr vorbei. »Daddy, tut mir Leid, aber irgendwann musst du es ihr sagen.«

»*Sohn*«, sagte sein Vater.

Seine Mutter zog eine Braue hoch. »Mir was sagen?«

»*Victor.*« Sein Vater trat vor, legte ihr seine Hände auf die Schultern. Sie riss sich los. »Mir *was* sagen?«

»Victor und ich haben euch etwas mitzuteilen«, sagte sein Vater. »Ich möchte, dass ihr es alle hört.«

Die jüngeren Kinder wichen zurück, bis sie an die Möbel stießen. Die Mutter saß wie versteinert auf ihrem Stuhl, als würde sie dort festgehalten. Die Lampe auf dem Tisch flackerte und ließ alle Gesichter aufleuchten, nur das des Alten nicht. Er stand außerhalb des Kreises, im Dunklen.

»Wir alle wissen, dass Willie krank ist«, sagte er. »Gestern hat der Doktor uns gesagt, dass sie sogar noch kränker geworden ist. Dass jetzt auch ihr Herz nicht mehr richtig mitmacht. Sie sollte dort unten nicht mehr alleine sein.«

Er hielt inne und sah zu seinem Hosenaufschlag hinunter, an dem das Baby zog. »Margaret Ann«, sagte er, »nimm dieses Kind und mach irgendwas mit ihm.«

»Aber du hast gesagt, dass wir zuhören können«, kam die klagende Antwort.

Victor zischte: »Schaff deinen Hintern hier raus, Margaret Ann.«

Ihr Vater wuchs hinter ihnen empor, mit einem schrecklichen Knurren aus tiefster Kehle. Margaret Ann schnappte sich das Baby, Roxanne schnappte sich Doolittles Hand, und sie flohen stumm auf den Flur.

Damit waren nur noch Victor, sein Vater, seine Mutter und die entflammbare Luft im Zimmer.

»Himmel, sie kommt doch nicht etwa hierher?«, sagte seine Mutter mit einer hohen, gepressten Stimme. »Glaubst du ernsthaft, ich spiele hier die Pflegerin, während du wochenlang mit dem Boot weg bist? Du hast zwei nichtsnutzige Brüder, die keinen Finger für sie rühren.«

Victor war verblüfft über diesen demonstrativen gedankenlosen Wagemut im Angesicht der großen Gewitterwolke, aber er musste sie bremsen. »Mutter, du …«

»Halt dich da raus.« Sie war aufgestanden. Keine Spur von Erschöpfung oder Alter mehr in den Augen. Sie sprühten Funken. »Das ist eine Sache zwischen deinem Vater und mir.«

»Pass auf, was du sagst, Ellen«, kam das Grollen aus dem dunklen Teil des Zimmers. »Keine Sorge, meine Mama kommt nicht hoch zu uns. Darauf ist sie genauso wenig scharf wie du.«

»Na prima«, schoss Victors Mutter zurück. »Mein Haus ist ihr wohl nicht gut genug. Wo geht sie hin, zu John und Rose? Da kann sie ja von Glück sagen, wenn auch nur einer von beiden mal einen Finger für sie krumm macht …«

Victor hielt es nicht länger aus. »Mutter, *sei still.* Willie geht nirgendwo hin. Daddy schickt mich zur Insel runter.«

»Was soll das heißen? Wann?« Sie fummelte nach einer Zigarette. »Daniel, was soll das? Davon hast du kein Wort gesagt!«

»Ihr lasst einen ja auch nicht ausreden.« Victors Vater winkte ihn von dem Kuchen weg. »Ich hatte gehofft, er würde sich freiwillig melden. Hat er aber nicht. Hat lieber hier im Haus herumgehockt und sich von vorn bis hinten bedienen lassen. Na, ich werd ihm schon Beine machen, wenn es das ist, was er braucht.«

»Daddy ...«

Sein Vater wirbelte herum, ein befremdliches Lächeln im Gesicht. »*Du* hältst den Rand!«, brüllte er. »Rühr dich *ja nicht* vom Fleck! Du hast mir das hier eingebrockt!« Die dunklen Augen funkelten, als wäre Victor ein Eindringling oder ein Irrer, jemand, den es vom Grundstück zu schaffen galt.

Seine Mutter stand auf, eine Mauer zwischen ihnen. »Jetzt lass ihn endlich in Ruhe! Ich bin's, mit der du Streit hast. Er ist ein Junge; ein Junge, Daniel, keine Krankenschwester! Er darf überhaupt nicht bei ihr dort unten sein! Soll er einfach die Schule hinschmeißen oder was?«

»Hätt ich mir ja gleich denken können, dass du auf seiner Seite bist.« Die Stimme seines Vaters wurde knarrend. »Ich schwöre bei Gott. Ich bin nicht für diese Welt geschaffen. Das hier ist mehr, als ich ertragen kann, ehrlich. Jetzt pass mal auf, Schatz. Diese alte Frau dort unten, diese kranke, alte Frau, die du nicht beim Namen nennen willst, ist meine Mutter. Sie hat mich geboren, sie hat mich großgezogen, sie hat uns alle durchgebracht, so schwer das manchmal auch gewesen ist. Und Pop, ja, der ist rausgefahren wie ich heute, der hat sich den *Arsch* aufgerissen wie ich heute, von Sonnenaufgang bis Sonnenuntergang. Hat Garnelen hochgeholt mit diesem Boot, damit wir nicht verhungern mussten. Es hat ihn dermaßen alle gemacht, dass er gestorben ist. Und jetzt ist es für sie anscheinend auch bald vorbei.« Seine Faust knallte auf den Tisch, dass die Geschenke hüpften. »Ich will verdammt sein, wenn ich sie allein sterben lasse!«

Victors Mutter konnte ihre Streichhölzer nicht finden. Ihre Hände zitterten. Ihr Gesicht war starr. »Daniel ...«

»Ich bin noch nicht fertig. Warte, bis ich fertig bin. Ich hab sie *angefleht*, hierher zu kommen. Wir hätten sie zu uns genommen, und du hättest dich um sie gekümmert, ohne auch nur einen Mucks zu tun, das garantier ich dir. Aber sie wollte nicht. Sie wollte dir nicht zur Last fallen. Ich würde ja selbst runtergehen zu ihr, aber dann hättet ihr nichts mehr zu essen. Also schick ich den Jungen. Er kann schon mal seine Tasche packen gehen. Ich mach um fünf los, und dann ist er besser fertig. Und das ist das Letzte, was ich in dieser Sache hören will.«

»Dann pack ich eben meine Scheißtasche …« Victor sagte das sicherheitshalber erst, als er schon aus dem Zimmer war.

»Komm sofort wieder her!«, dröhnte sein Vater. »Wag es ja nicht, in diesem Ton mit deinem …«

»Herzlichen *Glück*wunsch!« Victor knallte mit den Türen, mit allen, die offenstanden. Er war sechzehn seit heute, zu alt zum Weinen, aber die Tränen kamen trotzdem, heiß und würgend.

Er drückte sich mit dem Medaillon eine rote Kerbe in die Handfläche. Joseph war weg. Damit hatte alles angefangen, der Zerfall, die Schlacht am Esstisch. Joseph war der Friedensstifter – rot die Wangen, gut die Laune –, und irgendwie hatte er sie mit der Vorstellung zusammengehalten, dass sie ein glückliches Zuhause hatten. Mit einem gut gezielten Spruch hatte er die Kämpfer entwaffnen können. Er hatte Macht über sie, er war ihr Ältester. Er nannte sie bei ihren Vornamen. »Ellen«, hatte er zum Beispiel gesagt, »wenn du die Flinte holst, dann halte ich David so lange fest, bis du ihn gut im Visier hast.« Dann war er immer in Lachen ausgebrochen, das ansteckend war und jedem Streit ein Ende setzte.

Nun herrschte die ganze Zeit über Krieg, wegen jeder

Kleinigkeit, einfach so. Die Familie, an die Victor sich erinnerte – sie hatte vielleicht nie existiert. Vielleicht hatte er sie sich nur zurechtgesponnen, um einen leeren Fleck damit zu füllen.

4

Ein Geräusch?

Nein, Stille, die sich dort breitmachte, wo Geräusche hätten sein müssen.

Victor lag mit zugekniffenen Augen da und tat so, als ob es nur ein Traum wäre.

Bloß war es eben keiner. Es war Wirklichkeit. Er war wieder er selbst, hellwach, am Fußende des Feldbetts zusammengerollt.

Es war zu still. Nicht ein Geräusch war zu hören. Keine quakenden Laubfrösche. Nicht das leiseste Zirpen einer Grille. Kein Tier, kein Windhauch in den immergrünen Eichen. Er lauschte nach einem Geräusch aus der Bucht. In seinen Ohren klingelte nur die Stille.

Was, wenn die Erde vom Kurs abgekommen und in den Mond gekracht war?

Er öffnete die Augen nur einen Spalt. Mondlicht. Das hieß, er war am Leben, in der stillsten Stunde der Nacht ... oder konnte es sein, dass die Insel um ihn herum verschwunden war, von Torpedos zerschossen – alles außer ihm? Die Teufel sind vom Meeresgrund heraufgestiegen und haben die Insel in Staub verwandelt. Diese Stille ist alles, was sie übergelassen haben.

Auf einmal ein raues Knattern gleich hinter dem Fliegengitter, lauter Fehlzündungen eines winzigen Zikadenmotors.

Victor setzte sich auf und kratzte sich die zerstochenen Knöchel. Um ihn herum baumelten Willies dreiundvierzig Seesterne an ihren Schnüren, lauter Scherenschnitte vor dem Fenster. Er bahnte sich einen Weg durch den Wirrwarr von Blumentöpfen und presste sein Gesicht an die Tür. Der Mond lag verschwommen hinter einem Wolkenschleier, hinter den dunklen Bäumen schimmerte die Bucht.

Trotzdem, ein Geräusch fehlte noch ...

Willie.

Er fuhr herum. Als hätte er einen Fangzahn an der Wade gespürt, schoss er los, warf Tontöpfe um, riss die Tür auf, tastete sich in eine Stille hinein, die so dicht war wie Nebel. Er tastete sich die Wand zu ihrer Tür hinab. »Willie?« Sein eigenes Flüstern erschreckte ihn. Er roch ihre süßliche Nachtcreme. »Willie? Bist du da?«

Mondlicht fiel in Streifen durch die Jalousien. Am Fußende ihres Bettes ruckelte ein plumpes Häuflein herum und seufzte im Schlaf wie ein Baby.

Mit den Zehen fand er die hinuntergestrampelte Steppdecke. Er beugte sich vor, um ihr die Schulter zu tätscheln. Es war ihr Knie, aber er tätschelte auch das.

Irgendwie hatte sie eine Stellung gefunden, in der ihr Atem nicht pfeifend ging. Sie hatte sogar ein Lächeln im Gesicht.

Victor lächelte ebenfalls, als er sich zu ihrer Wange hinunterbeugte. Alle hatten gedacht, sie würde im März sterben. Dann im April ... jetzt hatten sie Juni, und Willie lebte immer noch.

Also hatte er wieder einmal für den Ernstfall üben können. Es konnte jeden Tag soweit sein. Es konnte auch noch ein Jahr dauern. Wenn es soweit ist, dann wird mir auch der kalte Schweiß ausbrechen. Bloß wird er noch kälter sein. Weil es dann wirklich soweit ist.

Victors ursprünglicher Plan war es, ihren Tod abzuwarten und dann auf Nimmerwiedersehen zu verschwinden.

Inzwischen fragte er sich, wie lange er noch darauf warten musste. Es schien ihr besser zu gehen, nicht schlechter. Kaum war sie aufgewacht, fing sie an zu reden, erzählte den ganzen Tag lang Geschichten, machte den Mund meist bis zum Schlafengehen nicht mehr zu. Sie war stundenlang draußen im Garten und sammelte heruntergefallene Äste auf. Wenn es so weiterging, konnte es ewig dauern …

Aber Moment. Halt mal. Hieß das nicht, sich zu wünschen, dass ihr etwas zustößt?

Die Steppdecke hob und senkte sich, zeichnete ihren Körper nach. Victor stopfte die Enden unter die Matratze und stahl sich davon. Seine Lippen schmeckten nach ihrer Nachtcreme.

Auf Zehenspitzen ging er zur Veranda zurück, machte die Laterne an und stellte die Töpfe wieder richtig hin. Dussel! Es war nicht sein erster falscher Alarm. Letzte Woche war er morgens um die Hausecke gebogen und hatte Willie zusammengebrochen auf den Stufen liegen gesehen. Er war zu ihr gelaufen. Sie hatte aufgesehen, gegähnt und gefragt, ob er wüsste, wo ihre gute Baumschere abgeblieben sei.

Victor hatte noch nie jemanden sterben gesehen. Er kannte die entsprechenden Anzeichen nicht, also sah er sie überall. Die Schauspieler im Radio gaben erstickte Geräusche von sich und gingen krachend zu Boden, wenn sie starben, aber im wahren Leben waren die Symptome bestimmt weniger eindeutig …

Er machte probehalber das Radio an. Zu spät. Auf der ganzen Skala nichts als *Statik* und ab und zu ein schmales Band Stille.

Er machte es sich mit einer Tüte Kekse gemütlich und

tastete unter dem Feldbett nach der Zigarrenkiste mit der Aufschrift »Joya de Nicaragua«. In ihr bewahrte er seine Briefe auf.

Behutsam, denn die Falzkanten waren schon ganz dünn, faltete er die Fotokopie eines Luftpostbriefs auf, der mit den schwarzen Balken der Zensur übersät war.

Lieber Vic,
wie geht's? Letzte Woche hab ich einen Lkw voller [redacted] zurück zum [redacted] in [redacted] gefahren. Ist eine schöne Ecke von [redacted], würde Dir gefallen. Die kleinen Hügel sind ganz grün und knuffig mit ihrem dichten Gras. Wir waren zu dritt. Ich, mein Kumpel Darden aus S. C. und noch ein farbiger Kamerad aus Ohio. Wir kamen um die Kurve zu diesem [redacted], das irgendwie wie [redacted] aussieht. Da waren mindestens [redacted] große alte dicke Dinger, [redacted] hier draußen, besser geht's nicht. Als wir das sahen, wussten wir [redacted]. Wir wissen zwar nicht wann, aber dass. Sie lassen uns ständig [redacted] üben. Ich hab gefragt, was ein [redacted] überhaupt sein soll, und der Sgt. hat gesagt, es kann wie ein [redacted] im [redacted] leben oder nicht. Wir glauben, wir werden zum [redacted] wahrscheinlich in [redacted] sein, und glaub ja nicht, dass wir dann in Freudengeheul ausbrechen. Das heißt nämlich, dass dann der [redacted] losgeht. Ich hab gehört, Du

ziehst zu Willie runter. Ich fass es nicht. Bist Du das, Victor, oder ein Doppelgänger? Echt blöd, dass sie krank ist. Sag ihr, sie soll ja wieder auf dem Damm sein, wenn ich wieder da bin, und gib ihr einen Kuss von mir. Naja, wahrscheinlich willst Du Daddy was beweisen oder so. Hau rein. Immer noch besser als zu Hause zu sitzen und Mom und Pop zuhören zu müssen, stimmt's? He, vielleicht bist Du ja doch nicht so blöd, wie ich dachte. Ruhe und Frieden, Zeit zum Angeln noch dazu, vielleicht sogar für Mädels? Pass bloß auf, Bursche. Die haben's faustdick hinter den Ohren da unten am Fluss. Zeig Willie bloß nicht diesen Brief. Ich schick ihr eine Postkarte aus [redacted]. Hurrraaah!!!

In Liebe
Dein Bruderherz
Pfc. Jos. Sylvester US Army IX Corps.

PS: Loser Mund setzt Schiffe auf Grund, wie man so schön sagt.

Im Krieg musste es toll sein. Haufenweise Kumpels und Mädchen und Waffen und Aufregung. Victor wollte einmal selbst eine Bombe pfeifen hören. Einen Nazi sterben sehen. Briefe schreiben, die erst durch die Zensur mussten.

Er fuhr mit dem Daumen über die Gestalt des wandernden Heiligen. Eine Medaille gehörte einem nicht, so lange man sie sich nicht im Kampf verdient hatte.

Lass Willie erst mal tot sein …

Er ging die Einzelheiten seines Plans durch. Abwarten, bis es dunkel ist. Den Benzinvorrat holen, den er mit Willies Kraftstoffkarten angelegt hatte. (Pops Ford-A hatte seit dem Zusammenbruch der Brücke 1923 in der Scheune vor sich hingerostet, aber das wusste die Rationierungsbehörde in Foley ja nicht.) Steuern nach der Erinnerung und nach den Sternen. Auf eine milde, leichte Dünung hoffen und nordwestlich über die Bay nach Mobile fahren. Das Rekrutierungsbüro war gleich im Hafen. Sagte Freddie Spencer jedenfalls. Man musste nur durch die Musterung kommen und sie davon überzeugen, dass man über achtzehn war. Unterschreiben. Eid ablegen. Den Kopf abwenden und husten. Dann warst du dabei, ein Soldat, ein Mann, draußen in der Welt.

Auf einmal zerriss ein unglaubliches Geräusch die dichte Stille – ein Donnern, ein Brausen, als hätte sich im Boden der Bucht plötzlich ein Abgrund aufgetan, in den das ganze Wasser stürzte.

Victor sprang auf, dass die Kekse in alle Richtungen flogen. Sein Herz hämmerte gegen das Brustbein. Das hatte er nicht geträumt.

Die Fensterscheiben tanzten in ihren Rahmen. Das Echo der stürzenden Wassermassen pflanzte sich fort wie Donner. Das war ein Ungeheuer oder sonst etwas Großes, das an die Meeresoberfläche kam. Auf dieser Seite der Fahrrinne.

Die Bucht war eine undeutliche Linie hinter den Bäumen. Victor stürzte durch die Fliegentür und lief den Pfad hinab, ohne darauf zu achten, was er vielleicht unter die nackten Füße bekam. Zweige schlugen ihm ins Gesicht. Er kletterte hastig den Stamm einer Virginia-Eiche hinauf, die sich wie eine geöffnete Hand, deren Finger in Richtung Festland zeigten, über das flache Wasser erstreckte.

Er hatte immer noch diesen Donner in den Ohren, aber vielleicht war es auch nur Herzklopfen. Geschützfeuer? Etwas Größeres. Das Geräusch, das ihn vorhin hatte hochschrecken lassen.

Das ist kein Spiel. Das ist echt. Victor suchte die Breite des Wassers nach einem Hinweis darauf ab, was dieses Geräusch verursacht hatte – zusammengestoßene Güterzüge drüben, eine gigantische Gewitterwolke, ein waffenstarrendes Kriegsschiff …

Aber die Bucht war eine einzige glitzernde Leere.

Das Mondlicht verwandelte die Marsch in eine silbrige Wiese aus Klingen, aus aufgepflanzten Bajonetten.

5

Die Nacht ließ ihn frösteln. Es war Juni. Es hätte nicht so kalt sein dürfen. Victor wartete. Die Baumrinde kniff ihn in die Schenkel. Seine Zehen wurden zu Eisklumpen.

Ein frischer Westwind strich über die Bucht, rüttelte an den Ästen unter ihm, trug Wolken heran.

Die Anstrengung des Ausschauhaltens, des Wartens, während sich dieses gewaltige Geräusch beständig in seinem Kopf wiederholte – *du hast dir das nicht eingebildet, also hör es noch mal* –, verlieh den Nachtstunden eine gummiartige Beschaffenheit. Er ruckelte auf seinem Hochsitz herum, wurde immer schläfriger und musste sich schließlich eingestehen, dass er es heute Nacht nicht noch einmal hören würde.

Was es auch gewesen sein mochte, es war weg. Hatte ihn aus seinem Traum gerissen, hatte die glatte Wasserfläche der Bucht zerrissen und war dann verschwunden. Ein Beben von einer Stärke, dass immer noch ein Echo davon in der Luft zu hängen schien. Eine dahinfließende Schwärze zwischen Victor und dem Mond.

Da draußen ist irgendwas.

Mach es ausfindig. Sieh es dir an. Anstatt zu warten. Anstatt den Startschuss zu verpassen. Das ist der Anfang einer unglaublichen Geschichte, und sie passiert *wirklich* …

Niemand hatte es gehört. Nur Victor. Er wusste, was er zu tun hatte. Seinen Plan in die Tat umsetzen.

Zuerst den Fluss rauf, das Benzin holen.

Er schüttelte seine Beine, kletterte den Baum hinunter und schlich, nach allen Seiten spähend, den Pfad zum Haus hinauf.

Er bewegte sich wie ein Dieb durch die Zimmer, suchte im Dunkeln die Sachen zusammen: die Laterne, trockene Streichhölzer, ein paar Cracker, Käse und die restlichen Kekse, zwei Paar trockene Socken. Das Radio und die Zigarrenkiste blieben hier, auch der braune Koffer – seine Comics und Muscheln, seine beiden zerlesenen *Hardy Boys*-Bücher.

Er hinterließ Willie besser eine Nachricht.

Aber wie sollte die lauten?

Liebe Willie. Habe einen Wal gehört (oder ein Monster). Bin los, um ihn/es (oder sie) zu fangen. Alles Liebe, Victor.

Nein.

Liebe Willie. Hab im ganzen Leben noch nichts wirklich Aufregendes erlebt. Jetzt ist es soweit. Bin bald zurück. Alles Liebe, Victor.

Keine Nachricht.

Er wollte ja sowieso nur mal kurz die Bucht rauf. Um mal zu gucken, was er gehört hatte. Wenn Willie früh aufstand, würde sie denken, er trödele im Sumpf herum. Wenn nicht, dann wäre er längst wieder da, bevor sie irgendwas mitbekommen hatte.

Er schlüpfte durch die Fliegentür. Die Sterne gaben kein Licht; dichter Nebel wehte über den Fluss. Der Pfad verlief zwischen immergrünen Eichen zur Marsch hinab, wo ein wackeliger Plankenweg zum Bootshaus und zum Anleger führte. Die Flut stand hoch und stieg immer noch. Über die tieferen Stellen des Anlegers schwappte Wasser hinweg.

Die Tür knarrte und gab nach. Das Bootshaus roch nach Ködern und nach faulenden Wasserlinsen, die von der Strömung an die Torpfosten geschwemmt worden waren. Verschwommenes Hallen, Glucksen und Platschen.

Das Licht der Laterne fiel zuerst in den Winkel, in dem Old Pops merkwürdiger Zwinger stand. Ein Meter Kantenlänge, Gitterwände, Gitterdach, aber nirgendwo eine Türöffnung, sodass eigentlich nichts hinein oder heraus konnte. Willie zufolge hatte er bösartige Hunde darin weggesperrt.

Zwei kleine Boote schlugen, von Tauen gehalten, sachte aneinander, schaukelten auf dem grünen Wasser.

Victor balancierte über die Planken und riss an dem Seilzug, aber die schwere Tür wollte sich nicht rühren. Beim siebten Versuch dann doch; ein paar kräftige Züge am Seil, und vor ihm lagen Dunkelheit und schnell dahinziehende Nebelfetzen.

Er winschte das Holzboot mit dem Zwei-Zylinder-Motor runter, sprang hinein, machte beide Taue los und schob es Hand über Hand ins offene Wasser.

Der Wind ließ es auf den Anleger zutreiben. Victor griff zum Paddel. Bald hatte er den Bug herum bekommen und richtete ihn flussaufwärts aus.

Die Strömung ließ allmählich nach. Victor kniete sich hinten neben den verrosteten Tank und schwenkte ihn hin und her: gerade noch genug drin, um es bis zu seinem Versteck zu schaffen. Er wickelte die Reißleine auf die Schwungscheibe und zog. Der uralte Motor sprang stotternd an – ein Knattern, eine blaue Abgaswolke, und das Boot wurde vorwärts geschoben. Wenig später flog Victor auf unsichtbarem Wasser durch die Finsternis.

Seine Augen gewöhnten sich so weit daran, dass er am Ufer etwas ausmachen konnte – das Bootshaus der Murphys, die Lichter der kampierenden Angler oben am Noltie Creek, das Blockhaus, das alle nur das alte Johnson-Haus nannten.

Da wurde gefeiert ... so spät nachts noch? Haufenweise Lichter, überall Autos auf dem Grundstück. Stimmengewirr wehte über den Fluss.

Die Ufer rückten allmählich näher. Steuerbord eine Lücke zwischen den Bäumen, der Mullet Creek. Victor wendete das Boot und wurde langsamer.

Ein silberner Blitz – eine springende Äsche, die eine Armeslänge entfernt wieder aufs Wasser klatschte.

Die Schraube knallte gegen einen treibenden Baumstamm.

Victor machte den Motor aus. Hinter dem Boot leises Plätschern, das Kielwasser. Victor griff zum Paddel. Die schiefe Zypresse stand ungefähr vierzig Meter weiter vorn, am linken Ufer, gleich da drüben, wo es so undurchdringlich finster war.

... da drüben.

Seine Nackenhaare stellten sich auf.

Ein Geräusch, ein Rascheln im Unterholz.

Ein Opossum.

Nein. Hör doch mal.

Was denn?

Da ist doch gar nichts.

Leise, Mensch.

Flackerndes Licht, ein Streichholz.

In der Höhle, die von den aufs Wasser herunterhängenden Zweigen der Zypresse gebildet wurde.

Victors Versteck.

Die Flamme flog seitwärts davon wie ein Komet. *Zsch!*,

machte das Wasser. Ein winziger orangener Fleck schwebte unter der Zypresse, Zigarettenglut. Er wurde heller, dann wieder dunkler. Da rauchte jemand ganz gemütlich.

Victor hielt das Paddel fest umklammert. Abhauen? Den Motor anlassen und weg? Er hatte die Reißleine kaum berührt, da zerriss eine Stimme die Stille.

»Du haust nicht ab«, sagte sie. »Ich hab 'ne Knarre, und die zeigt genau auf deine Stirn.«

Das Boot trieb immer noch weiter, beförderte Victor in die Höhle aus Ästen.

»Nun nimm mal schön die Hände hoch.«

Victor gehorchte.

Vor den Zweigen zeichnete sich die Silhouette eines Mannes ab.

»Hab dich schon erwartet«, sagte er mit einer harten, ausdruckslosen Stimme und schnippte die Zigarette weg.

Victors Finger schlossen sich um das Paddel. *Komm schon, Mann, komm her.* »Ich will bloß holen, was mir gehört«, sagte er. »Ich hab ein bisschen Benzin da hinterm Baum stehen ... hatte gestern ein bisschen Ärger mit meinem Boot.«

»Jetzt haste noch ein bisschen mehr Ärger, wie's aussieht.«

»Ich wusste nicht, dass das Ihr Grundstück ist«, sagte Victor. »Ich hol bloß schnell mein Zeug und ...«

»Bleib, wo du bist.«

»Klar. Meinetwegen.« Victor verstärkte seinen Griff. *Komm schon.*

Der Mann kam ins Boot.

Victor riss das Paddel hoch und wollte gerade zu einem richtig schönen wilden Schwinger ausholen, da schossen Hände vor und entwanden es ihm. Er fiel hintenüber. Er sah das Gesicht des Mannes, bloß war es kein Mann, sondern ein Junge in seinem Alter, fünfzehn vielleicht – ein wild aussehender Bursche mit roten Haaren.

»Was willst du jetzt machen«, sagte Victor, »mich mit dem Paddel verkloppen?«

Das Paddel flog davon, klatschte flach aufs Wasser. »Das brauchste nicht mehr«, sagte der Junge. »War deine letzte Fahrt mit diesem Boot.«

»Hör mal, ich kenne dich nicht und du kennst mich nicht.« Victor wollte aufstehen, aber der Bursche hielt ihm einen langläufigen Revolver vor, da setzte er sich lieber wieder hin. »Du verwechselst mich mit jemand.«

»Ja, klar doch. Noltie hat dich geschickt, stimmt's, dieser Hundesohn. Du erledigst die Drecksarbeit für ihn, was? Erzähl dem alten Krüppel, dass ich fertig bin mit seinem Scheiß, und wenn er nicht aufhört, mir mein Zeug abzufackeln oder auf mich zu schießen, dann komm ich und verpass ihm hiermit was!« Er wedelte mit der Knarre herum. »Butch ist kein Schisshase, sag ihm das!« Der Mund stand ihm offen, als wäre er über seine eigenen Worte erstaunt. Er hatte Arbeitshosen an, kein Hemd und keine Schuhe, und war so sonnenverbrannt, dass man es im Dunkeln sehen konnte. *Butch* … gebaut wie ein Baumstumpf: kurz, aber kräftig. Als er seine Mütze mit dem kleinen Schirm abnahm, fielen seine dünnen Haare bis auf die Schultern.

Victor achtete auf die Knarre. »Wie ich schon sagte, ich hatte ein bisschen Ärger und musste mein Zeug hier liegen lassen.«

»Wo hast du dermaßen viel überhaupt her. Von Noltie bestimmt, was? Müssen ja achtzig Liter gewesen sein, da hinten.«

Victor beschloss, es zu riskieren. Er streckte die Hand aus. »Ich heiße Sylvester«, sagte er. »Victor Sylvester. Warum zeigst du mit dem Ding nicht woanders hin und hörst mir zu? Du hast den Falschen erwischt. Ich kenne keinen Noltie. Bloß den Noltie Creek hier.«

Der Junge zielte weiter auf ihn und starrte seine Hand an, als könnte er sich daran verbrennen. »Sag ihm, dass ich nicht mehr versuchen werde, meine Schulden zu bezahlen. Wozu denn auch? Wie zum Teufel soll ich denn auf einen grünen Zweig kommen, wenn ihr alle ständig auf mich schießt und mir mein Zeug abfackelt? Sag mir das!«

Victor versuchte es noch einmal: »Wie gesagt, ich hab überhaupt keine Ahnung, wovon du da sprichst …«

»Richtig schlau, Mann, hier einen auf blöd zu machen. Zwei gute Anlagen habt ihr mir abgefackelt. Sag ihm, damit sind wir quitt. Soll er sich doch jemand anders suchen.« Butch stopfte die Waffe in seinen Hosenbund und sprang wie eine Katze auf den untersten Ast der Zypresse. Er lachte, und sein Lachen war das Älteste an ihm – es klang böse, animalisch.

Bevor Victor es noch zum Bug geschafft hatte, war er wieder zurück, in jeder Hand einen schaukelnden Benzinkanister. Den einen warf er ins Boot. Der andere gab ein *Plopp!* von sich, wie eine Flasche, die man entkorkt.

»He, warte mal!« Victor sagte es zu spät. Butch stellte den Kanister auf den Kopf. Benzin ergoss sich ins Boot, spritzte über Victors Füße auf seinen Arm, sein Hemd, dann wich er stolpernd zurück. »Warte! Nicht! Nicht anzünden!«

»Wieso denn nicht?«

»Weil ich hier drin bin, okay?«

»Dann raus mit dir.«

»Du kannst alles Benzin haben, Mann, brauchst es dir bloß zu nehmen!«

»Schon passiert.« Die vordere Leine fest in der Hand, steckte Butch sich eine frische Zigarette zwischen die Lippen. »Auch eine?«

»Nein! Bist du verrückt geworden? Lass ...«

»Scheint so.« Er riss ein Streichholz an, hielt es an die Zigarette, warf es weg ...

Das *Wuuuuff!* klang wie eine sich entleerende Riesenlunge. Eine Feuerlinie schoss auf Victor zu, der gerade noch Zeit hatte, den Beutel mit seinen Sachen über Bord zu werfen und hinterherzuspringen. Er schlug seitlich aufs Wasser auf.

Als er wieder auftauchte, brannte das Boot lichterloh. Der Rumpf, der hölzerne Drehstuhl, die Angelrute – alles stand in Flammen. Das Boot trieb dahin, als sei es dafür gebaut worden, in der Nacht Feuer über das Wasser zu tragen.

Und sobald der andere Kanister heiß genug war ...

Er schnappte sich sein Zeug und machte, dass er wegkam. Er kam erst wieder hoch, als ihm die Luft ausging. Butch schaukelte mit den Armen an einem niedrigen Ast der Zypresse. Das Schauspiel ließ seine Augen leuchten.

Viel Spaß noch, du Trottel. Victor pflügte durch das Wasser. Seine Hände streiften Fische, die davonflitzten. Dann spürte er den Schlamm des gegenüberliegenden Ufers an seinen Knien. Schwer atmend drehte er sich um und sah zu dem brennenden Boot zurück.

Butch war verschwunden.

»Pass bloß auf«, schrie Victor, »ich krieg dich! Lauf besser, so schnell du kannst! Dauert nicht lange, und du hast mich auf den Fersen!«

Der Kanister ging hoch wie eine Bombe, blendend hell, schnitt grell die Bäume aus der Schwärze wie ein Unterwasserblitz. Der Knall rüttelte an den Ästen.

Er schlug das Heckwerk aus dem Boot, das unterging wie ein Stein.

Dann war da nur noch der Rauch in den Bäumen.

Victor schwamm zur anderen Seite zurück und bahnte

sich einen Weg durch die Zwergpalmen zu der Plane, die flach auf dem Boden lag, wo einmal seine unbezahlbaren Zwanzig-Liter-Kanister versteckt gewesen waren.

Old Pops Boot ...

Victor packte die Plane. Frischer, unerbittlicher Zorn sirrte in seinen Ohren. So einen Ton hatte er im Leben noch nicht gehört. Er brachte seine Hände zum Zittern, die etwas würgen wollten. Auf einmal wusste er, wie Rache schmeckte: wie der allerbitterste Apfel. Er wollte diesen Geschmack.

Ein Stottern drang durch die Bäume, das Röhren eines starken Motors. Ein Boot schoss davon, dass das Kielwasser nur so an die Ufer klatschte.

Victor sah es nur ganz kurz: ein weißes Motorboot. Es steuerte flussabwärts, hinunter zu Willies Insel, zur Bay.

6

Er bewegte sich flussabwärts; zu Fuß, wenn er konnte. Lange Strecken schwamm er auch, drosch und trat auf das Wasser ein, bis die nächste Untiefe erreicht war ... zog sich ans Ufer, stolperte weiter. Sein Zeug hatte er in einer von einem Blitz gespaltenen Eiche verstaut. Er stolperte über Zypressenwurzeln, schlug Moskitos tot.

Kaum dämmerte es, da flaute der Wind ab. Nebel sammelte sich über dem Fluss, schützend und still. Die Wasseroberfläche wurde spiegelglatt. Victor stapfte durch die seichten Stellen und versank bis zu den Waden in dem saugenden, sumpfigen Modder, der ihn tiefer zu ziehen drohte.

Das Wasser erzitterte, als ein Schwarm Elritzen vorbeischwamm. Er hatte allmählich das Gefühl, selbst aus Modder zu bestehen.

Welches Recht hat er dazu gehabt?, wetterte er. Welche Rache wäre schrecklich genug? Im Wilden Westen wurde man, wenn man jemandem das Pferd klaute und sich erwischen ließ, aufgeknüpft und fertig. In einer Gegend, die aus Wasser und Sumpfland bestand, war ein Boot genauso wichtig. Also sollte die Strafe auch genauso hart sein.

Während er noch vor sich hin schimpfte, trat Victor über den Alligator hinweg und war schon drei Schritte weiter, ehe sein Verstand registrierte, was seine Augen gesehen hatten.

Einen langen, gebleichten Körper, schuppig und silbrig im farblosen Morgenlicht. Halb im Wasser, halb draußen.

Eine kalte Hand griff nach seinem Magen. Seine Arme erstarrten in der Bewegung. Er hielt den Atem an und stand wie gelähmt da, während der Schlamm gluckernd über seine Knöchel stieg.

Er sah nach hinten, bewegte nur den Kopf.

Dann drehte er sich ganz herum.

Das Ding lag auf dem Rücken. Aufgebläht. Tot.

Victor beugte sich vor und sah sicherheitshalber genauer hin.

Bloß sah er nicht die Klauen eines Reptils, sondern die aufgequollenen Arme und Hände eines Menschen. Menschenfinger, aufgegangen wie Teigröllchen.

Ein heftiger Geruch stach ihm ins Hirn. Ihm kam das Essen hoch. Er wandte sich ab und kämpfte es wieder hinunter.

Er taumelte davon, beugte sich vornüber, erbrach sich. Tief atmend wehrte er sich gegen einen zweiten Schwall, immer noch diesen Geruch in der Kehle. Tiefe Atemzüge. Sein Herz drohte ihm den Brustkorb zu sprengen.

Als er sich wieder halbwegs im Griff hatte, richtete er sich auf und arbeitete sich im Halbkreis auf die Windseite vor, bis er auf einem Grat aus festem Boden stand, der zwei versumpfte flache Stellen trennte.

Der Tote lag vielleicht fünf Meter tiefer, die Beine vom Wasser verborgen, der Rest von ihm krümmte sich auf einem zertrampelten Halbmond aus Marschgras. Aus dieser Entfernung sah er einem toten Alligator noch viel ähnlicher. Die Haut war gefleckt und bläulich silbrig, der Kopf ein dunkler, undefinierbarer Brocken.

Victor hielt sich die Nase zu und ging näher ran. Das musste einmal der Kopf gewesen sein, denn da hing immer noch eine goldfarbene Drahtbrille dran. Ohne Gläser.

Dunkelrote Flechten schienen aus der Mitte der Brust zu wachsen. Die Arme waren merkwürdig vom Körper weggebogen, als hätte er jemanden umarmen wollen. Goldring am Finger. Um die Taille ein Seil, dreimal herumgewickelt und kräftig verknotet; das andere Ende lag im Wasser.

Victor zog an dem Seil – kein Widerstand. Das Ende kam herauf, ausgefranst. Der Mann war irgendwo angebunden gewesen.

Plötzlich hatte Victor das dringende Bedürfnis, ihn zuzudecken oder wenigstens ganz aus dem Wasser zu holen. Aber was, wenn das Teil, an dem er zog, einfach abging?

Der Wind nahm zu, scheuchte einen Schwarm schwarzer Fliegen auf.

Victor nahm das Seil, warf es sich über die Schulter und legte sein ganzes Gewicht hinein. Er schwitzte und zog, sank bis zu den Knien ein, kam aber gegen das Gewicht nicht an.

Du musst jemanden finden. Es ihm erzählen. Es ihm zeigen.

Das Wasser fiel. Der Tote lag gut hier. Victor ließ das Seil Seil sein und machte, dass er wegkam.

7

Er kauerte vor dem Fliegenfenster und spähte hinein. Die höckerförmige Uhr auf Willies Kleiderschrank zeigte Viertel nach neun, und trotzdem schnarchte Willie immer noch vor sich hin.

Liebe Willie, überlegte er. *So ein Rumtreiber hat Old Pops Boot abgefackelt. Musste vom Mullet Creek aus nach Hause schwimmen. Hab unterwegs eine Leiche gefunden. Bin bald zurück. Alles Liebe, Victor.*

Er zog sich vorsichtig wieder zurück. Er musste verrückt geworden sein. Sie hatte Recht gehabt: Er hatte sich gewünscht, dass etwas passierte, und zack! zack! zack!, da hatte er die Bescherung! Er zitterte am ganzen Leib, ein kräftiges Frösteln, das nichts mit der Temperatur oder seinen durchnässten Anziehsachen zu tun hatte. Jedes Mal, wenn er blinzelte, sah er das Gesicht des Toten vor sich, die goldene Brille, die so fest gegen den Kopf gedrückt worden war, dass man sie vielleicht nie wieder abkriegte.

Weck Willie.

Lass sie schlafen.

Sie wird wissen, was zu tun ist.

Sie wird vor Schreck aus den Latschen kippen, und dann hast du zwei Leichen am Hals.

Rudere mit dem Boot zu den Quellen rauf. Hol Daddy. Der wird damit fertig. Er kann von Moores Laden aus anrufen. Du bist noch ein Kind. Du weißt nicht, was zu tun ist. Diese Sache ist ein paar Nummern zu groß für dich.

Die nächste Polizeiwache war zehn Meilen die Bucht rauf, in Fairhope. Dazu brauchte es ein anständiges Transportmittel.

Ein weißes Motorboot zum Beispiel …

Victor fand die verrostete Pistole und eine halbvolle Schachtel Patronen in der Werkzeugkiste. Er verstaute sie in dem Ruderboot und winschte es runter. Es war eine offene Holzschale, weiß gestrichen, ein simples Boot, das einen nur über den Fluss bringen sollte. Victor legte die langen, schmalen Ruder ein und glitt davon.

Er ruderte, ohne zu denken, zählte die Züge, verzählte sich, verlor sich in der Muskelarbeit und hielt nur ab und zu inne, um zu Atem zu kommen. Immer wieder sah er mit zusammengekniffenen Augen nach vorn, wo der Fluss gleißte – irgendein Fischer *musste* doch draußen sein an so einem herrlichen Morgen –, aber er bekam nicht eine Menschenseele zu sehen in den langen Stunden, die er brauchte, um über die Weeks Bay zu rudern, den Magnolia River hinauf und in den Noltie Creek hinein.

An dem war nichts Besonderes, von dem Angler-Camp einmal abgesehen, das seine Hässlichkeit wie eine Auszeichnung zur Schau stellte. Dem Schild, das es als SHELLSIDE CAMP vorstellen sollte, fehlte ein S, sodass dort nun SHELL IDE stand. Sieben Wohnwagen standen an einer Bootsanlegestelle herum, auf einem Stück Land, das völlig kahl geschlagen war und aussah, als hätten die Wohnwagen irgendeine Krankheit verbreitet. Es waren gedrungene, rundliche Anhänger, die wie Zigeunerwagen auf Schlackesteinen aufgebockt waren, mit Ofenrohren und Gucklöchern.

Nolties Laden war kaum mehr als eine Holzbaracke, die allmählich auseinander fiel. Die Witterung hatte das Coca-Cola-Thermometer purpurrot anlaufen lassen. Grillen zirpten in den Drahtkäfigen auf der Kühltruhe für die Köder.

Das einzige Boot an der Anlegestelle war ein verlotterter Garnelenfischer. Außer Atem warf Victor seine Leine über den Pfosten. Schweiß tropfte ihm von den Fingerspitzen. Das Hemd klebte ihm am Körper.

Eine Frau mit wirren rötlichen Haaren saß breitbeinig auf der kleinen Veranda. Sie trug weite knielange Hosen und ein blaues Arbeitshemd für Männer, an dem zwei Knöpfe fehlten. Den Kopf hatte sie an die Benzinpumpe gelehnt. »Hey, Kleiner«, sagte sie mit einer Stimme, die knarrte wie ein Scharnier. Ihr Blick wanderte an Victor hinauf und wieder hinunter. Ihre Augen waren frech und übel zugerichtet. Sie mochte dreißig oder fünfzig sein, kam ganz darauf an. Sie grinste. »Wie heißt du denn, du junger Herzensbrecher?«

Er räusperte sich. »Victor.«

»Junge, schwitzt du! Du siehst aus, als hättest du gerade ein Gespenst gesehen! Was ist denn los?«

»Bin – bloß außer Atem«, sagte Victor.

»Ich heiß Dauphine«, sagte sie und hielt ihm ihre Hand hin, als solle er sie küssen. »Bin nach dem verschwundenen Dauphin benannt. Ist ein Verwandter von mir, ha ha.«

»Wo ist Mr. Noltie?«

»Er hat mir die Aufsicht überlassen. Das macht er ständig. Wenn du's mir nicht glaubst, dann geh den Knopf da drücken.« Sie zeigte auf einen schwarzen Kasten über der Kühltruhe, unter einem Schild, auf dem HIER SPRECHEN stand. »Das Kabel läuft unter der Erde zu seinem Wagen da hinten. Geht ganz schnell. Brauchst bloß zu drücken, dann siehst du, dass er nicht da ist.«

»Wo ist er denn hin?«

»In die Stadt. Aber er hat mir die Schlüssel dagelassen. Willst du Benzin?«

»Nein. Es ist ein Ruderboot. Hat keinen Motor.«

»Gut so. Gibt nämlich kein Benzin«, sagte Dauphine. »Warst du je auf einem Fischebraten?«

»Einem was?«

»Einem Fischebraten. Du weißt schon. Wenn man Fische brät. Ich hab ein paar schöne gefangen. Komm mit rauf, dann braten wir sie uns.«

Victor dachte gerade, wie hart es sein musste, in den Spiegel zu sehen, wenn einem die schlimmsten Zeiten des Lebens ins Gesicht geschrieben standen.

»Du hast wohl nicht viel für die alte Dauphine übrig, Junge«, sagte sie und nahm die Knie zusammen.

»Ich suche jemand.«

»Trifft sich gut, Schätzchen. Ich bin jemand.«

»Nein, ich such jemand namens Butch.«

Dauphine zog sich ein Haar aus dem Mund. »Ein Freund von dir?«

»Ja, klar. Er hat mir einen Gefallen getan, und jetzt will ich mich revanchieren.«

Sie sah ihn prüfend an. »Was für einen Gefallen denn?«

»Das geht nur Butch und mich was an.«

»Du bist doch nicht etwa von der Polizei? Nee, dazu bist du zu jung.« Ihr Gesicht hellte sich auf. »Butch kommt immer gern zu meinem Fischebraten.«

Kann ich mir vorstellen, dachte Victor schaudernd.

»Du scheinst in Ordnung zu sein. Weißt du, ich muss vorsichtig sein, wenn jemand kommt und nach Butch fragt.«

»Wieso denn?«

»Ich bin seine Mama«, sagte sie.

Victor musste schlucken. »Sie?«

»Jede Wette, du hast gedacht, ich bin noch gar nicht alt genug dazu, so einen Rumtreiber wie ihn zu haben«, sagte Dauphine und lachte.

»Mr. Noltie hat nicht zufällig ein Telefon, oder?«

»Nein, verdammt«, sagte sie. »Hast du eine Zigarette?«

»Nein.«

»Du solltest anfangen zu rauchen, dann hättest du immer eine, wenn dich jemand fragt.« Sie warf ihm einen schrägen Blick zu. »Willst du den ganzen Tag in diesem Boot da stehen oder setzt du dich auch mal zu mir?« Hoffnungsvoll klopfte sie neben sich auf die Stufe.

Victor blieb, wo er war. Er hatte eine Idee. »Das ist ein schönes Boot, mit dem Butch da immer rumfährt. Hat er auch einen Liegeplatz dafür?«

»Ist nicht seins«, sagte Dauphine. »Ist Nolties. Wenn einer auf die schiefe Bahn gerät, dann meistens langsam, so Stück für Stück, aber dieser Junge hat echt früh damit angefangen. Darum sitz ich jetzt hier fest. Wir können uns nirgendwo anders mehr blicken lassen. Eigentlich hätte *ich* mir das Boot schnappen sollen, so wie der Alte sich aufführt. Butch und er haben irgendein Ding am Laufen, ich will nicht mal wissen, was. Ich hab sie beide gewarnt.« Sie legte die Hände auf die Knie. »Ist ja schließlich nicht das beschissene Taj Mahal hier. Guck dich doch um. Fünfzehn Dollar im Monat, und wofür? Genau das hab ich ihn auch gefragt, wofür. Ich war's doch nicht, Butch ist's gewesen. Dafür kann ich doch nix, hab ich gesagt.« Sie sah zu dem größten Wohnwagen nach hinten. Irgendeine Bewegung hinter dem Fenster.

»Haben Sie nicht gesagt, er wär nicht da?«

»Hab eben gelogen«, sagte Dauphine. Der Kasten an dem Pfosten quakte etwas, das sich wie ihr Name anhörte; sie stand auf und schlug gegen den Knopf. »Was denn?!«

Quak, quak.

»Er will kein Benzin«, keifte sie.

Quiek, quiek, rrrr.

»Ja, gleich!« Sie drehte sich zu Victor herum. »Er kann's nicht leiden, wenn Leute hier rumhängen, ohne was zu kaufen. Willst du was kaufen?«

»Nein.«

»Ich muss ihm jetzt Essen machen. Er passt so lange auf. Er hat ein Fernglas da drin. Damit sieht er alles, was du machst. Dass du ja nichts klaust.«

»Ich klaue nichts. Ich wollt bloß ...«

»Jetzt pass mal auf. Wenn du Butch siehst, dann sag ihm, dass er besser das Scheiß-Boot wieder herschafft und seine Schulden bezahlt. Fünfundachtzig Dollar bei Noltie und bei mir dreiunddreißig Dollar und siebzehn Cents. Er weiß, wofür.«

»Ich habe keine Ahnung, wo er steckt«, protestierte Victor. »Darum frag ich doch nach ihm.«

»Weiter oben, noch an der Stelle vorbei, wo mal die Brücke gewesen ist, da hat früher ein Haus gestanden.« Sie sagte es ganz schnell und warf dabei einen Blick über die Schulter zurück. »Die Jungs sagen, da haben sie ihn manchmal gesehen. Wenn du ihn findest, sag ihm, dass Noltie nicht wirklich sauer auf ihn ist. Sag ihm, er soll kommen und seine Schulden bezahlen, und dann renkt die Sache sich schon wieder ein. Sag ihm, Dauphine hat gesagt, er soll besser mal ...«

*»Dauphine!«, k*am es aus dem Kasten.

»Komm noch mal her.« Sie winkte ihm mit zwei Fingern. »Komm noch mal her, wenn's draußen dunkel ist, dann brät dir die alte Dauphine einen Fisch.«

Victor sah ihr nach, wie sie breitbeinig den Hügel rauf eierte. Er lutschte an der Blase an seinem Daumen. Sein Magen protestierte. Er riss zwei Streifen von einem Lumpen ab und wickelte sie sich um die Hände. Er hätte gern einen Bissen gehabt von diesem Fisch, von dem sie ständig redete.

Er legte sich in die Riemen und war bald bei den alten, verrotteten Überresten der Brücke angelangt. Sie hatte zu einer Terpentinmühle gehört, die pleite gegangen und von den völlig verarmten Arbeitern auseinander genommen worden war. Sie hatten mit den Balken ihre Hütten verstärkt.

Verglichen mit diesen windschiefen Behausungen sah Willies Haus wie eines von den großen Sommerhäusern beim Hotel aus. Hier drohte eines jeden Moment vornüber zu fallen; dort war eines vollständig mit alten Nummernschildern verkleidet; da stand kein Haus, sondern ein Hausboot, von dem man einfach die Pontons abgerissen hatte.

Willie sagte immer, den Noltie Creek käme nur Dreck runter, sonst nichts.

Victor ruderte das Boot durch eine enge Biegung. Der Wald wurde dichter. Kurz nach zwölf, und die Sonne knallte mörderisch herunter. Er traute sich nicht, die Augen zuzumachen. Dann schlief er vielleicht mitten im Rudern ein. Dann sah er vielleicht wieder die Leiche.

Er wischte sich die Stirn ab und hielt nach einer Stelle Ausschau, an der kein Haus mehr stand.

Die Tarnung hätte fast funktioniert. Es war gerade einmal ein Fitzelchen Weiß zu sehen in dem ganzen Grünzeug, aber die Leine verriet alles. Sie leuchtete in der Sonne, eine gerade Linie zwischen dem Stamm der Platane und dem weißen Motorboot.

Victor tauchte ein Ruder ein, kam näher heran. Zusammengeknotete Kletterpflanzen bedeckten den Rumpf.

Er kletterte ans Ufer. Weiter oben thronte ein Schornstein über einer grasbewachsenen Lichtung. So ein Mordsglück! Ein schnelles Boot. Und Butch nirgends zu sehen.

Er riss das Grünzeug herunter und besah sich den Windschutz aus Chrom und Glas, das Steuerrad, die dick gepolsterten Sitze. Die Reißleine war in die Evinrude's-Motorhaube integriert und rollte sich automatisch wieder auf. In einem dermaßen schicken Boot hatte Victor im Leben noch nicht gesessen. Kein Wunder, dass Butch es sich unter den Nagel gerissen hatte.

Von seinem Benzinvorrat war nichts zu sehen; mindestens die Hälfte war ja auch in Flammen aufgegangen.

Er machte sich mit gespitzten Ohren an den kunstvollen Knoten zu schaffen. Am liebsten hätte er Stift und Papier dabei gehabt. *Tja, Kumpel. Schade eigentlich.* Irgendwas in der Art. Aber vielleicht war es ja viel schöner, ihn erst langsam drauf kommen zu lassen. Wenn er erst den Bach absuchte, dann den Fluss und dann die Bay. Sollte er doch suchen.

Noch ein Knoten und fertig.

Oben knackten Äste …

Dieses wilde Gesicht, das Gesicht eines Tieres, das ihn anstarrte, das sich zusammenkauerte, um ihn anzuspringen.

Der große Ast knackste, brach, kam herunter. Butch knallte in einem Schauer aus Splittern und Moos herunter, *bamm!*, direkt aufs Kreuz.

Bevor er noch Luft holen konnte, war Victor schon über ihm und nahm ihn mit Old Pops alter Pistole aufs Korn. »Mein Anblick dürfte keine große Überraschung für dich sein.« Er zog den Hahn zurück. »Ich hab dir ja gesagt, du solltest besser abhauen.«

»Nicht schießen.« Butch hob seine Mütze auf, als könne sie ihn schützen. Seine Ähnlichkeit mit Dauphine war nicht zu übersehen – schlechte Zähne, freche Augen. Butch sah wie ein Kampfhund aus, überall Narben, an der Brust und an den Armen, neue und alte.

»Ich komme nur holen, was mir zusteht«, sagte Victor. »Ein Boot für ein Boot.« Er stieß Butch einen Zeh zwischen die Rippen. »Auf den Bauch mit dir. Hände auf den Boden.«

Butch wollte etwas sagen. Victor gab ihm einen Tritt. »Halt's Maul und hör zu. Ich hab keine Ahnung, was ihr hier treibt auf dem Fluss, aber jetzt seid ihr an den Falschen geraten. Ich hab da draußen diesen Kumpel von euch gefunden. Ich werd die Polizei holen, und dann geht's euch an den Kragen.«

Victor nahm gut Anlauf und sprang ins Boot. Es trieb vom Ufer weg. Der Motor sprang sofort an.

Butch hob den Kopf. »Hey! Das Boot gehört mir nicht!«

Du sagst es. Victor schob den Gashebel nach vorn. Röhrend nahm das Boot Fahrt auf. Der Bug hob sich aus dem Wasser. Victor hielt die Waffe in der einen Hand und steuerte mit der anderen.

Er wühlte das Wasser ordentlich auf. Aus den Gärten winkten ihm Kinder zu.

Er wandte sich flussaufwärts, beschrieb einen weiten Bogen und versicherte sich, dass der Tote in dem grauen Stück Sumpf immer noch zu sehen war. Die Ebbe hatte seine Beine bereits freigelegt.

Victor stand am Steuerrad. Er war lebendig. Unter Strom. Voll in Fahrt. Der Wind peitschte seine Haare. Er fuhr mit Vollgas den Fluss hinab und zog eine ordentliche Gischtfahne hinter sich her, während er schneller als je zuvor am alten Johnson-Haus vorbeifuhr, am Keaton-, am Murphy- und am Collins-Camp, am Noltie Creek, an den Murphys, den Donelsons, den Wheatons, an dem Uferstück mit den toten Zypressen, an den endlosen grünen Wäldern, dann über die ausgedehnten Untiefen der Weeks Bay hinweg und an Willies Insel vorbei, weg von ihrem Bootshaus und ihren Symptomen, ihren Geschichten, ihrem Whiskey, raus aus dem Trott, hinaus auf die große Wasserfläche der Mobile Bay.

Er wandte sich nach Norden. Er hatte vielleicht fünf Meilen hinter sich gebracht, da war der Tank leer, und der Motor setzte stotternd aus.

8

In einem Boot mitten in der Bay kann man sich nicht verstecken, aber das Land drumherum wimmelt nur so von Verstecken, da, wo Erde und Wasser aufeinandertreffen.

Den Kopf der Bucht bildet das große Mobile-Tensaw-Delta mit seinen verwunschenen, uferlosen Seen und undurchdringlichen Wäldern. Die Bucht verbreitert sich nach Süden zur Form einer gehenden Dame, die ihre langen Kleider hinter sich herzieht. An ihrer Schulter liegt die alte Stadt Mobile. Den Kleidersaum entlang ziehen sich schmale Halbinseln, ein Besatz von weißen Stränden. Wo die Dame gleich den Fuß hinsetzt, befindet sich eine Lücke von zwei Meilen, Fort Morgan, der Zugang zum Golf von Mexiko.

Auf Kniehöhe der Dame befand sich an der Ostküste das einzige große Gebäude der Bucht, das Hotel. Bevor der Coast Marshal seine Verdunklung durchgesetzt hatte, war es von überall aus zu sehen gewesen, ein glitzernder, funkelnder Palast, hoch oben auf Point Clear, zwischen den uralten Virginia-Eichen.

Wenn jetzt die Sonne unterging, wurde das üppige Grün schwarz.

Eine halbe Meile weiter westlich zog der in einer guten Strömung liegende Treibanker das weiße Motorboot stetig Richtung Küste. Victor erwachte, das Gesicht in die Armbeuge gekuschelt. Er hatte stundenlang im Bug gestanden und den Flecken ähnelnden Garnelenfischern im Westen mit seinem Hemd zugewunken, aber keiner war näher gekommen. Schließlich hatte die drückende Hitze ihn in den gemütlichen Stuhl gezwungen, ihn dort zusammensacken und eindösen lassen …

Er setzte sich erschreckt auf.

Wach werden.

Wo war …

Draußen, auf dem Wasser.

Um Gottes willen. Er hatte doch nur seine Augen ausruhen wollen. Jetzt war die Sonne untergegangen, und seine Haut tat ihm bei jeder Berührung weh. Die Bucht erstreckte sich weit. Im Westen glühte der Himmel immer noch fahl rosa. Da drüben im Nordwesten, keine Meile weit weg, hockte das mittlere Leuchtfeuer auf seinen Stelzen, also musste das Hotel … direkt hinter ihm sein.

Zwischen den Wipfeln knorriger Bäume erstreckte sich das langgezogene Blechdach; sein Schimmern ließ sich nicht verdunkeln. Joseph hatte einmal einen Sommer lang dort oben das Gras gemäht, dementsprechend gut wusste Victor darüber Bescheid. Das vier Stockwerke hohe Hauptgebäude verbarg die eigentliche Bergspitze. Wenn im Hochsommer irgendwo im Staate Alabama eine Brise wehte, dann dort. Die Reichen kamen hereingesegelt, machten ihre Boote im Yachthafen fest, setzten sich in die Segeltuchstühle auf dem Rasen, der zur Bucht hin lag, und nippten an ihren Cocktails. Die reichsten von ihnen übernachteten in den mit rosafarbenem Stuck verzierten Bungalows, die überall auf dem Gelände verteilt waren. Und irgendwann, wenn sie die Nase voll hatten, sagte Joseph, dann machten sie ihre Boote wieder los und segelten davon.

Victor griff zum Paddel. Er war in Rufweite der Küste und trieb auf einen Wellenbrecher zu.

Auf der Promenade waren Leute – Paare, herumflitzende Kinder. Die Klänge einer Band kamen über das Wasser geweht. Spielten sie etwas von Dorsey? Sie legten ordentlich los. Na, klar. Draußen in der Welt war ja Samstagabend.

Victor paddelte in ruhigeres Wasser, auf einen Wald von

Masten zu. Mühselige Angelegenheit, dieses schwere Boot mit einem Paddel voranzubringen. Der Wind trug weiterhin Fetzen von Musik heran. Victor hätte sich am liebsten über den Rasen geschlichen, in einem dunklen Winkel versteckt und zugehört, aber er hatte Wichtigeres vor.

An Willie wollte er nicht denken. Nicht jetzt. »Mach nur«, hätte sie gesagt. »Ich kann schon selber auf mich aufpassen. Ich hab selbst genug zu tun.«

Der in das Nordende der Landspitze geschnittene, durch Wellenbrecher geschützte Yachthafen war ein stiller Zufluchtsort für Motoryachten, teure Rennboote, elegante Skiffs und Segelboote. Drahtseile klirrten an den Masten.

Vorsichtig manövrierte er das Boot neben eine grün getarnte Barkasse, verstaute das Paddel und sprang auf den Pier. Die Boote lagen im Vierer-Päckchen. Er hatte nicht einmal Geld zum Telefonieren, aber vielleicht konnte er sich genug Benzin organisieren, um es bis nach Fairhope zu schaffen. Erst mal zur Polizei und dann würde er weitersehen.

Er warf einen Blick zum größten Boot hinüber, einer schnittigen Holzyacht mit Laufbrücke. Er schlich sich den Pier entlang. Längs vertäut brauchte sie vier Poller. Sie musste einfach voll getankt sein. Er huschte die Gangway hinauf.

Alle Luken waren fest verschlossen. Seit Kriegsbeginn passten sogar die Reichen auf ihr Benzin auf.

Schritte. Laut. Von Stiefeln. Victor duckte sich hinter die feste Reling. Die Stiefel kamen eine Armeslänge entfernt vorbei und blieben vor dem weißen Motorboot stehen.

Der Mann schüttelte leise fluchend den Kopf. Er war groß gewachsen, ein bisschen krumm, und hielt einen Hut in der Hand.

Victor huschte zurück auf den Pier.

Der Mann drehte sich um. »Ist das dein Boot?«

»Ja, Sir.«

»Dann schaff es weg hier.« Er war vielleicht dreißig. Dünne, hellblonde Haare, Drahtbrille, extrem schräg verlaufende Kieferlinie. Irgendwie kam er Victor bekannt vor. Khakihosen, schwarze Lederstiefel. Seine Augen lagen im Schatten.

»Entschuldigen Sie bitte. Ich dachte, ich könnte es an Ihrer Barkasse festmachen«, sagte Victor.

Der Mann machte ihm Platz. »Gehörst du zu den Hotelgästen?«

»Ja, Sir.« Victor hob ein Bein über das Heckwerk.

»Wie heißt du?«

Er log, ohne erst noch zu überlegen: »Charlie. Charlie Smith.«

»Charlie, weißt du, was auf dem Schild dort drüben steht?«

»Nein, Sir. Es ist dunkel.«

»Dort steht ›Reserviert/Nur für Dienstfahrzeuge‹. Achte das nächste Mal darauf, sonst werden wir ein Wörtchen miteinander reden müssen. Du kannst da weiter oben festmachen.«

»Ja, Sir.« Victor zog das Motorboot an seiner Bugleine den Pier entlang. *Kümmere dich um dein Benzin, Mann. Du brauchst Nachschub.*

Wie aufs Stichwort hob der Mann einen Kanister hoch und schüttelte ihn. Er drehte einen Schlüssel herum. Die beiden Innenbordmotoren brummten auf und trugen ihn langsam die Reihe eleganter Boote entlang zu einem Schuppen, der mit Schindeln gedeckt war. »Kannst du mir vielleicht mal kurz raufhelfen?«

»Oh. Klar.« Victor beugte sich vor und ergriff die kalte Hand. Der Mann kam auf den Pier geklettert. In seinen Brillengläsern spiegelte sich kurz der Mond.

»Danke. Roy Glass mein Name.« Er löste einen großen Schlüsselring von seinem Gürtel. »Entschuldige bitte, dass ich gerade etwas grob gewesen bin, Charlie. Aber ich habe hier dienstlich zu tun. Wir befinden uns schließlich im Krieg.« Er ging zu einer kleinen Tür in dem Schuppen, machte ein Vorhängeschloss auf und zog den Zapfschlauch der Benzinpumpe hervor.

Victor las den Aufkleber auf der Windschutzscheibe der Barkasse. »Sie sind der Coast Marshall?«

»Ja.«

Aber nicht der, der Willies Fenster immer verdunkeln wollte, dachte Victor. Er sah ihm zwar so ähnlich, dass er sein Bruder hätte sein können, aber nicht ganz. Größer oder so. »Sind Sie der Einzige in Baldwin County?«

»Gibt noch einen, am Strand.«

»Sind Sie so was wie ein Polizist?«, fragte Victor. »Können Sie jemanden festnehmen und alles?«

»Warum?« Roy Glass wirkte leicht amüsiert. »Kennst du jemanden, den ich besser festnehmen sollte?«

Victor war sich darüber im Klaren, dass er jetzt besser von seinem Fund erzählte, aber der Mann hatte etwas an sich, das ihn misstrauisch machte. Die kalte Hand. Dass er ihn gleich so angefahren hatte. *Der würde mir sowieso nicht glauben.* »Reine Neugierde«, sagte er. »Will ich vielleicht auch mal werden. Wenn ich erwachsen bin.«

»Coast Marshall. Ein gutes Ziel.« Mit beiden Händen legte Glass die Sperrklinke um. Ersatzbenzin gluckerte in den Kanister. »Bist du schon lange hier im Hotel?«

»Seit gestern erst.«

»Gefällt's dir?«

»Geht so«, sagte Victor. »Gibt nicht viel, was man hier machen kann.«

»Ihr jungen Leute, also wirklich. Da ist es so schön hier,

und du erzählst mir was von nicht viel machen. Geh nach oben, da wird getanzt. Da gibt's Mädchen zum Angucken.« Er zog die Tülle aus dem Stutzen. »Tust du das mal bitte in den Verschlag zurück?«

»Klar.« Victor verstaute sie zwischen dem Werkzeug und den öligen Lumpen. Er bemühte sich um einen beiläufigen Tonfall: »Soll ich auch gleich wieder zumachen?«

»Ja, bitte.«

Er schepperte mit Riegel und Schloss herum, ließ aber den Bügel nicht einrasten. »Fertig.«

Roy Glass nahm den Hut ab. Seine dünnen Haare waren immer noch perfekt gekämmt. »Danke noch mal. Einen schönen Aufenthalt noch.«

»Tut mir Leid, dass ich Sie blockiert hatte«, sagte Victor.

»Jetzt weißt du es ja. Und jetzt hör auf meinen Rat und such dir ein Mädchen zum Tanzen.« Glass stieg ins Boot, löste die Leine und ließ die Motoren an.

Victor winkte ihm hinterher. Er winkte so lange, bis die Barkasse an den Wellenbrechern vorbei war.

Mit einem Griff war die Tür wieder auf. Er rannte den Pier hinunter und kam mit zwei Kanistern zurück. *Jetzt aber schnell.* Er pumpte drauf los und sah dabei zu den bewegten Schatten hinüber.

Irgendwo unter den Bäumen lachte ein Mädchen – ein leises, wohlklingendes Perlen, wie Wasser auf Steinen. Dann eine Antwort, ein Murmeln.

Das Gewicht der Kanister ließ ihn den Pier hinuntertaumeln. Als er sie kurz absetzte, hörte er die beiden hinter sich.

»Du Schuft«, sagte das Mädchen entschieden. »Du reißende Bestie.« Und wieder lachte sie dieses perlende Lachen.

Victor war unten im Boot, als sie an seinem Ende des

Piers ankamen. Sie trugen Weiß, als hätten sie sich für das Mondlicht zurechtgemacht. Sie kam zuerst, wackelig auf ihren hohen Absätzen, mit sich blähendem Rock. Ein kleines bisschen beschwipst vielleicht.

Der Mann bog sie zurück, ganz in den Kuss versunken.

Wenn sie sich umdrehten, würden sie mitbekommen, dass er sie anstarrte, aber sie hatten nur Augen füreinander, und die waren geschlossen, während sie ihre Münder aufeinander pressten.

Ein Absatz kam hoch. Ihr Schuh fiel auf den Pier.

»Ooh, Billy, du Wilder«, sagte sie. »Guck, was du gemacht hast.«

»Ich hol ihn.« Er kniete nieder. »Meine Prinzessin, hier ist Euer Schuh.«

»Oh, Romeo, Romeo«, sagte sie. »Warum hast du mich verlassen?«

»Das ist nicht Aschenputtel«, neckte er sie. »Das ist nicht mal *Romeo und Julia.*«

»Gemeiner Kerl!« Sie schlug ihn. »Hoch mit dir!«

Er griff sie sich.

Victor war ganz aufgewühlt. Wie verzaubert sie wirkten, in ihrem blendenden Weiß und ihrer Liebe. Die Hand des Mannes, die sich den weißen Rock hinaufstahl, war seine Hand; unter dem Stoff waren Wärme zu spüren und ein Pulsschlag – er fühlte es selbst.

Er konnte das auch. Jawohl, konnte er. Er tat keinen Muckser, damit er lernte, wie es ging. Sein Magen war kalt.

Der Mann entzog sich ihr. »Das geht nicht. Erst regst du mich total auf, und dann willst du nicht …«

»Pst. Nicht eklig werden.« Sie hielt ihm ihre Hand hin. »Komm, gehen wir uns die Musik anhören.«

Aber er ging in die andere Richtung davon, den Pier hinab. »Geh du. Ich bin hier, wenn du genug hast.«

Sie machte zögernd einen Schritt auf ihn zu, dann überlegte sie es sich anders und ging zum Hotel zurück, immer schneller, bis sie rannte.

Wenn das Victors Hand gewesen wäre und sein Mund, der den ihren so geküsst hätte, dann wäre er ihr nachgelaufen. Aber der Mann stand da, zündete sich eine Zigarette an und betrachtete den verdunkelten Leuchtturm.

Er schien genau zu wissen, dass sie wiederkommen würde. Sie würde wiederkommen, und beim nächsten Mal würde sie tun, was er wollte. So lief das wohl.

Victor ließ den Motor an. Ein Stottern, das zu einem Dröhnen anstieg. Er fuhr an den schwankenden, tanzenden Bootsreihen und den Wellenbrechern vorbei, in die Bucht hinaus.

Der Wind kam jetzt von Norden. Er blies die Musik in die andere Richtung davon. Der Wechsel war ein Zeichen. Veränderungen standen bevor.

Das Boot flog zum Trommelschlag der Wellen gegen den Rumpf dahin, mit gleichmäßig brummendem Motor. Victor fuhr im Stehen, wie ein Verbrecher, sah sich immer wieder nach hinten um, während der Wind an ihm zerrte. Ein Chor altbekannter, keifender Stimmen riet ihm, nach Hause zurückzukehren, zur Insel, und sich um Willie zu kümmern – was wird denn bloß dein Vater dazu sagen? –, aber Victor übertönte sie mit dem Motorengeräusch. Er war sein ganzes Leben lang brav gewesen. Heute Nacht war er mal dran. Alle seine Sinne waren alarmiert.

Im Westen breitete sich auf dem Wasser eine dunkle Nebelbank aus.

Noch zwei Meilen bis Fairhope. Er hatte sich gewünscht, dass irgendetwas passierte, und nun war es passiert. Officer, ich habe einen Leichenfund zu melden. Sieht mir nach Mord aus …

Eine halbe Meile direkt voraus glitt der Strahl des Leuchtturmes über die Bay, ein Lichtfinger, der einen großen Kreis beschrieb und den Nebel zum Leuchten brachte.

Ein Klagen erklang, der allertraurigste Schrei eines Ungeheuers: das Nebelhorn. Ein langer Ton und dann eine Pause, wie um Atem zu schöpfen, dann zwei kürzere Töne.

Der Leuchtturm stand auf Stelzen im Wasser. An seiner Anlegestelle war das grün getarnte Boot vertäut. Stufen führten zu dem weißen, achteckigen Haus hinauf. Dort oben tanzte eine Laterne im Fenster, ein gelber Lichtpunkt, der sich von der einen Ecke zur anderen bewegte. Sie wurde von jemandem geschwungen.

Der große Strahl erschien wieder und machte zwei rasche Umdrehungen.

Wieder das wehklagende Horn, so lang, dass es wie ein Todesseufzer klang. Der Nachhall antwortete. Das Licht verschwand.

Victor hatte das unangenehme Gefühl, ein Gespräch mit anhören zu müssen: Das Leuchtfeuer unterhielt sich mit dem Nebel.

Wieder gleißte Licht auf in der riesigen Linse, schnitt den Umriss eines Mannes mit einem Filzhut heraus – der Coast Marshall, Roy Glass. Das Gleißen verschwand, beschrieb eine schnelle Drehung und flutete flammend über Victor hinweg, bevor er es kommen sah – eine blendende Lichtsäule, die ihn im Vorübergleiten verriet.

Glass sah aus dem Fenster nach unten.

Das Gleißen schoss vorbei, ging halb herum und dann aus.

Victor jagte den Motor hoch und schwänzelte westwärts davon. Als er zurücksah, war die Laterne auf halber Höhe der Treppe zu sehen.

Er fuhr in einen Nebel hinein, der so dicht war, dass der

ohrenbetäubende Lärm des Motors aus allen Richtungen widerhallte. Das Leuchtfeuer verschwand hinter ihm.

Der Nebel war zu dicht, rußig schwarz, und roch leicht verbrannt.

Er tastete nach dem Schalter. Das Positionslicht leuchtete auf, grün auf der einen Seite, rot auf der anderen – ein nett anzusehendes Glühen, das ihm in dieser Suppe aber überhaupt nicht weiterhalf.

Sein Boot rammte etwas.

Rutschte etwas hinauf.

Victor wurde wie eine Lumpenpuppe auf den Rücken geworfen.

Die Drehzahl des Motors ging hoch, ein wildes Heulen, Schraube aus dem Wasser. Vom Rumpf schälte sich ein Streifen ab. Das Boot hing vollständig in der Luft, schaukelte auf dem Rückgrat eines riesenhaften, auftauchenden Ungeheuers hin und her.

Er suchte Halt, vergeblich. Er plumpste ins Heck hinunter.

Die Schraube griff in Metall. Kreischte über irgendeine Oberfläche hinweg. Über irgendetwas. Das er gerammt hatte. Das Boot kippte und stürzte seitwärts ins Wasser. Victor rollte hinaus: Das Wasser war ein Schock – so kalt – es war Juni – viel zu kalt für diese Jahreszeit – der Motor lief – zischelnde Schlangen im Wasser.

Er kam Luft schnappend wieder hoch, fand sich in totaler Finsternis wieder. Das Boot hatte sich über ihm gedreht, sodass er darunter war, in einer Luftblase, und die Schlangen im Motor zischelten immer noch.

Vielleicht kam er mit dem Kopf noch in die Schraube. Zack, Rübe ab!

Er tauchte unter und tastete hektisch nach dem Gashebel. Falsche Seite. Welche Seite? Kopfrum alles.

Da. Der Hebel. Ein Ruck.

Das Zischeln verstummte.

Victor trieb in der Luftblase – ganz ruhig ganz ruhig du hast was gerammt ganz ruhig du bist in irgendwas reingefahren, hast dir vielleicht den Kopf angeschlagen Luft holen atmen benutz deinen Verstand dir ist nix passiert du brauchst es bloß wieder umzudrehen. Du brauchst es bloß wieder umzudrehen.

Schon besser. Tief durchatmen.

Er holte tief Luft und tauchte unter dem Boot hervor. Eine raue, salzige Welle klatschte ihm ins Gesicht. Der Geschmack von Salz jagte ihm einen Schrecken ein. Er schaffte es, den Kopf aus dem Wasser und eine Hand an den Rumpf zu kriegen.

Er hörte Gurgeln. Das Boot war kurz vorm Absaufen.

Er zog sich hoch, brachte einen Fuß auf die Kante und *verpasste* dem Boot ordentlich eins, und dann noch eins, mit *Schmackes,* und *noch* einmal, um es doch noch herumzudrehen.

Nicht absaufen jetzt. Bitte nicht absaufen. Nicht absaufen. *Nicht absaufen.*

Aber es sackte ihm unter den Händen weg, reckte den Bug in die Luft und ging mit der silberigen Anmut eines Tauchers unter, der sich ins Wasser gleiten lässt.

Weißer Schaum stieg auf.

Victor tauchte, als ließe das Boot sich noch fangen und zurück zur Oberfläche ziehen und umdrehen, als ließe sich alles ungeschehen machen. Mit kräftigen Schwimmstößen und aufgerissenen Augen sah er dem weihnachtlich bunten Positionslicht nach, das hinunter in die Unendlichkeit trieb. Er stellte sich vor, dieser sanften Spirale bis ganz hinunter zum Boden der Bucht zu folgen.

Herr im Himmel. Bloß nicht ertrinken.

Er kämpfte sich hoch, zur Luft hinauf. Eine Welle ergriff ihn. Er versuchte zu einem großen Kissen zu schwimmen, das vor ihm tanzte, aber er konnte schwimmen, so schnell er wollte, es blieb immer drei Wellen entfernt.

Irgendwo läutete eine Schulglocke. Brüllten Männer.

Schwimmen geht nicht mit Hosen. Er wand sich aus ihnen heraus. Er verdoppelte seine Schwimmstöße und kam an das Kissen heran – ein leerer Benzinkanister. Der würde ihm zumindest Auftrieb geben. Er warf beide Arme darüber, holte Luft, während die Wellen ihn hoben und wieder fallen ließen.

Das Wasser war. Gar nicht so kalt. Wenn man. Sich erstmal dran gewöhnt hatte. Nicht so mit den Zähnen klappern. Ist bloß der Schock. Von dem Zusammenstoß. Bloß der Schock. Zusammenstoß mit was?

Er hatte den ganzen Bauch voll Salzwasser. Diese nervtötende Glocke!

Eine Sirene kreischte los, *wuuup!*, so nahe bei ihm, dass Victor den Halt verlor und unter eine Welle geriet. Als er wieder auftauchte, war die Glocke verstummt.

Eine Wand aus gelbem Licht durchschnitt den Nebel, glitt hierhin und dorthin und wieder zurück, kam auf ihn zugewandert.

Ein gleißendes Auge fixierte ihn.

Wuuup-wuuup. Wieder die Sirene. Zack, weg war das Licht. Dann ein hartes, metallisches Dröhnen, eine zufallende Luke.

Was immer das auch sein mochte, Victor war sich überhaupt nicht sicher, ob es so gut war, sich davon finden zu lassen.

Der Nebel wurde dichter, schwärzer. Wieder dieser stechende Brandgeruch. Er hörte ein Pfeifen. Einen Wasserkessel. Er schwamm auf das Geräusch zu und entdeckte einen Umriss auf dem Wasser, einen halben Meter breit, mit zwei Öffnungen, aus denen schwarzer Rauch quoll.

Eine Rauchbombe, wie Agent X-9 sie in den Comics benutzte. Nur zehnmal so groß und schwarz wie der Rauch, den sie verströmte.

Irgendjemand hat diesen Nebel gemacht.

Victor schwamm dorthin, wo der Wind die Luft klärte.

Eine Nebelbank Marke Eigenbau. Um sich darin zu verstecken.

Herrgott. Was hatte er da gerammt?

Ein Umriss schälte sich aus dem Rauch, der Umriss von etwas so Großem, dass Victor den Kopf drehen musste, um vom einen Ende zum anderen sehen zu können.

Das da hatte er gerammt.

Es war riesig. Ein Seeungeheuer, ein Wal, eine lange, schwarze Masse, deren Rückgrat sich zu einer Rückenflosse hochbog, aber Moment mal!, Wale haben keine Rückenflossen, erst recht keine, von denen irgendwelche langen Stacheln abstehen.

Irgendein Schiff. So schwarz wie die Rauchbombe. Ein flaches, kahles Deck, das zur Wasserlinie hin abfiel, so glatt und schwarz, dass es das Mondlicht glatt verschluckte. Länger als ein Kohlenkahn, mit einem Turm wie eine Rückenflosse, die viereinhalb Meter hoch aufstieg und sich zu einer kleinen Brücke verbreiterte. Ohne Flagge. Ohne Kennzeichnung.

Ein schwarzes U-Boot.

Victor kraulte darauf zu. Eigentlich hätte er herankommen müssen, aber es wich zurück und kam näher und wich wieder zurück, als spürte es, dass es ungeschützt dahintrieb.

Es gab ein Dieselgrunzen von sich und nahm Fahrt auf.

Wenn er sich aufs Deck ziehen konnte, dann konnte er auf

diese Rohre einschlagen, bis ihn jemand hörte. Aber da war nichts, woran er sich festhalten konnte, an der ganzen Seite nicht. Kaltes Metall glitt unter seinen Handflächen weg.

Das tuckernde Ding gewann an Fahrt. Das Meer schien um es herum anzusteigen. Victor stieg mit den Wellen empor, die den Rumpf hinauf und übers Deck strichen. Er bekam einen Poller zu fassen, wurde mitgezogen und war halb ertrunken, als er nach hundert Metern den Kopf über Wasser bekam und aufs Deck krabbelte.

Das Deck war schwarz, schlüpfrig, mit Schlitzen, durch die das Wasser ablaufen konnte. Über das eine Ende kringelte sich eine verrückte Schramme. Die hatte seine Schraube hinterlassen.

Seine Zähne klapperten so sehr, dass es wehtat. Er hatte keine Hosen und keine Schuhe mehr an. Das Wasser stieg, aber es war wieder nur das Schiff, das unter ihm wegsackte. Alles sackte weg. Wasser umspülte seine Knöchel.

Er watete auf die Rückenflosse zu. »Halt!«

Die Wellen schlugen an seine Schenkel.

Die Maschinen wurden plötzlich lauter und übertönten sein Rufen. Das Ding gab ein kampfeslustiges Grunzen von sich, dann ging ein scharfer Ruck durch den Rumpf, der Victor ein Stück durch die Luft fliegen und hinunterkrachen ließ. Dann ein gewaltiges, durchdringendes Reißen, ein scharfes Zischen, eine Million Luftblasen. Das Deck stellte sich schräg, schräg, bis er sich nur noch mit den Fingern in die Schlitze krallte. Sein Magen sackte durch. Sein Hemd blieb irgendwo hängen – an einem Poller.

Das riesige Schiff zog ihn in die Tiefe. Er sah zum Mond hinauf. Das Wasser schloss sich über seinem Gesicht. Er würde ertrinken, bevor er sich noch losreißen konnte. Er warf sich mit seinem ganzen Gewicht in das Hemd, aber es hielt, und er bekam es auch nicht ausgezogen. Der Poller hatte die Form eines Kreuzes, kalt auf seiner Brust. Er hatte das Gefühl, dabei zuzusehen, wie jemand anders ertrank, und nichts dagegen unternehmen zu können.

Er war klein. War es eine Erinnerung oder ein Traum? Ein Strand. Er war noch viel zu klein, um ins Wasser zu dürfen. Auf einem weißen Sandstreifen, auf Willies Insel.

Die Sonne knallt herunter.

Wird schon nichts passieren, wenn er bloß mal mit den Füßen reingeht. Also macht er das. Schön kühl.

Victor, mein Sohn, wo steckst du. Sie rührt sich nicht dabei.

Gleich hier, Mommy.

Er ist nur bis zu den Knöcheln drin. An diesem Teil der Küste schwimmt überall Treibholz herum, Kiefernzapfen. Ein großer Stamm treibt vorbei. Victor stupst ihn an, legt eine Hand darauf, schlingt beide Arme um das Holz. Wie schön, so zu treiben! Kein Grund mehr unter seinen Füßen. Da ist sie, schirmt die Augen mit der Hand ab. Ihre Beine schlank und weiß.

Der Stamm dreht sich, dreht sich langsam im Kreis, wie ein Karussell, immer herum und herum. Victor hält sich fest. Irgendwann sieht er sie wieder, kleiner jetzt. Die Wellen zerren an ihm. Willie, guck mal, möchte er rufen, guck mal, ich schwimme! Aber er ist so weit hinausgetrieben, dass Mommy bestimmt schimpfen wird, also strampelt er mit den Beinen, um wieder zurück zu sein, bevor sie sich aufsetzt und sieht, dass er weg ist, aber irgendwie reicht sein Gestrampel nicht. Der Stamm dreht sich, dreht sich. Sie ist ganz klein dort hinten, hinter den Wellen.

Willie steht vorn am Strand, beschattet die Augen mit der Hand, sieht hinaus, ruft Joseph, Ellen, kommt her schnell, oh, halt dich fest, mein Kleiner, halt dich schön fest, wir kommen schon, wir kommen dich holen! Hab keine Angst.

Und zack, hat er Angst.

Willie!

Ja, ist ja gut, mein Kleiner, schön festhalten, wir kommen dich holen.

Ruft sie über sein Weinen hinweg.

Und kommt angerannt auf ihren alten, dünnen Beinen. Keine Angst, ruft sie und kommt angewatet. Bin schon unterwegs!

Bin schon unterwegs.

Victor zittert vor Panik. Die anderen sehen vom Strand aus zu, springen herum, fuchteln mit den Armen. Sie denken, dass er ertrinkt. Seine Mutter schluchzt.

Dann ist Willie da. Es kostet Victor enorm viel Vertrauen, den Stamm loszulassen. Sie löst seine Finger, schlingt sich seine Arme um den Nacken und schwimmt zurück, trägt ihn zurück.

Hat nicht viel gefehlt, und der Junge wäre ertrunken, Willie.

Der wär nicht ertrunken.

Aber du hast ihn retten müssen.

Der ist doch toll geschwommen. Ich sag euch, der hätte es glatt bis nach Florida geschafft, so toll, wie er geschwommen ist.

9

Victor trieb dahin, trieb endlos dahin, und als er schließlich emporstrudelte, waren überall Kissen und Wolken um ihn herum, bunte Lichtschleier, lauter zarte, weiße Schleier, die in der Brise wehten.

Zuerst konnte er nur vage Umrisse ausmachen: Möbel, Fenster, eine weit geöffnete Tür. Seine Augenlider waren verklebt. Sämtliche Flächen warfen das hereinströmende Licht weiß zurück, aber er hatte keine Ahnung, ob es Morgen war oder später Nachmittag. Als er sich die Augen reiben wollte, durchfuhr ihn ein sengender Schmerz von den Rippen zum Schulterblatt, sengende, lodernde Hitze, als hätte jemand sein Kreuz genommen und darauf ein Brett zerschlagen.

Das Himmelbett war mit Kissen und Decken überhäuft und dicht mit Moskitonetzen behängt, ein Bett aus einem Zeitschriftenartikel über irgendwelche Berühmtheiten auf Safari. Das übrige Zimmer war ein Gazeschimmer.

Victor brachte seine Knie vor die Brust, legte seine Arme darum und setzte sich auf. Dieses Zimmer war so groß wie Willies ganzes Haus. Ein dicker Läufer mit Blumenmuster führte zur offenen Balkontür. Seidig glänzende Vorhänge wurden ins Zimmer geweht.

Diese weißen Boxershorts gehörten ihm nicht.

Er erinnerte sich noch daran, seine Hosen heruntergestrampelt zu haben. Wer immer ihn gerettet hatte, hatte ihn hierher geschleppt, ausgezogen, in diese übergroßen Unterhosen und ins Bett gesteckt. Er spürte, wie er rot wurde.

Er ließ sich steif vom Bett rutschen und zog sämtliche Schubladen der antiken Kommoden auf, fand aber bloß einen leeren Wäschesack mit einem schicken Schriftzug: HOTEL.

Die letzte Nacht hatte etwas von einem Albtraum. Ertrunken, halb erinnert. Das lange, schwarze, unheimliche Boot.

Das er gerammt hatte. Keine Frage, was es für eins war.

Er hatte keine Ahnung, wie er hierher gekommen war, wie er sich die Rückenverletzung zugezogen hatte. Konnte sein, dass er sich aus dem Hemd rausgewunden hatte. Ab der Stelle ließ sein Gedächtnis ihn im Stich und lieferte nur noch Bruchstücke. Jemand hob ihn hoch. Kälte. War es – Willie?

An der Wand neben dem Bett ein riesiges Gemälde. Düstere Farben. Victor sah es sich näher an: Segelschiffe und Panzerschiffe, herumfliegende Kanonenkugeln, prächtige Verheerung, wehende Banner, Rauch und Chaos. Ein Messingschild bezeichnete es als DIE SCHLACHT IN DER MOBILE BAY.

Dann musste das Admiral Farragut sein, dort im Bug des größten Schiffes, wie er die Torpedos zum Teufel schickte und volle Fahrt voraus befahl.

Die Panzerschiffe erinnerten ihn an das schwarze U-Boot, die gleiche nahtlose, bedrohliche, konische Form. Nur dass sie runde Fässer als Türme hatten und aus ihnen keine Rohre ragten.

Victor humpelte durch die Vorhänge auf den Balkon. Morgen. Er war eine ganze Nacht lang weggetreten gewesen. Der Blick aus dem dritten Stock reichte über die Wipfel der Eichen hinweg bis zur Bay – ein dunkleres Blau als der Himmel, so friedlich, dass es ihm vorkam, als könne so etwas dort draußen unmöglich passiert sein.

Unten, neben einem gewundenen Weg, arbeiteten zwei Neger in einem Blumenbeet.

Hinter ihm klopfte es an die Tür. Auf einmal kam er sich nackt vor in den weiten Unterhosen. Er schoss zum Bett und schlang ein Laken um sich, bevor die Tür aufging.

Roy Glass lächelte freundlich, die Augen blitzten hinter der Brille, sein Gesicht war kernig rot. Er trug einen Kleiderstapel, obenauf lag sein grauer Filzhut. »Guten Morgen. Es erleichtert mich sehr, dich wieder unter den Lebenden zu wissen.«

»Wie … bin ich hierher gekommen?«

»Ich hab dich getragen.« Glass schloss die Tür hinter sich. »Hier, zieh das an. Sind ein paar von meinen Sachen. Zu groß für dich, aber immer noch besser als gar nichts, stimmt's?«

»Stimmt. Danke.« Als Victor versuchte, in das Hemd zu kommen, schnappte er vor Schmerzen nach Luft.

»Hier. Ich helf dir.« Glass hielt ihm den Ärmel hin und pfiff. »Alles grün und blau. Ich hätte einen Arzt rufen sollen gestern Abend, aber … das ist mir völlig entgangen.« Seine Aussprache war so überdeutlich, er hätte ein Radiosprecher sein können.

Victor setzte sich vorsichtig auf eine Stuhlkante, für die Hosen. »Ich muss ohnmächtig geworden sein.«

»Sieht so aus, als hätte dich jemand in die Mangel genommen.« Glass nahm die Brille ab und besah sie sich. »Wenn ich mich recht entsinne, hast du dich mir als Charlie Smith vorgestellt. Stimmt das?«

»Nein. Ich heiße Victor«, sagte Victor. »Victor Sylvester.«

»Ah, ja. Ist immer gut, sich für die Wahrheit zu entscheiden. Dann wirst du mir jetzt vielleicht auch erzählen, was du gestern im Hotel getrieben hast?«

»Ich wollte Hilfe holen«, sagte Victor. »Ich wohne in der Nähe von Magnolia Springs. Da unten geht irgendwas vor sich. Ich wollte zur Polizei, aber dann – bin ich da raus und hab – dieses Ding gerammt! Haben Sie es gesehen?«

»Warte, nicht so schnell«, sagte Roy Glass. »Was hast du gerammt?«

»Ein U-Boot! Haben Sie es nicht gesehen? Es war gleich da draußen, gleich hinter dem Leuchtturm!«

»Ein U-Boot«, sagte Roy Glass. »In der Bay?«

»Ja! Mittendrin! Sie waren doch da draußen, oder? Sie müssen es doch gesehen haben!«

»Ein U-Boot.« Glass hörte auf zu lächeln. Er drehte einen Stuhl mit der Lehne nach vorn und schwang sich darauf. »Das erstaunt mich. Außerhalb der Fahrrinne ist es viel zu seicht da.«

»Sie müssen es doch gesehen haben. Oder den Rauch … die haben eine Rauchbombe gezündet. Ich hab sie reden gehört. Ich konnte kein Wort verstehen. Muss Deutsch gewesen sein.«

Glass starrte ihn an, als hätte er gerade verkündet, dass der Mond explodiert wäre. »Lass mich das klarstellen, mein Sohn. Du sagst, du hättest ein *deutsches* U-Boot gerammt, hier in unserer kleinen Bucht? Ein U-Boot der *Nazis?*«

Victor fuhr sich mit der Hand durch die Haare. »Hören Sie zu, Mister. Ich hab es gerammt. Es hat mein Boot versenkt. Ich bin auf das Ding raufgeklettert. Ich hab sie reden gehört. In einer Sprache, die ich im Leben noch nicht gehört habe.«

Glass stand auf und ging zur Tür. »Komm her. Zeig mir die Stelle.«

Victor zeigte hinter den Leuchtturm. »Wissen Sie, da war total dichter Nebel draußen, und dann, dann bin ich denen voll reingefahren …« Er erzählte ihm die ganze Geschichte, so gut er es konnte, jedenfalls die Teile, die sich nicht mit irgendwelchen Albträumen vermischt hatten, aber Glass starrte ihn immer nur an, anstatt dorthin zu sehen, wo er hinzeigte.

Vögel schossen durch die Bäume. Eine Schaluppe verließ den Yachthafen, bewegte sich über die gekräuselte blaue Bucht.

»Siehst du diesen Tanker dort draußen?«, sagte Glass. »Dort ist die Fahrrinne. Sobald sich ein einigermaßen großes Boot da herausbewegt, läuft es auf Grund.«

»Da müssen auch tiefere Stellen sein«, sagte Victor. »Ich weiß doch, was ich gesehen habe. Es ist im Wasser getrieben. Ich hab es gerammt. Am Heck. Ich bin da oben *raufgeklettert.* Dann bin ich mit dem Hemd irgendwo hängen geblieben und mit runtergezogen worden …«

»Du hast dir eine üble Beule geholt.« Glass inspizierte ihn. »Ich hab dich vorbeifahren gesehen. Wir hatten fürchterlichen Nebel. Klasse Vier. Ich hab das Leuchtfeuer angemacht. Dann hab ich etwas gehört – eine Kollision. Ich bin dir hinterher. Du hast im Wasser getrieben. Bewusstlos.«

Victor folgte ihm nach drinnen. »Was ich gerammt habe, haben Sie nicht gesehen?«

»Nein. Dafür war der Nebel zu dicht.«

»Das war kein Nebel. Es war Rauch.«

»Wie groß war dieses … Schiff?«

»So lang wie ein Lastkahn«, sagte Victor. »Mindestens. Es war völlig schwarz, und es hatte diese große Rückenflosse oder einen Turm oder so, und aus dem ragten diese Rohre.«

»Sag mir eins, Victor: Gehst du gern mal ins Kino?«

»Hey, ich hab das nicht in irgendeinem Film gesehen! Sie waren doch selbst da draußen! Sie müssen es doch gesehen haben!«

Glass machte ein besorgtes Gesicht, aber eine Augenbraue war skeptisch hochgezogen. »Ich weiß, dass du etwas gerammt hast. Du sagst, es sei ein U-Boot gewesen. Vielleicht stimmt das. Die Navy macht Patrouillenfahrten, weil wir in den letzten Wochen im Golf so viele Handelsschiffe verloren haben. Könnte eins von ihren Booten gewesen sein, das vom Kurs abgekommen ist.« Er richtete sich auf. »Und jetzt mal zu dieser anderen Geschichte. Was war das mit der Polizei?«

»Ich hätt's Ihnen schon gestern sagen sollen, bloß – ich hab gedacht, Sie glauben mir sowieso nicht. Ich hab eine

Leiche gefunden. Unten am Fluss – wo meine Großmutter wohnt.«

Jetzt gingen beide Augenbrauen nach oben. »Eine Leiche?«

»Einen Mann. Glaube ich jedenfalls. Er sieht ziemlich schlimm aus. Jemand hatte ihn irgendwo festgebunden. Er hat noch ein Stück Seil um den Bauch.«

Der Wind knallte eine der Balkontüren gegen die Wand. Glass kniff die Augen zusammen. »Und wo genau war das?«

»Am Magnolia River. Ungefähr zehn Meilen südlich von hier.« Er beschrieb ihm Willies Insel. »Flussaufwärts, halb zur Quelle hoch, im Sumpf. Ich kann's Ihnen zeigen.«

»Hast du vielleicht auch irgendeine Vorstellung davon, wo dieser … Tote herkommt?«

»Das nicht.« Victor war sich darüber im Klaren, dass er schnell reden musste. »Dieser Junge, der mein Boot angesteckt hat. Ich glaube, er ist in irgendwelche dunklen Geschäfte verwickelt. Alkoholschmuggel, Schwarzbrennerei, irgendsowas. Ich bin mir nicht sicher.«

»Ein *Seil.*« Glass schüttelte den Kopf. »So ein Detail denkt sich doch keiner aus, hm.«

»Ich schwör's Ihnen, Mister, es ist die Wahrheit!«

»Ich weiß nicht warum, Victor, aber aus irgendeinem Grund bin ich geneigt, dir zu glauben. Ich hab da draußen nichts gesehen gestern Nacht, aber du bist in etwas reingefahren, so viel steht fest. Darum sag ich dir was. Ich fahr heute Nacht wieder raus. Für alle Fälle.« Er stand auf. »So. Eine Leiche im Fluss fällt nun überhaupt nicht in meinen Zuständigkeitsbereich, aber ich kenne einen Polizisten in Fairhope, der sich dafür interessieren wird.«

Er hielt inne, verschränkte die Arme vor der Brust. »Du bist doch keiner von den Burschen, die einen auf eine falsche Fährte schicken, oder? Weil wenn das so ist, dann solltest du's mir besser gleich sagen. Erspart mir einen Haufen Ärger.«

»Ich kann Sie hinbringen, wenn Sie wollen. Gleich jetzt«, sagte Victor.

»Nein. Du bleibst hier und wirst mir erstmal wieder ein bisschen gesund. Ich bring ihn hierher, und dann können wir zusammen zu deinem Fluss runterfahren. Ich hab ein Boot.« Glass ließ seine weißen, gleichmäßigen Zähne aufblitzen. »Ich fühle mich irgendwie ein bisschen für dich verantwortlich. Was für ein Glück, dass ich gerade dort gewesen bin. Sonst hätten wir jetzt noch einen Toten am Hals.«

»Ja, was für ein Glück. Ähm, so hab ich das nicht gemeint. Ich schätze, Sie haben mir das Leben gerettet.«

»Vielleicht hast du eines Tages Gelegenheit, jemand anderen zu retten«, sagte Roy Glass. »Ich bin in einer Stunde zurück.« Die Tür fiel leise ins Schloss.

Victor ging auf den Balkon. Was passierte jetzt mit ihm? »Hören Sie, Officer, ich hab hier unten diesen Jungen aufgegriffen, der behauptet, er hätte ein deutsches U-Boot und eine männliche Leiche gefunden. Ist das zu fassen? Ja, genau. Ich auch nicht. Gibt eben solche und solche. Knöpfen Sie sich ihn mal vor? Gut.«

Unter den zischenden Sprengern war der Rasen unglaublich grün. Das Segelboot schwenkte gerade von der Promenade weg. Die Gärtner wühlten mit ihren Pflanzenhebern herum. Ein älterer Mann mit einem weißen Schnurrbart führte seinen Pudel aus. Eine Frau ging vorbei, an jeder Hand einen kleinen Jungen.

Es war alles so friedlich! Hier gehörten Sandsäcke und Geschütze hin! Da draußen trieb sich ein U-Boot rum! Hatte es denn niemand gesehen? Was hatten die denn alle getrieben, als Victor mit ihm zusammengestoßen war, als es getutet und die Glocke geläutet hatte und untergetaucht war, als Roy Glass ihn rausgefischt hatte?

Plötzlich wollte er nicht mehr auf Glass warten oder dem Polizisten erzählen, was er gesehen hatte. Er wollte nach Hause und sich im Bett verkriechen und alles nur einen Traum gewesen sein lassen. Fast zwei Tage hatte er sich nicht blicken lassen. Ohne Nachricht, ohne Erklärung. Willie musste stinksauer sein.

Er fand einen Stift und einen cremefarbenen Briefumschlag. Er zeichnete die östliche Küstenlinie auf, die Mündung, Weeks Bay, die Windungen des Flusses. An die Stelle, wo die Leiche lag, malte er ein X.

Dann zog er die zu großen blauen Segeltuchschuhe an, legte die Karte auf die Frisierkommode und schlüpfte aus dem Zimmer.

Wem sollte er es erzählen? Wer um Gottes willen würde ihm glauben? Er konnte es ja selbst kaum glauben.

Aber er hatte es gesehen. *Jawohl.*

Seine Muskeln waren völlig verkrampft. Alles tat ihm weh. Vorsichtig ging er die schmalen Stufen hinab.

Joseph hätte ihm geglaubt. Joseph hätte gewusst, was zu tun war. Bloß war der auf der anderen Seite der Erdkugel.

Willie vielleicht …

Hätte er doch bloß ein Stück von dem Ding abgerissen.

Er betrat den Rasen. Die Deutschen standen in der Bay. Jawohl, Sir, vielleicht zweihundert Meter hinterm mittleren Leuchtturm. Zumindest haben sie sich wie Deutsche angehört. Was sie in der Mobile Bay wollten? Keine Ahnung, Sir, ich kann kein Deutsch. Ich weiß bloß, dass es kein Englisch war. Nein, Sir, keine Flagge. Das Schiff war schwarz. So schwarz, dass ich es nicht einmal sehen konnte, als ich mitten auf seinem Deck stand.

Ein älterer Herr kam vorbeispaziert – der Mann, den er

vom Balkon aus gesehen hatte, wie er sich von seinem ondulierten Hündchen über den Rasen ziehen ließ. Er war eine wandelnde Ansichtskarte: riesengroße Baskenmütze, Hemd mit Blumenmuster, Bermudashorts, Sonnenbrille. Er machte einen sehr geselligen Eindruck, als lachte er oft, laut und gern.

Sein Pudel schnupperte kurz an Victor, dann knurrte er und versuchte nach seinem Knöchel zu schnappen, erwürgte sich fast mit der Leine. »Entschuldige bitte«, sagte sein Herrchen und zog ihn zurück. »Komm, du verfluchtes Monstrum! Lass ihn in Ruhe!«

»Er ist ja völlig wild.« Victor entblößte seine Zähne. Der Hund hing sich jetzt erst richtig hinein, schlug die kleinen spitzen Fänge aufeinander.

»Aus!« Der Mann riss sich die Mütze vom Kopf, als wolle er eine Verbeugung machen, aber stattdessen schlug er damit nach dem Hund. »Dieses abscheuliche Geschöpf gehört der Dame des Hauses. Wenn es mein Hund wäre, hätte ich ihn längst an einem Stein festgemacht und in hohem Bogen ins Meer fliegen lassen. Nun schwimm oder lass es bleiben, würd ich sagen.«

»Ist er so schlimm?«

»Ein hoffnungsloser Fall. Wenn man eine Rasse kleiner züchtet, schrumpft zwangsläufig auch das Gehirn.«

»Und der passt nun wirklich in den hohlen Zahn«, sagte Victor.

»Bitte?«

»Wo ich herkomme, kann man so kleine Hunde nicht im Garten halten. Den würden sich die Alligatoren holen.«

»Geht das auch auf Bestellung? Geld spielt keine Rolle.« Als der alte Herr schmunzelte, glätteten sich seine Falten. »Wo genau kommst du denn her? Ich könnte ja probehalber mal in diese Richtung gehen.«

Victor zeigte nach Süden.

»Im Sumpf?«

»Mehr oder weniger. An einem Fluss. Dem Magnolia River.«

»Ah, ja. Den habe ich auf der Karte gesehen.« Der alte Mann streckte eine ledrige Hand aus. »Gilliam, Edgar Gilliam. Sag, gibt es in deinem Fluss auch eine Fahrrinne?«

Sein Händedruck war fest.

»Ja, Sir«, sagte Victor. »Aber sie ist nicht gekennzeichnet. Man muss sie sozusagen nach Gefühl langfahren.«

»Und Wasservögel?«

»Sir?«

»Die Vögel, Mann, die Vögel! Ich folge der gefiederten Kreatur, wo immer sich eine Fahrrinne findet.« Der Hund schnupperte an der Kaimauer und bellte jedes Mal, wenn eine Welle hochspritzte.

»Vögel gibt es viele, aber die Saison fängt erst im Oktober an«, sagte Victor.

»Komm her, du verdammtes kleines – entschuldige.« Gilliam packte den Hund im Genick und schüttelte ihn kurz. »Nein, für tote Vögel habe ich keine Verwendung. Die Menschen töten bloß, weil sie sich beweisen müssen, dass sie das letzte Glied in der Nahrungskette sind. Stammesgeschichtlicher Schwachsinn. Ich bevorzuge Vögel, die noch fliegen können. Ich hab gelesen, dass diese Bucht eine gute Stelle für den Rosa Löffler sein soll, aber das Ungewöhnlichste, das mir bis jetzt vors Fernglas gekommen ist, war ein großer Graureiher mit einer Aspirinflasche in den Krallen.«

»Ist Ihr Boot groß?«

»Nur, wenn man damit auf einem kleinen Gewässer fährt.« Gilliam nahm die Brille von der Nase und musterte ihn. »Außerdem habe ich einen Punt, um näher heranzukommen. Ich nehme an, du bist mit der Gegend dort vertraut?«

Nun wusste Victor, wie er nach Hause kommen konnte. »Ja, Sir, natürlich …«

»Gut, dann ist es abgemacht. Aber zuerst musst du mitkommen und einen Happen essen und die Madame kennen lernen. Sie muss es erst absegnen.«

»Das geht nicht«, sagte Victor. »Ich muss nach Hause.«

»Ich brauche einen Führer für die ganze Woche«, sagte Gilliam. »Ich zahle dir mehr, als du mit deiner derzeitigen Arbeit verdienst.«

»Aber meine Großmutter ist da unten ganz allein.«

»Dann gehst du eben heim und kommst morgen wieder her. Wir wollen so früh wie möglich los. Einverstanden? Pass auf. Ich zahl dir fünfzig Dollar.«

»Fünfzig Dollar!«

»Und keinen Penny mehr.«

Dieser alte Herr hatte ein Boot. Vielleicht hatte er auch Lust, etwas Größeres zu jagen als einen Vogel.

Er hastete dem Pudel hinterher, der in einer großen Azalee verschwunden war.

»Hören Sie«, sagte Victor. »Ich glaube, ich könnte Ihnen behilflich sein.«

Edgar Gilliam war auf den Knien und halb im Gebüsch. »Sehr schön!«, sagte er fröhlich, stand wieder auf und klopfte sich ab. »Deine erste Aufgabe ist es, dieses Vieh zu fangen.

Victor wand sich durch die Zweige und holte die Hand voll Hund hervor. »Aber wenn Sie mir vielleicht Ihr Punt leihen könnten? Ich bin gleich morgen früh zurück, wie Sie gesagt haben. Aber erstmal … sie wird sich schon große Sorgen machen.«

»Ich wüsste nicht, was dagegen spricht«, sagte Edgar

Gilliam. »Du scheinst mir ein vertrauenswürdiger Bursche zu sein. Abgemacht. Komm mit.«

Sieh nach Willie und brich dann zu einem Abenteuer auf. Schau dir die Welt an. Lern Leute kennen. Sorg dafür, dass was passiert. Victor folgte dem alten Herrn über den perfekten Rasen.

10

Victors Vater machte den letzten Knoten ins Schleppnetz, quetschte sich runter in den Maschinenraum, warf die Dieselmotoren an und fuhr los, um seine nichtsnutzige Crew bei Moores Laden aufzugabeln.

Dumm wie Brot, so waren sie. Ein riesiger Neger, das reinste Landei. Aber ein friedfertiger, kräftiger Kerl, so lange man ihn satt kriegte, was Schwerstarbeit war. Ein Kreole namens Lucius – hellbraun und ein ganz schöner Trinker, mit langen Kräuselhaaren und einem übersteigerten Selbstbewusstsein. Hatte ein Händchen für die Diesel. Konnte sämtliche alten Sachen spielen auf seiner Mundharmonika. Wenn man ihn erstmal vom Schnaps weg hatte, arbeitete er vier Stunden durch, um dann drei Stunden zu schlafen und immer so weiter, ohne den Rhythmus je zu ändern. Jede Garnele im Eimer brachte ihn ein Stückchen näher an den nächsten Whiskey ran. Der größte Nichtsnutz war Tiny Jones, ein Mestize, der inklusive Cowboystiefel auf einssechzig kam – ein echter Giftzwerg mit einer Riesenklappe.

Andererseits bekamen sie alle Prozente; das hielt sie bei der Stange und vom Saufen ab. Daniel hätte seine Familie gern einmal auch nur halb so gut im Griff gehabt.

So lange Krieg war, brauchte man gar nicht erst zu versuchen, jemanden mit Grips für sein Boot zu kriegen. Wenn man einen fähigen, intelligenten Mann bekam, der eigentlich noch nicht zu alt für die Armee war, dann standen die Chancen gut, dass man sich Ärger einhandelte. Da nahm man sich besser jemanden, der ein bisschen langsam war und nirgendwo Arbeit fand; der tat wenigstens, was man ihm sagte.

Daniel zählte die Scheine für den Eismann ab, der gerade seine Crew begutachtete.

»Lucius!«

»Ja, Käpt'n.«

»Hörst du dieses Rattern? Geh mal runter, gucken. Hört sich an, als ob eine von den Auspuffhalterungen lose wär.«

»Alles klar.« Lucius ließ etwas in Tinys Hand gleiten und verschwand im Maschinenraum.

»Tiny.«

»Joh.«

»Komm, gib her.«

Tiny schien überrascht, eine Flasche Whiskey in seiner Hand vorzufinden. »Die hier, Käptn?«

»Komm schon.« Daniel hielt ihm die geöffnete Handfläche hin.

»Die kann ich Ihnen nicht einfach geben, Käpt'n. Ist Lucius seine.«

»Ich weiß, wem sie gehört. Gib her.« Daniel winkte mit den Fingern.

Tiny wischte sich die Nase am Ärmel ab und kam ein Stück näher. »Sie müssen sagen, dass Sie sie mir weggenommen haben«, sagte er. »Ich will nicht, dass er mich im Schlaf absticht.«

»Sag ich.« Daniel sah finster auf das kleine Halunkengesicht hinab. »Ihr Jungs denkt besser an die Spielregeln.«

Der große Schwarze saß reglos auf der Reling, die Augen

geschlossen, so friedlich wie ein Alligator auf einem Baumstamm in der Sonne.

»Hast du gehört? Hey! Dich mein ich, Sammy!«

»Ja, hab's gehört.« Das zu sagen war so anstrengend, dass er die Augen öffnete.

»Denk an die Spielregeln.«

»Mach ich, Käpt'n.«

»Ich hab da vier Kisten Lebensmittel reingestellt«, sagte Daniel, »und ich will, dass sie anständig verstaut werden. Tiny, du hilfst ihm dabei.«

Als Lucius aus dem Maschinenraum gestiegen kam, sah er, was der Kapitän in der Hand hielt. »Ach, Mann, nee ...«

»Kriegst du wieder, wenn wir zurück sind«, sagte Daniel. »Du kennst die Spielregeln.«

»Aber es ist doch bloß 'ne kleine.«

»Ja, und 'ne kleine reicht, damit du besoffen bist. Sobald die beiden fertig sind, will ich los. Also geh gucken, ob der Mann das Eis richtig gepackt hat.«

Lucius warf einen sehnsüchtigen Blick auf die Flasche. An der Leiter blieb er stehen: »Käpt'n, fahren wir noch bei Miss Willie vorbei?«

»Machen wir.«

»Über Nacht?«

»Nein. Wir bringen ihr bloß ein paar Vorräte, und weiter geht's.« Daniel sah zur Anhöhe hinauf, zu seiner Veranda hinter den grünen Bartflechten. Der Kleine, Doolittle, drückte sich dort herum, ein blonder Schopf im Schatten. Niemand durfte runter an die Anlegestelle zum Verabschieden. Daniel wollte sich vor seiner Crew nicht blamieren.

Aber er winkte.

Eine kleine Hand schoss hoch und winkte mit aller Kraft zurück.

Daniel trat ins Steuerhaus und dämpfte das Vibrieren der Scheibe mit der Hand.

»Alles bereit, Käpt'n.«

»Dann mal los. Wo ist Sammy abgeblieben?«

»Da hinten am Pennen.« Tiny Jones zeigte mit einem Daumen über die Schulter.

»Dieser Bursche würde am liebsten den ganzen Tag lang schlafen«, sagte Daniel. »Geh ihn wecken und dann los.«

Bei der Hitze konnte niemand schnell arbeiten, aber bald waren sämtliche Leinen los. Daniel brachte die Diesel der *Ellen J* auf Touren. »Tiny! Geh da rauf und pass auf.« Das Boot bewegte sich seitlich von der Anlegestelle weg. Langsam nahm es Fahrt auf. Die Bäume warfen das Dröhnen der Maschinen zurück. An dieser Stelle war der Magnolia River so schmal, dass Daniel mit heruntergelassenen Auslegern glatt beide Uferseiten hätte roden können. Hinter ihm breitete sich das V des Kielwassers aus und spülte einen Schwarm Enten mit schwarzen Köpfen von ihrem umgestürzten Baum.

Tiny Jones ruckte mit der Hand nach Steuerbord. Die Kehre ins Devil's Hole. Daniel drosselte das Tempo. Lucius setzte einen Staken gegen das Ufer und versuchte das große Boot so um die tückische Kurve zu bringen. »Ich brauch Verstärkung!«, rief er.

Dann war Sammy im Bug, übernahm den Staken, lehnte sich hinein. Die Nase kam frei und herum. Daniel schob den Gashebel vor, und sie waren im breiteren Abschnitt des Flusses.

Sammy ging wieder auf seinen Platz, machte es sich gemütlich und setzte einen Gesichtsausdruck auf wie jemand, der sich auf der Innenseite seiner Lider einen Traum ansieht.

Lucius und Tiny lehnten sich an den vorderen Lukendeckel und teilten sich eine Zigarette. Sie waren schlau genug, diese Momente nicht zu vergeuden: das mühelose Fahren durch ruhiges Gewässer; die köstliche Muße, bevor das erste Netz ausgeworfen wurde und der Arbeitsrhythmus einsetzte. Daniel hatte selbst schon dort gestanden, als Mitglied der Crew, bis zu dem Tag, als sein alter Herr dieses Boot nicht länger hatte führen können und nach New Orleans gezogen war, um dort zu sterben. Daniel wusste noch gut, was für eine Plackerei das war, und kostete diese Momente ebenfalls aus.

Die sanften Windungen des Flusses trugen ihn durch die Zeit zurück. Die Stadthäuser mit ihren hübschen kleinen Rasenflächen zum Wasser hin, die ersten Hütten der Kreolen, der erste Flecken Marsch. Die langen Strecken Wildnis mit ihren Zypressensümpfen und Kiefernwäldern. Er sah den Fluss noch vor sich, wie er einmal gewesen war, an den Sommerabenden vor dem ersten elektrischen Licht. Junge Burschen in Jonbooten, die den Fluss rauffuhren, zu einem Mädchen, zu einem Tanz. Die kleinen Feuer, mit denen die Uferbewohner nachts die Windungen des Flusses kennzeichneten. Daniel war einer von diesen jungen Burschen gewesen. Alle Mädchen hatten ihm gefallen. Die Luft war schwer von Leben gewesen.

Damals lernte er Ellen kennen, die sanft und schön war im Feuerschein. Damals schienen die Magnolien noch einen Duft zu verströmen, während sie heute blühten wie verrückt und nach gar nichts rochen.

Daniel hätte sein Boot am liebsten über Nacht festgemacht. Sich von seiner Mama anständig bekochen lassen. Den Jungen auf diesem Radio ein Ballspiel einstellen lassen. Sich auf die Veranda gesetzt und es sich angehört. Die an ihren Fäden baumelnden Seesterne gezählt. Seine Mama dazu gebracht, ihm noch einmal davon zu erzählen. Vom Jubilee der Seesterne.

Aber das waren Träumereien. So lief es nicht. Willie hatte seit fünf Jahren nichts mehr gekocht. Sie würde vielleicht von den Seesternen zu erzählen anfangen, bloß um dann mittendrin zu vergessen, wo sie war, wer er war, was sie gerade erzählte.

Und Victor war nicht gerade ein Sohn, mit dem man sich hinsetzen und ein Spiel anhören konnte, ohne dass es für einen von beiden unerträglich wurde. Ein aufmüpfiges Kerlchen, vom ersten Tag an. Und immer woanders mit den Gedanken.

Also würde Daniel die Lebensmittel abliefern, kurz nachsehen, ob sie auch brav ihre Medikamente nahm, Victor sagen, was er tun und was er lassen sollte, und in See stechen.

Swaneys gelbes Boot kam aus der Kurve gefahren. Daniel steckte zum Gruß die Hand aus dem Backbordfenster, aber Swaney dröhnte vorbei, als hätte ihm gerade jemand erzählt, dass das Postamt in Flammen stand.

Das gab Daniel zu denken.

Nach einer weiten Biegung öffnete sich der Fluss. Marschland flimmerte in der Hitze. Seemöwen kreischten, tauchten.

Wenn man richtig hinguckte, war die Insel schon zu sehen, eine Meile voraus. Er zog Lucius' Flasche aus der Tasche, nahm einen Schluck. Vielleicht beruhigte das seine Nerven so weit, dass er ein Lächeln hinbekam. Es war schwer, an Willies Altersschwäche vorbeizusehen und die starke, robuste Frau anzulächeln, die ihn großgezogen hatte. Da hatte man jemanden immer als prächtigen, kerngesunden Menschen erlebt, und dann schrumpelte er einem vor den eigenen Augen zu einer alten Vogelscheuche zusammen.

Der warme Südwind roch gut. Jetzt war Saison. Millionen von Garnelen da draußen, die schon auf seine Netze warteten. Früher hatte keiner welche essen wollen, höchstens am Freitag die Katholiken. Jetzt, wo Krieg war, ging alles Fleisch an die Armee, und der Preis für Garnelen hatte sich schon dreimal verdoppelt.

Tiny und Lucius beugten sich vorn über die Reling.

Ein heißes Blechdach gleißte in der Sonne auf: Willies Bootshaus. Hier war die Strömung stark und riss einen mit, das ganze letzte Stück lang, bis hinaus auf die riesige Schieferplatte der Bay. Das Steuerrad drehte sich mühelos herum in Daniels Händen.

Lucius winkte.

Vielleicht war Victor schon zum Anleger runter. Daniel griff nach dem Feldstecher, aber er hing nicht an seinem Nagel.

Irgendjemand war aber am Anleger. Saß am Anleger und winkte zurück.

Dann hörte Lucius auf zu winken.

Die ganze Crew wandte sich um und sah Daniel an.

Er sah es auch.

Es war Mama. Saß da am Anleger. Zur einen Seite gesackt. Eine Hand in der Luft, starr, wie winkend.

Daniel packte die Spaken fester. *Willie* – Er befühlte die Maserung des Steuerrades, das sich unter seinen Handflächen drehte. Luft holen, fiel es ihm ein, und er nahm einen Atemzug und roch die herrliche Mischung aus Diesel und salziger Luft.

Bretter mir jetzt bloß nicht auf den Anleger. Lass mir jetzt bloß nicht das Steuer los. Sachte jetzt, sachte. Spake loslassen, nach dem Gashebel tasten und sachte drosseln – mach dir keine Schande, bring's rum, das Boot, bring's rum bring's rum bring's rum und jetzt los, Tiny, zur Bugleine und du, Sammy, ins Heck.

Mach mir keine Schande jetzt. Du weißt, wie man ein Boot an diesen Anleger setzt.

Willie sitzt da auf dem Anleger. Was sagt dir das? Dass sie eingeschlafen ist, vielleicht ist sie bloß eingeschlafen. Wollte hier am Anleger auf dich warten und hat sich die Kante gegeben. Ist bloß nirgendwo eine Flasche zu sehen.

Wo ist Victor abgeblieben?

Wo steckt dieser Hurensohn?

Dieser verdammte kleine Hurensohn. Such ihn. Mach ihn alle. Soll er ruhig denken, dass es das jetzt gewesen ist, dass du ihn totschlägst, soll er ruhig richtig Muffensausen kriegen, er hat's nicht anders verdient.

»Käpt'n!« Einer der Männer ruft ihn. »Käpt'n!«

Willie, Mensch.

Ruhig, Hände. Macht, was ihr immer macht.

Mensch. Herr im Himmel.

Die Bugleine fliegt durch die Luft. Daniels Augen wollen ihren Bogen zum Anleger nicht verfolgen. Bloß nicht hingucken.

Lucius springt, läuft los …

»Lucius!«

… bleibt stehen.

»Komm wieder her!«

Bloß ruhig jetzt, einen Schritt weg vom Steuer und dann aufs Deck, bloß nicht wanken jetzt, ruhig.

»Irgendwas stimmt nicht mit ihr, Käpt'n.«

Ein Schatten: Sammys riesenhafte Gestalt hinter ihm.

Daniel sagt: »Ich seh's mir an.« Diese Stimme gehört ihm nicht. Die Stimme, die ihm gehört, ist ganz tief in ihm drin am Weinen, die kommt da unten nicht weg.

Er kehrt seinen Männern den Rücken zu und schwingt ein Bein über die Reling. Die Flut leckt an der unteren Sprosse.

Willie lehnt an der Wand. Die Augen geschlossen. Ihr Haar ist offen, ein Gewirr um ihre Schultern herum, so silbrig wie die jungen Spitzen des Marschgrases. Die eine Hand umkrallt ein Taschentuch, die andere ragt grüßend empor. Die Beine untergeschlagen. Das Gesicht völlig leer.

»Mama«, sagt er. Kniet sich hin. »*Mama,* um Gottes willen …«

Die Hand, die er sucht, ist kalt. Seine Mama wird nie wieder aufwachen. Er hat keinen Daddy mehr, und jetzt, jetzt hat er auch keine Mama mehr. Er ist ein alter Mann. Er wird sterben.

Ein Riese kniet neben ihm. Sammy. »Sie ist tot, Käpt'n«, sagt er immer wieder. Es klingt wie ein Lied, aber vielleicht hat er es auch nur einmal gesagt, und nun kriegt Daniel es nicht mehr aus den Ohren.

Er weiß, dass Sammy nicht ohne Grund dort kniet, genauso wie er weiß, dass seine Mama einen Grund dafür hatte, zum Sterben hier herunter an den Anleger zu kommen.

Sammy beugt sich runter und legt sich Willie in seinen riesigen Armen zurecht. Er trägt sie zum Haus hinauf, weil er weiß, da gehört sie hin.

11

Edgar Gilliams Diener Charles glitt die Strickleiter in das Punt hinab. Er überprüfte den Tank, sicherte die Leinen, wischte den Sitz mit einem Staubwedel ab. »Ich nehme an, Sie sind mit der Bedienung eines Außenbordmotors vertraut«, rief er.

»Ja, klar …« Victor stand an Deck der *Constance,* des prächtigsten, kostbarsten und schönsten Bootes, das er je gesehen hatte. Als er sich gestern im Yachthafen nach Treibstoff umgesehen hatte, war ihm nur ihre Länge und die Höhe ihrer Laufbrücke aufgefallen. Nun bewunderte er die im Fischgrätmuster verlegten Decksplanken, die schimmernden Messingbeschläge, die Kabinentüren mit ihren geschnitzten Delfinen. An der Reling waren in Abständen besondere Rettungsringe aufgehängt, in die in Rot und Gold der Name des Bootes geprägt war.

»Dieses Fahrzeug gehört zu Mr. Gilliams Privatbesitz«, unterbrach Charles seine Träumereien. »Wenn ich Sie bitten dürfte, es in einem Stück zurückzubringen.«

»Keine Sorge, ich bin auf Booten aufgewachsen.« Die Pechsträhne der letzten paar Tage vergessen wir lieber mal, dachte er im Stillen, und als er sich wieder umdrehte, stand eine dunkelhäutige Frau neben ihm. Sie stellte sich als Sarah vor und drückte ihm einen weißen, verschnürten Pappkarton in die Hand. »Für später«, sagte sie.

»Für mich? Leute, ihr denkt wirklich an alles.«

Sie senkte den Kopf und eilte wieder nach drinnen.

Victor nahm die Schachtel vor die Brust und kletterte die Leiter hinab. Das Punt war etwa so groß wie Old Pops Ruderboot, aber dermaßen poliert und gewienert, dass es aussah, als könne es durchs Wasser gleiten, ohne dabei nass zu werden.

Charles ließ den Motor an. »Wir erwarten Sie morgen früh, Sir«, sagte er, und schwupp, war er oben über die Reling verschwunden.

Victor legte einen Schalter um. Die Fahrlichter begannen zu funkeln. Er tuckerte die polierte *Constance* entlang, an den tanzenden Hecks der anderen Yachten vorbei, an den Wellenbrechern.

Es war Abend geworden. Die Bay lag vor ihm wie ein großes Seidentuch, das man über ein Bett geworfen hatte.

Hinter dem Hotel ragten die Stege der alten Sommerhäuser ins Wasser. Die meisten gingen von einer Laube oder einem selbstgebauten Unterstand ab, damit man im Sommer dort mit der Familie draußen sitzen konnte. Kreischende Jungs flitzten die Stege rauf und runter, kaum beachtet von ihren Eltern, die dasaßen, Bier tranken und übers Wasser sahen. Kleinere Kinder ließen am Ende der Stege Schnüre mit Krabbenködern hinab.

Victor schoss dicht genug vorbei, um eines von ihnen aufkreischen zu hören, als eine Krabbe nach seinem Finger schnappte.

Die Sommerhäuser wichen ganzen Heeren versunkener Baumstämme, die an der Wasserkante entlang zu marschieren schienen, dunklere Wälder im Rücken, nur ab und zu unterbrochen von einem zerschmetterten Stamm oder einem Flecken weißen Sands. Lichter blinkten weit draußen auf dem Wasser: Garnelenfänger, die ihre Netze durch die Bay schleppten und aufpassen mussten, dass sie einander nicht in die Quere kamen.

Victor sang vor sich hin.

Das Ufer beschrieb eine Kurve. Ein Meer von Marschgras erstreckte sich zur Flussmündung hin. Dahinter war die leichte Erhöhung von Willies Insel zu sehen.

Er legte das Steuer herum, um der Sandbank auf der Nordseite der Fahrrinne auszuweichen. Er hatte wirklich nicht so lange wegbleiben wollen. Er jagte das Punt durch die Mündung, und plötzlich war es an manchen Stellen richtig dunkel.

Am Anleger war Licht. Ein weißes Licht. An Deck eines großen Bootes, das dort festgemacht hatte. Bei Willie.

Ein Garnelenfänger. Als Victor die Ausleger erkannte, die eigentümliche Stupsnase, machte er den Motor aus und ließ sich treiben.

Seine Gedanken überschlugen sich. Das war dicht genug. Jetzt langsam wenden. Er wusste jetzt, was er hatte wissen wollen: Jemand war da und kümmerte sich um sie.

Ihm wurde ganz heiß im Nacken, als er daran dachte, wer dieser Jemand war, der genau in dem Moment auftauchte, als er seinen Posten verlassen hatte.

Niemand an Deck. Das Licht kam von einer Glühbirne, die an einem der Ausleger baumelte.

Victor tauchte das Paddel ein und fuhr am Anleger vorbei.

Er konnte kurz ans Ufer, zum Haus hinaufschleichen, nachsehen, ob alles in Ordnung war, und dann nichts wie weg, weg.

Die Insel lag im Dunkeln. Nichts war zu erkennen. Die Sterne waren keine Hilfe. Die Frösche legten sich schwer ins Zeug, ein Konzert nach dem anderen. Victor arbeitete sich zu den überhängenden Bäumen vor.

Ein Eule schrie, schmetterte dieses gackernde Lachen und Kreischen heraus, das in einem kalten, unheimlichen Schnurren endete. Die Frösche verstummten. Die Eule wohnte in der größten Wassereiche, im Wipfel. Ihr Gelächter hielt Victor in heißen Nächten wach. Jetzt klang es wie ein Signal, eine Warnung …

Nun dreh nicht gleich durch. Ist bloß 'ne Eule.

Das Punt schob sich in einen Flecken Schilf hinein. Ein Schritt, und Victor war auf der Insel oder besser: in ihr; der weiche Boden verschluckte seinen Fuß, zog ihn bis zum Knie ins Wasser. Er stützte sich auf das Heck und schob das Boot durch das Rohrdickicht bis zu einer Stelle, an der der Boden fester war.

Der Pfad war genau da, wo er sein sollte.

Seine Ohren brannten bei dem Gedanken daran, was er getan hatte. Weggegangen war er. Hatte Willie allein gelassen. Und er hatte keine Ahnung, wie lange sein Vater schon auf ihn wartete.

Eine Glühbirne in der Küche. Eine Laterne auf der Veranda. Victor tänzelte im Schatten des Pumpenhauses hin und her. Die Veranda lag zur Bay hin, auf der anderen Seite. Wer dort saß, konne ihn nicht sehen, wenn er auf dieser Seite zum Haus hochging.

Unter einem der Fenster blieb er stehen und lauschte. Nichts zu hören. Er schob den Kopf ein Stückchen höher. Jetzt sah er einen Teil der Küche und des angrenzenden Zimmers. Keiner da. Wieder runter.

Sie mussten auf der Veranda sein. Mach vorsichtig.

Mach bloß vorsichtig.

Victor ging auf alle viere, den Bauch dicht am Boden, arbeitete sich zentimeterweise vor. Da. Zwei. Vielleicht auch drei. Durch die Weinranken konnte er weiße Gummistiefel erkennen. Die Crew von seinem Vater.

Sein Vater kam dazu. Das Gesicht im Schatten. »Auch 'n Boot gehört eben?«

»Nein, Käpt'n«, sagte jemand.

»Lucius, geh mit ihm nachgucken.«

Zwei der Männer zischten zur Tür, als wäre ein Startschuss gefallen.

Victor holte Luft und sah vom Sand auf. Nur noch ein Paar Gummistiefel auf der Veranda, jetzt. Sein Vater war wieder im Haus.

Wo steckte Willie?

Irgendwas stimmte nicht. Sie suchten nach ihm. Sein Vater hatte vor Zorn eine ganz tiefe Stimme gehabt.

Bloß weg hier. Zurück zum Boot und weg hier.

Er kroch den Weg zurück, den er gekommen war. Lass dich bloß nicht schnappen, jetzt. Schön langsam.

Lauf!

Er hatte den halben Garten schon hinter sich, da trat sein Vater aus den Schatten und packte ihn am Arm.

Victor erkannte den Mann nicht wieder. Ein Fremder. Sein Vater. Ein Bild des Zorns. Der Zorn verschlang ihn, schwappte über die starren Flächen seines Gesichts hinweg, versengte ihm die Augen. Er nahm ihm die Stimme und verzerrte ihm das Gesicht. Victor war verblüfft, wie schnell er es durch den Garten geschafft hatte. Er keuchte nicht mal. Er hielt ihn mit aller Kraft fest, sein Ehering grub sich ins Fleisch.

»Autsch! Das tut weh!«

Seine Augen schienen ihm zu drohen: *Das soll weh tun? Dann wart mal ab.* Der Schraubstockgriff verstärkte sich. Sein Vater ruckte mit dem Kopf. Ein Wort, das raus musste. Es saß ihm in der Kehle fest.

»Daddy. Was ist los?«

Diesmal kam ein Wort heraus – es klang wie »hier« –, und dann wurde Victor durch den Garten gezerrt, durch ein Gebüsch, um die Ecke der Veranda, die Stufen hinauf. Durch die Tür gestoßen. Er krachte schwer aufs Kreuz. Ein stechender Schmerz durchfuhr ihn.

Victor lag vor den Füßen eines riesigen Schwarzen, der mit den Händen auf den Knien dasaß, die Augen geschlossen, als könne ihn nichts auf der Welt wecken.

Dann war sein Vater über ihm und packte ihn bei den Schultern. Riss ihn hoch, nahm seine Arme und bog sie ihm auf den Rücken, drehte ihn dabei herum, hielt ihn und trat ihm die Füße weg, schleifte ihn ein Stück und stellte ihn unsanft wieder hin. Ein ordentlicher Stoß, und er flog durch den Türrahmen in Willies Zimmer, landete *krach!* an der Frisierkommode.

Victor lag seitlich zusammengerollt am Boden. Seine Hand kam hoch, tastete nach seinem Gesicht. Blut. Sein Vater füllte den Türrahmen aus. Victor hörte sich jammern: »Himmel, Daddy, ich blute!«

Er sah das Gesicht, das fremde Gesicht, das Monstergesicht, verzerrt und voller Zorn, nicht den kleinsten Funken Erkennen oder Gnade in den Mörderaugen.

Victor riss sich von dem Anblick los. Ihm dröhnte der Kopf. Weiße Funken tanzten in der Luft. Sein Mund war aufgeplatzt. Er zog sich am Fenster hoch, kam herum, damit er sich wehren konnte, und da lag Willie auf ihrem Bett.

Ihre Haut hatte einen mehligen Schimmer. Im Tod waren ihre ganzen Falten verschwunden. Sie hatte Dutzende über Dutzende davon gehabt, Falten über Falten, die Landkarte einer alten, belebten Gegend, die nun allmählich ihre Straßen verlor, ihre Grenzlinien, ihre Gräben und Hügel, die ausblich, bis sie so leer war wie eine Karte vom Meer.

Sie lag zwischen Victor und seinem Vater. Sie war tot, und er wusste, dass sein Vater nicht über sie hinwegklettern würde, um ihn sich zu holen.

Sein Kopf sackte zur Seite. »Willie.«

In ihm drin ging etwas kaputt.

Sie schien zu dünn angezogen in ihrem weißen Nachthemd, das Bettlaken nur bis zur Taille hochgezogen, die Hände zusammengeballt, die Lippen geöffnet. Victor griff nach dem Laken. Sein Vater im Türrahmen schwoll an.

Ihre Haare waren offen und gebürstet, weißer als das Kissen. Ein offener Tiegel Nachtcreme, Puderspuren. Daniel schoss ins Zimmer. Er zog ihr das Laken übers Gesicht.

»Oh, Daddy, oh, bitte, tu mir nicht weh ...«

Sein Vater nahm eine Ecke des Lakens in seine großen Hände, zerriss es, riss die Ecke mit den Zähnen ab.

»Es war nicht meine Schuld, Daddy, sie war am Sterben! Das weißt du doch, also lass mich, bitte ...«

Sein Vater kam näher, das Lakendreieck in den Fäusten.

Victor drängte sich an die Wand und flehte und weinte wie damals als kleines Kind, wenn er wusste, jetzt kommt's und oh, es kam und bitte Daddy ich geb's zurück ich hab's nicht so gemeint ich tu's nie wieder, nie wieder Daddy ich schwöre …

Er war verloren.

Sein Vater rammte ihn in die Wand. Auf einmal war das Leinentuch über seinem Gesicht, über den Augen, zog sich fest, fester. Wieder wurden ihm die Arme auf den Rücken gedreht. Ein Stoß, ein Sturz über ein Möbelstück, gegen einen Türrahmen, in einen Stuhl und gegen noch einen Türrahmen.

Das Scharren von Stuhlbeinen. Jemand trat gegen eine Tür, die quietschend aufflog. Victor stürzte die Stufen hinab. Wurde auf die Füße gerissen.

Der brachte ihn um. Sein eigener Vater brachte ihn um. Sein Vater war verrückt geworden. Als er sie gefunden hatte, musste er endgültig den Verstand verloren haben.

Er wurde gepackt, weitergedrängt, über Wurzeln hinweg, einen Hang hinab. Victor fiel hin, aber er kam rasch wieder auf die Füße, um nicht wieder so hochgerissen zu werden. Er fragte sich, wie er wohl sterben würde.

»Himmel, Käpt'n«, sagte jemand. »Lassen Sie ihn.«

Ein Fauchen, ganz kurz nur.

Sie waren jetzt auf dem Anleger. Also würde sein Vater ihn ersäufen. Ihn mit dem Boot rausbringen und totschießen und im Meer versenken. Damit keiner seine Leiche fand.

Das Blut in seinem Mund schmeckte süß. Er hörte auf, sich zu wehren. Der Arm hielt ihn gepackt. Sein Kopf stieß gegen eine Wand. Er war im Bootshaus. Er wusste, dass er besser stehen blieb.

»Tu mir nicht weh …«

Hinter ihm ein Schlag, dann ein lautes, metallisches Scheppern und Ächzen, als würde das Bootshaus Balken für Balken auseinandergenommen. Grobe Hände stießen ihn zwei Stufen hinauf, gegen eine andere Wand. Wieder dieses Scheppern und zum Abschluss der laute Schlag von etwas Schwerem, das unsanft auf den Boden gesetzt wurde.

Die Schritte seines Vaters entfernten sich.

Wasser, das plätschernd gegen die Wände schlug …

Victor riss sich den Fetzen vom Kopf.

Ruhig jetzt.

Du bist kaum verletzt, du bist am Verbluten.

Ruhig jetzt.

Wo bin ich?

Bootshaus. Im Bootshaus.

Aber wo da? Es ist so dunkel.

Und wenn schon, du lebst jedenfalls noch.

Oh, Gott, Willie.

Bretter, überall Bretter um dich herum, mit Lücken dazwischen, kaum zu sehen in der Dunkelheit. Oben, unten, überall um dich herum Bretter mit schmalen Lücken dazwischen. Schwere Gitterroste. Ein Käfig. Kein Reinkommen, kein Rauskommen. »Willie!«, rief er, bloß um ihren alten Namen zu hören.

12

Wenn du jetzt mal Ruhe gibst, mein Goldjunge, und das Fenster zumachst, dann verrate ich dir ein kleines Geheimnis. Ich hab nicht immer so ausgesehen wie jetzt, mit diesen Beinen voller Leberflecken und den Zähnen in einem Wasserglas auf dem Tisch. Ich sollte mich schämen, einen jungen Burschen das alles sehen zu lassen, aber wie soll er denn sonst lernen, was passiert, wenn einen das Alter einholt? Geben und nehmen, leben und lernen, sage ich immer. Schau, hier. Siehst du das? Das hab ich mir geholt, als ich mit fünf meinem Großvater aus dem Kanu gefallen bin und mich auf einen Fels gerettet habe. Und hier, da hat dein Onkel Chester aus Mexiko diesen Affen mit nach Haus gebracht. Das Vieh hat in mich reingebissen, als wär ich eine Banane. Und hier, siehst du? Da hat dein Daddy einmal versucht, den Kätzchen Brandzeichen zu verpassen, wie Tom Mix das im Kino mit dem Vieh gemacht hat. Dein Daddy dachte, das wär genau das Richtige, um den Überblick über Blackies Nachwuchs zu behalten. Das hab ich mir geholt, als ich ihm den glühendheißen Schürhaken aus der Hand gerissen habe. Eins von den Kätzchen ist nie wieder zurückgekommen. Dieses Muttermal hier brauch ich bloß anzugucken, und schon seh ich deinen Großvater vor mir, wie er jung gewesen ist, jung und stattlich. So stattlich wie du. Dorthin hat er mich geküsst, kaum dass er mich gefragt hat, ob ich ihn heiraten will. Hat mich mitten auf dieses Muttermal geküsst. Ein Mann, der mich auf mein Muttermal küsst, hab ich gesagt, der ist genau der Richtige für mich.

Warte, dazu kommen wir noch. Ich lass mir von dir doch nicht vorschreiben, wie ich das hier zu erzählen habe.

Ich hab diesen Mann geheiratet, jawohl, das hab ich, und das sag ich jedem, der es hören will, weil ich nämlich stolz drauf bin, bis heute. Man könnte sagen, er hat den richtigen Ton getroffen. Jedenfalls einen, zu dem ich tanzen konnte. Du kannst dir nicht vorstellen, dass man damals schon getanzt hat, aber das hat man. Damals gab es alles, was es heute gibt, bloß dass es von allem mehr gab. Mehr gute Laune. Mehr Fische im Wasser. Mehr Wassermelonen im August. Mehr Tanz.

Willie, hat er zu mir gesagt, Willie, lass uns zusammenleben, und ich bau uns ein Haus irgendwo, wo uns keiner findet. Nur für uns zwei. Nur du und ich und die Fische. Junge, Junge, wir haben's besiegelt, und zwar gleich an Ort und Stelle. Ich war bis über beide Ohren in ihn verschossen, ich brauch bloß dran zu denken, und schon wird mir wieder schwummrig.

Mach mal die Lampe aus, mein Goldjunge. Du willst mich wohl an das himmlische Licht erinnern? Das lass mal lieber bleiben. Das seh ich noch früh genug.

So sind wir hierher auf die Insel gezogen. Damals war's noch keine Insel, aber das ist wieder 'ne andere Geschichte. Jetzt tu bitte mal so, als ob du auch noch wüsstest, wie schön ich damals ausgesehen habe. Wir sind den Fluss in einem Catboot runtergekommen, damals gab's noch kaum ein Haus zwischen hier und der Quelle. Er brachte mich an einem kalten Wintertag hier zu diesem Haus runter, und er hat gesagt, wenn du Feuerholz siehst, nimm's mal gleich mit, damit du's schön warm hast, wenn ich zum Fischen losziehe. Und so haben wir's gemacht, und zwar für lange Zeit. Dieser Mann hat mehr Fisch gefangen, als Jesus hätte in Brot verwandeln können. Er fuhr raus, und da blieb er dann, und ich war allein und hatte nichts Besseres zu tun, als in den Spiegel zu gucken und mein Aussehen zu bewundern. Weißt du, die Leute können ihr Leben leben, von einem Tag zum anderen, und sich den ganzen Tag lang bloß wünschen, dass er endlich vorbeigeht, damit endlich morgen ist. Falls du nicht weißt, was ich damit meine, Schatz, so wart's nur ab, das wirst du eines Tages. Ich fing an, daran zu denken, wie viele andere Männer es noch gab auf der Welt – außer ihm.

Wenn es mit einer Frau so weit kommt, dann lacht sie sich die eine oder andere Sorte von Anfall an, und bei mir waren es Heulanfälle, sodass ich jedes Mal, wenn dieser Mann nach Hause kam, ganz egal ob schon nach einem Tag oder erst nach drei Wochen, mit vors Gesicht gehaltenen Händen am Küchentisch saß und Rotz und Wasser heulte. Nun könnte man ja denken, da würden seine Alarmglocken geschrillt haben. Bis dahin war ja alles in Butter gewesen mit uns beiden, für ihn jedenfalls. Aber nein, er beschloss, den besorgten Gatten rauszukehren. Süße Maus, sagte er. Süße Maus, warum kriege ich eigentlich jedes Mal als Erstes deine verweinten Augen zu sehen, wenn ich über meine Schwelle trete? Genau das hat er mich gefragt.

Du hast mich überhaupt nicht verdient, sagte ich zu ihm, ich hätte dich nie heiraten sollen, geh mir aus den Augen, du scheußlicher Klotz, du Würmerfresser. Ich war richtig schrecklich zu ihm, muss man schon sagen.

Er sagte bloß: Süße Maus, was kann ich für dich tun?

Ich wollte aber nichts, zum Teufel, und genau das sagte ich ihm auch.

Er ließ nicht locker. Süße, was soll dieses böse Gesicht? Fehlt dir irgendwas? Ich hol's dir. Brauchst es mir nur zu sagen.

Einen Seestern, sagte ich. Geh und hol mir einen Seestern.

Einen Seestern?

Ja, genau. Hast du doch gehört. Wenn dir nur *so* ein bisschen an mir liegen würde, dann würdest du gehen und mir einen Seestern holen.

Er sah auf mich runter, und glaube nicht, er hätte geschmunzelt dabei. Dann ging er nach draußen. Ich dachte, den siehst du nie wieder. Er stieg in sein Boot und fuhr raus in den Golf und kam nicht wieder. Ich packte ein bisschen Zeug zusammen für den Fall, dass jemand, den ich kannte, in seinem Boot vorbeikam und mich mitnehmen konnte, auf Nimmerwiedersehen.

Aber dann ging ich eine Woche später schlafen, ich weiß noch, es war Vollmond, im September, da hinten in dem Fenster stand er, so hell, dass ich es mit geschlossenen Augen sehen konnte. Ich war irgendwo zwischen schlafen und nicht schlafen, genau mittendrin, wenn du einfach bloß so dahintreibst, da hör ich die Stiefelschritte von dem Mann auf der Veranda. Ich roll mich rum, aber nicht ganz, er soll ja nicht gleich denken, dass ich mich freue, und ich sage: Ja, und? Hast du einen?

Willie, du stehst besser auf und kommst raus auf die Veranda. Mehr hat er nicht gesagt. Ich dachte, jemand wäre gestorben. Ich stand auf und ging raus, und er sagte: Du musst mit zum Wasser runterkommen, hier lang. Sag ich: Was soll das, willst du mir Angst machen? Sagt er: Komm einfach mit. Tja, und dann hat er mich runter ans Wasser geführt und gefragt, was ich sähe. Mit solchen Kulleraugen. Dabei hat er zu seinem Boot rübergezeigt.

Tja, und was hab ich gesehen? Irgendwas im Wasser, aber was, das konnte ich nicht sagen. Ein irres Gewimmel jedenfalls, irgendeine Art von Jubilee, das war schon mal klar. Er fuhr mit der Hand durchs Wasser und fischte etwas raus. Er machte eine Lampe an und zeigte es mir. Das Wasser war randvoll mit ihnen. Sie waren überall. Es sah aus, als wäre für jeden einzelnen Stern am Himmel einer da. Und dann hat dieser Mann, dein Großvater, mich in die Arme genommen, ja? Hat mich richtig fest gedrückt, wie wir das damals eben so getan haben. Süße Maus, hat er gesagt, ich schwör dir, ich bin die ganze Küste hochgefahren, bis rauf nach St. Petersburg, Florida, aber ich habe nicht einen Einzigen gefunden. Also, hat er gesagt, hab ich beschlossen, dass du's eben einfach bloß mit mir versuchen musst, und wenn dir das nicht mehr gut genug ist, tja, dann eben nicht. Bin ich also wieder nach Haus. Und dann komm ich vorhin hier an und mach mein Boot fest und gucke, und da sind sie.

Das hat er gesagt. *Da sind sie.* Den ganzen Weg hierher sind sie gekommen, bloß wegen uns zweien. Sie haben gehört, was dir fehlt, sie haben gesehen, wie verzweifelt ich sie gesucht hab für dich, und dann sind sie gekommen, alle auf einmal.

Tja. Ich konnte gar nicht anders, ich musste diesen Mann einfach lieben. Bring mich um, hab ich zu ihm gesagt, gleich hier, denn so was passiert einem im ganzen Leben bloß einmal. Wenn man Glück hat. Ich habe so viele Seesterne eingesammelt, wie ich tragen konnte, und ich hab sie immer noch, jeden Einzelnen. Das sind ein paar von ihnen, genau die, die da an den Schnüren baumeln.

Ja, sicher stimmt das. Was denkst du denn? Jedes einzelne Wort. Und seither, seit dieser Nacht, kann mich der Tod ruhig holen kommen. Ich habe sie schon erlebt, meine eine Sache im Leben.

Dieser Mann konnte mir Seesterne zeigen, wo es nicht einen Einzigen davon gab. Und daran hat sich auch mit seinem Tod nichts geändert. Sobald man einmal jemanden gekannt hat, der einem irgendwann etwas zeigen konnte, das gar nicht da war, kann alles ruhig so weitergehen bis zum Sterbebett, weil man weiß, dass einem nie wieder irgendwas fehlen wird. Hast du gehört, was ich sage?

13

Victor summten die Ohren immer noch von dem letzten Schlag. Ganz egal, dass Willie alt gewesen, dass sie schon seit Monaten kurz vorm Sterben gewesen war, dass irgendwas von der Liste des Doktors ihr schließlich den Rest gegeben hatte. Sie war allein gestorben. Das war Victors Fehler. Von heute bis in alle Ewigkeit, Amen.

Was hatte sie zu ihm gesagt? Fast als Letztes? Pass auf, was du dir wünschst …

Ein Gedanke schoss ihm durch den Kopf: *Ich wünschte, er hätte mich umgebracht, dann würde er wenigstens wissen, wie es sich anfühlt*. Und dann: *Nein, ich wünschte, ER wäre tot*. Allein schon der Gedanke brachte ihm ein beängstigend lebensechtes Bild vor Augen: das Gesicht seines Vaters ganz schlaff in diesem schrecklichen Schlaf, die Familie in tiefer Trauer um die Bahre versammelt. Seine kleineren Geschwister würden weinen. Aber Victor nicht. Er wäre dann frei. Die ganzen grün und blau geschlagenen kleinen Tiere in ihm drin würden aus ihren Käfigen gelassen.

Er weinte auch jetzt nicht. Ein leichtes Zittern, als er Luft holte, aber mehr nicht. Die Lippe wollte nicht zu bluten aufhören. Auf der Schläfe war eine Riesenbeule gewachsen; die Wange darunter schwoll langsam an.

Der Käfig war so eng, dass er weder aufstehen noch sich darin hinlegen konnte, nicht einmal mit angezogenen Knien. Er tastete die Ecken ab, die Decke.

Schwere Schritte auf dem Anleger – zwei oder drei Männer, die entschlossen das Bootshaus entlang gegangen und um die Ecke gebogen kamen. Victor kämpfte den Drang nieder, laut loszuschreien.

Die Tür schwang nach innen.

Victors Magen gefror. Er drückte sich gegen die Käfigwand, versuchte etwas zu erkennen.

»Wo steckst du, Junge?« Ein heiseres Flüstern. Nicht sein Daddy. Die Tür ging zu. »Steckst du hier irgendwo?«

Victor hielt die Luft an.

»Bist du in Ordnung? Wo steckst du?« Rumms, krachte

Fleisch gegen Metall, und der Flüsterer explodierte – »Autsch, verfluchte Scheiße, tut das weh!« Maschinengeschepper. Der Mann krachte schwer auf die Kante direkt vor dem Käfig.

»Wer ist da?«, flüsterte Victor.

»Ich glaub, ich hab mir den Fuß gebrochen.«

»Wer sind Sie?«

»Lucius. Ich arbeite für deinen Vater. Herrgott noch mal, das tut vielleicht weh!«

Victor beeilte sich: »Sie müssen mich hier rausholen. Mein Vater bringt mich um.«

Ein schnurrbärtiges Gesicht kam ans Gitter heran. Der Mann hatte eine Schnapsfahne.

»Hat er dich schlimm zugerichtet?«

»Ich blute. Mein Mund.«

»Ich glaub, er ist so gut wie fertig mit dir.« Lucius zog sich grunzend den Stiefel vom Fuß. »Er ist bei ihr oben. Sie hat da drüben am Anleger gesessen, als wir kamen. Mausetot. Da ist der Käpt'n wohl 'n bisschen durchgedreht.«

»Ja. Ich weiß.«

Lucius stand ächzend auf. »Wenigstens hat er dich nicht umgebracht. Hör zu. Er will sie aufs Boot schaffen und dann mit ihr zur Stadt zurück. Am besten bleibst du einfach hier. Ich schick dir jemanden.«

»Gehen Sie nicht weg«, flehte Victor. »Da muss irgendwo ein Flaschenzug sein oder so, bitte.«

»Wenn er mich dabei erwischt, wie ich dich rauslasse, dann bringt er mich gleich mit um.«

»Sie können mich hier doch nicht einfach zurücklassen!«

»Ich schick dir jemanden. Jetzt muss ich los.«

»Aber Sie müssen mir helfen!«

»Junge, was meinst du denn, wozu ich hier bin? Aber

jetzt muss ich los. Hier. Für dich.« Lucius schob etwas durch den Spalt unten am Boden. »Das hilft.«

Es war eine flache Flasche.

»Einfach runter damit«, sagte Lucius. »Tu auch was auf die Wunden. Ich muss los.« Er humpelte zur Tür. Wieder etwas Licht. Er zog die Tür hinter sich zu.

Victor schraubte die Flasche auf. Bourbon. Heiß floss er ihm die Kehle hinunter.

Geschrei hinter der Blechwand. Die Männer schlurften ungleichmäßig den Anleger hinunter, sie schienen eine schwere Last zu balancieren.

Victor legte den Kopf auf die Knie. Jetzt lief nicht mehr so viel Blut in seinem Mund zusammen.

Ein Stolpern, ein kurzer Schritt – jemandes Knie knallte auf den Anleger – und dann Gebrüll, *Boah!* und *Aufpassen, Mensch!*

Victor hielt den Atem an, aber es plumpste nichts ins Wasser.

»Herrgott, seid doch vorsichtig!«, grollte sein Vater. Rasch gemurmelte Entschuldigungen. »Aufpassen, Tiny! Guck, wo du hintrittst!«

Scharren. Alles wieder im Griff. Der eine Diesel spuckte los, dann der andere. Sie übertönten alles. Der Stahlkäfig begann zu vibrieren. Die Schraube wirbelte das Wasser bis ins Bootshaus auf.

Victor drückte sich an die Käfigstangen und schrie: »Ich hab sie nicht umgebracht! Komm zurück! Daddy! Es war doch nicht meine Schuld!«

Die Diesel dröhnten lauter und entfernten sich.

Victor brüllte ihnen jedes Schimpfwort hinterher, das ihm einfallen wollte. Jedes einzelne böse Wort, das er sich je verkniffen hatte. Nicht, dass er seinem Vater auch nur eines davon wirklich noch an den Kopf knallen konnte, aber es gab ihm ein herrliches Gefühl von Freiheit, sie einfach alle rauszulassen.

14

In dem Frühling, als Mrs. Wagner ihnen in der zweiten Klasse die Multiplikationstabellen beibrachte, bekam Victor Fieber. Es fällte ihn wie eine Axt, auf dem Nachhauseweg. Er brach auf dem Gehweg zusammen und schaffte es nicht, wieder hochzukommen. Sein Vater kam angerannt und trug ihn ins Haus, ins dunkle Zimmer hinten.

Vier Nächte lang stieg sein Fieber noch. Wie hoch genau, wusste keiner. Man wusste nur, dass es bei Vierzig wieder runterging. In seinem Delirium war Victor zu dem Schluss gekommen, dass er sterben würde, wenn es noch weiter stieg, also nahm er das Thermometer zwischendurch heimlich aus dem Mund und hielt es ins Wasserglas.

Die Fieberschübe waren brutal, er schwitzte und fror und zitterte, trieb nur noch am Rand der Welt dahin.

Die Tapete im Schlafzimmer seiner Eltern war mit diagonalen Reihen von geprägten Goldmedaillons gemustert, mit lauter endlos dahinmarschierenden Reihen. Das Gitternetz nahm in Victors überhitztem Gehirn eine entsetzliche Ordnung an. Die Medaillons verwandelten sich in Zahlen. Die Zahlen erwachten zum Leben. Er zählte die Reihen, eine nach der anderen, hin und her und kreuz und quer – fünf mal fünf, fünfundzwanzig, sechs mal sechs, sechsunddreißig … endlose Zahlenkolonnen, die sich verzerrten, verformten. Sie watschelten dahin wie riesige, tollpatschige Tiere, um im nächsten Moment zu schmalen, rasiermesserscharfen, fiesen Haken zusammenzuschnurren. Sie brüllten ihm ins Ohr, wie sie hießen.

So verrückt war er auch jetzt wieder, als er die rautenförmigen Löcher in dem Stahlgitter zu zählen begann. Zuerst beruhigten die Zahlen ihn auf merkwürdige Weise: neunzehn hoch, siebenundzwanzig quer, das Ganze mal fünf …

Dann stieg der alte Schrecken wieder in ihm auf – *Halt! Nicht durchdrehen! Stark sein.*

Er hörte die Krabben herumhuschen, hörte die Insekten und die Frösche und das Klatschen der Äschen. Sie neckten ihn mit dem Lärm ihres Lebens. Sie waren frei. Er war ihr Gefangener. Er spürte, wie das Blut in ihm anschwoll und abschwoll, und schaukelte in diesem Takt hin und her.

Plötzlich fuhr er hoch, knallte mit dem Kopf ans Gitter. »Wer ist da?«

Die Antwort kam von direkt über seinem Kopf. »Hey, Fremder.«

Victor ließ sich in eine Ecke sacken.

»Ich bin's, dein bester Kumpel, weißt du noch? Zuletzt lacht *immer* jemand anders als du.« Butch machte ein Zippo-Feuerzeug an. Er kauerte dort oben und spähte mit einem gehässigen Grinsen durch den Gitterrost. »Da hat wohl einer seinen bösen Hund weggesperrt.«

Victor blinzelte nach oben. »Was machst du denn hier? Hör mal, wir beide liegen nicht im Krieg miteinander.«

»Hab gehört, du hättest ein bisschen Ärger. Was hast du getan, die alte Dame umgebracht?«

»Geh zum Teufel«, schnappte Victor.

»Huuu«, machte Butch. »Böser Hund! Böser Hund!«

Victor warf sich gegen den Käfig. »Geh zum *Teufel,* sag ich!«

»Wuff, wuff! Platz, Sandy!« Butch trat gegen die Gitter und fiel vor Lachen auf den Hintern. Das Feuerzeug ging aus. Er kletterte vom Käfig herunter und verschwand nach draußen.

Victor warf sich mit der Schulter gegen die Decke und die Seitenwände, aber der Käfig bewegte sich kein Stück.

Dann war Butch wieder zurück. Er zog etwas hinter sich her – einen dürren, langen Kiefernast mit Büscheln trockener Nadeln an den Enden. Er brach die Zweige ab und schob sie unter den Käfig.

»Hey, was wird denn das – was machst du da?«

»Feuer«, kam die tonlose Antwort. »Mir ist ein bisschen kalt. Wie steht's mit dir?« Nun knüllte er altes Papier zusammen, stopfte es in die Lücken.

Victor stieß es mit den Fingern wieder raus. »Hör auf! Du spinnst ja! Ich hab dir nichts getan!«

»Du hast dich mit mir angelegt«, sagte Butch. »Das hättest du besser bleiben lassen.«

»Ja, und du hast das Boot von meinem Opa hochgejagt! Wir sind quitt!«

Butch ging auf die Knie. »Quitt sein ist öde.« Er machte sein Zippo an. »Ich hab lieber ordentlich Außenstände. Und jetzt erzähl mal, wo du Nolties Boot versteckt hast.«

»Hey, warte! Hör doch mal zu!«

»Heut gibt's gegrillten Hund.« Butch beugte sich über sein Werk.

Victor war klar, dass er mit Betteln nicht weiterkam. »Du kommst zu spät«, sagte er.

Die Nadeln waren grün und wollten nicht Feuer fangen. Butch fluchte und begann nach einem Benzinkanister zu suchen. »Was hast du gesagt, Sandy? Ich hab nicht zugehört.«

»Das Boot«, sagte Victor. »Du kommst zu spät. Es liegt mitten in der Bay auf Grund. Das findest du nie wieder.«

Butch starrte auf die flackernde Flamme. »Lügner«, sagte er.

»Nein, ich bin bloß ein Dieb. Wie du. Ich hatte es dir kaum geklaut, da ist es auch schon untergegangen.«

Butch ließ seine Faust gegen den Käfig krachen. »Dafür bring ich dich um, du …«

»Ja, mach doch. Wärst nicht der Erste, der das versucht heute Abend.«

»Was hast du damit gemacht? Raus mit der Sprache, oder ich schwör's dir, ich …« Butch sah sich um, als würde ihm dann etwas noch Schrecklicheres einfallen. »Du hast es irgendwo versteckt! Sag mir wo!«

»Lass mich raus, dann sag ich's.«

Die Flamme flackerte erneut auf. Butch kam dicht an den Käfig heran. »Was ist das da hinten?«

»Was?«

»Die Flasche da. Whiskey?«

»Ja.«

»Gib her. Schieb sie hier unten durch.«

Victor tat es. »Nur zu, lass es dir schmecken.«

Butch nahm einen ordentlichen Schluck. »Jaaaa …«

»Nimm, soviel du willst«, sagte Victor.

»Wer hat dich da reingesperrt, Sandy?«

»Mein alter Herr.«

»Anscheinend hat er dich noch hässlicher gemacht, als du sowieso schon bist.«

»Scheint so.« Victor bedeckte sein Gesicht mit der Hand. »Er hat mich höllisch verprügelt.«

»Wie hat er dich da reingekriegt? Ich seh gar keinen Eingang.«

»Da muss ein Seil sein oder ein Flaschenzug oder so. Zum Hochziehen.«

Butch steckte seine Finger durch das Gitter. »Ich glaub, ich lass den ollen Köter am besten in seinem Käfig. Das Boot find ich auch allein.«

»Dann such mal schön«, sagte Victor. »Klapper schön alles ab von hier bis Mobile. Du wirst es nicht finden. Es liegt auf Grund. Hol mich hier raus, und ich erzähl dir, was passiert ist. Du wirst es nicht glauben.«

Es war nicht Bestandteil irgendeines Planes, den Victor verfolgte; es war nur eine Chance, und die ergriff er. Er steckte in einem Käfig. Butch nicht. Was hatte er schon zu verlieren? Er presste seine Hände gegen den Draht. »Du und ich, wir sind doch schon quitt. Boot um Boot, wie ich gesagt hab. Aber hier läuft noch eine ganz andere Sache. Eine Riesensache. Größer als alles, was du je erlebt hast.«

»Ach ja, und was soll das sein?«

»Lass mich raus, dann zeig ich's dir. Ehrlich. Pass auf. Du brauchst mich. Ich hab den Toten gefunden. Du weißt, wer ihn umgebracht hat, stimmt's? Was ist es, irgendeine Whiskey-Geschichte? Hast du für Noltie eine Brennerei am Laufen oder so? Ist mir egal.«

»Ich weiß überhaupt nicht, wovon du da sprichst. Was für ein Toter?«

»Auf halbem Wege zur Quelle rauf. Schuss ins Herz. Mit 'nem Seil um den Bauch. Nie davon gehört?«

»Nee, Mann, ich brenn ein bisschen was und schmuggle Whiskey für Noltie, aber Mord ...« Victors Hoffnungen stiegen gewaltig, als Butch aufstand und von einer Wand zur anderen zu tigern begann. »Pass auf, irgendwer hat mich ausgeräuchert«, sagte er. »Ich dachte, du wärst es gewesen, wegen diesem Haufen Benzin. Mit Benzin haben sie's nämlich gemacht. Haben mir zwei absolut gute Apparate abgefackelt und fünf frische Kisten Unverzollten ausgekippt, einfach so auf den Boden. Als du dein Benzin holen wolltest, hab ich gedacht, Noltie hätte dich geschickt.« Er blieb stehen und lugte in den Käfig. »Aber ich bin zu ihm und hab ihm erzählt, was ich mit dir gemacht hab und dass ich noch anders kann, wenn er nicht aufhört. Aber er war's nicht. Er hat noch nie von dir gehört.«

»Hab ich dir doch gesagt.«

»Er will Frieden schließen, alles vergeben und vergessen, ich soll bloß das Boot wiederbringen ... aber irgendwas läuft da doch.«

Victor sagte: »Das ist erst der Anfang. Lass mich raus. Ich erzähl's dir, alles.« Er flüsterte die Worte durch das Gitter: »Das sind die Deutschen.« Butch blieb stehen. »Wer?«

»Die Deutschen. Da draußen.«

Butch fiel die Kinnlade herunter. »Die *wer*?«

»Die Nazis. Die Krauts. Draußen in der Bay. Vorgestern Nacht. Ein U-Boot, Mann. Ein Unterseeboot. Ich bin mittenrein gebrettert.«

»Ach, Schwachsinn.«

»Nee, ehrlich«, sagte Victor. »Ich bin mit dem Boot an Point Clear vorbei. Und hab's gerammt. Ich bin richtig *drauf*gefahren. Ich bin da raufgeklettert, während es auf Tauchfahrt ging. Es hat dein Boot versenkt. Ich wär beinah ertrunken.«

Butch schnaubte und trommelte auf den Käfig. »Ja, klar. Und gefahren hat's der alte Hitler persönlich.«

»Lass mich raus. Lass mich raus, und ich beweis es dir. Ich zeig dir den Toten. Dann fahren wir nach Point Clear. Ich hab da diesen alten Mann kennen gelernt. Er ist reich. Er hat dieses riesengroße Boot. Ich glaube, der hilft uns. Wir können das Ding finden.«

Butch nahm einen Schluck aus der Flasche, kratzte sich am Kinn. Er sah aus, als würde ihn ein Bad oder eine Rasur glatt umbringen. Seine Sachen hatte er wahrscheinlich ohne Wechseln an, seit er sie das erste Mal angezogen hatte. Er trug etwas, das einmal ein weißes Frackhemd gewesen sein musste, allerdings ohne Ärmel. »Nicht übel, das Zeug«, sagte er und schnalzte mit der Zunge. »Hatten sie ihre Helme auf?«

»Wer?«

»Die Krauts.«

»Konnt ich nicht sehen.«

»Woher weißt du dann, dass es welche waren?«

»Ich hab sie reden gehört.«

»Wie hören sie sich an?«

»Wie im Radio.« Und mit weicherer Stimme: »Hör mal, warum hilfst du mir nicht raus? Du wirst es nicht bereuen. Ich werd mich revanchieren. Wir finden dieses Ding, und, und ich schwör dir, wenn wir das schaffen, dann wartet eine Riesenbelohnung auf uns.«

»Dummes Geschwätz.«

Victor ließ nicht locker.

»Wir könnten dich dabei gebrauchen. Wir werden jede Hilfe brauchen können. Dieser Mann ist sagenhaft reich. Er hat mir ein Boot geliehen. Wir können zu ihm fahren. Er will uns auch bezahlen.«

»Hat er die Krauts auch gesehen?«

»Nein. Keiner außer mir.«

»Und dieser Kerl sagt, er will dir beim Suchen helfen?«

»Pass auf, Butch. So was passiert nicht jeden Tag. Ich muss vorsichtig sein, du weißt doch, loser Mund setzt Schiffe auf Grund und so weiter. Aber ich glaube, wir können ihm vertrauen. Für sein Alter ist er gar nicht so übel.«

»Ich glaub nicht, dass das Krauts waren«, sagte Butch, »und selbst wenn, dann glaub ich immer noch nicht, dass du sie gesehen hast. Wenn du ihre Helme nicht gesehen hast. Die tragen doch alle solche Helme.«

»Siehst du«, sagte Victor. »Genau in solchen Dingen wärst du uns eine große Hilfe. Sie an ihren Helmen erkennen. Da drüben hängt eine Laterne. Warum machst du sie nicht mal an und guckst nach dem Flaschenzug?«

Butch trat vom Käfig zurück und überlegte. Er machte

ein Gesicht, als wolle er Victor gern glauben. »Weißt du, was Noltie sagt? Dass sie über vierzig Schiffe versenkt haben, allein im letzten Monat, gleich draußen im Golf.«

»Sag ich doch, Mann. Ich weiß doch, was ich gesehen habe.«

»Ein Boot hat er dir geliehen, ja? Wo denn?«

»Oh, nein«, sagte Victor. »Hol mich erst hier raus. Dann zeig ich's dir. Alles.«

Butch kam mit der Laterne zurück.

»Guck, da ist so ein Ring.« Victor war heilfroh; er konnte bereits spüren, wie es sich anfühlen würde, die Arme auszustrecken. »Bestimmt macht man da ein Seil dran fest und zieht das Ding nach oben.«

Butch stöberte, fummelte, überlegte, machte schließlich an einem Dachbalken einen Flaschenzug aus. Victor leitete ihn von drinnen an. »Jetzt mach es hier fest und führ das andere Ende durch die Öse.«

»Platz, Kleiner«, sagte Butch. Wenig später hatte er das Seil gespannt. Er stellte die Laterne auf den Boden und begann zu ziehen. Ein Quietschen, ein Ächzen ging durch das Bootshaus.

Victor half mit den Händen nach. »Fester!« Der massive Stahlrahmen kam frei und hoch, einen Fingerbreit nur, wie der Deckel eines riesigen Kessels. »Ja, weiter! Nicht aufhören!«

Butch ächzte und schnaufte, aber er legte sich weiter ins Zeug. Als der Spalt groß genug war, zwängte Victor sich durch. Sofort tat ihm wieder alles weh. Er sank auf die Knie, keuchend, und gab dem überwältigenden Gefühl von Dankbarkeit nach. »Ich sag dir, Mann, dafür bin ich dir was schuldig. Ehrlich. Ich hätte eine Ewigkeit da drin festsitzen können, bis mal jemand vorbeigekommen wäre.«

»Scheiße, Sandy, du siehst übel aus.« Butch hielt die Laterne neben Victors Gesicht. »Warum hat er dich so zugerichtet?«

Victor sah auf seine Füße. »Ich heiß nicht Sandy. Ich heiße Victor.«

»Sandy passt besser zu dir«, sagte Butch. »Mann, als hätt er dir 'nen jungen Hund ins Gesicht geworfen.«

»Er ist hergekommen, als ich grad nicht da war, und da hat er sie gefunden. Sie war gestorben. Das hat ihn dermaßen wütend gemacht ... Als ich wiederkam, hat er mich gegriffen und ...«

»Ganz schön feige, dich so von ihm verkloppen zu lassen.«

Victor stand auf. Er hatte keine Kraft zu kämpfen. Er musste alles aufbringen, was er hatte, um sich nicht anmerken zu lassen, wie weh schon das Stehen tat. »Damit ist jetzt Schluss. Das war das letzte Mal. Er wird mich nie wieder schlagen.« Die Worte ließen einen kalten Schauer durch seinen Körper fahren. »Lieber bring ich ihn um, als dass ich mich noch mal so von ihm zusammenschlagen lasse.«

Er sah die Faust seines Vaters kommen, sah die ganze wilde Bandbreite des Zorns an diesem dickbäuchigen, kaputten alten Mann. Victor war abgehauen und hatte das größte Verbrechen aller Zeiten verübt. Schlimmer als die Entführung des Lindbergh-Babys. Schlimmer als alles, was Hitler bis jetzt so getrieben hatte.

Er konnte etwas besiegen, das größer als sein Vater war.

»Du brauchst ihn ja nicht gleich umzubringen«, sagte Butch. »Du könntest ihm die Bude abfackeln.«

»Nein. Mit dem bin ich fertig«, sagte Victor.

Butch schlenderte den Anleger hinab. »Die alte Dame hatte doch bestimmt noch was Essbares im Haus.«

»Nein. Hatte sie nicht. Wir gehen da nicht rein. Wir vergreifen uns nicht an ihrem Essen.«

»Sie ist tot«, sagte Butch. »Ihr kann man nichts mehr wegessen.«

»Jetzt hör mir mal zu«, begann Victor, aber was Willie für ihn bedeutete, war nicht in Worte zu fassen, und die Riesenlücke, die sie hinterlassen hatte, erst recht nicht. »Im Boot ist was zu essen. Das kannst du haben.«

»Nun guck sich mal einer an, wie er hier die Befehle gibt.«

»Komm schon.« Victor machte sich auf den Weg zu dem Rohrdickicht. Er wollte nicht, dass dieser Junge sein Gesicht sah. Bald würde die Sonne aufgehen. Sie würden Willie begraben. Er wollte das nicht mit ansehen. Willie würde es hassen in der Stadt. Sie liebte diese Insel. Sie war hier, gleich hier irgendwo, draußen unter dem Hügel aus Austernschalen vielleicht, oder in der Luft. Sie konnten ihren Körper auf ein Boot und den Fluss hinaufschaffen, aber Willie von hier wegbringen, das konnten sie nicht.

15

In den Wolken schimmerte schon das erste Sonnenlicht. Victor schob das Punt aus dem Röhricht. Er sah nicht zum Haus zurück. Inzwischen musste es schon verschwunden sein.

Im Bug riss Butch die Schnur von der Schachtel und machte sich über das Frühstück her – eine Hähnchenkeule in der einen Hand, ein Sandwich in der anderen. »Wo hast du das Zeug her?«, sagte er mit vollem Mund. »Ein so großes Stück Roastbeef hab ich im Leben noch nicht gesehen.«

»Hat mir sein Dienstmädchen gegeben. Der alte Mann hat haufenweise Diener und so.« Victor sah ihm beim Essen zu. Er wollte nichts essen. Ihm tat der Mund weh, und außerdem waren seine letzte richtige Mahlzeit und seine letzte richtige Nacht Schlaf so lange her, dass er beinahe schon vergessen hatte, wozu man so etwas überhaupt brauchte.

Er ließ den Motor an und steuerte flussaufwärts. Die windstille Dämmerung polierte die Weeks Bay zu einer rosafarbenen Glasscheibe, auf deren Oberfläche nur das kleine Boot sein V hinterließ.

»Hör mal«, sagte Victor. »Wer hat dir eigentlich erzählt, dass ich in Schwierigkeiten stecke?«

»Luschus.«

»Wer ...?«

Butch schluckte hinunter. »Lucius. Ist sich 'ne Flasche holen gekommen. Weil er seine dir gegeben hat. Er hat's verdammt eilig gehabt. Hat mir bloß kurz erzählt, wie sie die alte Dame gefunden haben.«

»Arbeitest du mit ihm zusammen?«

»Was, mit Lucius?« Butch warf einen abgenagten Knochen über Bord und sah traurig zu, wie er versank. »Nee, der war bloß einer von meinen besten Kunden, genau wie sie. Nach den beiden konnte man glatt die Uhr stellen.«

»Nach welchen beiden?«

Das nächste Sandwich verspeiste Butch mit drei Bissen. »Nach ihm und der alten Dame«, sagte er kauend. »Deiner Großmutter. Der wilden Willie.«

»Die wilde ... Was redest du da für einen Quatsch?« Victor krallte die Hand ums Steuer. »Woher weißt du, wie sie heißt?«

»Wie sie heißt? Zum Teufel, Sandy, ich kenne die alte Dame, und zwar mindestens so gut wie du.« Butch griff in die Schachtel und brachte den letzten Hähnchenschenkel zum Vorschein. »Meinst du, der alte Jack Daniel persönlich hat ihr ihr Fläschchen gebracht?«

Victor riss das Steuer hart herum, um einem treibenden Baumstamm auszuweichen. »Du meinst – das warst du?«

»Eine große Flasche Old Forester, jeden zweiten Dienstag«, sagte Butch und stützte sich mit der Hand auf. »Pass auf, wo du hinfährst, Sandy. Jetzt mach doch nicht so ein belämmertes Gesicht. Ich hab für Noltie weitergemacht, als sie ihm die Beine zerschossen haben. Wir haben haufenweise Kundschaft hier.«

Na, das war ja wirklich zum Totlachen. Da haben sie alle jahrelang Swaney, den Briefträger, in Verdacht gehabt, und jetzt saß er vor ihm, Willies Lieferant, einer oben vom Noltie Creek.

»Das war ihr Boot, das du da abgefackelt hast«, sagte Victor.

»Tut mir Leid, das zu hören, Sandy. Hättest du mir vorher sagen sollen. Ich konnte die alte Dame gut leiden. Sie hat mir immer was zu essen gegeben, wenn *meine* alte Dame sich mal wieder die Kante gegeben hat.«

»Ich bin deiner alten Dame neulich über den Weg gelaufen«, sagte Victor. »Ich weiß, was du meinst.« Während er den schmäler werdenden Fluss hinauffuhr, versuchte er sich vorzustellen, wie Willie den kleinen, wilden, rothaarigen Butch mit durchfütterte. Sie hatte Geheimnisse über Geheimnisse gehabt, ein ganzes Leben, das Victor nur erahnen konnte.

»Wie hast du sie noch gleich genannt …?«

»Die wilde Willie? Sagt Noltie immer. Er meint, sie wär wilder als jeder Fisch im Meer. Jedenfalls früher, bevor sie alt geworden ist. Er meint, sie hätte immer unten am Anleger gestanden und den Fischen irgendwelche Hymnen vorgesungen.« Butch verzog das Gesicht. »Die haben alle 'ne Macke hier unten.«

»Aber ich hab dich da nie gesehen. Nicht ein einziges Mal.«

»Dann hast du nicht richtig geguckt. Ich hab dich oft gesehen. Ich stand immer unten bei der großen Mündung und hab zugeguckt, wie ihr Geschwister auf eurer großen, tollen Insel rumgespielt habt. Ich musste immer warten, bis ihr weg wart, bevor ich essen kommen konnte, was ihr übergelassen hattet.«

Klar. Jetzt fiel es Victor wieder ein. Diese langen, trägen Nachmittage, an denen er mit Joseph und Roxanne und den Cousins und Cousinen Dosen kicken und Abwerfen gespielt hatte, und immer hatten drüben am anderen Ufer irgendwelche zerlumpten Kinder gesessen und geangelt ... Aber die Sylvesters waren nicht *reich.* Ganz und gar nicht. Die Kleinen trugen die Sachen der Großen auf, und spätabends durften sie sich viel zu oft irgendwelche Streitereien wegen Geld anhören.

Trotzdem. Zu essen gab es immer genug.

Sie fuhren das breite Stück Fluss bei der alten Johnson-Hütte entlang. »Da drin«, sagte Butch und zeigte zu den Bäumen hinüber, »hab ich meinen ersten Kolben stehen gehabt. Sie haben alles angesteckt und mir eine Nachricht in die Erde gekratzt. Dass sie das nächste Mal mich abfackeln.«

»Was hast du dann gemacht?«

»Dort drüben einen neuen aufgestellt. Das gleiche Spiel. Bloß dass sie diesmal meine Kisten gefunden haben. Und keinen Grund mehr sahen, mir 'ne Nachricht zu hinterlassen. Ich stand da und fluchte rum, und Scheiße, was denkst du, plötzlich ballert einer mit 'nem Gewehr vom anderen Ufer rüber, dass es neben mir so 'nen dicken Ast vom Baum fetzt.«

Victor stand halb auf und sah über Butch hinweg. Nein, dieser Sumpf war es nicht. Er hatte sich ein paar Orientierungspunkte eingeprägt, um ihn wiederzufinden: eine krumme Kiefer, einen Sandstreifen zwischen dem Marschgras.

Butch schüttelte die Krümel in einer Ecke der Schachtel zusammen, ließ sie sich auf die Zunge rieseln und leckte sich die Finger ab.

»Gut, da wären wir«, sagte Victor mir gerecktem Kopf. »Gleich da vorn.«

Butch sah ebenfalls dorthin. »Ich seh nichts.«

»Da drin – da müsste es sein.« Victor sah die Kiefer, den Sand, den Wasserstand, der so tief war, wie er sein sollte, aber … »Er ist weg.«

Butch rollte mit den Augen. »Dann war er ja wohl nicht so tot, wie du gedacht hast.«

»Quatsch, mausetot war er. Der hat sich nicht von allein verkrümelt.« Victor machte den Motor aus und setzte das Boot auf den Sand, ein Stück neben der Kuhle, von der aus Schleifspuren zum Wasser führten. »Siehst du, da hat er gelegen. Ich wollte ihn weiter raufziehen, aber er war zu schwer. Er hatte dieses Seil …«

Er sah, wohin Butch zeigte. Die krumme Kiefer hinauf, zu ihrem untersten Ast – da hing das Seil, durchweicht, grau, das ausgefranste Ende zu einer schiefen, aber unmissverständlichen Schlinge geknüpft.

»Wem hast du noch davon erzählt, Sandy?« Butchs Stimme war beinahe sanft – oder angstvoll.

»Niemandem, bloß diesem Burschen im Hotel. Dem Coast Marshall. Er wollte mit einem Polizisten hierher kommen. Ich hab ihnen einen Lageplan gezeichnet. Sie müssen ihn mitgenommen haben …«

»Aber so was denkt sich doch kein Bulle aus.« Butch zeigte immer noch dorthin. »Das ist doch was total Komisches, Mann, oder?«

»Ja. Bloß warum lach ich dann nicht«, sagte Victor.

Sie stiegen in das Punt und machten, dass sie den Fluss runterkamen.

»Flottes kleines Boot«, sagte Butch, während es über die krabbelige Bucht hüpfte und krängte. »Wie reich, hast du gesagt, ist dieser Bursche?«

»Keine Ahnung.« Victor musste gegen die steife Morgenbrise anbrüllen. »Guck dir seine Yatchet selber mal an, dann weißt du, was ich meine.«

»Was ist eine Yatchet?«

»Ein großes Boot. Für reiche Leute. Du weißt schon.«

»Hat er irgendwas, das sich abzufassen lohnt?«

Victor richtete sich auf. Dieser Bursche war wie eine endlose Dominosteinreihe aus Überraschungen. »Ich ... keine Ahnung. Ich hatte eigentlich nicht vor, ihn zu beklauen. Machst du das eigentlich immer so, wenn du jemanden kennen lernst: erstmal beklauen oder ihm was abfackeln?«

»In letzter Zeit schon.« Butch leckte einen Finger ab und reckte ihn nach oben. »Hat sich irgendwie so ergeben.«

»Hör mal«, rief Victor. »Mit dieser Schule in Bon Secour hattest du aber nicht zufällig was zu tun?«

»Und wenn?«

»Hätt mich bloß interessiert.« Victor fuhr in einem weiten Bogen um die lange Sandbank herum. »Warum du's getan hättest.«

Butch fischte sich ein rotes Haar aus dem Mund. »Sie haben versucht, mich dorthin zu schicken.«

»Oh.«

»Als sie ausgebrannt war, haben sie's nicht mehr versucht.«

»Kann ich mir vorstellen.« Sie sprangen über eine weiß schäumende Welle hinweg. Victor behielt mit einem Auge den Tankzeiger im Blick, der immer weiter Richtung Null ruckte. Es war eine Sache, ganz allein mit einem Boot liegen zu bleiben, und eine andere, wenn Butch dabei war. Victor hätte sich nie träumen lassen, einmal zusammen mit einem ungezähmten, rotgesichtigen Rumtreiber im gleichen Boot zu sitzen, aber allmählich kam es ihm vor, als gäbe es zwischen ihnen mehr Gemeinsamkeiten als Unterschiede. Beide waren sie auf der Flucht. Steckten bis zum Hals in der Tinte. Hatten alle Brücken hinter sich abgebrannt.

Butch saß da und hielt die Nase in den Wind, als suche er jeden Tag nach irgendwelchen Leichen und Unterseebooten. Er hatte eine Wildheit an sich, über die Victor auch gern verfügt hätte. Er scherte sich nicht um andere. Er würde sich von keinem einfach verkloppen lassen. Es war auf alle Fälle gut, ihn dabeizuhaben, so viel stand fest.

16

Charles, der Diener, bedachte Butch vom Kai aus mit einem langen, arroganten Blick. »Mr. Gilliam erwähnte nicht, dass zwei kommen würden.«

»Tag auch«, sagte Victor. »Das hier ist Butch.«

»Ah, ja.« Als Charles Victors Prellungen sah, die Platzwunde, das Auge, das getrocknete Blut, wurde er zum Inbegriff des indignierten Butlers. »Es tut mir Leid, das sagen zu müssen, Sir, aber Ihre Erscheinung lässt einiges zu wünschen übrig«, sagte er und machte mit käsigen Händen die Bugleine fest. Er sah aus, als hätte er sein ganzes Leben in geschlossenen Räumen verbracht und ungesundes Zeug gegessen.

Butch besah sich eifrig die schwimmenden Reichtümer im kleinen Hafen des Hotels. »Na, nun guck sich einer die Pötte da an«, sagte er. »Lauter schwimmende Festtagstorten. Welches ist es?«

»Das da. Ganz am Ende.«

»Das große?«

»Ich hab's dir doch gesagt.«

Butch pfiff, die Hände in die Taschen gesteckt.

Charles winkte sie von dem Punt weg. »So Leid es mir tut«, sagte er mit bebender Stimme, »aber ich kann Sie erst vorlassen, wenn wir etwas gegen Ihr Äußeres unternommen haben. Mit Landstreichern und Schlägertypen pflegen die Gilliams nun einmal keinen Umgang.«

Butch fuhr herum. »Wie hat er mich genannt?«

»Einen Landstreicher«, sagte Victor. »Mach dir nichts draus. Hören Sie, Charles, es tut mir Leid, wenn Ihnen mein Anblick Schmerzen bereitet, aber da kann ich nichts machen. Ich ... bin gegen eine Mauer gelaufen. Wenn Sie uns nicht wollen, dann gehen wir wieder. Wir wollten Ihnen nur das Boot zurückbringen.«

Edgar Gilliam kam, den Spazierstock schwingend, den Kai entlanggeschlendert. Er trug einen weißen Panamahut und einen eleganten himmelblauen Anzug, der bei jedem seiner Schritte geradezu dahinfloss. »Ja, wen haben wir denn da?«, dröhnte er. »Ein Sonderkommando des Lumpenbataillons!« Er beugte sich vor und berührte den Rand von Victors Auge. »Ist ein herrlicher Morgen, Junge, aber ich glaube, du siehst bestenfalls die Hälfte davon.«

»Ich hatte ein bisschen Ärger.«

»Scheint so«, sagte der alte Mann. »Irgendjemand schert sich nicht gerade darum, wie du aussiehst, hm?«

»Im Gegensatz zu Meister Schnösel hier«, sagte Victor.

Charles reckte sich im Punt empor. »Sir, ich habe den beiden verständlich zu machen versucht ...«

»Schon gut, Charles. Dieser Junge arbeitet jetzt für uns. Sie behandeln ihn bitte wie ein Mitglied der Familie.«

»Ja, Sir.« Charles' Miene gefror. Er bedachte die Jungen mit einem finsteren Blick und verschwand in Richtung der Yatchet.

»Junge, wie heißt dein Freund? Wir sind einander noch nicht vorgestellt worden.«

»Das ist Butch. Er ... er hat mir gestern Nacht aus der Klemme geholfen. Ich hab ihm von Ihnen erzählt. Er kennt den Fluss da oben in- und auswendig, mit Vögeln und allem Drum und Dran. Stimmt doch, Butch, oder?«

»Jawoll. Ich bin vom Fach.«

»... Und da hab ich mir gedacht, er könnte uns helfen.«

Edgar sah von einem zum anderen, immer noch sein freundliches Lächeln im Gesicht. »Nun ja, Platz gibt es weiß Gott genug. Mein ursprüngliches Angebot bleibt bestehen. Fünfzig Dollar. Das müsst ihr unter euch ausmachen. Und jetzt kommt mal mit und bringt euch ein bisschen in Ordnung, damit ich euch Madame vorstellen kann. Anschließend geht's los. Alles klar? Dann kommt.« Er schien es kaum erwarten zu können.

Die lange Rasenfläche war von Virginia-Eichen beschattet. Wo das Morgenlicht durch die Zweige fiel, standen Liegestühle herum, in denen es sich hell gekleidete Leute gemütlich gemacht hatten. Neger in weißen Jacketts liefen zwischen ihnen umher, mit Tabletts voller Kaffee und Gebäck.

»Da möchte man doch gleich 'nen Baum umsägen oder 'nen schönen dicken Haufen ins Gras setzen oder so«, sagte Butch.

»Mund halten«, sagte Victor und versuchte, sich das Grinsen zu verkneifen. »Du ruinierst uns noch alles.«

Der alte Mann führte sie am Hauptgebäude vorbei zu einem schmiedeeisernen Tor, der einzigen Öffnung in einer langen, rosafarbenen, stuckverzierten Mauer. Dahinter lag ein Garten wie vom Reißbrett – eine Rosenhecke, ein Beet voller gelber und weißer Blüten, zu geometrischen Figuren gestutzte Sträucher –, mit einem rosafarbenen Bungalow in der Mitte. Ein Schindeldach fiel zu einer Wand hin ab, die ganz aus Glas war. Ein plätschernder Wasserfall. Aus dem Grün ragten überall Springbrunnen und Gipsfiguren empor.

Victor wollte das Tor sacht abbremsen, aber er unterschätzte sein Gewicht, und es fiel mit einem lauten Schlag zu. »Ist das … *wohnen* Sie hier?«

»Wir übernachten hier«, erwiderte der alte Mann. »Sie nennen es Admiral-Raphael-Semmes-Cottage. Ich frage mich allerdings, was der Arme dächte, wenn er da drin aufwachen würde. So, Jungs, kommt rein. Zum Badezimmer geht's durch die zweite Tür rechts, da findet ihr Seife und Wasser genug.«

Butch folgte Victor in das große, weiß gekachelte Bad. »Die tun alle, als wär'n wir Bazillenträger oder so.«

Victor berührte die Kruste an seinem Auge und sah sich das Gesicht verziehen. »Bei dir weiß ich nicht, aber bei mir hat er Recht. Guck mich doch an. Ein Bild des Jammers.« Es gab zwei Waschbecken. Victor ging ans linke und fing an sich zu waschen. Es dauerte nicht lange, dann waren die schlimmsten Spuren verschwunden.

Als er fertig war, rieb Butch sich gerade mit einem Handtuch den Schmutz ab, ohne lästige Zwischenschritte. Das Handtuch war mit einem Monogramm versehen. Butch bleckte die Zähne – die Nachahmung eines Lächelns – und sagte: »Ich wasch mich für niemand.«

»Damit kann ich leben.«

Butch ließ das Handtuch auf den Boden fallen und ging vor, zurück in den Garten. Victor berührte einen der roten Blütentrichter, um zu sehen, ob sie echt waren.

Edgar Gilliam kam hinter dem Haus hervor. »Ah, viel besser«, sagte er.

Hinter ihm erscholl ein entsetzlicher Lärm: ein gleichmäßiges Klatschen, das von kläglichen, leisen Schreien unterbrochen wurde, als würde jemand verprügelt.

Gilliam lächelte. »Die Frau, die ich liebe! Kommt. Oh – bitte verzeih mir, Junge, aber ich habe das Alter erreicht, in dem man sich kaum noch an den eigenen Namen erinnert, geschweige denn an den von jemand anderem. Sag mir noch mal, wie du heißt.«

»Victor. Victor Sylvester.«

»Victor wie Sieger, hm? Das ist ein sehr alter Name. Mit einem solchen Namen solltest du am Ende fein raus sein. Und das hier ist Butch? Gut.« Der alte Mann lugte um die Ecke. »Schatz, bist du gesellschaftsfähig? Ich möchte dir jemanden vorstellen.«

Das Stöhnen war beinahe verklungen. Der alte Mann winkte sie um die Ecke. Der rückwärtige Garten war um einen türkisfarbenen Pool in der Form eines Seepferdchens herum angelegt. In dem Flecken Sonnenlicht stand eine große, massige Frau über jemandem auf einem fahrbaren Tisch, einer Art Krankenliege, gebeugt, und ließ ihre Fäuste auf ihn einprasseln.

»Nun guck sich das einer an«, hauchte Butch.

Wer immer dort lag, war völlig erschlafft. Zwei Arme baumelten unter den Handtüchern hervor. Ein Streifen bleichen Fleisches lag frei, und dort brachte die große Frau ihre Schläge an.

Der Pudel schoss hasserfüllt hin und her und schlug Krach. Auf dem Tisch stand ein chromglänzendes Radio und gab irgendein dramatisches Hörspiel zum Besten.

Aus den Handtüchern kam ein Ächzen. Vor Schmerz, vor Lust, vielleicht eine Mischung aus beidem.

»Kommt, Jungs, ihr habt nichts zu fürchten als eure Angst«, sagte Gilliam. »Hilda vergreift sich nur an euch, wenn sie fürstlich dafür bezahlt wird.«

Hilda sah auf, nahm die Fäuste weg und blies sich eine Schweißperle von der Lippe.

»He, nicht aufhören«, drang eine erstickte Stimme aus den Tüchern. »Wir sind noch nicht fertig …«

»Der Herr ist zurück.«

Der Hund schoss in den Bungalow.

Die Handtücher verschoben sich. Auf einmal sah Victor in ein Gesicht von auffallender Schönheit, ein beinahe katzenartiges Arrangement aus hohen Wangenknochen und ausdrucksstarken Augen sowie straffer, makelloser Haut. Diese Augen, diese flammenden, grünen Augen starrten ihn an, als könnten sie ihm Löcher durch den Kopf bohren. »Nun?«, sagte sie. »Edgar. Was hat das zu bedeuten!«

»Entschuldige bitte, Schatz, das ist Victor, und das hier ist sein Freund Butch. Ich habe sie als Fremdenführer engagiert, um die exotische Welt der Bayous zu erkunden. Ich dachte, du möchtest sie sicher einmal kennen lernen. Meine Herren, das ist Madame.«

»Hey«, sagte Victor. Es kam ihm sofort wie das Blödeste vor, das je jemand gesagt hatte, und ihre Reaktion bestätigte das.

»Ich lach mich tot, Edgar.« Als sie einen Arm nach vorn holte, um ihr Kinn aufzustützen, war Victor über die vielen Falten, die wabbeligen Oberarme einer viel älteren Frau entsetzt.

»Es war auch nicht witzig gemeint, Schatz. Sie stammen hier aus der Gegend, und ich habe sie für eine Woche engagiert.«

»Welchen Tag haben wir heute, Edgar?«

»Montag, wenn ich mich nicht irre.«

»Dein Tag für Schübe von geistiger Umnachtung?«

Edgar lachte in sich hinein.

Madames Augen waren immer noch auf Victor gerichtet. Er hatte das Gefühl, allein mit ihr im Garten zu sein. Er sah den alten Herrn Hilfe suchend an, musste aber gleich wieder zu ihr gucken.

»Du bist der englischen Sprache mächtig, nehme ich an«, sagte sie.

»Ja, Ma'am.«

»Und wie alt?«

»Sechzehn«, sagte Victor.

Butch gaffte die Madame an wie einen gefährlichen Fisch.

»Ihr habt irgendwelchen Ärger mit dem Gesetz. Das steht schon mal fest.« Sie stützte ihr Kinn auf die Faust.

»Nein. Nein, Ma'am.«

»O doch. Ich verfüge über einige Menschenkenntnis. Du verheimlichst etwas. Ärger. Und der da ist mehr als einmal im Gefängnis gewesen.« Sie sah über ihre Schulter. »Hilda. Wermut.« Hilda walzte davon.

Edgar setzte sich in einen Sessel aus geschnitztem Zedernholz. »Madame hat gelernt, in Gesichtern zu lesen wie andere Leute in der Zeitung.«

»Was meinen Sie damit?«

»Madame war mal Spionin.«

»Eine *Spionin*?«, staunte Victor.

Madame lächelte ein kleines, verkniffenes Lächeln, als hätte sie diese Geschichte einmal zu oft gehört. Sie besah sich ihre langen, spitzen Fingernägel, dann sah sie ruckartig wieder Victor an. »Edgar übertreibt. Ich habe im Großen Krieg ein paar kleine Unternehmungen für unsere Regierung durchgeführt. Ein Spion ist jemand, der sich fürs Lügen bezahlen lässt. Ich bin Schauspielerin. Ich habe es aus Liebe getan. Ihr seid zu jung, um das zu verstehen.«

»Haben Sie in Filmen mitgespielt?«, sagte Victor. »Ich glaub, ich hab Sie schon einmal irgendwo gesehen.«

»Du verschwendest meine Zeit, Kleiner. Ich gebe keine Autogramme. Und du hast dir diese Schrammen nicht damit eingehandelt, dass du das kleine Unschuldslamm spielst. Sag mir, was du angestellt hast.«

»Ja, gut. Ich bin in eine Prügelei geraten.«

»Edgar, schaff dieses Lügenmaul hier weg.« Die Dienerin brachte ein Tablett mit einem winzigen Kelch darauf. Madame leerte ihn. »Noch einen. Das schafft mich.«

»Meine Liebe, ich habe mich eingehend mit Victor unterhalten, und er hat mir versichert, dass sein Freund hier vertrauenswürdig ist. Unsere Abmachung steht.«

»Edgar …« Sie legte ihr Kinn auf den Arm und sah flehentlich auf.

»Constance«, sagte er. »Du hast vielleicht vor, hier an diesem öden Ort herumzuliegen und dir deine Muskeln durchwalken zu lassen, aber ich nicht. Diese Jungen und ich werden zu einer Erkundungsfahrt aufbrechen.«

Sie blinzelte. »Nun ja, der hier ist ja einigermaßen attraktiv, wie auf irgendeinem Foto im *National Geographic*«, sagte sie und zeigte mit dem Finger auf Victor. »Aber der da! Also wirklich! Wie heißt er noch?«

»Butch«, sagte Butch. »Dass Sie mir bloß nicht drauf rumreiten.«

»Meinst du nicht, mit dem gehst du eine Spur zu weit, Edgar?«

»Meine Liebe, die Sache ist entschieden.«

»Na schön, aber wenn du erst herausfindest, welchen Dreck sie am Stecken haben, dann steht mir das uneingeschränkte Recht zu, ihn dir stundenlang unter die Nase zu reiben.«

Edgar lachte. »Wie könnte ich dir die größte Freude deines Lebens verderben«, sagte er. »Des Widerspenstigen Zähmung. Kommt, Jungs.«

Das Tablett sah in Hildas Riesenhänden arg gefährdet aus, aber sie hielt den Kelch damit in Madames Reichweite, ohne auch nur einen Tropfen zu verschütten.

»Am besten arbeiten wir jetzt mal an der unteren Rückenpartie«, sagte Madame. Sie kippte mit ihren langen Fingern das Glas, stellte es ab, zog sich die Handtücher über den Kopf. Hilda machte sich ans Kneten.

»Donnerwetter«, sagte Butch, als Edgar sie an den Ellenbogen hinausschob. »Das ist Ihre Frau?«

»Manchmal kann ich's selbst kaum glauben.« Edgar brachte sie zum Tor. Seine Augen waren von demselben zerknitterten Blau wie sein Anzug. »Kommt«, sagte er und ging los.

»Sie ist ein Filmstar, stimmt's?«, sagte Victor und folgte ihm. »Ich hab sie schon mal irgendwo gesehen.«

»Madame hält nicht viel vom Filmgeschäft. Einen Albtraum des Vulgären nennt sie es. Sie hat Theater gespielt, in ihrer Jugend.«

»Die muss mal richtig gut ausgesehen haben«, sagte Butch. Das war das Netteste, was Victor ihn bis jetzt hatte sagen hören.

»Hat sie. Und für mich tut sie's bis heute.«

»Hat sie auch einen Namen?«

»Sie heißt Ida, aber sollte euch rausrutschen, dass ihr das von mir habt, seid ihr auf der Stelle gefeuert. Beruflich kennt man sie als Madame Constance Belair. Sie zieht es vor, Madame genannt zu werden. Zu mir dürft ihr natürlich Edgar sagen, wo wir jetzt doch Partner sind.« Er scheuchte mit seinem Spazierstock eine Amsel aus dem Weg. »Jungs, ich bin mit dieser Frau jetzt seit zwölf Jahren verheiratet und habe noch nie erlebt, dass sie mit ihren Einschätzungen falsch gelegen hätte. Wenn es etwas gibt, das ihr mir erzählen solltet, dann tut ihr es besser jetzt gleich.«

»Ich – ich steck in keinen Schwierigkeiten, ich schwör's«, sagte Victor.

»Ich auch nicht«, sagte Butch. »Wir woll'n Ihnen bloß behilflich sein.«

»Aber eine Sache wäre da schon.« Victor überlegte sich jedes Wort. »Etwas, das ich gesehen habe.«

Edgar stützte sich auf seinen Spazierstock. »Und was ist das?«

Victor holte tief Luft und erzählte ihm von dem Toten, dem Galgenstrick, dem Geräusch in der Bucht, der Kollision, dem schwarzen Unterseeboot. Edgars Kinnlade sackte immer weiter herab, bis er den Mund schließlich wieder zuklappte und sich seine Sonnenbrille herunterriss. »Unter welcher Flagge ist es gefahren?«

»Unter gar keiner. Ich hab sie reden gehört. Das war Deutsch, glaube ich. Ich hab Hitler im Radio gehört. So hat das auch geklungen.«

»Wie Hitler.« Edgar schüttelte den Kopf, sah Butch an. »Und du hast es auch gesehen?«

»Zum Teufel, nein. Wenn Sie mich fragen, hat er sich das alles bloß ausgedacht, der alte Sandy. Ich wollt eigentlich bloß nach meinem Boot sehen, das er …«

Edgar fixierte Victor mit seinen klaren Augen. »Sagst du auch die Wahrheit?«

»Ja, Sir.«

»Ein Unterseeboot.«

»Ja, Sir.«

»Hier in der Bucht.«

»Ja, genau. Klingt völlig unglaubwürdig, ich weiß.«

»Aber überhaupt nicht.« Edgar lief weiter den Hang hinab. »Jeder Trottel mit einem Kurzwellenempfänger kann sie da draußen nachts miteinander reden hören. Nun kommt schon, Jungs. Ihr sollt mir ein paar Sachen zeigen.«

Victor musste rennen, um hinterherzukommen. »Sie haben sie gehört?«

»Verdammtes, gottloses Piratenpack. Solange die sich da draußen rumtreiben auf See, ist keiner vor ihnen sicher.«

»Glauben Sie, die starten eine Invasion?«

»Eine Invasion? Hier? Warum um Gottes willen sollten sie?«

»Naja ...«

Der alte Mann blieb kurz stehen. »Mein Junge, die haben alle Hände voll mit der Royal Air Force zu tun. Ich fürchte, an Alabama denkt Hitler nun wirklich ganz zuletzt. So weit man das bei ihm Denken nennen kann. Nein, ich glaube, du bist auf eins von den unsrigen gestoßen. Auf ein Patrouillenboot der Navy, das vom Kurs abgekommen ist. Wäre nicht das erste Mal, dass so etwas passiert.«

»Aber tragen unsere Unterseeboote denn keine Flagge?«

»Das weiß ich nicht so genau. Ich glaube schon. Das lässt sich herausfinden.« Edgar beschleunigte seine Schritte.

»Sie haben über achtzig Schiffe versenkt, allein letzten Monat«, warf Butch ein.

Nachdem er dem Jungen im Wachhäuschen zugewunken hatte, marschierte Edgar die Boote entlang. Über ihren blendend weißen Decks flimmerte die Nachmittagshitze. »Kommt, Jungs!«, rief er. »Ich hab eine Karte!«

Victor war sich so sicher gewesen, dass ihm niemand glauben würde. In dem Käfig hatte er gedacht, allein und verlassen am Ende der Welt festzusitzen, von seinem eigenen Vater verstoßen. Er hatte sich geschworen, sich nie wieder auf irgendjemanden zu verlassen, nie wieder. Aber vielleicht hatte er ja doch noch ein, zwei Freunde auf der Welt außer Willie, die ihn immer lieb gehabt hatte, ganz egal, was er anstellte. Hier waren zwei Fremde, die sich so benahmen, als ob sie ihm glauben würden, die sich fast schon wie Freunde benahmen.

Er folgte ihnen zum letzten Schiff, der großen Motoryacht aus poliertem Eichenholz mit ihrer Laufbrücke. »Siehst du, Butch. Das ist eine Yatchet.«

Butch senkte seine Stimme zu einem Flüstern. »Sorg dafür, dass er nicht zu quatschen aufhört, Sandy. Wenn wir *dem* nix unterm Hintern wegklauen können, dann geb ich's auf und geh wieder zur Schule.«

17

Es war so heiß wie zehn Sommer auf einmal. Der Himmel war wie ausgeblichen, überall türmten sich Wolken auf. Garnelenfischer liefen in den Hecks ihrer verlotterten Boote zusammen und sahen zu, wie die *Constance* an ihnen vorüberglitt. Hoch über dem Deck stand Victor im Schutz eines schicken roten Sonnenzeltes auf der Laufbrücke und winkte den Fischern zu, als wolle er ihnen damit sein Millionärsdasein eingestehen.

Edgar Gilliam wollte, dass sie es sich gemütlich machten. Er hätte eine Theorie, sagte er, und sie müssten erst ein Stück raus, um sie überprüfen zu können. Dann ging er nach unten.

Butch streckte sich in einem Liegestuhl auf dem Vorderdeck aus und trank ein Bier nach dem anderen, immer gleich aus den braunen Flaschen, die Sarah ihm brachte. »Die haben mich in den Himmel geschickt«, krächzte er.

Für Victor, der den Nachmittag auf der Laufbrücke verbrachte und den Kurs herauszukriegen versuchte, sah dieser ganz nach ziellosem Herumfahren aus. Sie fuhren die Küste hinab, immer vor den großen Sommerhäusern entlang, und dann hinaus, meilenweit an unbewohnten Wäldern vorbei.

Victors Gesicht begann sofort wieder mächtig wehzutun, als er über dem Wasser Willies Insel erblickte. Konnte es sein, dass erst ein Mensch einem großen Stück Land die Form gab, den Bäumen, dem Sand, dem glitzernden Gras der Marsch? Die Insel hatte an Atmosphäre verloren. Der Sandstrand sackte ins Wasser. Die Bäume trugen Spanisches Moos als Zeichen ihres Alters, lange graue Bartflechten. Fingen sie schon an zu verwittern?

Was würde sein Vater tun, wenn er merkte, dass das gefährliche Tier nicht mehr im Käfig war? Sich auf die Jagd begeben, um es wieder seiner gerechten Strafe zuzuführen? Oder lief es auf ein *Gott sei Dank, den wären wir los* hinaus? *Ein Maul weniger zu füttern. Hat sowieso immer bloß Ärger gemacht, dieser Bengel.* Er konnte so tun, als hätte Victor nie existiert, als hätten sie ihn sich bloß eingebildet. Zu viel Fantasie. Das konnte er. Jawohl.

Die Küste fiel zurück, machte dem Bon Secour River Platz. Das Schiff drehte nach Westen und fuhr die meilenlangen unbefestigten Dünen der Halbinsel entlang, an deren Spitze Fort Morgan lag. Victors Herz machte einen Satz. Von dieser Höhe aus konnte er die Mauern des fünfzackigen Sterns schon erkennen, wie sie da thronten über dem grasbewachsenen Erdwall, davor nur ein schmaler Streifen reinweißen Sandes. Das Fort sah richtig nach Krieg aus mit seinen Suchlichttürmen, Fahrzeugen, Funkantennen. Die roten Ziegelmauern boten keinen Halt. Aus schmalen Schlitzen in den Wänden stachen die Läufe von Geschützen hervor. Eine ganze Batterie von Flugabwehrkanonen an der Wasserkante, riesige, plumpe Dinger. Ein Jeep raste die rundum verlaufende Straße entlang. Uniformierte Männer hasteten die Austernschalenwege hinab.

Die *Constance* fuhr in die Öffnung der Bucht hinein.

Feuchtwarme Luftwirbel wehten über Victor hinweg. Er hielt sich mit beiden Händen fest, als die Strömungswechsel die kleine Plattform ins Schlingern brachten. Sie fuhren an Dauphin Island vorbei, südwärts in den Golf hinaus.

Die Sonne rührte sich nicht vom Fleck, als hätte sie ein weißes Loch in den Himmel gebrannt. Seemöwen stießen herab und setzten sich ein Stück neben seinem Kopf auf die Reling. Er ließ seinen Blick über das verwirrende Muster der Wellen streifen, bis er irgendwann nur noch ziellos in ein verschwommenes Glitzern starrte.

Er döste ein. Verbrachte Stunden in diesem Glitzern.

Als er wieder zu sich kam, stand die Sonne tief und golden im Westen. Butch schnarchte in seinem Liegestuhl vor sich hin. Nirgendwo war etwas in Sicht.

Victor kletterte vorsichtig die Leiter hinab. »Butch. Hey. Wach auf.«

Butch bleckte die Zähne und hielt sich die Augen zu.

»Steh auf«, sagte Victor. »Du bist längst durchgebraten.«

Butch erwachte. »Lass mich in Ruhe.«

»Hör zu. Wir sind ganz weit draußen. Im Golf.«

Schließlich setzte Butch sich auf und blinzelte. Er rieb sich sein Ohr und sah über die Reling. »Was meinst'n damit?«

»Ich meine, dass wir schon vor 'ner ganzen Weile aus der Bucht raus sind und seitdem schnurstracks immer schön runter nach Süden fahren. Brauchst dich bloß mal umzugucken.«

Es war die Dünung der offenen See, die das Deck langsam rollen ließ. Butch musste sich an der Reling abstützen. »Heißt das, die wollen uns den Haien zum Fraß vorwerfen?«

»Vögel beobachten werden wir hier draußen wohl eher nicht«, sagte Victor.

Hinter ihnen öffnete sich eine Tür. »Mister Gilliam wünscht Sie beide zu sprechen«, sagte Charles.

Sie folgten ihm teppichbedeckte Stufen hinab. Unter Deck lagen dicke Läufer auf dem Boden, düstere Ölgemälde hingen an den Wänden, und an den Lampen baumelten Kristalle, die das Licht in alle Farben brachen. Es hätte sich um eine teure Stadtwohnung handeln können, nur dass die Kristalle klirrten und tanzten, wenn das Boot mit der Dünung ging.

Charles winkte sie in ein überladenes Speisezimmer mit roten Samttapeten sowie einem langen Tisch aus dunkler, massiver Eiche und dazu passenden Stühlen. An den Wänden waren ringsum kleine Borde mit Segelschiffmodellen angebracht, jedes von einer eigenen Messinglampe beleuchtet. Der Tisch war mit Kaffeegeschirr und Kerzen gedeckt, mit Tafelsilber und Blumen in einer chinesischen Vase.

Edgar Gilliam kam durch eine Tür am anderen Ende des Zimmers getreten. »Ja, einen schönen guten Abend. Ich darf wohl annehmen, dass wir alle einen geruhsamen Nachmittag verbracht haben. Eine Siesta vollbringt wahre Wunder an mir, vor allem auf Erkundungsfahrten. Hat man sich gut um die Herren gekümmert?«

»Das können Sie laut sagen«, sagte Butch. »Verdammt schicker Laden, den Sie da haben, Oldtimer.«

»Danke, Butch. Und bitte, ich bestehe darauf. Ihr sollt Edgar zu mir sagen. Jungs, unser Plan hat sich geringfügig geändert. Alles Weitere erfahrt ihr nach dem Essen.«

»Wir sind ganz schön weit vom Land weg«, sagte Victor.

»Das sind wir in der Tat, achtzig Meilen.« Der alte Mann zog den mit reichem Schnitzwerk verzierten Stuhl am Kopfende des Tisches zurück. »Setzt euch, setzt euch! Über Geschäftliches niemals mit leerem Magen reden, Victor.

Diese Lektion habe ich einem ebenso wohlgenährten wie erfolgreichen Geschäftsmann zu verdanken.«

Edgar hob eine Porzellanglocke hoch. Bevor er noch fertig geläutet hatte, kam Sarah mit drei dampfenden Schalen auf einem Tablett durch die Tür geschwungen. Das Boot rollte. Sie neigte das Tablett und drehte es in einem formvollendeten Balanceakt herum.

»Victor, setz dich. Sie kann dir nicht auftragen, wenn du stehst.«

Victor gehorchte. Es war die merkwürdigste Suppe, die ihm je untergekommen war, aber sie roch gut. Sie sah aus wie rosa Perlmutt, und es schwamm irgendwelches schwarzes Zeug, das ganz weich, und irgendwelches weißes Zeug darin herum, das ganz fest war. Sie war so heiß, dass sie in seiner Wunde brannte. Sie schmeckte wie Fischstücke in einer netten, scharfen Brühe.

Butch starrte in seine Schale. »Was soll'n das sein?«

Edgar schmunzelte. »Suppe.«

Butch schnupperte daran. »Ich ess nix, das ich nicht kenne.«

»Wunderbar!« Edgar tätschelte ihren schmalen braunen Arm. »Sarah, du hast dich wieder einmal selbst übertroffen!«

Sie senkte den Kopf, eilte hinaus.

Butch stieß eines von den weißen Stücken an. »Ist das etwa Tintenfisch oder was?«

»Aber nein«, sagte Edgar. »Es ist irgendwas mit Austern und Garnelen, würd ich sagen. Sarah stammt aus der französischen Karibik. Sie stellt die unglaublichsten Sachen mit Meeresfrüchten an.«

Butch lehnte sich in seinen Stuhl zurück. »Also Austern sind das nicht«, sagte er. »Was gibt's sonst noch?«

»Halt den Mund, Butch.«

»Sag du mir nicht, was ich …«

»Jungs, Jungs«, sagte Edgar besänftigend. »Es ist schon irgendein Braten unterwegs. Damit kann Butch ja sein Glück noch versuchen.«

Butch verschränkte die Arme. »Und? Sind wir auf dem Weg nach Kuba oder was?«

Edgar tupfte sich seinen Schnurrbart mit der Serviette ab. »Nicht heute Nacht. Wir befinden uns im Golf, genau südlich von Fort Morgan. Wir haben unseren Treibanker fallen gelassen.«

»Wir machen keine Fahrt mehr?« Victor legte seinen Löffel weg.

»Äh-hemmmm …«

Sarah kam und ersetzte die Schalen durch Platten mit dampfendem Schweinebraten, Bratäpfeln und irgendeinem rosafarbenen, groben Salat, von dem Victor sofort wusste, dass er ihn im Leben nicht essen würde, und wenn er noch so viel Hunger hätte. Edgar wartete, bis sie wieder weg war. »Man redet nicht vor dem Personal.«

»Sie sind wirklich sehr freundlich zu uns, Mr. Gilliam.«

»… Edgar.«

»Edgar. Aber ich dachte, sie würden gern irgendwelche Vögel beobachten. So weit draußen gibt's doch keine Vögel mehr.« Victor sah zu, wie Butch sich über Schweinebraten und Äpfel hermachte, als gäbe es ab morgen nichts mehr zu essen. Er schaufelte den Salat in sich hinein, ohne nachzufragen, woraus er gemacht sei.

Edgar schenkte sich Wein nach. »Noch jemand?«

»Bloß nicht. Das Zeug ist sauer«, sagte Butch.

»Ah, ja. Um deine Frage zu beantworten, Victor, ich interessiere mich in Wirklichkeit nicht einmal ansatzweise für Vögel, außer sie sind anständig gegrillt und werden auf einem Reisbett serviert.«

»Das dacht ich mir«, sagte Victor. »Wir sind oben in der Bucht mitten durch einen Schwarm Pelikane gefahren, und Sie haben nicht mal hingeguckt.«

Edgar griff zu Messer und Gabel. »Und trotzdem sind wir uns nicht aus Versehen über den Weg gelaufen. Ich brauche eure Hilfe. Auch wenn die ein bisschen anders aussieht als ursprünglich besprochen.«

»Sie wollen das U-Boot finden«, sagte Victor. »Das wollen wir auch. Ich glaube, wir können es schaffen. Aber dann sollten wir oben in der Bucht sein. Ich vermute, dort gibt es irgendwas, das die haben wollen.«

Edgar nickte, kostete eine Gabelspitze Bratapfel.

Victor wechselte einen Blick mit Butch, der die Ellbogen vom Tisch hob und sich mit Nachschlag versorgte.

»Mr. Gilliam, Sie verschweigen uns irgendwas«, sagte Victor.

»Ach, eine ganze Menge sogar.« Edgar setzte ein mildes, harmloses Lächeln auf. »Dir ist einfach nicht klar gewesen, dass du neulich Nacht einen ziemlich ansehnlichen Stolperstein in einen ohnehin schon komplizierten Plan geworfen hast.«

»Ich schätze, Sie werden mich schon wissen lassen, was das heißen soll, wenn Sie soweit sind«, sagte Victor.

»Das U-Boot.« Der Wein hinterließ rote Tröpfchen an den Spitzen von Edgars Schnurrbarthaaren. Seine Augen glitzerten vor Mitteilungsdrang. »Du hast es gesehen. Hast es ... gerammt. Du bist dir bestimmt darüber im Klaren, dass das so nicht vorgesehen war.«

Butch ließ seine Gabel fallen.

»Das war U-641«, sagte Edgar. »Ein Unterseeboot der Klasse VII C der deutschen Kriegsmarine.«

Victor ging schlagartig auf, dass er sich achtzig Meilen von der Küste entfernt auf dem Boot eines Mannes befand, den er kaum kannte. *Wirklich toll eingefädelt, mein Goldjunge …* »Woher wissen Sie das?«

»Sein Kommandant ist Kapitän Franz Henkel, das Einsatzgebiet der südwestliche Atlantik«, sagte Edgar.

»Was sind Sie, ein Nazi?«, zischte Butch und warf seine Serviette auf den Tisch.

»Ganz im Gegenteil«, sagte Edgar. »Ich bin ein erzkonservativer Amerikaner. Eine Stütze der Republikanischen Partei. Sehr reich obendrein. Ich liebe Amerika. So lange dieser verrückte Österreicher Europa hält, kann ich keine Nacht ruhig schlafen. Außerdem war meine Großmutter väterlicherseits Jüdin. Das dürfte mich als Nazi wohl disqualifizieren.«

In Victors Kopf liefen die Drähte heiß, so viele neue Fragen und Neuinterpretationen erforderte das. »Aber – aber Sie haben so getan, als ob Sie mir nicht glauben würden! Sie haben gesagt, dass es eins von unseren gewesen sein muss, als hätten Sie noch nie davon gehört!« Er faltete seine Serviette zusammen und legte sie neben seinen Teller.

Edgars Blick war immer noch freundlich, aber das großväterliche Lächeln wirkte jetzt eine Spur härter, schärfer. »Der Mann, den du gestern getroffen hast. Glass. Er ist nicht, was du denkst. Er arbeitet für die Regierung.«

»Für welche?«

»Jetzt hör aber auf. Für unsere natürlich. FBI.«

»Die, die immer die Mafia aufmischen«, warf Butch ein und sah ganz stolz aus.

»Genau die. Also, Victor, wenn du jetzt vielleicht einmal versuchen würdest, etwas anderes in mir zu sehen als einen Vaterlandsverräter, dann könnte ich versuchen, es zu erklären.« Edgar zündete sich eine Zigarre an und stieß eine blaue Rauchwolke aus.

Victor hatte Mühe, eine ruhige Stimme zu behalten.

»Warum haben Sie uns dermaßen weit rausgeschafft? Wollen Sie uns loswerden?«

»Also, nun ist es aber mal gut. Du hast wirklich eine blühende Fantasie, mein Junge. Ich will bloß, dass euch nichts passiert. Du wirst doch wohl zugeben, dass du ein gewaltiges Talent dafür hast, genau im falschen Augenblick irgendwo aufzutauchen. Wie dem auch sei. Ich glaube, ihr werdet heute Abend durchaus auf eure Kosten kommen.«

Die Zigarre zwischen die Kiefer geklemmt, schlüpfte Edgar aus dem Zimmer und kam mit einem großen, grünen Globus zurück. Er stellte ihn auf das Tischende und versetzte ihn in rasche Drehung. »Die Welt ist groß, Victor. Siehst du, wie schnell sie sich dreht?« Er stoppte sie mit dem Finger. »Hier sind wir. Ein kleiner Fleck auf dem Globus. Und da ist Deutschland. Hier. Das Boot ist in Frankreich ausgelaufen, hier in Brest, vor sieben Wochen. Siehst du, wie weit sie fahren mussten?«

»Klar«, sagte Victor. »Aber was wollen sie hier?«

»Sie wollen überlaufen. Sich ergeben. Sie haben uns ein Angebot gemacht, und wir haben es angenommen. Ein voll funktionstüchtiges VII C-Boot, das beste, das sie haben, im Austausch gegen gute Behandlung.«

»Die sind Nazis und wollen aufgeben?« Victor glaubte es nicht.

»Manche sind Nazis. Die Crew. Sie haben Passagiere an Bord. Freunde von Madame. Diese Leute haben im Verborgenen für unsere Seite gearbeitet, aber jetzt ist ihnen der Boden zu heiß geworden. Sie haben Gleichgesinnte in der Kriegsmarine gefunden. Offiziere, die der Überzeugung sind, dass Hitler den Krieg nicht gewinnen darf. Sie würden lieber in alliierte Gefangenschaft gehen, als ihm noch länger zu dienen. Verstehst du? Sie haben sich in die Crew eingeschleust, und jetzt warten sie nur noch darauf, dass sie uns das Boot mit einem schönen Schleifchen drumherum übergeben können.«

»Ihre Frau«, sagte Butch, dessen Mundwerk allmählich wieder lose wurde. »Die ist wohl dicke mit diesen Krauts?«

Edgar breitete seine Hände über der nördlichen Halbkugel aus. »Madame kommt viel herum«, sagte er. »Sie kennt Leute von allen möglichen Seiten. Deshalb ist sie für unsere Regierung ja mitunter so ... nützlich gewesen. Sie hält Kontakt zu solchen Leuten. Sie ist Schauspielerin; dadurch kann sie sich in sämtlichen Kreisen bewegen, wie es ihr gefällt. Also hat sie ab und zu Nachrichten übermittelt.«

»Hab ich mir doch gleich gedacht, dass an der irgendwas faul ist«, sagte Butch. »Sie wollte mir nicht in die Augen gucken.«

Victor sah zu, wie Edgars Finger mit der Weltkugel spielten. Er fragte sich, warum sie die Wahrheit nicht etwas näher an Land hatten erfahren können. »Soll das heißen, sie hat das mit dem U-Boot-Kommandanten gedeichselt? Dass er hierher kommen soll?«

»Sie hat bloß eine Botschaft von deren Seite bekommen«, sagte der alte Herr, »und sich damit an das FBI gewandt. Dann haben wir mit Glass gesprochen. Sie brauchten eine Stelle, die richtig abgelegen ist. Madame und ich hatten hier einmal den Sommer verbracht, also haben wir ihnen diese Bucht vorgeschlagen. Bitte fasst das nicht als Beleidigung auf, aber hier tut sich wirklich reinweg gar nichts. Und wenn doch, dann ist garantiert keiner da, der es mitbekommt. Dachten wir jedenfalls. Mit euch hatten wir nicht gerechnet.«

Victor beugte sich vor. »Die sind mit dem Ding von hier« – er zeigte auf Frankreich – »erst über den Atlantik, dann immer an Florida entlang und auch noch den ganzen Golf rauf, bloß um aufzugeben?«

»Ja, genau.« Edgar fuhr mit dem Daumen über gebirgsartige Hubbel.

»Ja, Blödsinn!«

»Aber das ist nicht die einzige Stelle, Victor, und auch nicht das einzige Boot. Es sind drei. Sie haben Deutschland mit dem Auftrag verlassen, an verschiedenen Stellen der nordamerikanischen Küste Spione auszusetzen. Die anderen beiden werden das auch tun. Irgendwann im Laufe der Woche, das eine vor Florida – gleich hier, siehst du? – und das andere irgendwo vor Neuengland, wo, steht noch nicht fest. Sie sind loyal. Die zuständigen Stellen sind bereits alarmiert. Sie werden ihnen einen herzlichen Empfang bereiten. U-641 hatte den Auftrag, in den Golf zu kommen. Die Offiziere haben das Ganze arrangiert, ohne die Crew einzuweihen. Aber sie sind jetzt seit achtundvierzig Tagen auf See. Ich kann mir vorstellen, dass sie endlich einmal wieder frische Luft schnappen wollen. Ich darf gar nicht daran denken.«

»Warum ergeben sie sich dann nicht einfach? Warum müssen die sich da rumtreiben, mir mein Boot versenken und dann schnell wieder abhauen?«

»Na, weil du mittenrein geplatzt bist, mein Junge«, sagte Edgar mit einem schmerzlichen Lächeln. »Vorgestern Nacht hätte es über die Bühne gehen sollen. Eines müsst ihr verstehen, für diese Offiziere ist es von enormer Wichtigkeit, dass sie gefangen genommen werden. Und nicht überlaufen. Zur Sicherheit der Menschen, die sie zurückgelassen haben, muss es so aussehen, als wären sie dem Feind in die Hände gefallen. Könnt ihr mir folgen?«

»Denke schon.«

»Ich nicht«, sagte Butch.

Edgar klatschte in die Hände. »Charles! Die Karte!«

Offensichtlich wusste Charles genau, welche Karte er zu bringen hatte. Edgar breitete sie auf dem Tisch aus und senkte seinen Zeigefinger. »Der Plan sah vor, dass U-641 hier in die Mobile Bay einfahren sollte – durch den Grants Pass, außer Sichtweite des Forts. Bei Hochwasser und Vollmond, also bei sehr raschem Tidenfall. Er sollte auftauchen und eine Rauchbombe setzen – du hast den Nebel ja gesehen –, und währenddessen wollte Roy Glass die Passagiere zu uns zum Hotel hinüberfahren. Sobald meine Frau ihre Freunde identifiziert hätte, wollte Glass dem Kommandanten das Signal geben, wie geplant weiterzumachen.«

»Vom Leuchtturm aus«, sagte Victor. »Darum war er dort draußen.«

»Dann wollte Henkel das Boot auf eine Sandbank setzen, damit Glass das Fort hätte alarmieren können. Dann wäre der Küstenschutz mit seinen Patrouillenbooten gekommen und hätte die Gefangennahme erledigt, und der Handel wäre komplett gewesen.« Edgar drehte die Handflächen nach oben. »Ein schöner Plan. Aber genau als der Kommandant seine Rauchbombe gezündet hat, bist du plötzlich aufgetaucht. Du weißt, was dann passiert ist.«

»Er hat mich gerammt.«

»Naja, wie auch immer, jedenfalls war der Kommandant ohnehin schon nervös genug, und als ihr … aneinander gefahren seid, da hat er den Plan fallen gelassen und den Rückzug eingeleitet.«

»Also *ihm* hat jedenfalls keiner das Boot unterm Arsch weggefetzt«, sagte Victor.

»Aber einen ordentlichen Schrecken eingejagt.« Edgar faltete die Karte zusammen. »Sodass er gleich wieder aus der Bucht raus und bis mitten in den Golf von Mexiko gefahren ist. Er war der festen Ansicht, dass der Plan aufgeflogen sein musste, dass ihn gerade die Küstenwache aufbringen käme oder so. Er hatte dich schon im Visier. Du kannst wirklich von Glück reden. Nachdem Glass dich aus dem Wasser gefischt und mit dir geredet hatte – um herauszufinden, wie viel du weißt –, hat er mich beauftragt, dich so lange aus dem Verkehr zu ziehen, bis die Sache abgeschlossen ist.« Edgar drückte seine Zigarre aus.

Victor wedelte den Rauch weg. »Warum konnten Sie mir das nicht einfach alles erzählen?«

»Du hättest ja einer von der redseligen Sorte sein können. Haben wir zwar nicht angenommen, aber man kann nie wissen. Was, wenn du sofort zur Küstenwache gerannt wärst und ihnen erzählt hättest, was du gesehen hast? Dass sie dort nichts mitbekommen, ist von entscheidender Bedeutung. Sie hätten alles ruinieren können. Hier stehen fünfzig Menschenleben auf dem Spiel. Da ist es doch nicht weiter schlimm, wenn du mal eine Nacht auf See verbringen musst.«

»Das heißt, dieses ganze Theater, dass Ihre Frau erst einen Blick auf uns werfen wollte, das war auch alles bloß Schau?«

»Sie ist Schauspielerin.« Edgar griff zur Klingel. »Ich dagegen bin bloß Geschäftsmann. Ich bin solche Aufregungen nicht gewöhnt. Aber wenn es um eine gute Sache geht, dann dreh ich nicht den Kopf weg.« Sarah erschien. »Ein ganz wunderbares Essen, meine Gute. Wir sind jetzt fertig. Ich nehme noch einen Kaffee im Arbeitszimmer. Meine Herren? Kaffee?«

»Für mich nicht«, sagte Victor. Ihn wurmte noch so einiges. »Was ist mit diesem Mann, den ich gefunden habe?«

Edgar wartete, bis die Tür hinter Sarah zugeschwungen war. »Victor, ich bitte dich. Loser Mund, du weißt doch. Immerhin befinden wir uns auf einem Schiff.« Er stand von seinem Stuhl auf. »Ich habe keine Ahnung, wer das gewesen sein soll. Glass hat jemanden losgeschickt, der sich darum kümmern wird. Wir nehmen an, dass es sich um eine lokale Angelegenheit gehandelt hat.«

»Da bin ich mir nicht so sicher.« Victor stand von seinem Stuhl auf. Sie hatten ihn allesamt belogen. Aus irgendeinem Grund wollten sie ihn da mit hineinziehen. Edgar gab den kauzigen alten Vogelbeobachter, Glass spielte den Coast Marshall, und Madame rundete das ganze Schauspiel mit ihrer Vorstellung der Grande Dame ab. Victor kam sich vor wie der einzige Zuschauer im Saal, der zu blöd gewesen war, um die Bühne zu bemerken, die Schauspieler und die einstudierte Betonung ihrer Textzeilen.

»Victor, ich brauche deine Hilfe«, sagte der alte Mann gerade. »Wir sind ein Bestandteil des Plans. Wir haben an einem ganz bestimmten Punkt auf der Karte Anker gesetzt.« Er zeigte mit dem Daumen darauf. »Es dauert nicht mehr lange, dann wird Henkel unsere Festtagsbeleuchtung sehen. Wir werden Signale austauschen. Dann weiß er, wie er weiter zu verfahren hat und dass der Schaden sich in Grenzen hält. Er möchte erst durch sein Sehrohr einen Blick auf dich werfen, bevor er in die Bucht zurückfährt.«

Butch stand auf und streckte sich. »Teufel, Sandy, du musst ihm ja wirklich einen heiligen Schrecken eingejagt haben.«

»Scheint so.« Victor folgte dem alten Herrn in ein mit Seekarten vollgestopftes Arbeitszimmer.

»Das ist doch ein schöner Plan, oder nicht?«, sagte Edgar. »Mein bescheidener Beitrag zum Sieg. Der Präsident wird stolz auf uns sein.«

»Sie meinen, das U-Boot ist gerade irgendwo hier draußen und hält nach uns Ausschau?«, sagte Victor.

»Das ist korrekt.«

»Und was wird dann aus den Krauts?«, sagte Butch.

»Die kommen in Gefangenschaft. Glaubt mir, das wird ihnen immer noch lieber sein. Ich habe mir sagen lassen, dass die meisten Kriegsgefangenen besseres Essen auf den Tisch kriegen als viele Amerikaner. Was eine Schande ist, wie ich finde. Meine Frau und ich, wir werden ihren Freunden dabei helfen, dort wieder rauszukommen – und das soll jetzt mal genügen. Ihr wisst nun wirklich genauestens Bescheid.«

»Warum ist das FBI dabei auf Sie angewiesen? Können die so was nicht alleine machen?«

»Wir sind das, was man so schön Tarnung nennt, Victor. Ein Zivilboot bekommt keinen Ärger mit der Küstenwache. Abgesehen davon, dass irgendjemand für die Operation seinen Kopf hinhalten muss. Wenn etwas schief geht, dann ist es ihnen lieber, wenn bestimmte … Politiker nichts davon gewusst haben.«

»Meinen Sie nicht, dass die Deutschen sich ihr U-Boot zurückholen wollen?«

»Das sollen sie mal ruhig versuchen. Morgen früh hat es die Navy schon.«

Charles erschien in der Tür. »Sie. Auf ein Wort.«

Edgar erhob sich für eine Unterredung im Flüsterton. »Kommt, Jungs«, sagte er dann. »Das könnte was für euch sein.«

Sie gingen in ein winziges Kabuff, das bis unter die Decke mit Funkanlagen vollgestopft war: überall Kästen, glühende Röhren, Kopfhörer, grün leuchtende Anzeigen. Edgar setzte sich in einen Drehstuhl, klemmte sich ein telefonartiges Gerät ans Ohr und betätigte den großen Drehknopf so sacht wie ein Panzerknacker.

»Sie können ja richtig Radio machen hier«, sagte Butch.

»Pst.« Edgar legte drei Kippschalter um. Der runde Lautsprecher knackte, dann ein Brummen, der Geruch von heißer Elektronik, nun ein Summen, das allmählich abnahm.

»Hoppelpoppel.«

Diese Silben, ganz deutlich. Eine kehlige, künstliche Stimme. Statisches Rauschen. Edgar drehte am Knopf herum.

»Hoppelpoppel.«

»Ist das Deutsch?«

»Ja.«

Das Signal pfiff und zischte.

»Was sagt er?«

Edgar schmunzelte. »Rührei. Das ist der Eröffnungscode.« Er griff zum Mikrophon, drückte mit dem Daumen den Schalter und sagte einen Satz, der mit Hoppelpoppel begann.

Der Lautsprecher krächzte eine Antwort.

Wieder Edgar.

Und wieder der Lautsprecher.

Edgar wandte sich um und besah sich die Aufregung, die er verursacht hatte. »Ich hab ihm gerade gesagt, dass Rührei alle ist, also hat er Spiegeleier bestellt. Ich hab ihn gefragt, ob er auch Schinkenspeck dazu möchte. Das ist der Eröffnungscode. Jetzt muss er erst ein paar Sachen überprüfen.«

Victor überlief ein Schaudern. »Kann er uns sehen?«

»Noch nicht. Ruhig jetzt. Hört zu.« Edgar drehte lauter. Hinter der Statik waren Gesprächsfetzen zu hören, wieder in dieser seltsamen, harten Sprache.

»Da sind ja noch mehr von denen!« Butch starrte den Lautsprecher an, als würde der sich jeden Moment auf ihn stürzen.

»Zwei, mindestens ... der eine nennt sich ›Messer‹. Der andere ›Tiger‹. Ziemlich weit weg die beiden ... sie suchen nach jemandem.«

»Nach uns? Wir müssen hier weg!«

Edgar lauschte angestrengt. »Nach einem gewissen ›Berg‹. ›Messer‹ sagt, dass ›Berg‹ und er sich irgendwo ... ähm, hätten treffen sollen. Bloß dass ›Berg‹ sich nicht hat blicken lassen. Wenn das mal nicht unser Freund Henkel ist.«

Butch sagte: »Ich dachte, die kämpfen in England und so. Hätt nie gedacht, dass sich so viele von denen hier bei uns rumtreiben.«

»Diese beiden Burschen hier sind irgendwo weiter östlich, vor Florida wahrscheinlich. Am Big Bend. Dort hätte U-641 seine Ladung löschen sollen.«

Plötzlich eine Stimme, so nahe, dass der Mann ebenso gut im Nebenzimmer stehen und durch ein Loch im Lautsprecher hätte sprechen können.

Dann wieder eine von den ferneren Stimmen, aufgeregt.

Wieder der Mann nebenan, verzweifelt, kämpfend.

»Was sagt er?«

Ein Schatten lief über Edgars Gesicht. »Er hat seinem Vorgesetzten gerade berichtet, dass er die Orientierung verloren hat. Dass ihn ein Sturm vom Kurs abgebracht hat. Ein so genannter Orkan. Wir sagen Hurrikan dazu. Ziemlich laue Ausrede, würd ich sagen. Jetzt fragen sie sich natürlich, warum sie nicht ein Wölkchen davon zu sehen gekriegt haben.«

»Haben die Sie gehört?«

»Ich glaube nicht. Moment – jetzt gibt er ihnen seine Koordinaten durch.« Edgar zerrte eine Karte aus dem Stapel vor sich, sodass die darüber liegenden wegrutschten und sich aufrollten. »Ahh, gute Aktion. Er hat ihnen eine Position vor St. George's Island genannt. Das ist zweihundert Meilen von hier entfernt.« Er sah sie kurz an. »Das heißt, er ist immer noch dabei. Für einen Moment hab ich gedacht, er hätte einen Rückzieher gemacht.«

Das Gekrächze ging noch mehrere Minuten hin und her. Edgar übersetzte ihnen ab und zu etwas. Schließlich wurde das Gespräch mit einem beiderseitigen »Heil Hitler!« beendet.

Butch wurde blass.

»O ja, damit halten sie sich nicht gerade zurück«, sagte Edgar. »Ist ein Teil ihres Programms. Damit wollen sie die Handelskapitäne einschüchtern. Je mehr sie über Funk reden, nach desto mehr U-Booten hört es sich an.«

»Es klingt nach einer ganzen Menge«, sagte Victor beeindruckt.

Edgar griff nach dem Mikrophon. Jetzt redete er wieder mit dem Mann nebenan. Dann machte er das Funkgerät aus. »Unser Freund möchte uns Hallo sagen. Kommt ihr?« Er sprang von seinem Stuhl auf und an ihnen vorbei, nahm immer gleich zwei Stufen auf einmal.

Auf dem Weg nach oben trat Victor Butch in die Hacken. Dann waren sie an Deck. Das Schiff war hell erleuchtet und der Himmel samtig schwarz. Edgar ging zum Heck und winkte mit beiden Armen. »Kommt und seht euch das an, Jungs«, rief er. »Ein historischer Moment!«

Sie traten an die Reling, aber es war, als schaue man von einem hell erleuchteten Haus aus ins Dunkle. Die Wellen hoben und senkten sich. Allmählich machte Victor Funken im Wasser aus, ein Gewimmel von Lichtpunkten, das sich jedes Mal verstärkte, wenn ein Brecher darüber hinwegstrich. Ein Phosphoreszieren, das man nur in dunklen Nächten wie dieser sehen konnte.

»Da!« Butch machte einen Satz. »Da drüben!«

Wohin er zeigte, war nichts zu sehen.

»Ungefähr fünfhundert Meter weiter östlich, Junge.« Edgar winkte immer noch. »Es sieht aus wie ein Schatten.«

»Sind doch überall Schatten«, sagte Victor.

Butch wandte sich abrupt ab. »Herrgott noch mal, da bleib ich doch nicht hier *draußen*!« Die Angst packte ihn wie eine Hand. Er riss sich los und rannte vom Deck, die Stufen hinab.

Edgar griff in seine Jacke und zog eine langläufige, plumpe Pistole heraus, die er auf den Himmel richtete. Er feuerte sie ab. Ein roter Lichtfinger, der in den Himmel wuchs. Eine rote Explosion dort oben, überall Gefunkel. »Guck genau hin, Junge.«

»Ich seh immer noch nichts«, sagte Victor. Dann sah er es.

Also war es kein Traum gewesen.

Er hatte es gewusst, aber trotzdem nicht recht geglaubt.

Es war ein schwarzes Nichts, so lang wie ein Tanker. Eine Finsternis in der Finsternis. Der Feind. Jetzt war es der Feind. Neulich, im Wasser, war er zu benommen gewesen, um sicher sein zu können.

Jetzt war er sich sicher.

Allmählich wurden die Umrisse deutlicher: der kurze, fassförmige Turm mit einer Art Plattform vorne dran, einer Plattform, die von einem Geländer umgeben war, dann die Ansammlung von Rohrenden und Antennen, das schräg abfallende Heck, wie bei einem riesigen Fisch, der mit dem Schwanz noch unter Wasser ist. Dort war er raufgebrettert.

Ein rotes Leuchtspurgeschoss flog von der Plattform weg, löste sich auf. Die Antwort.

Victor verspürte einen merkwürdigen Mut, der nahe an Zorn herankam. Er hatte diesem Ding eins verpasst. Er ganz allein hatte es in die Flucht geschlagen. Das mochte der Feind sein, aber Victor war jetzt stark. Wenn es sich ergeben wollte, dann würde er gern behilflich sein. Es konnte ihn bestimmt sehen, so hell wie es an Deck war. *Komm. Hol mich doch.*

Edgar senkte die Arme. »Das entspricht nicht dem Plan.«

Victor konnte die Augen nicht von dem schwarzen Ding lassen. Es schwebte dort drüben, ritt auf dem Strahlen der Wellen.

Edgar schirmte die Augen mit den Händen ab. »Entweder meine Augen täuschen mich oder der Kommandant lässt tauchen. Eigentlich sollte er Lichtsignale austauschen und dann schwimmend in die Bay einfahren. Er sollte erst kurz vor dem Fort auf Tauchfahrt gehen. Wegen der Batterien oder so.«

Eine plötzliche Brise ließ Victors Zähne klappern. »F-für mich sieht's so aus, als ob es einf-fach so treibt da drüben«, sagte er.

»Junge, du bleibst hier und lässt ihn nicht aus den Augen.« Edgar trat von der Reling zurück. »Ich lauf mal runter und frag, was los ist. Das gefällt mir nicht.«

Er verschwand.

Victor war allein mit dem Schatten. Das Ungeheuer, das zu jagen er ausgezogen war, da war es nun und starrte ihn an. Er konnte weniger davon sehen als eben noch. Es wurde flacher, länger, wirbelte am Heck weißen Schaum auf. Nur ein kurzes Stück der Schwärze war noch zu sehen.

Stattdessen ein Aufbrodeln, ein weißer Schwanz, so lang wie das Schiff, das in einiger Entfernung am Heck der *Constance* vorüberzog. Der fassförmige Kommandoturm wurde kleiner und kleiner, dann verschwand er in der Gischt, zog eine Linie zischender Luftblasen hinter sich her.

Victor folgte der Linie mit den Augen. Schwärze und dieses Sternengeflimmer bis zum Horizont, und auf diesem Horizont, direkt darüber, ein einzelnes Licht.

Ein Leuchtturm. Nein. Die Küste? Sie hatten sich einen ganzen Tag lang von ihr entfernt. Ein flackerndes Licht, eins nur, und kaum hatte Victor es gesehen, da ging es aus.

Die Blasenspur zeigte genau dorthin, wo es gewesen war.

In seinem Kopf hörte Victor wieder die kalte, künstliche Stimme von nebenan. Da waren Männer unterm Wasser, gleich da unter den Wellen.

Der ganze östliche Teil des Himmels leuchtete auf wie von einem Gewitter – ein Lichtblitz, erst neonblau, dann gelb und silbrig weiß, und dann brach dort drüben auf dem Wasser ein Vulkan aus und schleuderte rote, gelbe, blaue Flammen in den Himmel, ein Vulkan von der Form eines riesigen Schiffes. Die Druckwelle kam über die Wellen gerast und peitschte Victor ins Gesicht. Eine zweite Explosion. Der Knall verschlug ihm den Atem.

Ein Riesenschiff, eine Feuerschale, eine schwimmende Plattform der Flammen, von einer riesigen roten Aura umgeben. Feuerwerksraketen flogen zischend und kreischend in alle Richtungen, malten ihre gezackten Spiegelbilder in die See.

Charles kam an die Reling gestürzt. »Großer Gott.«

»Es – da ist irgendwas explodiert!«

Dann war Edgar wieder da, einen gehetzten Ausdruck in den Augen. Butch war gleich hinter ihm.

Es ging alles ganz schnell. Rote Blitze zuckten, wurden von tiefhängenden Wolken zurückgeworfen. Das Feuer breitete sich über den Horizont aus. Die Wellen fingen zu brennen an. Feuerbälle wallten himmelwärts.

Butch sah ganz entrückt aus. »Guck sich das einer an. Wie das brennt.«

»Ein Tanker.« Edgar klang erstickt. »Ein Öltanker. Dort drüben. Überlebende.«

Victor drehte sich zu ihm herum. »Das war wohl kein Teil Ihres Planes.«

»Irgendeine Falle. Wir – wir sind mittenrein gefahren. Charles! Die Lichter aus! Schnell!«

Charles lief zum Ruderhaus. Die Lichter gingen aus, und das ließ das Feuer nur umso beeindruckender aussehen. Das Unglück spielte sich in einer Meile Entfernung ab, aber Victor spürte die Hitze auf seinem Gesicht und sah die Flammen sich in Butchs Augen spiegeln.

Aus dem Riss in der Seite des Tankers ergoss sich das reinste Inferno. Kleine schwarze Flecken stürzten in der Glut hinab. Menschen in den Flammen.

Eine große Rauchsäule stieg auf, von unten beleuchtet.

18

Der Tanker brach auseinander. Die vordere Hälfte ging unter. Die Deckaufbauten neigten sich stark und blieben brennend auf dem Wasser hocken.

Die verdunkelte *Constance* fuhr näher heran, durch Flammenflüsse hindurch. Trümmer regneten auf die Wellen hinab, plumpsten zischend in die Pfützen auf den Decksplanken. Ascheflocken rieselten herab, brachten einen flüchtigen Geruch mit: brennendes Öl.

Butch starrte mit offenem Mund zu dem Großbrand hinüber. Edgar flüsterte Charles Anweisungen zu und verschwand nach unten. Charles rief Victor zu, er solle ihm helfen.

Victor zog stapelweise Schwimmringe aus einer Kabine, trug sie zur Backbordreling und warf sie Butch vor die

Füße. »Los, schmeiß sie rein. Da müssen Leute im Wasser sein.«

Butch drehte sich um, mit ehrfürchtiger Scheu in den Augen. »Da ist keiner lebend rausgekommen.«

»Sieht so aus, als hätte Edgar sich mit den falschen Nazis eingelassen«, sagte Victor.

»Ich weiß, was du meinst«, sagte Butch. »Ich hab ein richtig komisches Gefühl gekriegt, als dieses Ding aufgetaucht ist.«

»Ja, hab ich gemerkt. Du bist gerannt, als wollten sie *dich* abknallen.«

»Mann, Kraut bleibt Kraut, da helfen keine Pillen.« Aus der verbliebenen Schiffshälfte, immer noch eine Viertelmeile voraus, drang ein Donnern. »Und wenn man über Funk mit denen rumtut, dann sollte man das lieber im Hinterkopf haben.«

Charles kam mit einem Riesenbündel Netzwerk angestolpert. »Ich brauche Hilfe hier!«

Victor nahm das eine Ende, und sie hakten die Ösen in die Klampen an der Backbordreling. »Wetten, dass Sie mit so was nicht mal im Traum gerechnet haben«, sagte Victor. »Ohne uns hätten die dieses Schiff nie zu sehen bekommen.« Als sie losließen, entrollte sich das Netz an der Seite der *Constance*.

Charles richtete sich zur vollen Höhe auf. »Mr. Gilliam weiß, was er tut. Und jetzt weiter hier.«

Drüben wuchs das Rumpeln zu einem Ächzen an. Das Achterschiff erbebte langsam – unter letzten, vereinzelten Detonationen –, dann neigten sich die Aufbauten immer weiter und kippten ins Wasser.

Die Welle kam herangerast und rauschte über die *Constance* hinweg wie eine Sturmwoge über ein Dingi. Victor wurde auf die Decksplanken geworfen. Er sah hoch, sah, wie das Wasser um Butch herum hoch brandete, ihn packte, ihn auf die Reling zuspülte. Victor hastete auf allen vieren durch die stürzenden Fluten, bekam ihn zu fassen. Sie krachten in einen Aluminiummast.

Die große Welle zog sich zurück und ließ sie dort.

Butch brüllte: »Sie ham uns erwischt! Wir saufen ab! Wir saufen ab!«

»Quatsch! Hör auf damit!« Victor sortierte seine Gliedmaßen. »Das war eine Welle. Von da, wo der Rest ins Wasser gekracht ist.«

Dann hörte er jenseits der Reling Männer rufen.

Er stand auf. Das Wasser war von Trümmern übersät. Manche brannten noch, an anderen klammerten sich Männer fest. »Hier! Hier drüben!«, riefen sie und »Hey, Kumpel, hierher!«, und pfiffen und winkten.

»Ich seh welche!«, rief Butch.

»Was, wenn sie verletzt sind?«, sagte Victor und winkte mit beiden Armen, wie Edgar es getan hatte. »Können sie uns sehen? Macht doch mal ein paar Lampen an!«

Charles krümmte die Hände um den Mund: *»Sind Sie verletzt?«*

»Hierher, Mann! Mach hinne!«

In der Dunkelheit war kaum zwischen Männern und Wrackteilen zu unterscheiden. Victor schleuderte die Rettungsringe auf viel versprechende Ziele zu. Die ersten beiden Würfe gerieten ihm zu kurz.

»Na Klasse, Mann!«

»Hierher!«

Dann hatte Victor den Bogen raus, schleuderte die Dinger so, dass sie schön weit flogen. An den entsprechenden Rufen merkte er, ob sie gut gelandet waren.

Radau unterhalb der Reling – Füße, die gegen den Rumpf knallten. Ein Mann ächzte, fiel wieder ins Wasser.

Victor beugte sich über Bord. Geschwärzte, angestrengte Gesichter sahen zu ihm herauf.

»Habt ihr'n Seil?«

»Hey, Kleiner! Hilf uns mal!«

Butch warf das aufgerollte Seil hinüber, aber er hatte vergessen, es irgendwo festzubinden, also klatschte es ins Wasser und ging unter.

Es kamen noch mehr Männer aus der Dunkelheit herangeschwommen. Drei davon packten das Netz, hielten sich wie Spinnen daran fest und kletterten langsam hinauf. Die Ösen gaben nach, und sie stürzten ins Meer zurück. Das Netz hinterher.

»Zum Heck!«, rief Victor. »Schwimmt zum Heck herum! Da ist eine Leiter!«

Ein verzweifelter Schrei – »Ich kann nichts sehen! Jimmy, Hilfe! Ich kann nichts sehen!«

Butch befestigte ein Seil an einer Klampe und ließ es hinunter. Zwei Männer kämpften darum. »Hey, einer nach dem anderen!«

Victor lief nach achtern, wo schon eine Hand an der Reling auftauchte.

»Lass gut sein. Hinter mir sind noch welche.« Ein kräftiger, tropfnasser Mann zog sich die letzten Sprossen hoch und aufs Deck. Hinter ihm kamen noch zwei. Ihre Sachen waren voller Brandlöcher. Der eine blutete am Kopf.

Butch zog einen Mann an den Schultern herein, dann beugte er sich herunter und griff nach dem nächsten. Butch war stark. Er hatte sich bloß erst wieder einkriegen müssen, das war alles.

Ein Glatzkopf kämpfte sich die Leiter hoch und rief bei jedem Schritt: »Wo bist du, Jimmy?«

»Gleich hinter dir. Los, rauf.«

Victor griff mit beiden Händen nach ihm. Seine Sachen

waren völlig weggebrannt. Er war kein Glatzkopf. Ihm standen kleine verbrannte Haarbüschel vom Kopf ab. Er fasste nach seinen Augen. »Ich kann nichts sehen.«

Dann war sein Freund oben. »Das wird wieder. Ich bin's, Jimmy. Leg dich hin. Das wird schon wieder.«

Es waren große, kräftige Männer, aber kaum waren sie über die Reling geklettert, da ließen sie sich fallen, husteten, wischten sich die Augen. »Ich glaub, das war's, Sandy!«, brüllte Butch.

Der Mann, der es als Erster geschafft hatte, kam zu Victor. In seinen Augen spiegelte sich immer noch das brennende Schiff. »Wer ist der Käptn hier?«

»Mr. Gilliam. Edgar Gilliam. Er ist unter Deck. Ich geh ihn holen.«

Er glitt in wohnliche Stille hinab. In Gilliams Arbeitszimmer brannte Licht.

Der alte Mann hörte ihn nicht. Er beugte sich mit geschlossenen Augen und verschlossener Miene über das Mikrofon, die eine Hand am Kopfhörer. Er drückte den Knopf. »Aber Ihnen muss doch klar sein, dass das alles ruiniert! Kommen!« Er hörte eine Weile zu. »Was heißt hier unvorhergesehenes Ereignis. Das war doch kein unvorhergesehenes Ereignis. Das …«

Victor hörte die blecherne Erwiderung im Kopfhörer.

Edgar wandte den Kopf ab, hielt seine Brille mit zittrigen Fingern über einen Kartenabschnitt. »Wie können Sie sich da so sicher sein? Er kannte sämtliche … Alles lief genau so ab, wie Sie gesagt haben. Wir hatten eine bestätigte Sichtung. Eine *bestätigte* wohlgemerkt. Kommen.«

Victor sah Edgar über die Schulter. Seine Hand lag auf einer großen, verschlissenen Karte mit der Mobile Bay im linken oberen Viertel und ansonsten nur einem Gewirr blauer Linien, das den Golf darstellte. Ein mit der Hand gezogener roter Strich führte von der Öffnung der Bay zu einem X mitten im Nirgendwo.

Dort mussten sie sich gerade befinden.

»Tja, dann ist unser Plan offensichtlich aufgeflogen. Hier trudelt jeden Moment Uncle Sam ein, aber mit der ganzen Familie. Ende!« Edgar warf den Kopfhörer gegen die Wand.

Victor räusperte sich.

»Herrgott noch mal!« Edgar fiel die Brille herunter. »Hast du mich erschreckt. Seit wann stehst du da schon?«

»Noch nicht so lange.«

»Wie ist die Lage? Irgendwelche Leute gefunden?«

»Neun bis jetzt«, sagte Victor. »Wir suchen noch weiter. Sie wollen mit Ihnen sprechen.«

»Sind sie verletzt?«

»Der eine ist völlig verbrannt. Richtig schlimm. Sie haben ihn hingelegt. Die meisten anderen sehen ganz gut aus. Ich hab keine Ahnung, wie sie es von dem Ding runter geschafft haben.«

Edgar suchte den Boden um seine Füße herum ab. »Siehst du meine Brille irgendwo, Junge?«

Victor hob sie auf. »Hier. Mit wem haben Sie eben geredet?«

»Mit Glass. Er sagt, das könne auf keinen Fall U-641 gewesen sein. Sondern jemand, der unsere ganzen Codewörter kannte und unseren Treffpunkt. Er sagt, er habe Henkel nicht ein einziges Mal reinkriegen können.« Edgar strich die Falten aus dem Golf. »Eine Sache ist komisch, weißt du. Er hat sich angehört, als ob er so etwas beinahe erwartet hätte. Als wäre überhaupt nichts passiert. Aber im Gegenteil.«

»Ja«, sagte Victor. »Ein Schiff ist untergegangen, mit 'ner Menge Leuten an Bord.«

»Ich habe nicht die mindeste Ahnung, wie es jetzt weitergehen soll. Wenn das gar nicht der richtige Kommandant war – woher hat er dann vom Treffpunkt gewusst? Wollte er sich etwa komplett durchmogeln, bis in die Bay hinauf?« Edgar ging in dem Kabuff auf und ab. »Oder hatte er eigentlich *uns* versenken wollen, und dann kam zufällig dieses Schiff vorbei? Diese Kaltschnäuzigkeit! Oder sind die … die Torpedos vielleicht durch irgendeinen Zufall … nein, das ergibt nicht den geringsten Sinn, oder?«

Für Victor gab es nur eine vernünftige Theorie: Der alte Herr war ein Trottel. Man konnte einem U-Boot, einem Nazi, nicht trauen, ganz egal, wie er sich über Funk anhören mochte. Man konnte mit dem Feind keinen Deal machen. In dem Augenblick, als der deutsche Kommandant den Tanker sichtete, hatte er sich wieder in einen Nazi verwandelt. Er hatte gar nicht anders können als angreifen.

»Wenn sie es auf uns abgesehen gehabt hätten, dann hätten sie uns auch gekriegt«, sagte Victor. »Ich glaube, irgendjemand hat Sie einfach ordentlich reingelegt.«

»Ich sollte wohl besser mit diesen Männern reden.« Edgar seufzte. »Junge, es versteht sich wohl von selbst, dass ich in diesem Metier wenig Erfahrung habe.«

»Wir müssen das irgendwo melden«, sagte Victor und folgte ihm die Stufen hinauf. Edgar bewegte sich jetzt wieder wie ein alter Mann, nicht mehr so beschwingt wie vorhin. Als er die Tür öffnete und das taghell erleuchtete Deck sah, drehte er sich zu Victor herum: »Ich habe das Licht doch löschen lassen! Warum ist es jetzt wieder an?«

Aus der Traube Überlebender beim Ruderhaus drang Geschrei. Der Rudergänger kam zwischen ihnen hervor, die Hände auf dem Rücken. »Verzeihung, Sir, das war ich. Diese – diese Männer wollen nach ihren Kameraden Ausschau halten. Ich hab gesagt, Anweisungen nehme ich nur von Ihnen entgegen, und jetzt steuern sie das Boot.«

»Eine Meuterei also? Nicht auf meinem Boot!« Edgar schob sich an ihm vorbei. Zwei Schritte, und er stand dem Rädelsführer Auge in Auge gegenüber. »Ich bin der Besitzer der *Constance,* und ich verlange sofortige Aufklärung darüber, mit welchem Recht Sie das Kommando über ein Zivilfahrzeug an sich gerissen haben!«

»Tut mir Leid, dass wir mit Ihrem Mann so umgesprungen sind«, sagte der breitgesichtige, breitschultrige Seemann und sah dabei nicht im Mindesten zerknirscht aus. »Wir vermissen immer noch fünf von unseren Leuten. Sie müssen uns sehen können, damit sie uns finden können. Jackson mein Name.«

Edgar gab ihm die Hand. »Welcher Tauglichkeitsgrad?«

»Vier-F, Heimatdienst, Sir, Handelsmarine, wie alle hier. Ich war der Offizier von Käpt'n Ellis. Er ist unter den Vermissten.« Mehrere Männer bauten sich neben Jackson auf. Sie sahen zerschlagen aus, abgerissen und dreckig und nass, aber sie waren eindeutig noch nicht am Ende.

»Lassen Sie die Lichter an, Perkins.« Der Rudergänger hastete davon. Edgar sah wieder Jackson an. »Wie hieß Ihr Schiff?«

»*Eugenia Rae.* Ein Tanker. Wir sind vorgestern Nacht in Tampa ausgelaufen, Richtung Mobile. Voll bis unter die Luken. Aber das haben Sie bestimmt mitgekriegt, als sie hochgegangen ist.«

»Ein Handelsschiff also. Irgendeine Erklärung für den Unfall?«

»Entschuldigen Sie meine klaren Worte, aber das kann sich auch der letzte Trottel denken, dass das kein Unfall war.«

Edgar war die Förmlichkeit in Person. »Sie wollen sagen, Sie seien unter Feindbeschuss geraten?«

»Naja, Sir, solange Sie in Ihrem hübschen kleinen Kreuzer hier keine Torpedos verstaut haben, dürfen wir wohl davon ausgehen.«

»Dann können Sie ja allesamt von Glück reden, dass wir vorbeigekommen sind«, sagte Edgar.

»Alle bis auf fünf«, sagte Jackson.

Ein Brüllen an der Reling: »Da ist einer! Da ist einer!«

Sie sahen in die angezeigte Richtung, aber im Näherkommen entpuppte der Umriss sich als verbeultes Ölfass.

»Piratenbande.« Edgar schüttelte den Kopf. »Keiner ist mehr sicher.«

Zustimmendes Gemurmel von Seiten der Männer.

»Die Küstenwache ist bereits verständigt«, sagte Edgar. Nur Victor wusste, dass das gelogen war. Nur ihm fiel auf, dass dem alten Herrn dabei die Hände zitterten. »Von Fort Morgan aus sind zwei Patrouillenboote unterwegs. Ich soll sämtliche Lichter löschen und ohne Umwege nach Mobile fahren, damit Ihre Leute medizinisch versorgt werden können.«

»Hier draußen ist niemand mehr, Jackson«, sagte jemand. »Wir müssen Earl zum Arzt schaffen. Es steht schlimm um ihn.«

»Also ich fänd's nicht so toll, dermaßen schnell aufgegeben zu werden«, sagte Jackson. »Kümmert sich jemand um Earl?«

»Jimmy.«

»Ich guck's mir mal an.«

Die Männer gingen zum Vorschiff, völlig mit sich selbst beschäftigt. Butch hing immer noch über der Reling.

Er richtete sich auf. »Hey, Sandy! Komm her! Schnell!«

Victor schoss los. »Hast du noch einen?«

»Teufel, ja«, rief Butch, dann rutschten ihm die Füße weg.

Klatsch, waren zwei Hände an der Reling. Die eine griff nach oben, suchte verzweifelt nach Halt.

Victor war da, hängte sich hinüber, hakte seinen Arm unter den einen Arm und zog mit aller Kraft.

Butch bekam den anderen Arm zu packen.

»Hauruck!«

Der Mann landete auf beiden Füßen.

Er strich sich das Wasser aus den Haaren.

Es war Joseph.

Joseph.

19

Das – das muss ein Traum sein …

Herr im Himmel

Du bist das

Brüderchen

Du bist das

Was zum Teufel machst

Alles in Ordnung mit dir

Wie bist du – was machst du denn hier

Ich glaub's nicht

»*Vic!*« Joseph breitete die Arme aus. Sie umarmten sich. Immer fester, bis Victor schon fast seine Knochen brechen hörte. Er spürte die enorme Kraft seines Bruders, der nass war und zitterte.

»Hast du – hast du mitbekommen – was uns erwischt hat?«

»Ein U-Boot. Ein Torpedo von einem U-Boot. Was machst du denn hier …«

»Scheiße, Mann! Fühl mal mein Herz! Ich krieg gleich 'nen Herzkasper! Und die anderen – alles okay mit ihnen?«

»Der eine ist wohl blind, aber was machst du denn …«

»Wem gehört dieses Boot?«, sagte Joseph. »Was machst

du bloß hier?« Er brach in Gelächter aus, schlug Victor ins Kreuz, umarmte ihn wieder.

»Wie bist du – hat die Army dich gehen lassen? Ich dachte, du wärst in England! Was machst du hier?«

»Scheiße!« Joseph lehnte sich auf seine Knie wie ein Läufer, der gerade seine eine Meile hinter sich gebracht hat. »Überall hätten wir absaufen können, alle möglichen Leute hätten uns rausfischen können, und wer tut's? Mein eigener kleiner Bruder! Meine Scheiße! Was für ein Hammer!« Er stieß einen Freudenschrei aus und schlug Victor so heftig auf die Schulter, dass dieser zwei Schritte machen musste. »Die haben mich nicht gekriegt, Vic, die haben diesen Burschen hier nicht weghauen können! Obwohl sie's versucht haben, obwohl sie mir die Schüssel unterm Hintern weggeschossen haben! Was sagt man dazu? *Was sagt man dazu?*«

Ein paar Männer liefen wieder herum, steckten sich Zigaretten an. Jackson kam herüber. Joseph schlug ihm ebenfalls auf die Schulter. »Die haben uns nicht gekriegt, stimmt's, Jackson? Den Pott haben sie gekriegt, aber uns haben sie nicht gekriegt!«

»Das mit dem Pott können Sie laut sagen«, sagte Jackson. »Bloß dürften Sie der Letzte sein, den wir rausfischen konnten. Damit sind vier Mann immer noch draußen. Haben wir aber ein Glück gehabt ...« Er verschwand Richtung Ruderhaus.

Der Schock schrillte Victor in den Ohren wie ein Wecker. Warum war Joseph auf einem Öltanker im Golf von Mexiko unterwegs? Irgendetwas an der Art, wie er aus dem Wasser gekommen war, stimmte nicht ...

Er war braungebrannt. Er sah zehn Jahre jünger aus als die anderen Männer.

Hatte Jackson nicht gesagt, sie wären alle 4-F und Handelsmatrosen? Das konnte nicht stimmen … Wenn je einer 1-A war, dann Joseph. Er war feixend von seiner Tauglichkeitsuntersuchung zurückgekommen. Die Militärärzte hatten gesagt, einen besseren Herzschlag hätten sie noch von keinem Weißen zu hören bekommen. Wo war seine Uniform abgeblieben, und warum arbeitete er auf einem Tanker, zusammen mit ganz gewöhnlichen Matrosen?

Da war kein Gramm Fett mehr an ihm, überall gute, sehnige Muskeln, wie mit dem Messer geschnitzt. Vom Gesicht her immer noch der gute, alte, sonnige Joe; wenn er grinste, zeigte sich ein breiter Spalt zwischen seinen Vorderzähnen. Seine Haare waren kurz und standen in alle Richtungen ab. Seine Sommersprossen waren zu einem einzigen Rotton verschmolzen.

Er kam herüber und legte seinen Arm um Victors Nacken; er war klatschnass und kalt und roch nach Meer. Er ließ seinen Blick über die Pracht der *Constance* schweifen, über die glänzenden Beschläge, das Parkettdeck. »Junge, Junge, du hast es ja gut getroffen, Brüderchen«, sagte er. »Wie zum Teufel kommst du …«

»Ist 'ne lange Geschichte«, sagte Victor. »Du hast bestimmt auch eine auf Lager.«

Auf einmal senkte sich Dunkelheit auf das Boot hinab. Einer nach dem anderen gaben die Männer das Ausschauhalten auf. Sie streckten sich aus oder setzten sich an die Reling, ganz stumm vor Erschöpfung, vor Schreck.

Die Maschine drehte auf, sie machten wieder Fahrt.

Victor blieb stehen, wo er war, in der nasskalten Umarmung seines Bruders. Was ist denn aus dem Krieg geworden? Was stimmt denn hier nicht?

Liebe Willie, Joseph ist wieder da. Wie Du gesagt hast. Sie haben ihn zurückgeschickt. Es geht ihm gut. Mir auch. Ich war dabei, als ein U-Boot der Nazis ein Schiff versenkt hat. Joseph kam aus dem Wasser geklettert. Ohne Witz jetzt. Ich wünschte, Du wärst hier. Alles Liebe, Victor.

Eigentlich war es unmöglich. Es war ein Wunder. Joseph war gerade rechtzeitig zurückgekommen, um ihm in seinem eigenen Krieg beistehen zu können.

P. S.: Wo steckst Du jetzt eigentlich?

20

Victor spürte die Berührung von Josephs Fuß. Sie lagen bäuchlings im Bug und ließen sich vom Wind durchpusten. Wo die *Constance* auf die Wellen traf, legte sie das phosphoreszierende Glühen frei. Es sah aus, als zerschneide man mit dem Rasiermesser die Dunkelheit, und dahinter kämen die Sterne hervor.

»Aber Joseph, was hattest du auf diesem Tanker überhaupt verloren? Wird man nicht mit einem Truppentransporter wieder zurückgebracht?«

»Die sind mit Verwundeten und allem möglichen Zeug voll.« Joseph streckte die Arme durch. »Die Tanker zahlen richtig gut jetzt, wegen der vielen Torpedos. Teufel, Victor, ich schwör's dir. Heut Nacht hab ich gedacht, es geht zu Ende mit mir. So viel können die einem gar nicht bezahlen, dass ich noch ein zweites Mal an Bord von so 'nem Scheißpott gehe. Guck's dir doch an. Meine Hände wollen gar nicht mehr aufhören zu zittern. Gerade hab ich noch dagesessen und meinen verdammten Kaffee getrunken, und dann macht es *klonk*, Brüderchen, und das Ding fliegt komplett in die Luft. Es war wie ein Traum, von dem Ding runterzukommen. Sie bringen einem bei, wie man ein sinkendes Schiff verlässt, aber so lief das nicht. Ich weiß nicht, Mann. Ich weiß nicht …« Er legte den Kopf auf die Arme.

Victor drehte sich auf die Seite, stützte sich auf den Ellbogen. »Bist du im Guten von der Army weg?«

»Ist'n ganz normaler Krankenurlaub. Hab mir bei einem Sprung das Knie gebrochen. Es war meine glorreiche Idee, nach Hause zu kommen.«

»Wann musst du wieder zurück?«

»Keine Sorge. Das erfahr ich erst noch.« Joseph sah zu den Männern nach hinten, die überall auf dem Deck schliefen. »Du brauchst vor diesen Burschen keinen großen Wind darum zu machen, dass ich in der Army bin. Sie sind alle 4-F. Dass ich ein GI bin, würde sie ganz schön fertig machen.«

»Die wissen das nicht?«

»Beim Anheuern hab ich bloß gesagt, dass ich Amerikaner bin und nach Hause will. Mehr wollten sie nicht wissen. Sie brauchten jemanden. Und ich wollte hier mit ein paar Kröten extra ankommen. War wohl nichts.« Er setzte sich auf und machte ein finsteres Gesicht. »Ich hatte drei Wochenlöhne in meinem Spind liegen. In bar. Ich hatte große Pläne damit. Ich wollte mit dir nach New Orleans rüber, damit du mal siehst, wie gut so ein bisschen Stadtluft einem Naturburschen tun kann. Aber was soll's, verdammt, ich kann froh sein, mit heiler Haut davongekommen zu sein.«

Einen Augenblick saß Joseph still da, dann sagte er: »Weißt du noch das Lied, das Willie uns immer vorgesungen hat? ›Were you there, were you there when that great ship went down‹ ...« Er tat so, als zerschmettere er eine Gitarre am Bug. »Rate mal, was noch in meinem Spind war. Scheißdreck.«

»Ihr scheint ganz schön viel zu fluchen in der Army.«

»Teufel, ja.« Joseph grinste. »Ist die einzige beschissene Möglichkeit, dass einem einer zuhört, verdammt.« Er schlug seine imaginäre Gitarre an. »… ›when that greeeaat ship went down‹? Wie geht's noch gleich? ›Husbands, children, wives … all the … little bitty children dieeed.« Er hatte immer noch seine kräftige, tragende Stimme. »Tja. Da werd ich wohl Willie fragen müssen.«

Victor schluckte. »Joseph. Ich muss dir was sagen.«

»Was denn jetzt noch, Vic? Du hast mir doch schon die reinste Räuberpistole erzählt.«

»Es ist wegen Willie.«

Joseph sah ihn an, mit kalten, ruhigen Augen. »Was ist los?«

Victor bekam es nicht heraus.

»Sie ist tot«, sagte Joseph.

Victor nickte.

»Seit wann?«

»Sonntag …«

Joseph schlug mit der Faust aufs Deck. »Also das ist doch wirklich ungerecht, oder nicht, dass sie genau dann stirbt, wenn ich – wenn ich auf dem Weg zu ihr nach Hause bin?«

»Ja, das ist es«, sagte Victor. »Ungerecht wie nur irgendwas.«

Joseph legte sich flach hin, das Gesicht in der Gischt. »Wie hat Daniel … wie geht's ihm?«

»Was meinst du denn, wie's ihm geht?« Wut schäumte in ihm auf. »Er ist völlig durchgedreht! Kaum war sie gestorben, da hat er mich in der Luft zerfetzt, als hätte ich sie auf dem Gewissen. Als ob – als ob er sich je einen Scheiß um sie geschert hätte!«

»Klar hat er das, Victor. Sie ist seine Mama.«

»Was hat er denn schon gemacht außer über ihre Trinkerei zu meckern und mich zu ihr runterzuschicken.«

»Sie war immerhin seine Mutter.«

»Weiß ich, weiß ich doch«, sagte Victor, und zu seinem

Entsetzen war er es, der jetzt zu weinen begann, nicht Joseph. »Aber *ich* hab sie nicht umgebracht! Ich bin bloß mal zwei Sekunden weg gewesen. Was kann ich dafür, dass sie ausgerechnet in *der* Minute sterben muss!«

»Typisch Willie, würd ich sagen.«

»Aber er – er hat mich in den Käfig gesperrt. In Old Pops Hundezwinger. Im Bootshaus.« Es war ihm peinlich, vor seinem Bruder loszuflennen wie ein Kind, aber er konnte nichts dagegen machen. Wort für Wort kam alles aus ihm herausgeflossen, die Gemeinheit, der Zorn im Gesicht ihres Daddys, während er ihn über das Grundstück zerrte. Er erzählte davon, wie Willie auf ihrem Bett gelegen hatte, wie Daniel nur wegen ihr nicht darüber gesprungen war und ihn sich geschnappt hatte. Die Tritte, die Schläge. Das Wegsperren. »Ich glaube, er hat mir die Rippen gebrochen. Guck, hier.« Er zog sein Hemd hoch. »Alles ganz blau.«

»An mir hat er auch immer so seine Wut ausgelassen, Vic. Damals, als ich als Einziger groß genug zum Verprügeltwerden war. Ich weiß noch, einmal, da ...« Josephs Stimme verlor sich in der Gischt.

»Also ich weiß nicht, wie es mit dir ist«, sagte Victor. Er hatte jetzt Schluckauf. »Aber ich – kann da nicht mehr hin. Nach Hause. Nie wieder. Er hat mich in diesen – diesen Käfig gesteckt, und dann ist er abgehauen. Als wär ich ein Hund. Ihm war es völlig egal, ob ich – ob ich da drin verreckt wär oder nicht.«

»Du gehst schon wieder nach Hause«, sagte sein Bruder. »Du gehst wieder nach Hause, und er wird sagen, dass es ihm Leid tut. Ich versprech's dir.«

»Ha ha.« Victor wischte die Tränen weg. »Was für'n Witz.«

»Wart's nur ab. Big Joe ist wieder da, Brüderchen. Er hätte das nicht tun dürfen. Er war durch den Wind.«

Für Joseph war es so einfach. Alles. Abwinken. Ein, zwei Worte sagen. Und alles war wieder in Ordnung.

»Guck mal, Vic. Ein Tümmler. Ist lange her, dass ich einen gesehen hab.« Joseph schob sich ein Stück unter der Reling durch. »Willie hat immer gesagt, die wär'n die besten Glücksbringer überhaupt.«

»Ist mir egal. Ich hasse sie – wie konnte sie mir so einfach wegsterben.«

»Und ich finde es schrecklich, dass du das alles durchmachen musstest da unten. Du hast sie so lieb gehabt. Ich weiß es. Und sie dich sogar noch mehr. Du hättest ihren ganzen gesunden Menschenverstand geerbt, hat sie immer gesagt.«

Er drehte sich auf den Rücken. »Das ist nichts, was sie dir angetan hat, Vic. Dir nicht und auch keinem anderen. Weißt du noch, wie wir einmal alle zu Thanksgiving auf diesen Brückenkahn rauf und zu ihr runtergefahren sind, mit allen Cousins und Cousinen und Onkels und Tanten, um bei ihr das große Essen zu machen? Nee, da warst du noch zu klein.« Joseph schien gar nicht zu merken, dass Victor weinte, oder aber er erzählte diese Geschichte, um ihm Gelegenheit zu geben, wieder damit aufzuhören. »Den ganzen Fluss runter schwärmten wir alle bloß von ihren Kochkünsten; wie lecker sie die Austern immer anmachte, und ihr Preiselbeerkompott und überhaupt. Und dann kommen wir dort an, und sie hat sich mit dem Whiskey für die Kuchenfüllung ordentlich einen angezwitschert und es noch nicht einmal mehr geschafft, die Küchenmaschine anzuheizen. Wenn es irgendeinen falschen Zeitpunkt gab, dann hat Willie den noch jedes Mal gefunden. Sie wollte einfach bloß da sein, wo sie hingehörte, und ihre Ruhe haben, mehr nicht.«

Victor holte tief Luft, hielt den Atem an, ließ ihn langsam wieder raus. »Eines Tages tauchte da dieser Bursche von der Küstenwache auf«, sagte er und schluckte. Sein Schluckauf war weg. »Oder vielleicht war er auch vom FBI, wie ich dir erzählt hab, keine Ahnung – jedenfalls versuchte er immer wieder, sie dazu zu kriegen, ihre Fenster zu verdunkeln. Aber sie wollte nicht. Und dann liegt da plötzlich 'ne Leiche am Fluss, und in der Bucht treibt sich ein U-Boot rum, und Willie ist tot. Da muss es einfach irgendeine Verbindung geben.«

»Ich seh jedenfalls keine«, sagte Joseph. »Was hat Daniel von der ganzen Sache gehalten?«

»Er hat mich überhaupt nicht zu Wort kommen lassen. Aber er hätte mir sowieso nicht geglaubt.«

»Das weiß man nie ...«

Victor saß steif da, auf Abstand. »Du bist nicht dabei gewesen. Du bist irgendwo da draußen gewesen, Mann, ein richtiger Kerl, ein Held. Sie haben dein Foto gleich neben Jesus hängen.«

»Ich wollte da nicht hin, Vic. Ich bin eingezogen worden, weißt du noch? Wenn's nach mir gegangen wäre, dann wäre ich bei dir und Willie geblieben und hätte die Beine hochgelegt, bis ich zu faulen angefangen hätte.«

»Davon hast du nie was gesagt. Du hast gesagt, du könntest es überhaupt nicht erwarten. Und in deinen ganzen Briefen stand auch immer ...«

»Es ist nicht so, wie man es in einem Brief beschreibt, Victor. Es ist was völlig anderes.« Joseph schob sich den Bugspriet hinauf.

Victor sprudelte los: »Ich wollte mich gerade melden. Ich wollte genauso sein wie du. Ich war schon unterwegs, hatte mir alles genau überlegt. Ich war schon fast da. Dann ist das auf einmal alles passiert.«

»Jetzt hör mir mal zu. Du wirst noch früh genug eingezogen. Das ist kein Spaß. Das sind keine Spiele, wie wir sie als Kinder gespielt haben. Da wird nicht bloß mit Sand geschmissen. Hast du heute Nacht doch gesehen, verdammt. Außerdem bist du dafür noch gar nicht alt genug.«

»Bin ich wohl.«

»Bist du nicht.«

»Du denkst wohl, ich wär immer noch derselbe wie damals, als du weggegangen bist.« Hitze stieg ihm ins Gesicht. »Bin ich aber nicht. Seitdem ist eine ganze Menge passiert. Ich bin sechzehn. Ich bin kein Kind mehr.«

Joseph gähnte. »Es heißt, man wünscht sich für den Rest seines Lebens, wieder sechzehn zu sein.«

»Ich nicht. Da wär ich ja noch lieber tot.«

Joseph streckte sich zur Seite aus, spähte ins Wasser hinab. »Er ist immer noch da, Vic. Der bleibt so lange, bis du ihn gesehen hast.«

Victor lehnte sich weit in die Dunkelheit, in die Gischt hinaus. Es waren zwei Tümmler, auf jeder Seite des Bugs einer – schimmernde Bögen in der Schwärze, die aus den Wellen hervorschossen und wieder verschwanden, perfekt auf die Geschwindigkeit des Bootes abgestimmt. »Guck, Joseph. Dort drüben ist noch einer. Einer für dich, einer für mich.«

»Nein, mh-hm.« Josephs Gähnen war ein Gesang. »Unmöglich. Uns gibt's ja noch. Der eine ist Old Pop und der andere Willie, verstehst du? Jetzt sind sie wieder vereint.« Er zog die Knie an.

Eine Zeit lang sah Victor den Tümmlern zu, dann rollte er sich zusammen, mit dem Rücken zu Joseph. Als sie einschliefen, berührten sie einander nur ganz sacht mit den Fußsohlen, so, wie sie es immer getan hatten.

21

Stunden nach der Dämmerung dampfte die *Constance* an einem Berg Kohlen vorbei, der größten Erhebung am Horizont. Von allen Seiten nagten Kräne und Förderräder und Bagger daran. Von dort bis nach Mobile endlose Docks voller Gewimmel, ein Riesenschiff drängte sich ans andere. Wie konnte ein einziger Hafen so viele Schiffe versorgen? Lastkähne, Tanker, Kreuzer, Schlepper, Tender, Frachtschiffe. Ein weißer Bananendampfer, wie die Flugzeugträger bei der Air Force hießen. Graue Zerstörer. Überall wimmelten Soldaten und Stauer herum.

An der Wasserkante ein ausgedehntes Gelände voller unfertiger Schiffe, riesiger Tiere, die zum Sterben an Land gekrochen waren – Skelette, Teile von Skeletten, Kadaver ohne Haut. Männer krabbelten wie Insekten auf den Gerippen herum, ließen mit ihren Schweißgeräten hoch oben winzige funkelnde Sonnen glühen. Ein Lkw rumpelte vorbei und zog eine rosafarbene Staubfahne hinter sich her.

Dann wich die Schiffswerft einer beschaulichen Folge von Kais und Lagerhäusern, einigen größeren Backsteingebäuden und heruntergekommenen Wohnhäusern. Der Rudergänger steuerte die *Constance* zu einem Kai, auf dem ein paar kleine Jungen neben einer weißen Ambulanz warteten, die mit einem roten Kreuz gekennzeichnet war.

Die Überlebenden zogen sich ihre Decken um die Schultern und trotteten die Landungsbrücke hinunter, gefolgt von zwei Männern mit einer Trage.

Die Kinder waren ganz leise, flüsterten nur miteinander und zeigten hierhin und dorthin, bis ein Junge all seinen Mut zusammennahm: »Hey, Mister, waren das Deutsche? Wir haben gehört, dass es Deutsche war'n.«

»Wie viele haben sie erwischt?«, fragte eine helle Stimme von weiter hinten.

»Haben Sie sie geseh'n?«

Charles machte die Leinen los, und die *Constance* entzog sich ihren Fragen, fuhr den Fluss wieder hinab und in die Bucht hinaus.

»Joseph. Bleib hier. Bleib bei uns.« Victor hatte sich geschworen, das nie wieder zu sagen, aber zu spät – es war ausgesprochen. Den ganzen Weg über den Rasen vom Yachthafen hinauf sah Joseph immer wieder verstohlen hinter sich und in die Gebüsche, als könnte sich jemand an ihn heranschleichen.

Er ging, ohne zu hinken.

Sie standen in den langen Schatten gleich bei der rosafarbenen Mauer, die den Bungalow umgab. Edgar war hineingegangen, um den Wagen zu rufen.

»Hab ich dir doch gesagt«, sagte Joseph, »ich will nach Hause und mir von Mutter einen Batzen Okras und, wenn's geht, auch noch Hähnchen braten lassen und Butterbohnen. Damit schlag ich mir dann richtig den Bauch voll. Und anschließend guck ich vielleicht mal bei der guten, alten Mary Stringer vorbei und führ sie auf ein paar Bierchen ins Cut and Shoot aus … hast du eine Ahnung, ob sie noch in der Gegend ist?«

»Joe. Ich weiß nicht, was dieser alte Mann hier vorhat. Kann sein, dass er's nicht mal selber weiß. Aber die kommen wieder! Wir müssen zusammenbleiben. Das ist nicht irgendein Spielchen. Die haben euch versenkt. Was für Beweise brauchst du denn noch?«

»Pass bloß auf dich auf«, sagte Joseph. »Du könntest da in was reingeraten, das sich nicht in den Griff kriegen lässt.«

»Du kannst doch nicht einfach abhauen, Joseph. Ich brauch deine Hilfe.«

»Vic, jetzt hör mir mal zu. Ich hab keine Ahnung, was hier läuft, aber wenn du mich fragst, dann kann das warten. Ich hab viertausend Meilen hinter mir und will jetzt nach Hause. Dieser Mann lässt sein Auto für mich kommen. Wenn du hier bleiben willst, dann bleib. Ich komme zurück, falls du mich brauchen solltest. Aber ich habe bis vor kurzem noch mittendrin gesteckt. Da stürz ich mich doch nicht gleich wieder rein. Ich will *nach Hause.*«

Im Sonnenlicht zeigten sich Fältchen um seine Augen herum. Irgendwas hatte ihn verändert. Irgendwas. Er redete wie der alte Joseph, sah auch so aus, bewegte sich ebenso unbekümmert und selbstverständlich. Aber der große Expeditionsleiter, der sich ohne Rücksicht auf Verluste in jedes tollkühne oder gefährliche Spiel stürzte, das ihnen einfallen wollte, war er nicht mehr: Kopfsprünge ins trübe Wasser machen, ihren Daddy um Geld anbetteln, gegen Hitler in den Krieg ziehen. Früher hatte Joseph groß herumgetönt, was er mit diesem abgebrochenen kleinen Kläffer tun würde, wenn er ihn in die Finger bekäme. Nun wollte er es sich bloß noch zu Hause gemütlich machen und sich ein gutes Essen vorsetzen lassen.

»Lass ihn doch abhauen, Sandy.« Butch schnäuzte sich in die Hand. »Er wär uns sowieso bloß im Weg.«

»Ist wohl das Neueste, Vic, dass du dich mit solchem Abschaum rumtreibst?«

»Pass auf, was du sagst, Großer«, warnte ihn Butch.

»Teufel«, sagte Joseph, »ich weiß ja, dass es da draußen auf der Insel ganz schön einsam ist. Aber dass es *so* schlimm ist.«

Victor wurde sauer. »Butch und kein anderer hat mich aus diesem Käfig befreit. Dafür schulde ich ihm was.«

Butch sagte: »Genau, Mann, so isses.«

Aber Joseph hatte nur noch Augen für das blonde Mädchen mit dem Tennisschläger, das hoch gewachsene, braungebrannte Mädchen in dem weißen Faltenrock und der weißen Bluse, das gerade über den Rasen geschlendert kam. »Hal-*lo*«, sagte er leise.

»Hmmm«, sagte Butch. »Zum Anbeißen.«

»Pst.« Victor schlug nach ihm. »Die hab ich schon mal gesehen.«

»Na, *ich* nicht«, sagte sein Bruder.

Victor kannte diese langen, schlanken Beine, die bewegliche Art, wie sie ging und ihren Arm schlenkern ließ. Er wusste noch, wie sie an dem Abend neulich das Dock hinuntergelaufen war.

»Hallo, Jungs.« Sie hielt sich den Tennisschläger wie einen Fächer vor das Gesicht. »Habt ihr Großvater irgendwo gesehen?«

Alle drei machten sie den Mund auf, ohne dass eine Antwort herauskam.

Ihre Mundwinkel umspielte ein geheimnisvolles Lächeln. »Er ist ungefähr so groß, und er hat einen dicken, weißen Schnurrbart.«

»Süße, was immer du verloren hast, ich bin hier, um es zu finden«, sagte Joseph.

Sie gab ein leises, ironisches Lachen von sich. »Wie lieb.«

»›Mein Liebster‹ für dich. Und du heißt …?« Er fuhr sich mit der Hand durch die Haare.

Victor sagte rasch: »Suchst du nach Edgar?«

Sie sah ihn forschend an. Sie war kühl, unnahbar, makellos. Er hatte ihr Gesicht an dem Abend nicht sehen können, aber er kannte diese unergründlichen grünen Augen, diese eindrucksvollen Wangenknochen. Ihre Augen waren wie grüner Rauch. Für einen Moment hatte Victor das Gefühl, dass ihn im ganzen Leben noch nie jemand so angesehen hatte.

»Ja, er heißt Edgar«, sagte sie.

»Dann bist du seine – dann ist er dein Großvater?« Diese Augen, die ihn so ruhig ansahen, die hatte sie von Madame!

Sie kam ans Tor getreten. »Ich kenne dich von irgendwoher. Ich hab dich schon mal gesehen.«

»Kann sein.« Er wurde rot und konnte nichts dagegen machen.

Sie hielt sich den Schläger vors Gesicht. »Ach, jetzt fällt's mir wieder ein. Der Spanner.«

»Ich – ich hab keine Ahnung, wovon du sprichst«, versuchte Victor auszuweichen.

»Beim Yachthafen. Ich hab gewusst, dass du uns zuguckst.« Ein ungezogenes Lächeln umspielte ihre Lippen. »Wir haben's beide gewusst.«

»Ich hab bloß – ich hab gleich weggeguckt, als ich gesehen hab, was ihr macht.«

»Sicher doch.« Sie lachte perlend. »Kleine Jungs sollen ruhig zugucken, damit sie wissen, wie es geht. Ist Großvater drinnen?«

»Ja.« Victor spürte, dass Butch und Joseph ihn anstarrten, aber er schaffte es nicht, ihren Blick zu erwidern.

»Bis dann.« Sie schwebte davon und warf dabei noch einen langen, verweilenden Blick nach hinten, wie ein Geschenk.

Victor besah sich den Boden. Ihm sausten die Ohren. Wie ganz tief unter Wasser. Butch boxte ihn gegen die Schulter. »Ich glaub, die mag dich, Kleiner!«

»So was bekommt man heutzutage kaum noch zu sehen«, sagte Joseph. »Was hast du mit ihr angestellt, Vic?«

»Ich hab sie gesehen. Wie sie diesen Kerl geküsst hat.«

»Also *wirklich.*«

Victor zertrat ein Grasbüschel. Er strich eine Locke weg, die ihn hinten am Ohr kitzelte. »Der alte Herr hat nie was von ihr gesagt.«

»Ich kann mir denken, warum«, sagte sein Bruder.

Ein langes, schwarz schimmerndes Automobil kam die kleine Straße hinabgerollt. Die Reifen knirschten auf den Austernschalen. Irgendjemand hatte ein normales schwarzes Auto genommen und es ordentlich in die Länge gezogen.

Butch gab ein beifälliges Pfeifen von sich. »Dieser alte Bursche hat wirklich alles.«

Der Fahrer stieg aus. »Heißt hier jemand Sylvester?«

»Bis bald, Joseph. Viel Spaß zu Hause. Grüß alle von mir.« Victor war selbst überrascht. Er konnte es gar nicht leiden, wenn er sich so anhörte. Schließlich hatte er seinen Bruder doch lieb. Aber er konnte nichts dagegen machen, er kam sich im Stich gelassen vor. Wieder einmal.

Joseph sah ihn an. »Dann geh ich mal. Jetzt musst du allein auf dich aufpassen.«

»Das kann ich«, sagte Victor. »Hab ich schon öfter gemacht.«

»Ich werde mit Daddy reden. Das kriegen wir schon hin ... sagst du mir noch ordentlich auf Wiedersehen?«

Victor rührte sich nicht vom Fleck.

Joseph packte ihn bei der Hand, zog ihn heran, umarmte ihn, schlug ihm auf die Schulter. »Scheiße, du weißt doch, dass ich bald wieder da bin, jetzt wo ich *sie* gesehen hab. Ruf im Laden an, wenn du mich brauchst. Gehört er immer noch Mr. Jesse?«

»Klar.«

»Der kommt mich dann holen.«

»Sir ...«

Joseph stieg ein und lehnte sich in den breiten Sitz zurück. Der Fahrer schloss hinter ihm die Tür. Joseph kurbelte das Fenster hinunter und grinste. »Kannst du dir Daniels Gesicht vorstellen, wenn ich in dem Schlitten da oben aufkreuze?«

Leise schwebte das Auto davon.

»Meine Herren.« Charles stand am Tor. »Mr. Gilliam wünscht Sie zu sprechen.«

»Mann, können Sie sich gewählt ausdrücken, Charlie.« Butch schlenderte in den Garten. »Ein richtiger Bücherwurm, stimmt's, Sandy?«

»Belesenheit hat nichts mit einer guten Kinderstube zu tun, Sir«, sagte Charles.

»Auch wieder wahr.«

Sie waren schon fast beim Haus, da erschien die Tennisspielerin wieder. Sie schien überrascht, sie noch einmal zu sehen. »Charles, wer sind diese Jungen?«

»Das hier ist, glaube ich, Victor, und der andere wird Butch gerufen, Miss Diana.«

»Dann musst du Victor sein«, sagte sie zu Victor.

Sie konnte nicht sonderlich viel älter sein als er, aber kein Mädchen in seinem Alter hatte je so zurechtgemacht, so weich gebettet ausgesehen. Über die eine Schulter ergossen sich blonde Locken, von einem lavendelfarbenen Band zusammengehalten. Das also vermochte Geld aus einem Mädchen zu machen. Eine Schönheit, so vollkommen wie eine Orchidee in einem Treibhaus, eine so blendende Schönheit, dass man sie kaum angucken konnte. Statt des Tennisschlägers hatte sie jetzt einen Bügel in der Hand, auf dem etwas hing, das in Papier eingeschlagen war. »Charles, rufen Sie bitte den Wagen.«

»Es tut mir Leid, Miss. Er ist unterwegs.«

»Aber das ist Großmutters *Kostüm*. Für heute Abend.«

Victor spitzte die Ohren. Ihm stand der Mund offen.

»Ich werde das Hotel ein Taxi schicken lassen, Miss. Wenn Sie hier warten würden.« Charles verschwand wieder durch das Tor.

Diana ließ ihren Blick zu Victor schweifen, als wäre er ein Teil der Gartendekoration. »Habt ihr geschäftlich mit Großvater zu tun?«

Er reckte die Schultern und versuchte älter auszusehen. »Ja, könnte man so sagen.«

»Ihr arbeitet doch nicht auf dem Boot, oder?«

»Wir sind schon damit draußen gewesen«, erzählte Butch ihr, »und stell dir vor, was da passiert ist – wir waren ganz weit draußen, mitten im …«

»Halt die Klappe, Butch.« Victor kniff die Augen zusammen. »Lass dir keinen Quatsch erzählen. Er hat sich bloß 'nen Sonnenstich geholt, das ist alles.«

»Und du dir anscheinend etwas noch Schlimmeres«, sagte sie. »Was ist dir denn zugestoßen?«

Victor lief unter seinen Blessuren rot an. An die hatte er überhaupt nicht mehr gedacht.

Butch begann: »Sein Daddy hat …«

»Halt die *Klappe.*«

Ein gelbes Taxi von Eastern Shore kam ans Tor gerollt.

Das Mädchen sah Victor schelmisch an. »Kommst du zum Tanz heute Abend?«

»Wer, ich?« Er blinzelte. »Ich kann nicht – nein, glaube nicht.«

»Ich will eigentlich auch nicht hin, aber wir müssen. Weil sie es doch zu Ehren von Großmutter machen. Falls du deine Meinung noch änderst, kannst du mich ja auffordern.« Sie reckte das Kinn und ging. Am Tor sagte sie: »Ich sag vielleicht nein, aber fragen kannst du mich gern.«

Sie gab dem Fahrer das Kostüm und stieg ein.

»Ich fass es nicht«, sagte Butch. »Die steht auf dich, Sandy!«

»Pssst! Sie kann dich hören!«

Der Fahrer zog seine Tür zu und fuhr los.

»Sie ist wirklich 'ne Schönheit«, sagte Victor. »Du meinst, sie … nein.« Sie zog ihn doch nur auf. Er schaute auf die Stelle, an der das Taxi gestanden hatte. Nicht ablenken lassen, Mensch. Denk daran, was du gesehen hast, was du herauskriegen musst, was du gerammt hast. Aber …

»Ich glaub, sie hat schlechte Augen«, sagte Butch. »Warum sollte sie sich sonst mit so einer hässlichen Gurke abgeben wollen?«

»Das möcht ich auch mal wissen«, sagte Victor.

Edgar kam um das Haus herum und klopfte sich dabei die Hände ab. »Ist Diana noch hier?«

»Nein.« Victor zeigte zum Tor. »Sie – sie ist schon weg. Sie haben uns kein einziges Wort gesagt.«

»Ein Engel, nicht wahr? Sie ist die Enkeltochter meiner Frau, aber sie steht mir näher als jede Blutsverwandte. Armes Kind. Ihre Eltern sind schon gestorben, als sie sie noch kaum richtig kannte. Sie kam als kleines Kind zu uns.«

»Ist sie in alles eingeweiht?«

»Was? In unseren Plan? Nein, selbstverständlich nicht. Die Jungen halten sie dermaßen auf Trab, dass sie kaum etwas anderes mitbekommt. Ihr kennt junge Mädchen ja. Sie interessieren sich nicht sonderlich für weltliche Angelegenheiten.« Edgar verwarf den Gedanken. »Nun ja. Wie dem auch sei. Kommt mit. Es gibt Neuigkeiten.«

Sie folgten ihm durch die Farne und am Seepferdchen-Pool vorbei. Ein Teil der Glaswand glitt zur Seite, und Madame stand vor ihnen, in einem Turban aus glänzend blauer, von Goldfäden durchwirkter Seide, die mit einer Diamantnadel zusammengehalten wurde.

Ihr Gesicht war sogar noch beeindruckender, als Victor es in Erinnerung hatte: die Wangen leicht gerötet, die Brauen scharfe Bögen über den Augen, die Lippen dunkelrot schimmernd. Ihr Gewand, ein bodenlanges Kleid aus der gleichen dunkelblauen Seide, blitzte auf, als sie ungeduldig eine Hand in die Hüfte stemmte. »Das Glück lässt man nicht ungestraft warten, Edgar«, sagte sie. »Mich ebenfalls nicht.«

»Wir haben uns beeilt, meine Teure. Du erinnerst dich sicher noch an den jungen Victor hier und an seinen Freund Butch.«

»Edgar, du hast eine große Begabung dafür, dir die Crème de la Crème auszusuchen.« Sie kehrte ihnen den Rücken zu, die Hand immer noch auf der Hüfte, und stapfte ins Haus.

Victor trat über die Schwelle und fand sich in einem riesigen, hell erleuchteten Raum wieder. Lampen aus Kristall und Messing, große Kerzen in silbernen Haltern, ein Kronleuchter. Er hatte noch nie erlebt, dass nachmittags irgendwo dermaßen viel Licht an war. Es schien das Wohnzimmer zu sein, denn an zwei Seiten gingen Flure ab. Die auffallendsten Stücke auf dem großen weißen Teppich waren ein weißes Ledersofa mit dazu passendem Sessel, eine glänzende, mit scharlachroter Seide bezogene Chaiselongue, eine Mahagonibar mit einem facettierten Spiegel darüber und passenden Hockern davor. Von irgendwoher kam die schmachtende Stimme von Bing Crosby. Wie hieß das Lied noch? »Night and Day.«

Der kleine Pusteblumenhund sprang bellend zu Madames Hand hoch. »Und hoch das Näschen.« Sie schnippte mit den Fingern, was den Pudel vollends durchdrehen ließ. Immer wieder sprang er nach ihrer Hand. »Hui, so ein Wilder. So ein Wildiwilder. Wildiwildiwilder. Komm schön mit.« Sie führte ihn den Flur hinab in ein Schlafzimmer und knallte ihm die Tür vor der Nase zu.

»Gott sei Dank«, sagte Edgar.

Man brauchte einen Moment, um in der ganzen Pracht des Zimmers Roy Glass zu entdecken, der am anderen Ende des Raums in ein weißes Telefon sprach. Ein riesiges Ölgemälde füllte die Wand hinter ihm aus – Farraguts Schlacht, dieselben pfeifenden Geschosse wie auf dem Bild im Hotelzimmer, nur doppelt so groß. Das Original. Edgar öffnete einen Schrank, der mit Flaschen aus geschliffenem Kristall voll gestopft war. »Wie immer, meine Liebe?«

»Uns ist gestern Abend der Wermut ausgegangen, während du dort draußen Käpt'n Bligh gespielt hast«, sagte sie. »Für drei Sterne im Michelin geht es hier ganz schön unkultiviert zu. Ich habe mir eine Flasche von der Bar kommen lassen, aber so etwas würde ich nicht einmal einem Sterbenden anbieten. Es würde mich nicht überraschen, wenn Hilda bis nach New Orleans müsste, um etwas aufzutreiben, an das ich mich halten kann.«

»Eine Schande.« Edgar goss eine goldfarbene Flüssigkeit in ein winziges Stielglas.

»Womit meine heutige Massage natürlich hinfällig war«, fuhr sie fort. »Ich habe Knoten vom Kopf bis zu den Zehen. Und dann das ganze Durcheinander. Wir sind natürlich aufgeblieben bis Gott weiß wann.«

»Ließ sich nicht vermeiden, meine Liebe. Hier. Tut es vielleicht auch ein Sherry?«

Sie trank ihn in einem Schluck. »Ich kann Sherry nicht ausstehen. Das weißt du doch.« Er schenkte ihr nach, und sie trank. »Brr. Schmeckt scheußlich. Noch einen.«

»Ja, ja, aber jetzt ist alles wieder im Lot. Dein Gatte ist da und kümmert sich um dein Wohlergehen.« Edgar schenkte sich einen Scotch ein und sah zu den Jungen hinüber. »Auch einen Drink, die Herren? Welches Gift darf es denn sein?«

Butch sagte: »Häh?«

»Was hättet ihr denn gern?«

»Ach so. Whiskey.«

»Für mich auch«, sagte Victor. Wenn er schon hier auf diesem dicken Teppich herumstand und einen auf reichen Erwachsenen machte, konnte er ebenso gut auch etwas trinken. Er kippte ihn runter wie Madame eben. Der Whiskey rollte ihm die Kehle hinab, eine samtige Detonation. Sein Kopf füllte sich mit Rauch.

Madame schaltete das Radio ab. »Edgar, wie viel wissen diese Jungen von unserem Vorhaben?«

»Alles. Ich musste sie einweihen. Ich konnte sie ja schlecht ohne jedes Wort der Erklärung mitten im Golf festhalten, nicht wahr?«

»Warum nicht.« Madame warf einen Blick zu Roy Glass hinüber, der immer noch leise in das Telefon sprach. »Roy fürchtet, wir könnten unsere Chance verpasst haben.«

Glass legte den Hörer auf und kam zu ihnen herüber. »Gute Neuigkeiten.«

»Und zwar?«, sagte Edgar.

Glass bedachte Victor und Butch mit einem Nicken. Er war angezogen wie jemand in einer protzigen Illustriertenreklame – knittrige Leinenhosen, weißes Hemd, rote Krawatte mit Punkten. Sein Hut lag neben ihm auf dem Lacktisch. »Meine Leute haben mit dem Seeamt gesprochen«, sagte er. »Ihr Augenzeugenbericht ist der Einzige. Bis zum Eintreffen der Küstenwache war nichts mehr zu sehen.«

»Und die Mannschaft?«, sagte Edgar.

»Die Aussagen der Männer stimmen in sämtlichen Punkten überein.«

»Das ist gut«, sagte Edgar. »Sehr gut.«

»Freut mich, euch wiederzusehen, Jungs«, sagte Glass. »Victor, das mit deiner Großmutter tut mir Leid. Und es tut mir auch Leid, dass ich dir vorher nicht die ganze Wahrheit sagen konnte, aber Edgar hat euch ja jetzt eingeweiht. Das muss dein Bruder sein.«

»Nein«, sagte Victor. »Das ist Butch. Ein Freund von mir.«

Butch stand in der Nähe der Tür, wachsam, wie auf dem Sprung. »Sind Sie der Gangsterjäger?«

»So könnte man es nennen. Und wo ist dein Bruder, Victor?«

»Nach Hause gegangen.«

»Und wo ist das?«

»Nicht weit von hier. Magnolia Springs.«

Glass wandte sich ab. »Halten Sie das für klug, Edgar? So lange hier alles noch drunter und drüber geht?«

Butch setzte sich vorsichtig in einen Sessel.

»Der Bursche schien überaus dankbar, dass wir ihn dermaßen prompt aus dem Meer gefischt haben«, sagte Edgar. »Den Rest seiner Mannschaft haben wir in Mobile gelassen, aber er wollte gern nach Hause gefahren werden. Ich war so freundlich. Ihm ist klar, wie heikel unsere Lage ist. Er hat mir seine Verschwiegenheit zugesichert.«

Madame stellte ihr Glas vor ihm auf den niedrigen weißen Tisch. »Und wie viel weiß *er* nun wieder?«

»Meine Liebe, du könntest ruhig ein bisschen mehr Vertrauen in deinen alten, gebrechlichen Gatten haben. Der Bursche ist ein Soldat auf Heimaturlaub. Der mischt sich in nichts ein.« Er goss ihr den nächsten Sherry ein.

Glass machte Anstalten, sich zu setzen, überlegte es sich aber anders. »Jungs, jetzt hört mir mal gut zu, damit ihr auch versteht, was ich sage. Unsere Freunde im U-641 haben heute früh ihre Funkstille unterbrochen. Sie waren es tatsächlich, denen ihr eure Signale gegeben habt, und sie haben auch die *Eugenia Rae* angegriffen und versenkt. Wir bedauern die Verluste an Menschenleben, aber wir haben vor, wie geplant weiterzumachen. So einfach ist das.«

Wenn das alles ein Plan war, um ein paar Deutsche aus Deutschland rauszukriegen und ein feindliches U-Boot in die Finger zu bekommen, dachte Victor, dann hätte sich kein Mensch etwas noch Umständlicheres einfallen lassen können. »Der ist den weiten Weg gefahren, um sich zu ergeben, und hat dann stattdessen dieses Schiff versenkt?«

Madame schloss die Finger um das Glas. »Hört zu. Roy ist noch nicht fertig.«

»Habt ihr gehört, wie unser Freund mit seinen Kameraden gesprochen hat?« Glass zeigte zur Bucht hinaus. »Kurz bevor Edgar mit der Code-Sequenz anfing. Er stand unter Verdacht. Er hatte sich von seinem Rudel abgesetzt. Sein Vorgesetzter wies die anderen an, seine zuletzt gemeldete Position zu überprüfen.«

Edgar ging um die Bar herum und sah dabei von den Jungen zu Glass und wieder zurück. »Das wisst ihr doch noch, Jungs, oder?«

»Weiß nicht genau«, sagte Butch.

Glass saß da, die Hände auf den Knien, und sah sie an. »Unser Freund wähnte sich in Gefahr. Seiner Meinung nach könnte der andere Kapitän Edgars Code-Sequenzen mitbekommen haben. Sein Vorgesetzter gab Befehl zum Sammeln. Eines der anderen Boote, U-288, der Kapitän heißt Klaussen, gab an, neun Meilen von Henkels Position entfernt zu sein und direkten Kurs auf ihn zu halten. Da hatte unser Freund natürlich keine andere Wahl, als sich von der Operation zurückzuziehen.«

»Zurückziehen kann man das ja wohl nicht nennen!«, widersprach Victor. »Er hat dieses Schiff versenkt!«

»Als plötzlich dieses Handelsschiff auftauchte, während

schon ein Kamerad zu ihm unterwegs war, da hat unser Freund natürlich getan, was seine Pflicht war. Er hat auf das Schiff geschossen. Das andere U-Boot traf gerade rechtzeitig ein, um alles brühwarm ihrem Vorgesetzten mitteilen zu können. Damit war unser Freund wieder vom Haken.«

Irgendetwas stimmte da nicht. Victor stellte seinen Drink ab. »Sie meinen, er hat das Schiff bloß versenkt, weil er den anderen beweisen wollte, dass er nicht zum Feind überläuft?«

Roy Glass sagte: »Das ist richtig.«

»Aber er läuft doch zum Feind über? Heute Abend irgendwann?«

»Wenn du es so nennen willst«, sagte Glass.

»Das will mir nicht in den Kopf«, sagte Victor.

»Mir auch nicht«, sagte Butch. »Also wenn Sie mich fragen, dann sollten Sie besser noch mal ganz von vorne anfangen.«

Glass schlug mit der Hand auf den Tisch. Die Gläser machten einen Satz. »Ja, begreift ihr denn nicht, dass diese Männer unbedingt gefangen genommen werden müssen. Sie können sich nicht einfach ergeben.«

»Aber auf diesem Schiff sind Leute umgekommen«, sagte Victor. »Da kann man doch nicht einfach drüber hinweggehen.«

Madame glitt auf einen Barhocker, mit klirrenden Armreifen, glänzend und geschmeidig wie eine Schlange. »Edgar, ich glaube, der hier zeigt die ersten zarten Ansätze zur Denkfähigkeit«, sagte sie. »Kind. Es ist Krieg. Da sterben die Leute. Das lässt sich kaum vermeiden.«

»Diese Männer waren sich über das Risiko im Klaren, als sie auf dem Tanker angeheuert haben«, sagte Edgar. »Ich hab mir sagen lassen, dass sie sehr gut dafür bezahlt werden.«

Eine Großmutter, die wie eine Leinwanddiva aussieht. Ein Großvater, der einen Torpedo klein zu reden versucht. Die Welt ist voller erstaunlicher Wunder. Bis jetzt hatte Victor sich alte Leute wie Willie vorgestellt – zerknitterte, verschrumpelte Gestalten, die sich einen Fisch brieten und Fliegen aus der Küche scheuchten – oder wie Old Pop, von dem nicht einmal eine Erinnerung geblieben war, nur ein Käfig für bissige Hunde. Eine befremdliche Vorstellung, was aus ihm geworden wäre, wenn er statt seinen eigenen gottesfürchtigen, mit Schlägen nicht sparenden Eltern diesen Leuten geboren worden wäre, in einem luxuriösen Haus wie diesem Cottage. Wäre er dann jetzt so vollkommen und blond wie Diana oder immer noch derselbe unscheinbare Bursche, bloß besser angezogen?

»Nichts davon ist unser Fehler«, sagte Roy Glass. »Wir konnten unmöglich wissen, dass das Handelsschiff vorbeikommen würde. Nichts davon wäre passiert, wenn wir unseren ursprünglichen Plan hätten durchführen können.« Er lächelte kalt. »Du warst ein unvorhergesehenes Ereignis.«

»Kommen sie wieder?«, fragte Victor.

Roy Glass stand lange da, ohne etwas zu sagen. »Ich bin mir nicht sicher, ob wir das in deiner Gegenwart besprechen sollten.«

Victor sagte es ganz ruhig. »Dieses Ding ist in mich reingefahren.«

»Solltest du dich nicht langsam mal auf den Heimweg machen?«, sagte Madame. »Oder haben die Kinder von heute kein Zuhause mehr?«

»Nein«, sagte Victor. »Die wissen überhaupt nicht mehr, was das ist.«

Sie quittierte sein ungebührliches Benehmen mit einer hochgezogenen Braue. »Das hier ist ein Spiel für Erwachsene.«

»Ich spiele nicht.« Victor drückte die Schultern durch.

Madame stellte ihr Glas auf die Bar. »Es ist ja auch kein Spiel. Aber ich glaube, ich weiß, was mit dir los ist. Du hast zu viel Radio gehört. Das hat dir lauter Flausen in den Kopf gesetzt.«

Victor hielt ihrem Blick stand. »Wenn dieses Ding noch mal angefahren kommt, dann werde ich wieder da draußen sein. Ich kenne Ihren Plan in- und auswendig. Ich hab gesehen, was passiert ist. Wären Butch und ich nicht gewesen, dann wären noch viel mehr ertrunken da draußen.«

»Gib's ihr, Sandy.«

Edgar zuckte mit den Schultern. »Er hat Recht, meine Freunde. Diese Jungs sind mit dabei. Das lässt sich jetzt nicht mehr ändern.«

»Das ist ein heikler Moment«, sagte Glass. »Wir können keine weiteren Störungen gebrauchen.«

»Das nehme ich auf meine Kappe.« Edgar legte die Arme um seine Frau. »Tut ihr einfach nur, was ihr könnt, damit wir so etwas wie vergangene Nacht nicht noch mal erleben müssen. Wenn unser Freund sich zu keinem Entschluss durchringen kann, dann müssen wir vielleicht ein bisschen nachhelfen.«

»Was meinst du, Roy? Ich glaube, da hat mein Mann nicht ganz Unrecht.« Madame stand auf, streckte sich. »Ich würde mir lieber die Fingernägel abschneiden als zu diesem schrecklichen Tanz heute Abend zu gehen, aber diese armen Einfaltspinsel müssen eben gleich jedes Mal eine Party schmeißen, wenn auch nur die kleinste Berühmtheit kurz bei ihnen vorbeischaut.« Sie lachte. Für einen Moment wirkte sie so jung wie Diana. »Wobei sie es natürlich schlechter hätten treffen können als mit mir.«

»Es ist alles vorbereitet, Madame«, sagte Glass. »Alle gehen hin. Das ist Bestandteil der Tarnung. Sie dürfen auf keinen Fall vom Zeitplan abweichen. Wenn irgendetwas schief geht, dann waren Sie den ganzen Abend lang auf dem Tanz, bis Sie sich irgendwann auf Ihre Zimmer zurückgezogen haben. Wir kümmern uns um alles.« Seine Brillengläser vergrößerten seine hellblauen Augen. »Unser Freund wird gegen zwei Uhr dreißig in die Bucht einfahren, und unser Rendezvous ist um fünf.«

»Gut! Dann haben wir schön viel Zeit zum Tanzen«, sagte Madame.

Edgar lächelte. »Würde dir das gefallen, meine Liebe? Dem jungen Volk einmal zeigen, wie man Feste richtig feiert?«

»Diese … Burschen hier können wir wohl nicht mitnehmen, oder?«, schnurrte sie. »Guck doch nur, wie sie aussehen.«

Edgar klatschte in die Hände. »Natürlich können wir sie mitnehmen. Charles wird sich darum kümmern. Das ist doch eine wunderbare Idee.«

»Edgar, dein Stil gefällt mir immer wieder.« Sie küsste die Luft neben seiner Wange.

Der alte Mann strahlte. »Und ich dachte, du hättest mich alten Trottel bloß wegen meines Geldes geheiratet«, sagte er.

»Hab ich ja auch.« Madame tätschelte ihm die Hand. »Der Wert eines Menschen lässt sich an seinem Vermögen ablesen. Du bist der wertvollste Mensch, dem ich je begegnet bin. Und jetzt mach deiner armen Kleinen einen Drink. Es ist Zeit für ihren Schönheitsschlaf.«

»Meine Constance«, sagte Edgar und wiegte sie hin und her. »Was würde ich bloß machen ohne dich?«

»Und ich erst ohne dich«, sagte Madame. Nur Victor bemerkte den kalten, einstudierten Ausdruck in ihren Augen, als sie das sagte.

Roy Glass machte die Tür auf. »Bringen Sie die Jungen zu mir, wenn Sie mit ihnen fertig sind.«

Dann stand Charles auf der Schwelle. »Sir?«

»Charles, wir werden alle tanzen gehen. Nehmen Sie diese Jungen und richten Sie sie so her, dass sie vorzeigbar sind. Im Hotelladen. Der soll noch einmal aufmachen. Anschließend bringen Sie die Jungen zu Mr. Glass.«

Charles zog ein Gesicht, als hätte man ihn gebeten, hinter einem Hund sauber zu machen.

Madame verbarg ein ansehnliches Gähnen hinter einer Hand. »Na, dann mal los. Das bekommen Sie doch hin, oder? Und anschließend haben Sie für den Rest des Abends alle frei.«

»Selbstverständlich, Madame. Vielen Dank.« Charles verbeugte sich vor den Jungen. »Meine Herren. Wenn Sie mir bitte folgen würden.«

22

Die Klänge einer Big Band kamen über den Rasen geschwebt, durch die Virginia-Eichen, die geöffneten Balkontüren. Sie spielten nur ein Bruchstück einer Melodie – ein kurzes Geklimper auf dem Klavier, eine antwortende Phrase auf dem Saxophon, dann fielen die anderen Bläser mit ein. Darauf machte der Schlagzeuger *bitt! bopp! bitt! bopp!*, und die ganze Sache zerfiel in ihre Einzelteile. Gemurmel, Flüche, Nachstimmen, Bläser gaben einander Töne vor.

Victor stand auf dem Balkon und genoss die Nacht und die Musik und das gefällige Äußere, das er sah, wenn er an sich hinabschaute. Es war, als spielte die Band einzig deshalb auf, weil er noch nie so gut ausgesehen hatte. Die funkelnagelneuen Halbschuhe glänzten, die weißen Hosen hatten eine messerscharfe Bügelfalte. Ihm kribbelte der Hals unter dem weißen Kragen. Eine gestreifte Krawatte und ein blauer Blazer, ein richtiger Navyblazer mit goldenen Knöpfen.

Das also konnte man mit Geld machen. Man nehme einen schlaksigen Burschen vom Fluss, wasche ihn gründlich, putze ihn ordentlich raus mit Klamotten wie diesen, stelle ihn auf einen Hotelbalkon, und schon ist er jemand ganz anderes. Victor platzte vor Unternehmungslust. Er machte jetzt richtig was her, sah richtig gut aus oder jedenfalls nicht mehr so hässlich wie vorher.

Dieses Mädchen ... Diana. Sie hatte ihn schließlich auf so besondere Weise angesehen.

Was wohl sein Daddy sagen würde? Es wäre schon fast eine Art Rache, einfach bloß das Gesicht sehen zu können, das er machen würde. Er war ein armer Mann und stolz darauf. Er würde sich Victors Aufmachung einmal von oben bis unten ansehen und dann ausspucken. Er hatte immer vom Bootsdeck aus zum Hotel hinübergezeigt und gesagt, Jungs, so sehen Leute aus, die keine Ahnung davon haben, was ein Dollar wert ist.

Willie würde sagen, du bist ja rausgeputzt wie ein Märchenprinz. Was um Gottes willen meinst du eigentlich, wo du herkommst? Dreh dich mal, damit ich alles sehen kann. Hab mal einen Pfaffen gehört, der hat gesagt, die Anziehsachen hätte der Teufel erfunden, im Paradies hat's schließlich keine gegeben, bis die Schlange gekommen ist ...

Was würde Joseph sagen? Was machte er wohl gerade? Vor einem Berg Gemüse sitzen wahrscheinlich, die Kinder um sich geschart, und es richtig genießen, ein Held und wieder zu Hause zu sein. Einfach dass er da war, würde dem Haus schon etwas von der Düsterkeit nehmen, die Willie auf ihrer Durchreise hinterlassen haben musste.

Victor schlug mit der Faust gegen die Badezimmertür. »Komm schon. Die Band fängt an zu spielen.«

Kein Geräusch auf der anderen Seite.

Es war das Zimmer, in dem Victor nach der Kollision erwacht war: der geblümte Teppich, das Himmelbett mit dem drapierten Moskitonetz. Er sah das Zimmer schon allmählich als seins an. Glass hatte ihm den Schlüssel gegeben und war dann die Treppe am Ende des Flures hinaufgegangen.

Victor klopfte noch einmal. »Hey. Komm schon.«

»Verpiss dich!«, kam die gebrüllte Antwort.

»Was treibst du denn da drin?«

»Leck mich am Arsch.«

»Wenn du jetzt nicht rauskommst, geh ich ohne dich.« Victor musterte sich im Spiegel, als sähe er sich zum ersten Mal. Gute Sachen, klar, aber immer noch dieses hagere, blaugeschlagene Gesicht mit den schiefen Zähnen, immer noch diese Haare, die in alle Richtungen abstanden. Er spuckte sich in die Handflächen und versuchte sie zu bändigen.

Die Tür ging auf, und dann stand Butch vor ihm. Wenn Victor auch nur halb so lächerlich ausgesehen hätte, hätte er sich im nächstbesten Wandschrank versteckt. Der Hotelladen führte nur diesen einen Herrenbekleidungsstil, und an Butch sahen die Sachen merkwürdig unförmig aus. Die Hosen stießen auf die Schuhe auf, die Hemdknöpfe drohten von der Brust abgesprengt zu werden, das Jackett sah am Hals unmöglich aus. Er hatte die Krawatte zu einem Kreuzknoten gebunden und sich die Haare gekämmt, aber nun standen sie ihm buschig vom Kopf ab.

»Wenn du nur einen verdammten Ton sagst«, sagte er. Mehr nicht.

»Ich hab nichts gesagt.« Victor hielt sich das Kinn, um nicht laut loszuprusten.

»Ich seh wie der letzte Trottel aus«, sagte Butch.

»Stimmt doch gar nicht.«

»Also wenn *du* so aussiehst«, sagte Butch, »dann ich ja wohl auch. Ich geh da nicht runter.«

»Ach, und warum nicht?«

»Hör auf. Das kannste vergessen.«

»Sind bestimmt ein paar gut aussehende Mädels da unten«, sagte Victor. »Wer weiß?«

Butch schleuderte sein Jackett auf den Boden. »Die kannst du alle haben. Ich dachte, wir wollten uns dieses Ding schnappen.«

»Sie wollen uns ein bisschen im Auge behalten bis dahin, kapierst du das denn nicht? Bloß dass sie keine Ahnung haben, dass wir *sie* im Auge behalten. Ich will nicht bloß die Zeit totschlagen. Ich hab eine Idee. Glass bringt uns zum Tanz, richtig? Sobald alles richtig losgeht, kann ich rauflaufen und mich mal umsehen.«

Butch ließ sich in den Sessel fallen. Ein Hemdknopf sprang ab. »Wo denn umsehen?«

»Er hat ein Zimmer im nächsten Stock, gleich gegenüber.«

»Und wonach willst du dich umsehen?«

»Weiß ich nicht so genau.« Victor hob den Knopf auf und gab ihn Butch. »Aber ich finde was, jede Wette. Bloß musst du ihn mir so lange vom Hals halten. Bist du dabei?«

Zwei scharfe Klopftöne, und die Tür ging auf.

Roy Glass, in einer Smokingjacke aus dunkler Seide. »Seid ihr soweit?«

»Ich bleib hier«, sagte Butch.

Glass schmunzelte. »Nachdem Mr. Gilliam so nett war, euch ... neu einzukleiden? Schaut euch mal an! Ihr seht wie Menschen aus.«

»Ach, gehen Sie doch zum Teufel.« Butch sackte im Sessel zusammen, machte ein ersticktes Geräusch und zerrte an seinem Kragen.

»Er hat Schiss«, sagte Victor. »Er denkt, alle lachen ihn aus.«

»Ich hab bloß nix dafür übrig, mir erst so was Affiges anzuziehen und dann einer Horde Arschlöcher beim Tanzen zuzugucken«, sagte Butch.

»Sag ich ja.« Victor gab ihm das Jackett.

»Ich muss jetzt von euch beiden etwas wissen«, sagte Roy Glass. »Werdet ihr euch heute Abend an die Regeln halten? Wir wollen keine weiteren Überraschungen.«

»Liegt doch nicht an uns«, sagte Victor. »Erzählen Sie das Ihren Nazis da draußen.«

»Es ist alles vorbereitet. Ihr müsst euch darüber im Klaren sein, wie wichtig es ist, dass wir nicht einen einzigen falschen Schritt machen. Ihr seid hier in etwas hineingeraten, das ihr nicht ganz durchschaut. Es könnte ... gefährlich werden.« Sein kühles Lächeln ließ aus jedem Wort eine Drohung werden. »Ich möchte euch nur bitten, euch an meine Anweisungen zu halten.«

Victor sagte: »Auf zum Tanz.«

Butch hängte sich das Jackett über die Schulter. »Ich tanze nicht«, sagte er. »Ich komme mit, aber tanzen werd ich auf gar keinen Fall.«

»Haben wir uns verstanden?« Glass öffnete die Tür.

Victor ging an ihm vorbei. »Ich hab Sie verstanden, falls Sie das wissen wollen. Komm, Butch.«

»In meinen eigenen Klamotten hab ich aber besser ausgesehen«, murmelte Butch und schlurfte den Flur hinunter.

Victor wartete, während Glass abschloss. »Kommen Sie auch?«

»Du hast hoffentlich gehört, was ich gesagt habe.«

»Klar hab ich das.« Victor ging los. Er war stolz auf sich.

Er hatte Glass auflaufen lassen, hatte ihm nichts versprochen, nichts verraten. Er spazierte auf einem Seil hoch über der Wahrheit entlang. Aus irgendeinem Grunde wollten sie, dass er mitbekam, was heute Abend geschah. Der Mann im Sumpf hatte vielleicht etwas herausgekriegt. Und er war so tot, wie man nur sein konnte. Victor würde seinen Gleichgewichtssinn sehr gut gebrauchen können.

Ein Regenschauer hatte das Gras zum Glänzen gebracht und die Bäume zum Tropfen. Nebel hing in der Luft. Wolken verbargen die Sterne. Die Bucht war nichts als Schwärze und ein rhythmisches Klatschen am Ufer.

Der Ballsaal verband die Flügel des Hotels miteinander. Die Band spielte inzwischen eine richtige Nummer, und die Trompete zerschnitt mit ihren Tönen die Luft. Vor der Verdunklung hatte man die Tänzer in Nächten wie dieser vom Boot aus sehen können; wie exotische Fische waren sie hinter der gebogenen Glaswand hin und her geschwebt. Nun gab es keine anderen Lebenszeichen als die Musik und einen dicken Mann im Frack, der in einem schwach erleuchteten Vorraum stand. Als er die Tür öffnete, ergoss sich die Musik in die Nacht hinaus. Eine Stimme, eine Frauenstimme, im Duett mit einer Klarinette:

»Oh we're goin'
I don't know where we're goin' but we're goin'
Yes, we're goin'
The only thing I know izzz – we're goin'
Feel the rhythm runnin' to you
You know tonight's the night.«

Victor erhaschte einen Blick auf Männer in Uniform. Mädchen in Reifröcken huschten vorbei. Schwebende, glitzernde Lichter.

»Diese jungen Männer gehören zu mir, Wiggins«, sagte Glass.

»Selbstverständlich, Sir.« Der dicke Mann machte ihnen die Tür weit auf.

Der Saal schien keine Decke zu haben – sie war hoch oben, ein dunkles Violett mit winzigen gelben elektrischen Sternen, die in den bekannten Konstellationen blinkten. Dieser perfekte Himmel war über der Tanzfläche zu einer Kuppel ausgebildet, unter der die Paare dahinwirbelten.

»Himmel«, sagte Butch beim Hineingehen.

»Das ist schon was«, stimmte Victor ihm zu.

Ein roter Punktstrahler war auf eine große Spiegelkugel gerichtet, die Lichtflecken in alle Richtungen warf. Die Band verausgabte sich auf einer Bühne, die wie eine Muschel geformt war.

Roy Glass war auf ein Wort bei dem Türsteher geblieben.

Die Luft zischelte von Geplauder. Am anderen Ende des Saals war eine lange Bar, darüber – hinter lauter Flaschen – ein Spiegel, davor Menschengewimmel.

Die Knie der Musiker waren hinter gewölbten Holzmuscheln versteckt, auf denen die Buchstaben TF prangten. Zwei Trommler legten auf ihren Kesselpauken einen Dschungelrhythmus hin. Negerhände verschwammen über dem Xylophon. Victor steckte die Hände in die Taschen und saugte den ganzen Krawall in sich auf. Glass, die Gilliams, Diana und alles andere waren vergessen, da gab es nur noch diese enorme Woge der Musik, den reinen Klang, der von den Hörnern direkt in seine Ohren fuhr.

Der Bandleader, ein drahtiger Mann mit einem langen Taktstock und einem dünnen Schnurrbart, setzte seine Zeichen in die Luft und lächelte seine Sängerin ausdruckslos an.

Sie machte sich lang auf ihren hohen Absätzen, um bis

an das runde Mikrofon heranzureichen. Ihr Gesicht war zum Scheinwerfer emporgereckt, tintenschwarze Haare fielen in Wellen dramatisch über die eine Wange. Wie diese Welle, so war auch ihre Stimme, ausdrucksstark und schwungvoll, ein unangestrengtes, heiseres Vibrato. Und das von diesem rundlichen Persönchen in ihrem Glitzerkleid. Sie schnippte mit den Fingern und sang:

»There's a small hotel
By a wishing well
I wish we were there
Together.«

Eine Traube Menschen kam herein. Victor trat zur Seite. Die Mädchen schrien ah und oh, als sie in das verzauberte Licht traten; sie flüsterten und kicherten und blieben am Rand der Tanzfläche stehen. Fünf Männer, die ein bisschen älter als Victor waren, verkrümelten sich Richtung Bar.

Hinter ihnen kam Glass. »Klasse Band«, sagte Victor.

»Ich habe einiges vorzubereiten.« Glass berührte ihn am Ellenbogen. »Ihr bleibt besser so lange hier.«

»Aber gerne.« Victor lächelte. »Es ist toll hier.«

»Wo steckt Butch?«, sagte Glass.

Victor zeigte in das Gewimmel. »Da drüben. Mitten in der Eingewöhnung.« Butch lehnte an der Wand und starrte die enorme Fülle von Mädchen mit großen Augen an.

»Behalt ihn im Auge, bis die Gilliams kommen, ja?« Sein freundliches Schulterklopfen ließ Stahl erahnen. »Amüsier dich gut. Schwing das Tanzbein. Ich bin bald wieder zurück.« Er ging um die Bar herum und verschwand durch eine Schwingtür.

Der nächste Schwall Leute schob Victor weiter in den Saal.

Langsam verteilten sich die Tanzenden in Zweier- und Verergruppen auf die blau gedeckten Tische. Das nächste Stück war weniger schnell. Es wurde enger getanzt, wiegend. Das Licht wurde rötlich, gedämpft.

Victor wanderte durch die parfümierte Menge zur Bühne. Die Sängerin saß vorn auf einem kleinen weißen Hocker und rauchte eine Zigarette, während die Musiker die Melodie noch weiterlaufen ließen. Die Solotrompete schwang sich hoch hinauf und schloss den Song mit einer netten, ironischen Abwärtsfolge ab. Victor war der Erste, der zu klatschen begann.

Der Bandleader beugte sich zum Mikrofon. »Guten Abend, meine Damen und Herren, vielen Dank«, sagte er mit einer gewandten Stimme. »Vielen Dank, danke schön. Ich bin Tommy Fossey, und das sind die Bandits of the Beat!« Aufs Stichwort gaben sämtliche Musiker ein kurzes Heulen zum Besten, das wohl verbrecherisch klingen sollte. »Was für ein wunderwunderschöner Abend, und dann erst die vielen wunderschönen Damen hier ...«

Die Sängerin trat ihre Zigarette mit der Fußspitze aus, stand auf, strich sich den Rock glatt. Als sie lächelte, bildeten sich Grübchen auf ihren Wangen.

Tommy Fossey hob die Hand. »Aber wenn Sie meinen, die Mädchen hier wären süß, meine Herren, dann werfen Sie mal einen Blick auf die junge Dame, die wir extra für Sie aus ihrer Heimatstadt Sanderson, Texas, entführt haben! Unsere Räuberbraut, die Banditenkönigin, die Stimme, die stimmt! Applaus für Miss Dinah Anderson!«

Na, klar! Daher! Aus dem Radio!

Butch kam herüber, in jeder Hand ein Glas Bier.

»Das – das ist Dinah Anderson!«, rief Victor. »Sie ist berühmt! Ich hab sie im Radio gehört. Aber ich hab sie mir ganz anders vorgestellt.«

»Wie, ganz anders?«

»Sie hat sich irgendwie … blond angehört.«

Butch tippte ihn mit einem Glas am Ellenbogen. »Hier, greif zu. Sie hat jedenfalls ein süßes kleines Hinterteil.«

Der Bandleader kam in seiner Rede auf unsere GIs, die sich nicht unterkriegen ließen in ihrem Kampf für die Freiheit, der schließlich siegreich enden würde.

Auf der anderen Seite der Tanzfläche winkte jemand.

Edgar und Madame nahmen an einem großen runden Tisch gleich neben der Bühne Platz. Madame trug ein langes, weinrotes, perlenbesticktes Gewand mit passendem Turban. Edgar sah in seinem Frack prächtig aus. Die Leute drehten sich bewundernd nach ihnen um.

»Komm, Butch.« Victor schob sich durch das Gewühl.

»Hoh, hoh, Jungens!«, dröhnte Edgar. »Sind wir nicht ein paar Prachtkerle! Charles versteht sein Handwerk, das muss ich sagen.«

Victor setzte sich auf den Stuhl, den Edgar ihm hielt. »Danke für die Sachen. Es ist toll hier.«

Butch setzte sich ebenfalls. »Ich hab noch nie so viele angemalte Mädchen auf einem Haufen gesehen.«

»Hab ich's dir nicht gesagt?«, sagte Victor.

Madame saß mit hoch erhobenem Haupt da, die Augen auf die Bühne gerichtet, und quittierte das Geflüster um sie herum mit einem leichten, abwesenden Lächeln. Sie klopfte mit den Fingernägeln gegen ihre Zigarettenspitze.

Tommy Fossey stürzte sich in eine stampfende Version der »Beer Barrel Polka«.

Ein Ober erschien. »Oh, guten Abend, Madame!« Er machte eine Verbeugung und küsste ihr die Hand. »Abend, Sir. Wir sind sehr erfreut, Sie bei uns zu haben!«

»O nein«, sagte Madame. »Wir sind es, die sich geehrt fühlen.«

Der Ober sah geschmeichelt und beeindruckt aus. »Ich sehe mich gleich mal nach Mr. Reginald um«, sagte er.

»Bringen Sie uns dabei doch gleich noch etwas zu trinken, mein Guter«, sagte Edgar. »Einen Rye für mich. Pur. Madame bekommt dasselbe wie immer. Jungs? Womit darf ich euch diesmal bestechen?«

»Ich nehm ein Bier«, sagte Butch. Er schien ganz in den Anblick von Miss Dinah Andersons wohlgeformten Beinen versunken.

»Für mich nichts, danke«, sagte Victor. »Wo ist Diana? Kommt sie nicht?« Das brachte ihm Madames Aufmerksamkeit ein. Sie lächelte und steckte sich den Daumennagel hinter einen Vorderzahn. »Nun sieh sich einer den schmucken jungen Mann hier mal an. Du machst ja schon richtig etwas her, nicht wahr?«

Victor wand sich. »Davon versteh ich nichts.«

»Edgar, sieh sie dir mal an. Machen sie nicht richtig etwas her?«

»Das tun sie wirklich.« Der alte Mann hob den Blick. »Da kommt sie ja, unsere schöne Blume.«

Und sie war wirklich schön, wie sie so durch die Menge geschritten kam: die Sonnenbräune noch betont durch das Kleid aus weißem Satin. »Ist das nicht großartig?«, sagte sie und sah sich mit einem zaghaften Lächeln im Saal um. »Ein Dienstagabend und festlich wie nur irgendwas. Man merkt überhaupt nichts vom Krieg. Hallo, Großmutter. Das ist alles für dich!« Sie beugte sich vor und gab ihr einen Kuss auf die Wange.

»Hallo, mein Schatz. Du bist wunderschön. Wo ist Bill?«

Dianas Lächeln verschwand. Sie sank in einen Stuhl. »Er ist zurückbeordert worden«, sagte sie. »Seine Einheit wird nach New Jersey verlegt. Was soll er denn da bloß? Schrecklich.« Sie zog einen Flunsch.

»Du meinst, er ist schon weg?« Madame tat eine Zigarette in ihre Spitze. Der Ober erschien mit einem Feuerzeug und den Drinks.

»Heute Nachmittag. Er hat mir einen Brief dagelassen. Ist das zu fassen?«

»Mein liebes Kind«, sagte Edgar. »Uncle Sam befindet sich mitten in einem Krieg. Da kann er keine Rücksicht auf junge Liebespaare nehmen.«

Diana stützte ihr Kinn auf die Hand. »Ich find's jedenfalls absolut schrecklich! Er ist noch keine Woche hier gewesen.«

»Das spielt für sie keine Rolle, mein Schatz«, sagte Madame. »So sind Männer nun mal. Müssen ständig los und Soldat spielen oder sonst irgendwas. Sei nicht traurig. Der kommt wieder.«

»Ich bin nicht traurig, Großmutter. Wenn er abhauen und mich hier in diesem schrecklichen Hotel sitzen lassen will, meinetwegen.« Sie starrte die Band so finster an, als ob sie wollte, dass sie leise spielten.

»You're not handsome it's true
But when I look at you
I just – oh, Johnny, oh, Johnny, oh!«

Edgar sah mit einem kryptischen Lächeln zu den Tanzenden hinüber.

Diana hatte sich Butch und Victor direkt gegenüber gesetzt, aber sie bemerkte sie erst jetzt. »Was gibt's denn hier zu gucken?«

»Dich nicht«, sagte Butch. »Ich mag Mädchen, die ein bisschen mehr auf den Rippen haben, so wie die da.« Er zeigte zu der Sängerin hinauf, die ihn schon ein paarmal mit einem kleinen Augenzwinkern beehrt hatte.

Victor gefiel das Funkeln in Dianas Augen. *Die hat Feuer,*

sagte er sich, *an der kann man sich ordentlich die Finger verbrennen.*

Dann war sie nicht mehr empört, sondern amüsiert. »Ihr seht aus wie zwei Lausbuben, die in die Kirche müssen. Guck sich bloß einer diese Sachen an! Großmutter!«

»Ich weiß«, sagte Madame. »*Très misérable,* nicht wahr?«

Butch leerte sein Glas und hob den Finger, wie Edgar es getan hatte. Der Ober erschien neben ihm. »Noch eins für den jungen Herrn? Und die Damen auch etwas?«

Diana sagte: »Ja. Bringen Sie mir etwas Starkes. Einen Wodka.«

»Wir wollen uns nicht betrinken, Diana«, sagte Madame.

»Bringen Sie mir einen Wodka mit Tonic«, verbesserte sich das Mädchen. »Ein großes Glas.«

»Diana ...«

»Na los, machen Sie schon«, sagte Diana zu dem Ober. »Großmutter, ich könnte schreien und um mich schlagen und euch eine Szene hinlegen, die sich gewaschen hat, aber ich will es lieber auf die erwachsene Art angehen und einfach nur etwas trinken.«

Die Musik hörte auf. Ein Trommelwirbel, eine kleine Fanfare mit der Trompete, und das Scheinwerferlicht richtete sich auf den schmalen jungen Mann, der neben den Bandleader getreten war und ebenso glänzte wie sein gewichster Schnurrbart. »Meine Damen und Herren«, quäkte er, »eine wichtige Ankündigung, bitte. Wie Sie alle wissen, ist dies nicht der übliche Dienstagabendtanz hier im Hotel, und das verdanken wir einer Dame, einer ganz bestimmten Dame, die heute Abend unter uns weilt. Als unser Ehrengast.«

Victor sah die leichte Anspannung in Madames Gesicht, das Heben ihrer Schultern. Sie legte die Hände aufeinander und starrte irgendwohin, als redete er gerade von Kriegsanleihen oder so.

»Was für eine Ehre. Was für eine große Ehre ist es jedes Mal für die Hotelleitung, wenn sie uns mit ihrer Gegenwart beehrt.« Er las von einem Blatt in seiner Hand ab. »Nach viel gerühmten Auftritten am Broadway, in London und auf anderen großen Bühnen der Welt ist sie eine lebende Legende der Theaterwelt. Sie hat vor den gekrönten Häuptern Europas die Lady Macbeth gegeben und ist von niemand Geringerem als Sarah Bernhardt und dem großen Caruso gepriesen worden. Heute kennt man sie für ihren Patriotismus und ihre bereitwillige Unterstützung der Wohltätigkeitseinrichtungen der USO und des Roten Kreuzes. Meine Damen und Herren, Applaus für unseren berühmten Ehrengast, Madame Constance Belair.« Er begann zu klatschen, das Blatt zwischen den Fingern.

Scheinwerferlicht überflutete ihren Tisch. Höflicher Applaus. Madame erhob sich lächelnd, warf eine Kusshand in den Saal. »Vielen Dank, danke schön«, sagte sie. »Vielen Dank Ihnen allen.« Sie setzte sich genau im richtigen Moment wieder hin, bemerkte Victor, bevor die Scheinwerfer weiterwanderten.

»War das nicht nett?«, sagte Edgar.

»Sehr nett«, sagte sie, immer noch lächelnd.

Der junge Mann kam an den Tisch gestürzt. »Guten Abend, Madame, ich bin Reginald Peavey, Sie erinnern sich, am Telefon, o du meine Güte, es ist ja *so* aufregend, Sie heute Abend hier bei uns zu haben, was für eine Ehre, ich hab Sie einmal im Saenger Theatre in New Orleans gesehen, es war – naja, was soll ich sagen? – es war wunderbar, und als ich hörte, Sie seien hier bei uns im Semmes Cottage, da sagte ich mir, Reginald, sagte ich mir, du musst etwas unternehmen!«

»Vielen Dank, mein Lieber«, schnurrte Madame und ergriff seine Hand. »Aber selbstverständlich erinnere ich mich. Wer könnte das vergessen? Das ist wirklich sehr reizend von Ihnen, das alles, das Orchester, Ihre kleine Rede – wirklich ganz, ganz reizend.«

Butch beugte sich zu Victor hinüber: »Ich fang gleich an zu kotzen.«

Reginald Peavey flatterte noch eine Weile aufgeregt um Madame herum. Nachdem er wieder gegangen war, wandte sie sich an Edgar. »Erinnere mich daran, nächsten Sommer einen großen Bogen um diese Gegend zu machen.«

»Ach, nun sei doch nicht so ungnädig, meine Liebe«, sagte Edgar und nippte an seinem Whiskey. »Du bist eine Berühmtheit. Es gehört sich einfach, so einen Wirbel um dich zu machen.« Er hielt ein Streichholz an seine dicke Zigarre. »Außerdem. Wie er gesagt hat. Ich glaube, es hat noch keinem geschadet, einer wahren Patriotin seinen Respekt zu zollen. Ich trinke auf dich. Auf meine schöne patriotische Gemahlin.« Er hob sein Glas. »Na, worauf wartet ihr noch? Ich habe einen Toast ausgesprochen.«

»Vielen Dank, Edgar«, sagte Madame. Sie zog die Augen zu Schlitzen zusammen.

»Auf die USO und das Rote Kreuz und Betsy Ross und Martha Washington«, sagte Edgar, das Glas immer noch in die Höhe gereckt. »Und auf meine Gemahlin, Madame Constance Belair.«

»Gut, Edgar, das reicht.« Ihr Lächeln war knapp. »Haben wir vielleicht genug getrunken für einen Abend?«

»Vielleicht noch nicht einmal ansatzweise genug.« Edgars Augen glitzerten wie damals, als er Victor von den Deutschen und dem U-Boot und dem Plan erzählt hatte. »Mir hat vor allem gefallen, wie er immer wieder auf das Wörtchen Ehre zurückgekommen ist«, sagte er. »Sag, hast du da nicht vielleicht irgendetwas vergessen, meine Liebe?«

Sie griff in ihre Abendhandtasche und begutachtete ihr Gesicht in einem Taschenspiegel. »Sieht mir alles richtig aus, Edgar.« Sie stand auf. »Wollen wir nicht langsam mal tanzen?«

Der alte Mann starrte sie an, ohne sich zu rühren.

»Ja, was? Willst du mich hier dumm rumstehen lassen?«

»*Groß*vater«, sagte Diana.

Edgar schob seinen Stuhl zurück. »Nein, natürlich nicht, meine Liebe. Mit Vergnügen.« Er nahm ihre Hand und führte sie auf die Tanzfläche. Gerade wurde der »Tennessee Waltz« gespielt, eine sehr langsame Version.

Victor richtete sich die Krawatte und hüstelte. Diana bemerkte es nicht. Er hüstelte lauter.

Sie sah ihn an. »Irgendwas in den falschen Hals gekriegt?«

»Nein, mir geht's gut«, sagte er. »Ich hab mich bloß gefragt. Naja. Ich meine – ob du vielleicht tanzen möchtest.«

Diana spitzte die Lippen. »Warum sollte ich?«

»Naja«, sagte Victor. »Heute Nachmittag hast du gesagt ...« Er sah Butch Hilfe suchend an, aber der war völlig mit Dinah Anderson beschäftigt. »Ich weiß nicht. Ich kann nicht tanzen. Ich hab gedacht, du könntest es mir vielleicht beibringen heute Abend.«

»Meinst du nicht, du bist ein bisschen jung für mich?«

»Nein«, sagte Victor. »Wie alt bist du denn?«

»Fast zwanzig.« Diana spielte mit ihrem Glas. »Ach, warum nicht? Keiner will sich mehr amüsieren. Hier interessiert sich wenigstens einer dafür, was ich möchte.« Sie stand auf. »Dann mal los.«

Mit einem Missklang setzte die Musik aus. Alle Gespräche verstummten. Alle Scheinwerfer richteten sich auf Victor.

Während er Diana auf die Tanzfläche folgte, bekam er

von Madame einen zustimmenden Blick zugeworfen, in den sich eine Warnung mischte.

In einer Million Tagträumen hätte er sich nicht ausgemalt, mit diesem wunderschönen Mädchen in einem Ballsaal zu den tosenden Klängen einer Big Band zu tanzen, aber genau das tat er jetzt. »Die Hand legst du hier hin«, sagte sie, »und mit der hältst du meine. So, das wär's. Jetzt achte einfach auf meine Füße.«

Die Schritte waren einfach, der Takt nicht zu schnell, und bevor das erste Stück zu Ende war, hatten Victors Beine sich gelockert und er glitt schon richtig mit ihr über die Tanzfläche. Er hätte am liebsten ein Foto davon gehabt! »Gar nicht so schlecht«, sagte sie. »Hast du das schon mal gemacht?«

»Oh, äh, nein.« Victor wich ihren Zehenspitzen aus.

»Eigentlich tanzt man ein bisschen enger.«

Aufgeregt legte er ihr die Hand auf den warmen Rücken. Näher als jetzt war Victor noch keinem Mädchen je gewesen, und er konnte nur staunen über die Weichheit, den glatten Satin, den Schweiß in seinen Handflächen, den Geruch von Puder und einen Hauch Parfüm. Ganz langsam nur hatte er sich an diesen Moment herangewagt, und jetzt, jetzt schwebte er hier mit ihr dahin. Am liebsten hätte er diese Erinnerung in jeder Körperzelle bewahrt, um dieses Kribbeln bis ans Ende seines Lebens immer wieder aufs Neue spüren zu können.

»Ich finde, du siehst ziemlich süß aus, wenn du was Vernünftiges anhast«, sagte sie, ihre Stimme nur ein Hauch an seinem Ohr. »Nein, pass auf. Eins und – zwei.«

»So?«

»Mmhmm … Du arbeitest irgendwas für Großvater, soweit ich weiß. Er hat gesagt, er vertraut dir. Ist er nicht komisch heute Abend? Er steht irgendwie neben sich. Einfach schrecklich, wie er sich Großmutter gegenüber gerade benommen hat.«

»Ich schätze, er hat einfach bloß viel um die Ohren«, sagte Victor und versuchte, mit den Füßen im Rhythmus zu bleiben.

»Weiß ich ja. Ihr Projekt. Sie sind den ganzen Tag damit beschäftigt. Bis zu diesem Ferngespräch hat er gute Laune gehabt, aber seitdem meckert er nur noch rum. Er sollte ihr wirklich nicht ihren großen Abend verderben. Sobald dieses Lied vorbei ist, werd ich was sagen.«

»Dann weißt du, was hier läuft? Dieses – Projekt? Du weißt darüber Bescheid?«

Die Frage schien sie nicht zu stören. »Ein bisschen«, sagte sie. »Sie sind ständig in irgendwelche Intrigen oder so verwickelt. Das gefällt ihnen. Es hält sie jung. Sieh nur. Sehen sie nicht toll aus?«

Victor konnte nur zustimmen. Die Gilliams hätten ebenso gut ein Tanzpaar in einem Film sein können, sie bewegten sich mit sicherer Eleganz, jeder Schritt spontan, aber irgendwie vorherbestimmt. Und doch war da eine einstudierte Distanz zwischen ihnen, als spulten zwei alte Partner eine Routine ab.

Jemand tippte Victor auf die Schulter: ein muskulöser Mann in voller Uniform, der »Darf ich?« sagte und mit Diana davontanzte, ohne auf eine Antwort zu warten.

Victor blinzelte. Seine Füße fühlten sich locker und leicht an. Er war wie verzaubert gewesen von ihrer Berührung, den flimmernden Lichtpunkten und der Musik, und nun war der Zauber gebrochen. Was war los mit ihm?

Jetzt war es soweit. Diana in den Händen der Army, Edgar und Madame mitten in ihrer Vorführung, Glass irgendwo mit irgendwelchen Details beschäftigt. Selbst Butch war beschäftigt, mit Miss Dinah Anderson. Victor zögerte nicht. Er ging am Barmann vorbei, hinter die Bar, durch die Tür.

Die Küche: Dampfschwaden, zwei Neger, die von ihren schmiedeeisernen Töpfen aufsahen. Victor nickte und ging weiter. Er kam durch einen dunklen Speisesaal, in dem sich drei ältliche Paare über ihre Teller beugten. Sie hielten ihn für einen Ober und versuchten, seine Aufmerksamkeit zu erlangen. Der Maître sah nicht auf, als er vorbeiging, einen langen Flur entlang und in die Nacht hinaus.

Nebel trieb über den Rasen. Victor huschte mitten hindurch. Oben an der Treppe war Licht.

Die Tür quietschte. Vorsichtig setzte er die Füße auf, um so wenig Geräusche wie möglich zu machen, und an jedem Treppenabsatz blieb er stehen und lauschte.

Als er den zweiten Stock erreicht hatte, hob er einen Tontopf mit Ringelblumen hoch, lehnte sich aus dem Fenster und warf ihn auf den Gehweg. Es gab einen ordentlichen Knall.

Oben ging eine Tür auf. Schnelle Schritte.

Victor schlüpfte in einen Alkoven, zog die Tür so dicht an sich heran, wie es ging. Hoffentlich war er dünn genug. Die Schritte liefen an ihm vorbei und die Treppe hinunter. Die Tür quietschte und fiel mit einem Schlag zu.

Los jetzt. Schnell. Er ist gleich wieder da.

Um die Tür am letzten Absatz herum war Licht zu sehen. Glass hatte sie in seiner Eile nicht einmal richtig zugemacht. Victor nahm drei Stufen auf einmal. Die Tür öffnete sich in ein großes Zimmer. Dachschrägen, nackter Holzfußboden, ein ramponierter Schreibtisch, Metallbett, Telefon, Waschtisch und ein Riesenstapel *Life*-Magazine.

Die breite Schublade unter der Schreibplatte war verschlossen, die anderen Schubladen waren leer. An einer Stange in der Ecke hingen dunkle Kleidungsstücke. In dem brummenden elektrischen Kühlschrank fand Victor eine Flasche Milch und eine vergammelte Tomate.

Mehr deutete nicht darauf hin, dass hier jemand wohnte.

Das einzig Interessante war der schmale, bogenförmige Durchgang, vor dem ein brauner Vorhang hing.

Victor schob ihn zur Seite.

Was er sah, ließ ihm das Blut gefrieren.

Eine zugedeckte Lampe warf ihr schwaches Licht auf eine Funkausrüstung, die wesentlich komplizierter war als die Anlage auf der *Constance.* Auf einem langen Eichentisch standen sieben schwarze, zischende Kästen mit Drehknöpfen und Anzeigen und Schaltern und einem Gewirr von Kabeln, das aussah wie ein Schlangennest. Röhren glühten matt orange. Auf einem großen runden Lautsprecher standen zwei Telefone, gleich neben einem Handmikrofon und einem Taster zum Telegrafieren. In einem Aschenbecher ein Berg von Kippen.

Und dann stand da ganz offen eine Maschine, die für irgendeine besondere Schandtat erfunden worden sein musste. Sie erinnerte an eine Schreibmaschine, nur befand sich oben ein Holzdeckel mit einem Scharnier an der hinteren Kante, und die Tastatur bestand gleich aus drei Alphabetsätzen – ein Gewimmel von hervorstakenden Metalltasten.

An der Vorderseite war eine Klappe, auf der außen ENIGMA stand und innen irgendetwas anderes. Auf einem Metallschild im Deckel stand noch eine Menge mehr, unter einer fetten Überschrift mit gleich drei Ausrufezeichen.

Irgendeine Kodiermaschine. Was sonst? Victor kannte sich aus mit Codes, er hatte schließlich *Das große Handbuch der Geheimdetektive* gelesen, das begehrteste Buch in der ganzen Schulbibliothek, aber diese gewaltige Auflistung von Zahlen- und Buchstabenpaaren im Deckel war noch einmal etwas ganz anderes.

Warum sollte ein FBI-Agent eine deutsche Kodiermaschine bei sich herumstehen haben?

Victor nahm sich den Beistelltisch vor, den Riesenstapel Aktendeckel. Sie enthielten lauter Schwarzweißfotos, Dutzende und Aberdutzende. Er überflog sie: Schiffe, Fabriken, Zäune, Mauern, eine Großstadtstraße, ein undeutliches Gesicht. Der Hafen von Mobile. Ein verwundeter Soldat in einem Krankenhausbett. Der silberne Rumpf eines Flugzeugs, das Heck des Flugzeugträgers, die Virginia-Eichen in den Bellingrath Gardens.

Vielleicht war das FBI irgendwie an diese Maschine herangekommen, und Glass benutzte sie, um die Nazis damit hereinzulegen.

Aber warum dann diese ganzen Fotos?

Und warum waren dann im untersten Aktendeckel sechs verschiedene Porträts von Roy Glass, alle anscheinend ohne sein Wissen aufgenommen? Hier stieg er gerade aus einem Auto, dort kam er aus einem Friseurladen, da stand er mit einer Frau auf dem Gehweg …

Irgendetwas stimmte nicht mit ihm. Victor sah ihn sich genauer an. Der Mann auf den Fotos hatte die gleiche Drahtbrille auf und die gleichen akkurat gekämmten blonden Haare, aber er war nicht Roy Glass. Es war jemand, der Roy Glass bloß verdammt ähnlich sah.

Victor kannte den Mann. Er hatte ihn nur einmal gesehen, aus der Ferne – mit gesenktem Kopf im Garten, abgewiesen, unmittelbar nachdem Willie ihn von ihrer Veranda hinuntergescheucht hatte –, aber das war er, der erste Coast Marshall. Der Mann, der als Erster versucht hatte, Willie zum Verdunkeln ihrer Fenster zu kriegen.

Die Ähnlichkeit war verblüffend, als hätte Glass sich diese Bilder immer wieder angesehen und sich jedes Mal mehr in diesen Mann verwandelt.

Gesichter. Das von Roy Glass. Das von dem Mann auf den Fotos. Das von dem Toten im Sumpf. Blau gesprenkelt, zerdrückte goldene Drahtbrille.

Glass war nicht der Coast Marshall. Das hatte er selbst gesagt. Aber er hatte den Platz des Coast Marshalls übernommen, und sogar sein Aussehen.

Vielleicht war er auch kein FBI-Agent.

Leise atmosphärische Störungen und weit weg das elektrische Knacken einer gemorsten Nachricht. Victor berührte eine Taste.

Er brauchte Beweise.

Er schloss den Deckel, ließ die Schließen zuschnappen, griff sich zwei Aktendeckel mit Fotografien und machte, dass er hinter dem Vorhang hervorkam. Glass musste langsam schon wieder auf dem Weg nach oben sein. Was war in der abgeschlossenen Schublade? Musste etwas Wichtiges sein, so sorglos, wie er ansonsten war – Diamanten, Geld vielleicht oder Goldbarren. Victor schob ein Lineal aus Metall in den Spalt. Das billige Schloss gab beim ersten Ruck nach.

Er fand eine Kamera, die so groß war wie sein Handteller, einen schwarzledernen Aktendeckel und einen Satz Spielkarten. Er holte alles heraus und knallte die Schublade zu. Zeit zum Abhauen. Denk dran, was das letzte Mal passiert ist, als du zu lange gewartet hast …

Jetzt hatte er seine Beweise. Jetzt musste er nur noch herausfinden, was genau sie bewiesen, und dann glaubte ihm vielleicht jemand Wichtigerer als bloß Butch.

Die Maschine am Griff tragend, alles andere unter den Arm geklemmt, schlüpfte Victor aus dem Zimmer. Er ließ die Tür so, wie er sie vorgefunden hatte, angelehnt. Rasch ging er die Stufen hinunter. Wo konnte er diese Sachen verstecken? Zuerst dachte er an einen Baum, an eine schöne Astgabel oben in einer hohen Eiche, aber dann konnte alles beim nächsten ordentlichen Windstoß herunterfallen. Er schlich über den Rasen. Die Maschine war schwerer, als sie aussah. Unter dieser Schubkarre. Nein. In einer Abwasserröhre. Auf einem Boot – aber das fuhr womöglich davon.

Eine gute, sichere, wettergeschützte Stelle. Geheimnisvolle Mächte waren überall am Werk, nicht nur da draußen unter den Wellen.

Ihm fiel ein silberner, rundlicher Bus am hinteren Ende des Ballsaals auf, der neben einer unbeleuchteten Tür geparkt war. Auf einem Stoffband an der Seite des Busses stand BANDITS OF THE BEAT. Silberne Trompeten lugten hinter dem Bühneneingang hervor. Victor öffnete die Tür. Die ganze schmale, steile Treppe hinab standen Instrumente übereinander gestapelt, es sah aus wie die Glenn-Miller-Version eines Sturzbaches. Rechts führten weitere Stufen nach unten, dort schien es nicht weiter zu gehen. Victor ging nach unten. Unter der Treppe versteckt stieß er auf eine kleine, halbhohe Tür, die in einen Hohlraum unter der Bühne führte.

Auf Händen und Knien schob er die Maschine durch ein Gewirr von Rohren und Balken, bis er direkt unter Tommy Fossey und seinem Orchester war. Die laute Musik übertönte jedes seiner Geräusche. Sägemehl rieselte herab, wo der Schlagzeuger sein Pedal für die Basstrommel stehen hatte. Durch das Holzgitter vorn unter der Bühne waren, von den Knien abwärts, die Tanzenden zu sehen, wirbelnde Hosenbeine, glänzende Fesseln.

Er quetschte die Maschine hinter eine enge Pfostenreihe, wo sie nie jemand finden würde.

Durch das Gitter fielen Lichtstrahlen. Er öffnete den Lederordner. Die ersten drei Seiten waren aus einem Funkprotokollheft ausgerissen: Daten, Uhrzeiten, Zahlen, FREQ und HZ und KHZ und Codenamen wie WALTER und DAVID und VATER. Hingekritzelte Halbsätze gaben die Gesprächsinhalte wieder: »Will 7842 ggfs. bestätigen« und »Umlaufziel reduzieren, Antw: MALCOLM« und »Ladung? Sonstige Umstände? Nicht fortsetzen«. Die letzte Nachricht lautete »KATALOG genehmigt«.

Als Nächstes kamen Fahrpläne der Mobile & Ohio-Bahn und Zeitungsausschnitte aus dem *Mobile Register*, zum einen aus der Rubrik »Einlaufende und auslaufende Schiffe«, zum anderen aus dem Stellenmarkt. Die Angebote für Werftarbeiter waren rot eingekreist.

Dann eine Karte, mit schwarzer Tinte auf ein Stück Durchschlagpapier gezeichnet. Der Maßstab war falsch, aber die Umrisse der Bay waren unverkennbar. Eine gepunktete Linie führte durch den Grants Pass direkt zu einem kunstvoll gemalten Kreuz im tiefen Wasser westlich einer Reihe von Schnörkeln. Die mussten für Willies Insel, die Weeks Bay, den Fluss stehen. In einer Biegung des Flusses ein zweites Kreuz, eingerahmt – genau da, wo der Noltie Creek abging. Ein drittes Kreuz an der Stelle, wo das Hotel liegen musste, und ein Dreieck für den mittleren Leuchtturm. Das alles mit gepunkteten Linien verbunden. Es musste sich um den Plan für das Treffen heute Nacht handeln.

Das Orchester kam mit einem Tusch zum Ende und erhielt stürmischen Applaus von der Tanzfläche.

Die folgenden Seiten überflog Victor nur. Unleserliche Notizen, noch dazu auf Deutsch. Es hätte ebenso gut Chinesisch sein können. Die letzte Seite war wieder auf Englisch – die Maschinenabschrift eines Telegramms.

> MITTEILUNG/VERTRAULICH/[ein deutsches Wort] MUTTER und VATER haben divergierende Ziele, die Trennung durch LO erforderlich machen. MUTTER absolut zuverlässig. VATER ist isoliert worden und als unzuverlässig einzustufen. Vgl. Nachricht ARABELLA bzgl. Nachforschungen in ihrem ZB. Antw: positiv, erfolglose Ablenkung derselben. Urheber unbekannt, vermutlich VATER. Isolierung daher aufrecht zu erhalten. Schule hat angefangen. Alles geht seinen Weg. Fünf erfolgreich in Mannschaft L eingeschleust. Drei stehen noch aus. Weiterer Nachrichtenaustausch notw. Schlage vor, alle weiteren Bewegungen vorl. auszusetzen. Probleme mit EINS dringend zu besprechen. Hinsichtlich des übergeordneten Interesses an KATALOG-Weiterführung wird Ausschaltung der Störungen vor Ort vorangetrieben. RAYMOND

Es ergab nicht viel Sinn, solange man nicht wusste, wer wer war, aber es schmeckte nach finsterer, undurchsichtiger Verschwörung.

RAYMOND musste Glass sein.

MUTTER und VATER konnten Madame und Edgar sein. In diesem Falle war Edgar »nicht vertrauenswürdig«.

Falls Butch und er die »Störungen vor Ort« waren, dann steckten sie noch viel tiefer in der Scheiße, als sie gedacht hatten. Je nachdem, wie es mit KATALOG voranging.

Der übelste Teil war der verständlichste: »Schule hat angefangen. Alles geht seinen Weg.« Das klang nach einem Plan mit einer Geschichte und einer ernst zu nehmenden Zukunft.

Victor tat die Papiere in den Ordner zurück und steckte ihn in die schmale Lücke hinter der Maschine. Die verstärkte Stimme des Bandleaders ließ die Bühne vibrieren: »Vielen Dank, danke schön ... da dreht sie sich im Kreis, die schöne Frau, und wo sie landet, weiß niemand so genau!«

Die Hälfte der Spielkarten in der Schachtel waren überhaupt keine Spielkarten, sondern dicke, kartengroße Zellophanstücke. Victor zog eines heraus. Schwarze Punktreihen bildeten ein Muster darauf, an der einen Kante lief eine winzige Zahlenkolonne entlang.

Roy Glass war ein Spion. Das stand für Victor jetzt zweifelsfrei fest, und im Sog dieser Erkenntnis fiel ihm Glass oben auf dem Leuchtturm wieder ein, wie er Licht- und Hornsignale in den Nebel gegeben hatte. Seine überzeugende Verblüffung am nächsten Morgen, als Victor ihm beschrieben hatte, mit was er zusammengestoßen war. Sein geschickter Auftritt heute Abend. Seine meisterhaften Lügen im Bungalow der Gilliams.

Untrügliche Zeichen, und nur Victor hatte sie alle gesehen. Wer wusste noch darüber Bescheid, was wirklich lief? Edgar? Madame? Diana, die ihm ins Ohr geflüstert hatte, sie wisse mehr, als sie erzähle? Mischten sie alle kräftig mit?

Er musste es herausfinden. Musste sich dumm stellen, bei allem schön mitmachen und es herausfinden.

Er kroch rückwärts durch das Rohrdickicht und schrammte sich dabei ein paarmal den Kopf an der Bühne. Dann zwängte er sich durch die Öffnung hinaus. Die Knie seiner Hosen waren jetzt natürlich schwarz. Er war versucht, rasch noch hochzulaufen und sich die Band kurz vom Bühnenraum aus anzusehen, aber wenn er es wieder zurück zum Tanz schaffte, bevor jemandem seine Abwesenheit auffiel, dann hatte er seine Mission beendet und das oberste Gesetz der Geheimdetektive befolgt: sich niemals erwischen lassen.

Er schlich sich so wieder hinein, wie er hinausgegangen war, durch die Küche und an der Bar vorbei. Die Musik war jetzt schneller und heißer, eine sehr aufgedrehte Version von »Tuxedo Junction«. Dinah Anderson war nirgendwo zu sehen. Die Jungs tanzten Jitterbug, und die Mädchen ließen sie. Victor schob sich durch die Menge. Massen von Mädchen, und alle lächelten sie aufgekratzt. Er warf einen Blick auf die Vorderseite der Bühne, um sicherzugehen, dass man nicht durch das Gitterwerk sehen konnte.

Diana saß allein am Tisch der Gilliams, einen Drink in der Hand.

»Wo sind sie denn alle hin«, sagte Victor, »doch nicht etwa schon ins Bett?«

»Besser wär's«, sagte Diana. »Was ist denn mit dir passiert? Du bist auf dem Boden rumgekrochen. Na, sehr schön. Den großen Auftritt hast du dabei jedenfalls verpasst.« Ihre Augen waren feucht; ob vom Wodka oder von Tränen, vermochte Victor nicht zu sagen.

»Erzähl mir, was passiert ist«, sagte er.

Sie strich sich die Haare aus den Augen. »Es war schrecklich. Großvater ist plötzlich ganz gemein geworden, einfach so. Ich hab's erst gemerkt, als sie schon mittendrin waren. Ich hab die ganze Zeit getanzt. Ich hab nicht gemerkt, dass er betrunken war. Bis ich dann da war, versuchte Mr. Glass ihn schon zum Gehen zu überreden. Großvater zeigte auf sie und erzählte allen, dass sie gar nicht Constance Belair heiße, sondern Ida, Ida Simpson aus Jasper, Alabama, und wenn sie noch so einen auf vornehm mache. Einfach schrecklich, wie er herumgeschrien hat, und sie hat ihn einfach bloß angestarrt. Als ob sie ihn am liebsten umgebracht hätte.« Ein Schaudern überlief Diana. »Ich sollte hier bleiben. Es schien, als wäre er – verrückt geworden!

Ich weiß, wer du bist, hat er immer wieder gesagt, ich weiß, wer du bist …«

Victor hatte die Fotos gesehen. Er hatte das Funkprotokoll gelesen. »Wo sind sie hingegangen?«

»Zum Bungalow.« Diana nahm ihre Haare mit der Hand zusammen und zog sie wieder durch den Gummi. »Darum bin ich hier geblieben. Mr. Glass will, dass du auch kommst.«

»Dann mal los«, sagte Victor.

»Ohne mich. Ich soll im Boot warten.« Sie wischte mit der Hand einen feuchten Kreis vom Tisch.

»Hast du meinen Freund irgendwo gesehen, Butch?«

»Als Letztes hab ich gesehen, wie er und die Sängerin sich miteinander bekannt gemacht haben.«

»Das klingt nach Butch«, sagte Victor. »Hör mal, das war ein toller Abend, mit dem Tanzen und so.«

»Mach dir mal keine großen Hoffnungen«, sagte sie. Dieses glatte, kalte Lächeln schenkte sie wahrscheinlich allen Jungs. »Ich bin nicht sonderlich zuverlässig.«

Wieder dieses Wort: Wie viel wusste sie?

»Es gibt ein paar Sachen, die ich dir sagen muss«, setzte Victor an.

»Arbeite an deinem Tanzstil.« Diana stand auf. »Dann können wir reden.«

23

Frösche und Zikaden legten sich mächtig ins Zeug, sodass die Dunkelheit unter den großen Ästen der Eichen von einem gewaltigen Gequake und Gezirpe erfüllt war. Jedes Mal, wenn die Tür aufging, spornte der Lärm des Orchesters die Tiere zu noch größeren Anstrengungen an, als seien sie empört über diese Nachahmung ihrer Musik und wollten sie unbedingt übertönen.

Die große Rasenfläche war dunkel, neblig und leer, von einem sich küssenden Paar in der Nähe des Eingangs zum Ballsaal einmal abgesehen. Victor stahl sich an den Büschen entlang zum Bungalow.

Er wollte nicht auf freies Gelände. Irgendetwas tat sich gerade. Die Frösche logen nicht.

Vor der rosafarbenen Mauer rührte sich nichts. Das Tor knirschte über die Bodenplatten. Kleine Lichter unter Palmwedeln beleuchteten den verschlungenen Weg.

Hör dir das Viehzeug an, hätte Willie gesagt. Sie wollen's dir sagen, du musst sie bloß lassen.

Victor umrundete den Garten. Der Pool schimmerte wie grüne Jade. Am liebsten wäre er immer so in Gefahr gewesen, das ließ die Farben strahlen und sein Herz schneller schlagen. Er würde sich auf ewig an jeden seiner Schritte auf diesem Gehweg erinnern. Würde er es heute Nacht zu sehen bekommen, das Ungeheuer? Dieses Leben kam ihm wirklicher vor als sein eigenes: dieses Herumschleichen und Lügen, Vortäuschen und Pläneschmieden, Stehlen, Verstecken, Ermitteln. Er war dabei, ganz allein etwas aufzudecken. Das war das absolut Wichtigste, das er je getan hatte.

Denk dran. Du bist der Einzige, der über alles Bescheid weiß. Der Einzige, der weiß, wo die Beweise versteckt sind.

Die Glastür glitt auf.

»Wen haben wir denn da?« Madame hatte ihren Turban abgelegt. Darunter waren kohlschwarze Haare zum Vorschein gekommen, die mit einer silbernen Spange straff zusammengenommen waren. »Komm rein, Junge. Wir haben auf dich gewartet.«

Victor trat ein. Edgar war nicht im Zimmer. Roy Glass

saß auf der scharlachroten Chaiselongue, sein Jackett über das Kissen geworfen. »Wo hast du denn gesteckt?«

»Tut mir Leid«, sagte Victor. »Ich hab mich mit jemandem ... unterhalten, und dazu sind wir ein bisschen rausgegangen.«

»Ach, die Liebe.« Glass lächelte. »Und der gute Butch?«

»Der unterhält sich auch mit jemandem, glaube ich.«

Madame setzte sich wieder in ihren weißen Ledersessel und hob ihr Glas an die Lippen. »Ich glaube, wegen ihm brauchst du dir keine Sorgen zu machen, Roy. Er dürfte nicht viel mitbekommen haben.«

»Wo ist Edgar?« Victor fragte es ganz harmlos, wie nebenbei.

»Er fühlt sich nicht«, sagte Madame. »Im Moment schläft er. Er hat völlig neben sich gestanden.«

»Und mit heute Nacht geht alles klar?«

»Wie immer hat sich noch ein bisschen was geändert«, sagte Roy Glass. »Aber das wird uns nicht groß aufhalten.« Er griff in sein Jackett und holte einen blauschwarzen Revolver heraus, den er beim Lauf nahm und Victor hinhielt. »Hier. Er ist nicht geladen. Kann sein, dass du heute Nacht wissen musst, wie man damit umgeht.«

Victor sah den Lauf entlang. Das Metall war kalt in seiner Hand. »Und Sie sind sicher, dass er nicht geladen ist?«

»Absolut. Halt ihn nach unten und drück ab.«

Victor konnte nicht anders, er musste die Augen zukneifen, als er abdrückte.

»So. Und jetzt ziel auf irgendetwas an der Wand. Stütz dein Handgelenk auf die andere Hand, dann ziele richtig, und wenn du soweit bist, drück ab.«

Victor zielte auf das Schlachtengemälde. Sechs Klicks, sechs stille Explosionen.

»Wenn er geladen ist, kriegt man den Rückstoß zu spüren und muss sehr auf seinen Stand achten«, sagte Glass. »Ich hoffe, diese Erfahrung bleibt dir erspart. Ziel auf die Körpermitte. Den Rest lass die Kugel machen.«

»Gut«, sagte Victor. »Warum muss ich das können?«

»Die Lage hat sich verschärft«, sagte Glass. »Jemand hat beschlossen, aus unserem Vorhaben auszusteigen. Jetzt gib mal her. Siehst du diesen Hebel hier? Da entsichert man ihn.« Warum trug Glass Handschuhe?

Lederhandschuhe, wie Jäger sie im Winter anhaben.

Spione tragen immer Handschuhe. Ist so ihre Art. Sie wollen keine Fingerabdrücke hinterlassen. In Victor schrillte die nächste Alarmglocke los. Nach allem, was er über diese Leute in Erfahrung gebracht hatte, hätte er es sich vielleicht noch zwei-, dreimal durch den Kopf gehen lassen sollen, ob es so klug war, wieder hier hereinzuspazieren. Er setzte sich so auf das Ledersofa, dass er freie Bahn zur Tür hatte. »Wer ist denn ausgestiegen?«, sagte er.

»Mein Ehemann, wie es aussieht«, sagte Madame ohne jeden Anflug von Ironie. »Ich habe keine Ahnung, wer ihn auf so eine dumme Idee gebracht hat, aber irgendwie ist er zu der Überzeugung gekommen, dass Roy und ich ihm nicht die Wahrheit gesagt haben.«

»Die Wahrheit über was?«

Glass drückte mit dem Daumen Patronen in den Revolver.

»Über unseren Plan. Und überhaupt.« Madame steckte sich eine Zigarette an, ohne erst ihre Spitze zu bemühen. »Er beharrt darauf, dass ich nicht diejenige bin, als die ich mich ausgebe. Wenn ihr mich fragt, so glaube ich, der arme Kerl hat den Verstand verloren.«

»Er macht sich Sorgen«, sagte Roy Glass. »Er hat allen Grund, sich Sorgen zu machen. Die Sache ist gefährlich, das hat er von Anfang an gewusst.«

»Ach komm, Roy, ich ertrag's nicht länger.« Madame strich ihr leuchtend rotes Gewand glatt. »Bringen wir's hinter uns.« Glass ließ den Revolver zuschnappen und legte ihn auf einen Beistelltisch in Victors Reichweite. »Ich geh ihn wecken.« Er ging den langen Flur zu den Schlafzimmern entlang.

Mit Madame allein in einem Zimmer zu sein war so, als werde man von einem Scheinwerfer angestrahlt. Man wusste nicht, wer einen da anleuchtete. Sie schnippte ihre Asche in seine Richtung. »Ist Diana schlafen gegangen?«

»Das hat sie jedenfalls gesagt.«

Ihr Lächeln war finster. »Ein schönes Mädchen, nicht wahr?«

»Ja, Ma'am.« Victor untersuchte seine Fingernägel. »Ich fand's toll, diese Rede, die sie über Sie gehalten haben. Ich wünschte, ich hätte Sie mal in einer Ihrer Rollen sehen können.«

»Ha«, sagte Madame. »Das kannst du vielleicht noch.«

Glass geleitete Edgar am Arm den Flur entlang – beziehungsweise einen wesentlich älteren Mann, der wie Edgar aussah. Schlurfender Gang, die Augen geschwollen, die weißen Haare wirr vom Kopf abstehend, weiß die Knöchel unter den blauen Pyjamahosen.

»Hallo, Edgar«, sagte Madame mit fester Stimme. »Hast du gut geschlafen?«

»Wie spät ist es?« Edgar hielt einen Arm hoch, um seine Augen gegen das Licht abzuschirmen. Er sah aus wie einer dieser klapperdürren Flüchtlinge in den Wochenschauen. »Ich … ich hab keine Ahnung – was passiert ist. Was habt ihr getan? Was … habt ihr vor …«

Glass lenkte ihn zum Sofa. Der alte Mann rieb sich mit den Fäusten die Augen, riss sie weit auf, kniff sie zusammen.

»Edgar hat in Washington Erkundigungen eingezogen«, sagte Glass und ging in einem weiten Bogen um den alten Mann herum, als wäre dieser verletzt und könnte ihn angreifen. »Er hat sich gefragt, ob ich wirklich derjenige bin, als der ich mich ausgegeben habe, und er wollte lieber sichergehen.«

Edgar schloss die Augen und sank in die Kissen zurück, schon wieder am Wegdämmern.

»Bloß hat er im Bureau mit der falschen Person gesprochen«, sagte Glass. »Niemand kannte mich. Jetzt denkt er, er hätte die Behörden alarmiert. Er ist zu dem Schluss gekommen, dass wir für die andere Seite arbeiten.«

»Aber das tun Sie doch«, sagte Victor. »Ich hab's rausgekriegt. Ich weiß alles über Sie.«

Glass sah auf, leicht amüsiert. »Aha? Was weißt du denn?«

Victor holte tief Luft. »KATALOG.«

Er sah, wie das Wort sich auf ihren Gesichtern widerspiegelte, die unfreiwillig zuckten.

Glass' Lächeln gefror. »Du weißt zu viel«, sagte er.

Madame stand auf und schüttelte ihren Mann am Arm. »Edgar«, sagte sie, »setz dich gerade hin, Edgar, und versuch wach zu bleiben. Roy, ich glaube, du hast ihm zu viel gegeben.«

Auf einmal hustete Edgar, legte das Gesicht in die Hände, schüttelte den Schlaf ab. Seine Bemühungen waren schmerzlich mit anzusehen. »Ich habe keine Ahnung – was ihr mit mir angestellt habt.« Er hielt sich ein Auge. »Aber jetzt durchschau ich euch.«

»Geht das schon wieder los«, sagte Madame. »Wir hätten ihn gar nicht erst wecken sollen.«

»Ich habe Anrufe getätigt, Anrufe«, sagte Edgar. »Damit kommt ihr nicht durch. Jetzt nicht mehr.«

»Du hast niemanden angerufen«, sagte Madame, streckte sich und ging zum Kühlschrank. »Du hast im Schlafzimmer gelegen und gepennt, seit du dich da unten lächerlich gemacht hast. Und mich. Ich hoffe, du bist zufrieden.«

Edgars Blick wanderte zu Victor, der immer noch wie auf dem Sprung dasaß. »Junge, bin ich froh, dass jemand das alles mitbekommt. Begreifst du, was hier abläuft? Meine geliebte Frau und dieser Mann, dieser – dieser Mann haben mich hereingelegt! Sie haben mich zum Narren gehalten!«

»Ich weiß nicht«, sagte Victor und stand auf, »vielleicht sollte ich lieber gehen.«

Roy Glass stellte sich zwischen ihn und die Tür. »Wir brauchen dich«, sagte er. »Wir sind noch nicht fertig mit dir.«

»Lauf, Junge, und hol die Polizei«, sagte Edgar, »ruf die Küstenwache!«

»Victor ist ein vernünftiger Junge«, sagte Roy Glass. »Stimmt doch, oder? Du willst bloß helfen. Das hast du doch gesagt, nicht?«

Victor setzte sich wieder. Der Revolver war nur Zentimeter von seiner Hand entfernt. »Es sieht so aus, als kämen Sie ganz gut ohne mich klar«, sagte er.

»Aber da irrst du dich«, sagte Madame und rauschte an ihm vorbei. »So einen wie dich können wir gut gebrauchen. Du kommst genau zur rechten Zeit.«

»Sagen Sie mir eines«, sagte Victor. »Der Coast Marshall. Der echte. Was haben Sie mit ihm gemacht?«

»Ach, der unglückselige Roy Glass«, sagte Glass und zog an den Fingern seines Handschuhs. »Ja, ihr seid euch zweimal begegnet, nicht wahr? Das eine Mal war er nicht gut beieinander.«

»Das war er da oben im Sumpf.«

»Es versteht sich wohl von selbst, dass er nicht so hatte ins Licht der Öffentlichkeit treten sollen«, sagte Glass. »Wird nicht wieder passieren. Ein Jammer, dass du unsere Warnung in den Wind geschlagen hast. Jetzt haben wir den Salat.«

Die Ventilatoren an der Decke drehten sich träge. Madame lehnte an einer geriffelten Säule der Galerie an der einen Seite des Raumes. »Edgar«, sagte sie. »Hättest du bloß einmal mit uns geredet, *bevor* du etwas unternommen hast. Wir hätten dir alles erklären können.«

»Daran habe ich keinen Zweifel, meine Liebe.« Edgar saß reglos da, wie ein Stein, die Hände zwischen den Knien. »Du hast immer die passenden Zeilen auf Lager.«

»So aber«, sagte Madame, »hast du uns kaum eine Wahl gelassen. Wir sind mit Roy so weit gekommen. Da können wir unmöglich einen Rückzieher machen. Was erwartest du denn von uns, dass wir den Plan einfach so fallen lassen?«

Edgars Hände zitterten. »Der Plan ist eine einzige Heuchelei«, sagte er. »Wenn du noch meine Frau bist, dann komm, lass uns gehen. Mit diesem Mann haben wir nichts mehr zu schaffen.«

Madame zog lange weiße Handschuhe an. »Wir haben lange Zeit mit dem Feuer gespielt, Edgar. Du kannst jetzt nicht einfach – zu spielen aufhören.«

Der alte Mann zeigte zu Glass hinüber wie zu irgendeinem Möbelstück. »Du hast gesagt, er wäre vom FBI. Du hast mich angelogen. Ich hätte mich nie darauf eingelassen, wenn ich gewusst hätte – wenn du gesagt hättest …«

»Aber natürlich hast du Bescheid gewusst«, sagte Madame. »Die ganze Zeit über! Du weißt doch, wer meine Freunde sind! Wie bist du denn auf die Idee gekommen, Roy hätte sich das alles alleine ausgedacht?«

»Das läuft doch auf dasselbe hinaus«, sagte Glass und schloss die Tür ab. »Welchen Unterschied macht es schon, wer für mein Gehalt aufkommt? In diesem Geschäft muss sich jeder für eine Seite entscheiden, Edgar, aber das heißt doch noch lange nicht, dass man sich nicht mehr zusammensetzen und nicht mehr zusammenarbeiten darf. Also wirklich. Wer weiß, vielleicht arbeite ich auch noch für eure Seite, bevor alles vorbei ist.«

Edgar ließ sich aufs Sofa zurücksinken und schüttelte den Kopf. »Aber wir befinden uns im Krieg. Das ist Landesverrat und Spionage während des Krieges.«

»Wir schleusen ein paar Leute ein, dann verlassen wir das Land«, sagte Glass. »Was ist daran so schlimm?«

»Da wird nichts mehr draus«, sagte Edgar. »Es ist vorbei. Jetzt wissen zu viele Leute Bescheid. Die haben mich alle gehört im Ballsaal, dafür habe ich gesorgt. Dieser Junge und sein Freund wissen alles. Wenn mir etwas zustoßen sollte, dann können sie alles bezeugen.«

»Auch dafür haben wir einen Plan, Edgar«, sagte Glass. »Sie kennen mich doch. Wir müssen es vielleicht um eine Nacht verschieben, aber wir haben immer noch einen Ersatzplan auf Lager.«

Madame sagte: »Roy. Das führt doch zu nichts. Ich tu's. Gib ihn mir.«

Roy Glass hob den Revolver am Lauf hoch.

Victor hatte keine Angst. Sie würden ihn auf der Flucht erschießen müssen. Falls die Kugeln ihn erwischten, dann würde er eben sterben. Die Wahrheit war auf seiner Seite. In diesem Wissen konnte er sterben. Das Böse gab es wirklich, und er trug es nicht in sich. Er ging rückwärts um Glass herum, ein hartes, bitteres Brennen in den Augen. »Sie können mich umbringen«, sagte er. »Aber ich habe etwas, das Sie wiederhaben wollen.«

»Tut dem Jungen nichts«, sagte Edgar.

»Warum sollten wir«, sagte seine Frau. »Wir wollen euch bloß beide endgültig aus dem Weg haben.«

Ihre Hand schloss sich um die Waffe. Sie schritt durch den Raum, bis sie vor ihrem Mann stand. »Roy, wie war das noch mal? Füße auseinander, die andere Hand am Handgelenk, zielen und …«

Victor warf sich auf den Boden. Die Welt verlangsamte sich *peng* warum erschoss sie ihn *peng* weg hier Mann bloß weg er ist tot mein Gott *peng*.

Edgars Pyjama zerfetzte, dunkles Blut breitete sich aus, spritzte über die weißen Lederkissen. Er machte ein verblüfftes Gesicht, wie ein Kind. Er schrie auf, aber es kam nur ein Pfeifen heraus.

Madame stand da, die Waffe ausgestreckt, die andere Hand immer noch am Handgelenk.

Victor hatte noch nie jemanden sterben gesehen. Es ging so schnell. Das war nicht Edgar, dieses verwundete Tier, das da zuckend auf die Seite fiel und dieses perfekte weiße Sofa verdreckte, das um sich schlug und diese Geräusche von sich gab, dieses hohle Rasseln. Ein letztes Zittern, und dann lag sein Kopf auf dem Couchtisch, neben einer Vase mit weißen Rosen. Seine Augen starrten blind, erstaunt.

Victor blickte in den Lauf der Waffe.

»Hallo, ja. Hallo? Roy Glass am Apparat, kann ich bitte mit – oh, ja, selbstverständlich, Miss Haines, wie geht es Ihnen – hören Sie, das ist dringend. Kann ich bitte mit – ja, ich bleib dran. Ja. Hallo? Wiggins? Glass. Hören Sie. Ich habe hier diesen Jungen festgenommen und halte ihn gerade mit seiner eigenen Waffe in Schach. Einbruch, wie es aussieht – ja, im Hotel – er ist in eines der Ferienhäuser eingestiegen, und wie es aussieht, hat er jemanden erschossen. Einen

Gast, einen gewissen Mr. Gilliam. Ja. Sie kommen besser vorbei. Ja, ich weiß. Der Dienstweg – was? Semmes Cottage, das dritte Haus auf der rechten Seite. Machen Sie besser schnell. Seine Frau. Sie ist völlig hysterisch.«

24

Sie haben mich. Aus und vorbei. Ich bin im Gefängnis. Richtig im Gefängnis. In Fairhope. Hilfe.

Hätt ich bloß auf dich gehört, als du gesagt hast, bleib zu Hause, Junge, und hör auf, nach Ärger Ausschau zu halten, sonst kriegst du nämlich welchen. Tja, Willie, jetzt hab ich welchen und was mach ich nun?

Die haben mich aus dem Weg geschafft. Edgar Gilliam auch. Mit einem schnellen kleinen Mord, der schneller vorbei war, als du dir vorstellen kannst, Willie, schneller, als du bis drei zählen kannst. Jetzt weiß ich, was da gelaufen ist. Ich war dermaßen mit diesem Ungeheuer da draußen in der Bucht beschäftigt, dass ich die Ungeheuer um mich herum gar nicht bemerkt habe. Sie hatten die ganze Zeit über vorgehabt, Edgar loszuwerden und es dann so aussehen zu lassen, als hätte ich ihn umgebracht. Es passt zu dem, was sie sonst noch vorhaben.

Sie hat ihn erschossen und sich dann etwas zu trinken eingegossen. Sie und Roy Glass tauschten Glückwünsche aus. Sie prosteten sich zu und hielten mich mit der Kanone in Schach und sahen kaum einmal zu Edgar hinüber, der tot dalag. Sie sagten kaum etwas, bis der Polizist kam. Auf einmal war sie völlig hysterisch und zeigte mit dem Finger auf mich und kreischte Mörder! Mörder! Wie in irgendeinem Theaterstück.

Der Polizist sagte »Ja, Ma'am« und »Ja, Sir« und nahm sich

die Waffe mit einem Lappen, um sicherzugehen, dass meine Fingerabdrücke dranblieben, und dann warf er einen Blick auf den toten alten Herrn, legte mir die Handschellen an und führte mich ab. Als er mich in sein Polizeiauto warf, kam gerade ein Krankenwagen angerast, mit Blaulicht.

Ich hab versucht, es ihm zu erklären. Wirklich. Mister, Sie haben den Falschen, Sie verstehen nicht, das ist ein abgekartetes Spiel, seine Frau hat ihn umgebracht, ich schwör's! Ich hab's gesehen! Er hat mich angeguckt, als wäre ich eine Krankheit, die er sich einfangen könnte. Hat mir die Tür ins Gesicht geknallt. Den ganzen Weg lang hab ich ihn angefleht. Ich hab ihm von dem U-Boot erzählt und davon, was sie vorhätten. Je mehr ich ihm erzählte, desto weniger hat er geglaubt.

Du glaubst mir, stimmt's?

Er hat gesagt, Glass wäre der Coast Marshall, seit es überhaupt einen gibt. Seit fünf Jahren. Wir beide wissen, dass das gelogen ist. Wir kennen den anderen Roy Glass. Wenn du bloß hier sein und es ihnen sagen könntest. Dass es zwei gab. Als Erstes den, den ich tot im Sumpf gefunden habe.

Hilfe.

Ich weiß, es ist eine Sünde, zu jemand anderem als Gott zu beten, aber ich bete lieber zu dir, wenn du nichts dagegen hast. Ich glaube nicht, dass Gott viel für mich übrig hat, wenn man bedenkt, wie er die Sachen hier angeht. Ich hab dich nie allein sterben lassen wollen, Willie. Das weißt du. Und der Einzige, der noch weniger für mich übrig hat als Gott, ist dein Sohn, mein Daddy. Wenn ich wüsste, dass du mir verzeihst, dann wäre es mir völlig gleich, was die beiden sagen. Ich stecke tief im Schlamassel, ich weiß. Ich würde dich bitten, bei ihnen oder bei der Polizei ein Wort für mich einzulegen, wenn ich glauben könnte, dass das was hilft, aber dafür ist es wohl zu spät.

Ich weiß. Bescheuert. Bescheuert, mich mit diesen Leuten anzulegen. Genauso blöd wie der alte Mann, der den Funksprüchen irgendwelcher Nazis geglaubt hat. Ich weiß nicht, Willie, als ich dich da tot habe liegen sehen, hab ich ganz schön Muffensausen gekriegt. Du hast die Sonne aufgehen lassen und all so was. Ohne dich ist alles in die Brüche gegangen. Alles lief schief. Der Käfig. Das Ungeheuer, das in der Bucht aufgetaucht ist. Dieser Rumtreiber, du kennst ihn. Butch. Wo war er, als ich ihn brauchte? Dann dieser Tote. Das Schiff, das hochgegangen ist. Joseph, der wieder da war. Jetzt ist er wieder weg. Ich bin hier völlig auf mich gestellt. Jetzt, wo du tot bist, hab ich überhaupt keine Familie mehr. Da oben in dem Haus wohnen bloß lauter Fremde. Was *jetzt gerade* passiert, damit fängt mein eigenes Leben an.

Ich wollte ja auch, dass es endlich anfängt, oh ja.

Aber ich bin nicht mehr so blöd wie früher. Ich werde nicht ewig hier im Gefängnis sitzen. Ich hab die Beweise so versteckt, dass man sie nie finden wird.

Schrecklich, das mit dem alten Herrn. Hätte nie gedacht, dass Blut dermaßen dunkel ist. Diese ganze weiße Couch ist es runtergelaufen. Und seine Augen waren offen. Er hat gewusst, was mit ihm passiert. Ich hab an dich denken müssen. Deine Augen sind geschlossen gewesen. Für dich war es bestimmt ganz friedlich da unten am Anleger. Dir macht es bestimmt nicht soviel aus. Wem hast du zugewunken, Willie? Mir?

Sie haben mich hier eingesperrt und sind weggegangen, und ich hab um dich geweint. Um dich und den alten Herrn. Komisch, nicht? Ich hab gedacht, ich hätt die Heulerei längst hinter mir, aber da hab ich mich wohl geirrt. Bin viel zu nah am Wasser gebaut in letzter Zeit. Ich kann nichts dagegen machen, wenn es mich überkommt, dann schwemmt mich eine ganze Flut von Traurigkeit einfach die Wasserrinne hinab, die du mit deinem Tod in die Erde geschnitten hast.

Hoffentlich geht's dir gut, da, wo sie dich begraben haben. Vielleicht komm ich's mir irgendwann mal angucken. Ich wünschte, ich könnte zur Insel zurück. Es tut genauso doll weh, wie du gesagt hast.

Hier treiben sich Spione herum.

Hilfe. Hoffentlich kannst du mich hören.

25

Hinter Meilen von flachen Feldern, in Sichtweite der Quelle des Magnolia River, lag in einem Platanenwäldchen das Haus der Sylvesters verborgen. Das erste Morgenlicht offenbarte, dass es einmal weiß gewesen war. Zur Straße hin lag eine blechgedeckte Veranda. Im Vorderfenster hing ein blauer Stern. Von der Hintertür führte ein weißer Sandweg zu der Anlegestelle an dem schmalen grünen Fluss hinab. Der Garnelenfänger war unterwegs.

In ihrem Zimmer, das nach hinten hinaus lag, streckte Victors Mutter sich. Das Bettzeug war alt, weich wie Haut; das Leinen atmete die Süße der Nachtcreme, den schalen Geruch all dieser Ehejahre. Dieser Geruch ließ sich nicht auswaschen.

Aber die Bettseite ihres Mannes war kalt. So mochte Ellen das. Sie konnte sich mit dem Wachwerden Zeit lassen, so lang sie wollte. Sie kannte etliche Fischersfrauen, die vor Sehnsucht nach ihren Männern auf See vergingen, aber bei ihr war das nie so. Sie fand es gut, wenn ihr Mann abfuhr und sie allein ließ, um Geld zu verdienen und ihr ab und zu welches zu bringen.

Sie mochte es, wie Daniel roch, wenn er eine Weile draußen gewesen war, nachdem er ein Bad genommen und eine Zitrone in seinem Brusthaar ausgedrückt und sich überall mit Old Spice eingerieben hatte. Dann liebte sie ihn, für einen Tag oder so.

Dann war wieder alles wie immer mit ihm, er verbreitete schlechte Laune und schnauzte die Kinder an, bis sie weinten. Sein Schweiß roch wieder nach Garnelen, und Ellen wünschte sich, sie wäre katholisch, dann hätte sie wenigstens einen Rosenkranz gehabt, mit dem sich die Tage abzählen ließen, bis er wieder weg war.

Sobald er ablegte, kehrte Frieden im Haus ein. Ihr gehorchten die Kinder.

Sie drehte sich auf die Seite und hustete. Die Zigaretten taten ihr nicht gut, aber sie brauchte sie. Hat doch jeder irgendwas, das ihn eines Tages ins Grab bringen wird, und kann's trotzdem nicht lassen.

Kinder kriegen zum Beispiel. Erst Joseph, dann Victor, dann Roxanne, dann Margaret Ann, dann Doolittle, dann das Kleine, das tot gekommen war, und dann Peanut. Mit jeder Geburt war merklich ein Stück abgebrochen vom anderen Ende ihres Lebens. Aber sie kriegte trotzdem immer weiter welche.

Auf einmal fiel ihr wieder ein, warum sie heute morgen so glücklich war. Joseph. Ihr Ältester. Ihr Sonnenschein. Quicklebendig und nicht im Krieg umgekommen. Sein Kommen brachte Freude ins Haus. Die Kinder liebten ihn abgöttisch.

Sie würde ein Riesenfrühstück machen. Ihn satt zu kriegen mochte sie die Monatsration Eier kosten, aber was sollte es?

Draußen lärmten Blauhäher herum. Ellen setzte sich auf und rieb sich die Zehen. Sie zündete sich ihre erste Zigarette an. Der kühle Rauch ging in ihrem Mund los wie ein Wecker.

Ellen lud ihm immer wieder den Teller voll, und Joseph schaufelte alles in sich hinein: Pfannkuchen, Eier mit Käse, Würstchen, Tomaten, große, dampfende Portionen Maisgrütze, Brötchen und noch mehr Brötchen. Die anderen Kinder saßen verdattert um den Tisch herum und sahen ihm beim Essen zu.

»Ich hab Pfannkuchen tausendmal nötiger als du, Roxy«, sagte Joseph und langte mit der Gabel auf den Teller seiner Schwester. »Hast ein bisschen zugelegt um die Hüften, hm? Wenn du erstmal fünfzehn bist, passt du durch keine Tür mehr.«

»Halt bloß den Mund«, sagte Roxanne, aber sie grinste, denn sie wusste, dass das nicht stimmte. »Du bist immer noch derselbe Kindskopf wie früher.«

Margaret Ann knetete sich die ganze Zeit über die Locken zurecht und erzählte, was ihre Freundinnen alles zum Geburtstag bekommen hatten, damit niemand vergaß, dass sie nächste Woche elf wurde.

Doolittle hielt es kaum auf seinem Stuhl, er lachte und klatschte zu allem, was Joseph sagte. »Hey, Joseph«, krähte er, »wie viele Krauts hast du denn totgeschossen?«

»Krauts? Lass mich mal überlegen«, sagte Joseph und goss Sirup über den Pfannkuchen. »Na, vielleicht hundertfünfzig die Woche.«

»Mann-o-Mopel!«

»Joseph, erzähl dem Kleinen doch so was nicht«, sagte ihre Mutter am Herd.

»Hunnertfünfsig!«

»Bei Vollmond natürlich doppelt so viele, und weißte warum? Weil sie nachts nichts sehen können. Die Krauts wollen einfach keine Mohrrüben essen. Kaum geht die Sonne unter, da stolpern sie nur noch blöd durch die Gegend. Wenn du da eine Falle auslegst, trampelt dir glatt ein Dutzend auf einmal hinein.«

Alle Kinder lachten. Nur das Baby schien den Neuankömmling gar nicht zu bemerken und beschäftigte sich lieber mit der grünen Pampe auf seinem Teller.

»Drüben in Elberta wohnen ganz viele Krauts«, sagte Margaret Ann.

»Keine Mohrrüben«, sagte Doolittle. »Donnerwetter.«

»Julia Harttung kommt aus Elberta«, fuhr Margaret Ann fort. »Sie sagt, manchmal, wenn keiner guckt, dann holen sie die amerikanische Flagge runter und ziehen die deutsche hoch.«

»So was machen die nicht«, sagte Ellen. »Wie kommt ihr Kinder bloß immer auf solche Sachen?«

Margaret Ann war getroffen. »Hat Julia selbst gesagt. Ihr Vater ist Deutscher. Sie hat gesagt, dass sie's beim Postamt gemacht haben und dass dann diese anderen Männer gekommen sind und sich mit ihnen gekloppt haben.«

»Ich möchte, dass du nicht mehr mit Julia Harttung sprichst«, sagte ihre Mutter.

»Sie hat dieses Jahr ein Armband aus echten Rheinkieseln zum Geburtstag gekriegt«, sagte Margaret Ann.

Roxanne räumte ab. »Joe. Wo ist eigentlich deine Gitarre abgeblieben?«

»Die hab ich verloren.«

»Wie, die hast du verloren? Auf die hast du doch immer ganz doll aufgepasst.«

»Ich bin auf einem Schiff gewesen, das untergegangen ist, Roxy.« Joseph hätte ebenso gut über jemanden reden können, den er nicht kannte. »Ich musste die Gitarre zurücklassen.«

Ihre Mutter hörte auf, mit dem Geschirr herumzuklappern. »Wann?«

»Vorgestern Nacht.«

Plötzlich sah Doolittle so aus, als ob er jeden Moment in Tränen ausbrechen würde. »Du hast deine Gitarre verloren?«

Ellen kam um den Tisch herum. »Herr im Himmel, warum hast du denn nichts gesagt, Sohn? Was ist passiert? Wo warst du? Bist du verletzt? Wie ist das passiert?«

»Ist alles in Ordnung. Wirklich.« Joseph schluckte den letzten Bissen hinunter. »Ich war doch schon fast zu Hause. Wir waren bloß noch ein Stück vom Fort weg. Mir geht's gut, Doo. Brauchst nicht zu weinen. Mir ist überhaupt nichts passiert.«

Doolittle floh aus der Küche.

»Ach, so ist er schon, seit Victor weg ist – und Willie hier drin hat ihm den Rest gegeben«, sagte ihre Mutter und nahm die Schürze ab. »Ich geh mal nach ihm gucken.«

»Himmel«, sagte Joseph, als sie weg war. »Was ist denn hier los? Seh ich so schlimm aus? Ständig laufen alle weg.«

»Es ist einfach ganz viel passiert«, sagte Roxanne. »Mama dreht jeden Tag ein bisschen mehr durch. Und Daddy ist fürchterlich, wenn er zu Hause ist. Schlimmer, als er mit uns gewesen ist. Er hat Willie hier reingeschleppt und auf dem Tisch aufgebahrt, Joe, mitten auf dem Tisch. Einen ganzen Tag lang. Du kannst doch nicht erwarten, dass alles noch beim Alten ist, wenn du nach einer Weile wieder nach Hause kommst.« Sie warf einen Blick über die Schulter, als könnte ihr Vater hinter ihr stehen.

»Ich weiß. Ich weiß«, sagte Joseph. »Aber es wird schon alles wieder gut.«

Ein Klopfen an der Tür. Sie schreckten hoch. »Irgendjemand zu Hause?«

Joseph trug das Baby zur Tür. Es war der alte Mr. Jesse, vom Laden. Mit seinen dicken Brillengläsern und seinem langen, krummen Zinken hatte er etwas von einem Papagei. »Ich suche den jungen Sylvester«, keuchte er. »Telefonanruf für ihn.«

»Na, dann guten Tag, Mr. Jesse. Wer ist denn dran?«

»Keine Ahnung, ich wollte bloß Bescheid sagen.« Der alte Mann ging die Stufen wieder hinab. »Nun komm schon, ich will nicht so lange besetzt haben.«

Joseph gab das Baby an Roxanne weiter und folgte ihm. Roxanne sah ihm nach, wie er leichtfüßig die Straße hinauf verschwand.

Sie trocknete gerade den letzten Teller ab, als ihre Mutter einen Lappen auswrang, um den Herd damit abzuwischen, und sagte: »Wir können wirklich froh sein, dass wir unseren Joseph wieder zu Hause haben.«

»Wo ist Victor?« Doolittles aufsässiges Gesicht in der Tür.

»Lass uns dankbar sein für das, was uns beschert wurde, Doo. Wir haben Joseph wieder, und Victor geht es gut, sagt Joseph, und um Daddy kümmert sich der liebe Gott.«

Dann war Joseph auf der Veranda, im Haus. Seine hastigen Schritte kündeten Schlimmes an. Ellen hielt ihre seifigen Hände hoch, um die Neuigkeiten abzuwehren.

»Mutter, komm mal kurz mit.« Er ging nach hinten durch.

Sie folgte ihm, auf alles gefasst.

Joseph saß auf ihrem Bett. »Vic ist in Schwierigkeiten.«

Victor?

»In was für Schwierigkeiten?«

»Keine Ahnung. Es ist alles ein ganz großes Durcheinander. Er sitzt in Fairhope im Gefängnis.«

»Im *Gefängnis!*« Der Vorhang in der Tür blähte sich. »Joseph, was um Himmels willen …?«

»Keine Ahnung. Diese Leute, mit denen er zusammen war – einer von denen ist tot. Er hat der Polizei allen möglichen Unsinn erzählt. Ich muss hin. Ich werde Geld brauchen. Wie viel hast du?«

»Ungefähr vierzig Dollar.«

»Ich hab zwanzig. Das wird nicht reichen.«

»Joseph. Was wird ihm vorgeworfen?« Ihr Blick ließ ihn das Gesicht abwenden. »Sag's mir, Sohn.«

»Irgendwer ist erschossen worden, Mutter. Sie versuchen es Vic anzuhängen. Er weiß nicht genau, wie die Anklage lautet. Ich glaube, es gibt überhaupt noch keine Anklage.«

»Ach, du lieber Gott.« Ellen griff sich an die Kehle. »Victor.«

»Er war's nicht. Das ist alles ausgemachter Blödsinn.«

»Euer Daddy wird ihn umbringen. Schluss, Ende, aus.« Sie holte ihre Börse hervor und hielt ihm vier Scheine hin.

»Hast du noch irgendwo was zur Seite gelegt?«

»Nein ...«

»Falls noch mal jemand anruft, geh gar nicht erst hin.« Joseph drückte ihr die Hand. »Bleib einfach hier. Sag den Kindern nichts. Auch Roxy nicht. Ich werd mir irgendwas ausdenken.«

»Ich komme mit.« Ellen drehte sich blindlings zum Wandschrank um: Was zog man an für einen Besuch im Gefängnis?

»Du bleibst hier. Ich werde mit den Leuten schon klar kommen«, sagte Joseph. »Eh du dich versiehst, bin ich mit Vic wieder hier. Lass deinen Großen mal machen. Wo sind die Schlüssel für den Laster?« Er brach ihren Widerstand mit einer Umarmung und wirbelte aus dem Zimmer.

Sie hörte, wie er großspurig etwas von einer alten *Freundin* erzählte, die angerufen hätte; Joe hat eine *Verabredung*, höhnten die Kinder. Sie starrte ihre Augen im Spiegel an.

Ein Schleifen, ein Stottern, dann lief der Motor des alten Lasters.

Sie gab sich einen Ruck und griff zur Bürste. Nahm sich der zerzausten Mähne an, vorn erst, dann mit immer kräftigeren, immer längeren Strichen, sodass ihr das geglättete Haar in den Nacken fiel. Es war lang und hellbraun und legte sich dicht um die Schultern. Sie weigerte sich standhaft, es hochzustecken oder auf Wickler zu drehen oder abzuschneiden, wie Frauen in ihrem Alter das sonst taten.

Nachmittägliche Schatten krochen über den Boden. Das Baby lag in seinem Bettchen und war fast eingeschlafen, als es an die Tür klopfte.

Verzieht euch!

Aber es klopfte wieder.

Verzieht euch!

Ellen ging zum Fenster.

Ein Mann, den sie nicht kannte. Auf ihrer Veranda.

Er sah so aus, wie sie sich immer den Mann vorgestellt hatte, der eines Tages kommen und ihr sagen würde, dass Joseph gefallen sei. Dunkler Hut. Grauer Anzug, graues Gesicht, trotz der Hitze. Eine Aktentasche in der Hand. Klopfend. Bei ihr an der Tür.

Sie hielt sich am Kragen ihres Kleides fest und ging zur Fliegentür. Er war ganz schön jung für das Überbringen von Nachrichten. Nicht unfreundlich, das Gesicht. Freundlich, aber auch nicht – das Gesicht einer Statue. Hinter ihm funkelte ein Auto dunkelblau in der Sonne.

»Ist dies der Wohnsitz der Familie Sylvester?« Seine Stimme war samtig weich.

»Ja, so ist es.«

»Und Sie sind Mrs. Sylvester?«

Sie nickte.

»Ist Ihr Mann zu Hause?«

»Nein. Er ist unterwegs. Worum geht's denn?«

»Haben Sie einen Sohn namens Joseph Sylvester?«

»Ja, das habe ich.« Ihre Hände waren eiskalt. »Darf ich fragen, wer Sie sind?«

»Ja, Ma'am.« Er hielt ihr seine Brieftasche hin, eine Plakette. »Special Agent Enos Roberts, Federal Bureau of Investigation, Außenstelle Mobile. Ist Joseph da?«

»Nein, ist er nicht.« Ellen spürte, wie sich eine Hand um ihre Kehle schloss. Ihre eigene Hand.

»Darf ich eintreten?«

»Ich habe Kinder«, sagte Ellen. »Noch andere Kinder, meine ich. Warum unterhalten wir uns nicht auf der Veranda?« Sie trat durch die Tür.

26

Victor hängte den Hörer ein und lehnte seinen Kopf an die Wand. »Er kommt mich holen. Ich soll fragen, wie hoch die Kaution ist.«

Officer Wiggins warf einen Blick in sein Dienstbuch. »Die Kaution wird von einem Richter festgesetzt«, sagte er. »Der sitzt in Mobile. Du wirst noch verlegt. Geht ja um eine Straftat hier.«

»Wie lange muss ich drin bleiben?«

»Das hängt vom Richter ab.« Der Polizist führte Victor am Arm zu den Zellen nach hinten. Er sah irgendwie nach Onkel aus – groß gewachsen, kleine, zarte Ohren, fleischiger Nacken. Der Bauch hing ihm über die Hose. Er war der gemütliche Typ und wahrscheinlich langsam. Er war beim Tanz der Türsteher gewesen.

Hinten befanden sich vier identische Zellen, dunkle Kabuffs aus Schlackenstein mit harten Pritschen, kalten Böden, Gitterstäben. Victor war der einzige Häftling. »Hören Sie«, sagte er. »Sie müssen mir helfen. Ich hab niemanden umgebracht. Sehen Sie mich doch an. Sie hat den alten Herrn selbst erschossen, mit der Waffe von Roy Glass. Es ist ein abgekartetes Spiel.«

Wiggins musterte ihn auf Armeslänge. »Ein abgekartetes Spiel«, sagte er. »Nun hör sich das einer an.«

»Im Ernst«, sagte Victor. »Ich hab Ihnen doch gesagt, dass ich es beweisen kann. Er ist ein Spion. Wenn Sie mich hinbringen, dann zeig ich Ihnen alles.«

Wiggins schloss die rechte Zelle auf. »Rein mit dir.«

»Mister, Sie müssen sich doch wenigstens anhören, was ich zu sagen habe!«

Der Quadratschädel ruckte hoch und dann wieder hinunter. »*Ich* muss überhaupt nichts, aber *du* musst jetzt wieder in deine Zelle.«

Wiggins knallte die Tür zu und schob den Riegel vor. Er trug eine Blechkaffeemaschine zu der Elektroplatte neben der Spüle.

»Ich habe Beweise«, sagte Victor.

Der Polizist löffelte den letzten Rest Kaffee in den Filter und schüttelte die Tüte. »Ruf mich, wenn das Ding hier zu dampfen anfängt.« Er ging zum Flur. »Ich hab Papierkram zu machen.«

»Warum glauben Sie mir denn nicht?«, rief Victor. »Denken Sie etwa, ich saug mir so was aus den *Fingern*?«

Das Telefon klingelte. Wiggins blieb stehen. »Sohn, ich hab mir ja schon einige Geschichten von Knaben angehört, die's nicht gewesen sein wollen«, sagte er, »aber deine schlägt sie alle.« Er nickte abschließend und verschwand im Flur.

Victor rammte seine Fäuste gegen die Gitterstäbe. Er trat

die Gitterstäbe mit den Füßen. Er warf sich mit seinem ganzen Körper dagegen. Er war im Knast. Richtig im Knast. Nicht bloß in einem Tierkäfig in einem Bootshaus, sondern in einem Käfig, der so gebaut war, dass er einen starken Mann bezwingen konnte.

Am liebsten wäre er sofort ausgebrochen und hätte ein richtiges Verbrechen begangen. Sich diejenigen geholt, die ihn hier hereingebracht hatten. Ihnen gezeigt, wie es sich anfühlte hinter Gittern.

Er rutschte zu Boden.

Er fragte sich, ob Wiggins auch dazugehörte. Vielleicht war es ja ein Ding der Unmöglichkeit, dass alle Welt dabei half, irgendwelche Spione in die Mobile Bay zu schleusen, aber warum deuteten dann sämtliche Einzelheiten darauf hin? Roy Glass – ein schlaues Kerlchen, aber hallo. Überzeugend. Er hatte Edgar Gilliam mit links über den Tisch gezogen, da fiel es ihm wahrscheinlich nicht weiter schwer, diesem blöden Bullen weiszumachen, er sei irgendein toller Agent mit geheimem Regierungsauftrag.

Victor saß vor der Pritsche auf dem Boden und durchlebte den Tod des alten Mannes erneut, den stummen, kindlichen Schrecken auf seinem Gesicht. Warum hatten sie ihn nicht auch gleich umgebracht, wo sie schon dabei waren? Weil die Raffinesse der ganzen Geschichte wahrscheinlich unwiderstehlich war: der alte Geldsack mit seinen Gewissensbissen aus dem Weg geräumt und die vorlaute kleine Nervensäge hinter Gittern kaltgestellt, als Tatverdächtiger.

Dampf stieg aus der Tülle auf. »Ihr Kaffee kocht!«

Wiggins kam wieder.

»Hören Sie, warum rufen Sie nicht bei der Küstenwache an«, bettelte Victor. »Fragen Sie nach dem Tanker, der vorgestern Nacht torpediert worden ist. Im Golf. Die *Eugenia Rae*. Ich bin dabei gewesen. Ich hab das U-Boot gesehen, das sie versenkt hat. Ich hab gehört, wie der alte Herr *Funksprüche* mit ihm ausgetauscht hat.«

Wiggins lehnte an der Spüle, nahm einen Schluck aus seiner fleckigen weißen Kaffeetasse und schwieg.

»Dann lassen Sie mich wenigstens dort anrufen. Kommen Sie. Was haben Sie schon zu verlieren.«

»Du hattest deinen Anruf für heute schon. Morgen ist auch noch ein Tag.«

»Dann ist es zu spät! Geht das nicht in Ihren Kopf?« Victor merkte selbst, wie schrill seine Stimme klang. »Wir müssen sie aufhalten. Ich tu nicht bloß so! Das sind wirklich Nazis da draußen!«

»Krieg dich wieder ein.« Wiggins sah ihn neugierig an. »In deinem Alter schon in einen Mord verwickelt, da sollte man meinen, du hättest genug Ärger am Hals, auch ohne hier noch mit so einer Räuberpistole zu kommen. Was ist los? Willst du in die Zeitung oder was? Lass dir eins gesagt sein. In der Minute, in der du das dem Richter auftischst, verpasst er dir lebenslänglich. Allein schon aus Prinzip.«

»Nicht, wenn ich es beweise«, sagte Victor.

»Ich arbeite abends für Mr. Glass im Hotel«, sagte der Polizist. »Meinst du nicht, dass ich es mitbekommen hätte, wenn er irgendwas – Komisches vorhätte?«

Victor packte die Gitterstäbe. Nicht locker lassen jetzt: da war sein Schwachpunkt. »Er ist total geschickt. Jede Lüge ist besser als die vorhergehende. Nicht einmal Edgar hat gewusst, was sie vorhatten, bis ganz zum Schluss, und dabei war sie seine Frau! Kaum hatte er es herausgefunden, da drohte er ihnen, die ganze Sache auffliegen zu lassen. Also hat sie ihn erschossen!«

Wiggins schüttelte den Kopf. »Das zieht nicht.« Er ging den Flur hinauf.

Wieder klingelte es, diesmal an der Tür. Victor quetschte sein Gesicht zwischen die äußersten Gitterstäbe, um zu sehen, wer es war …

Es war Joseph, der da hinter dem Polizisten den Gang hinuntergeschlendert kam. »Ich schwör's dir, Vic«, dröhnte er, »trink einen Kleinen über den Durst und du landest im Kittchen.«

»Joseph, du bist's. Mann, bin ich froh.«

»Wer soll's denn sonst sein, verdammt. Ich hoffe, du freust dich, dass ich deinetwegen das Mittagessen verpasse.« Er grinste Wiggins an. »Ich bin gerade erst aus Übersee zurück und kann vom Essen meiner Mutter überhaupt nicht genug kriegen.«

Der Polizist ignorierte diesen Schwall von Liebenswürdigkeiten. Er nahm den Schlüsselring von seinem Nagel an der Wand.

Victors Herz machte einen Satz. »Komm ich jetzt raus?«

»Nein, ich komm rein.« Joseph hörte auf zu grinsen. »Für zehn Minuten. Der Officer hat gesagt, dass du erst mal einem Richter vorgeführt werden musst.«

Wiggins zog die schwere Tür auf. Joseph ging hinein und legte Victor einen Arm um die Schulter. Er roch nach frischer Luft. »Keine Bange. Uns wird schon was einfallen.«

Die Tür fiel zu.

»Mann, die haben mich reingelegt«, sagte Victor. »Ich bin ihnen richtig auf den Leim gegangen. Ich wusste, dass Roy Glass was vorhat, aber an Madame hab ich überhaupt nicht gedacht. Ich hab eine Menge über sie rausgekriegt.« Victor erzählte. Joseph hörte zu. »Die wollen mich aus dem Weg haben. Sie haben ihn erschossen und dafür gesorgt, dass meine Fingerabdrücke auf der Waffe sind.«

Joseph pfiff. »Scheißdreck. Ich hab's dir gesagt. Diese Leute sind gefährlich.«

»Jedes Mal, wenn eine Leiche auftaucht, krieg ich die Schuld«, sagte Victor.

Wiggins kam an die Gitterstäbe getreten. »Sohn, hast du gesagt, dass du Joseph Sylvester heißt?«

Joseph sah ihn misstrauisch an. »Ja.«

»Ist das dein Laster da draußen?«

»Der von meinem Vater. Wo liegt das Problem?«

»Sieht ganz danach aus, dass von euch beiden keiner mehr irgendwohin geht«, sagte der Officer. »Ich hab 'nen Anruf gekriegt. Von einem Bundespolizisten, der nach dir sucht.« Joseph wurde blass. »Nach mir?«

»Jawoll. Hat von irgendwo aus der Pampa angerufen und gesagt, dass wir nach dem Laster suchen sollen. Er wollte es gar nicht glauben, dass du gerade hier hereinspaziert bist.« Wiggins lachte. »Das ist sein Glückstag.«

»Hören Sie, Meister, da ist was schief gelaufen ...«

»Das hat dein Bruder auch schon gesagt.« Wiggins goss sich heißen Kaffee nach. »Wenn wir bloß die drinbehalten würden, die ihrer Meinung nach hier reingehören, dann hätten wir nichts mehr zu tun. Ich ruf mal zurück, und dann komm ich und nehm dich ordnungsgemäß in Haft.« Er machte das Licht aus und schlurfte davon.

Jedes Mal, wenn Victor dachte, es könne unmöglich noch schlimmer kommen, kam ein neuer Tentakel hervorgeschossen und schnappte sich den Nächsten. »Joe. Das muss Glass sein. Es hat ihm überhaupt nicht gefallen, dass Edgar dich nach Hause gehen ließ. Jetzt, wo er mich aus dem Weg hat, bist du dran.«

»Ja, könnte sein«, sagte Joseph und ließ sich auf das eine Ende der Pritsche sinken. Sein Gesicht war kalkweiß.

»Wie geht's Mama? Hast du es ihr erzählt?«

»Ging nicht anders. Ich hab gedacht, ich müsste Geld auftreiben. Mann, ist das duster hier drin.«

»Was hat sie gesagt?«

Joseph starrte auf seine Knie. »Was soll sie schon gesagt haben. Sie macht sich Sorgen um dich.«

»Wir müssen hier raus und irgendwas unternehmen.« Victor ging in der Zelle auf und ab. »Wenn Glass bei uns zu Hause gewesen ist … Ich hab's gewusst. Herrgott, bin ich blöd. Ich hab ihm selber gesagt, wo wir wohnen und alles.«

Joseph schüttelte den Kopf. »Spielt keine Rolle«, sagte er. »Ich glaube, der hat nach mir gesucht.«

»Naja, wo *ich* stecke, wusste er ja.«

»Victor.«

»Was denn?« Victor blieb stehen und wandte sich um. Seinem Bruder war eine Maske vom Gesicht gefallen. Sie hatte ihm gut gestanden – der muntere Draufgänger, den er fast seit dem Augenblick gegeben hatte, als er über die Reling der *Constance* geklettert war –, aber jetzt war sie ihm runtergerutscht, und er versuchte nicht, sie wieder aufzusetzen. Heftige, ohnmächtige Traurigkeit in seinen Augen, flammende Scham. Er sah überall hin, nur nicht zu Victor.

»Das ist nicht dieser Glass«, sagte er. »Das ist jemand anders. Ich hab schon auf ihn gewartet.« Joseph zog einen Fuß unter sich, dort auf der Pritsche. Er war schlapp, geistesabwesend irgendwie, eine leere Hülle.

»Joe …?«

»Dieser Torpedo war genau auf mich gerichtet«, sagte er. »Ich hab's gewusst. Ich saß da mit meinem Kaffee, und das Ding ging hoch, und ich dachte, tja, nun haben sie dich. Man kann ihnen einfach nicht entkommen. Nicht einmal hier.«

»Ich versteh kein Wort.« Victor setzte sich auf die andere Pritsche. Er hatte sich gefragt, wie die Armee seinen Bruder wohl verändern würde, was für prächtige Kriegsgeschichten er wohl mit nach Hause bringen würde. Nie hätte er sich träumen lassen, dass sie miteinander im Gefängnis sitzen würden, oder dass Joseph so elend aussehen und sich so fremd anhören würde.

»Es ist Krieg«, sagte Joseph. »Wir sind im Krieg. Man muss nicht einmal Soldat sein. Sie kriegen einen auch so. Nimm dich, Victor. Sie haben dich im Handumdrehen gekriegt. Und mich auch. Schluss, Ende, aus.«

»Aber Joseph, du bist doch runtergekommen von dem Schiff. Dir ist nichts passiert. Diese Leute sind Spione. Du und ich, wir sind einfach bloß ein Bestandteil ihres Plans.«

Josephs Augen schimmerten. »Lass deine Pläne mal einen Moment beiseite, Bruder. Jetzt geht's um diesen Mann. Er sucht nach mir. Ich bin ein Krimineller, Victor. Ich bin ein Deserteur. Ich hab mich aus England abgesetzt und bin rauf auf ein Boot und nach Hause gefahren. So. Damit ist es raus. Jetzt weißt du's. Bist du nun zufrieden?«

Victor blinzelte.

»Ich hab dir gesagt, du sollst mich in Ruhe nach Hause kommen lassen, aber nein, du musstest dich ja ins Gefängnis stecken lassen.« Joseph schlug mit der Faust gegen die Wand. »Und mich gleich mit.«

Victor drehte sich ganz bis zur Pritsche herum. »Du meinst, du – du hast dich einfach abgesetzt?«

»Ja, genau. Du hast richtig gehört. Ich bin desertiert. Sag es, Victor. Herrgott, du kannst es nicht einmal aussprechen. Du denkst, du wärst in Schwierigkeiten, aber du hast überhaupt nichts *getan.* Du kommst wieder raus. Aber ich hab mächtig Dreck am Stecken.« Der Zorn ließ die Traurigkeit in seinen Augen verschwinden. »Ich hab nichts weiter gemacht als abzuhauen. Aber wir befinden uns im Krieg, wie du vielleicht weißt, und damit ist das ein Kapitalverbrechen, Victor. Toller Witz, was? Du weißt, was das heißt, oder? Das heißt, dass sie einen an die Wand stellen. Sie werden mich an die Wand stellen. Und außerdem heißt es, dass du und die anderen euch nicht einmal mehr in Moores Laden werdet sehen lassen können, weil dann alle Bescheid wissen. Das ist ein gefundenes Fressen für die Zeitungen. Nichts ist schlimmer als ein Deserteur. Sie werden mich als warnendes Beispiel hinstellen.«

Victors Entsetzen kannte keine Grenzen. »Joseph, wie konntest du das tun, einfach abhauen? Was hast du dir bloß dabei gedacht?«

»Ich hab gedacht, du würdest versuchen, mich zu verstehen«, sagte Joseph. »Soll ich dir sagen, was das Komische daran ist? Ich hab da dieses Buch gelesen über die großen Verbrecher der Geschichte, die englischen natürlich. Und dieser Bursche sagt, eines hätten sie alle gemeinsam, sie wussten erst, dass sie Kriminelle waren, als sie ihr erstes Verbrechen schon begangen hatten. Keiner nimmt sich vor, etwas Falsches zu tun. Die sind da einfach reingestolpert und haben gemerkt, wie einfach es ist. Manchmal war es das Erste in ihrem Leben, das sie hingekriegt haben.« Joseph schlug sich mit der Faust aufs Knie. »So war's bei mir auch, Victor. Ich hab's getan. Ich hab mich abgesetzt. Und ich bin froh darüber. Es ging ganz leicht. Es fühlte sich gut an. Ich wusste genau, was mir blüht, wenn sie mich kriegen. Das ließ mich bloß noch schneller rennen.«

Darum also – darum hatte er sich von den anderen Überlebenden der *Eugenia Rae* fern gehalten, darum die nervösen Blicke über die Schulter und dieser komische Spruch von wegen dass der Krieg nicht so wie in den Briefen sei … »Aber deine Briefe, Joe! Du hast nie geschrieben, dass du nach Hause möchtest.«

»Die Briefe waren gelogen, Victor. Gelogen. Ich war nicht mal mehr drüben, als ich die meisten geschrieben habe. Ich hab das letzte halbe Jahr auf Tankern im Golf gearbeitet.

Wilbur hat eure ganzen Briefe an mich weitergeleitet. Meine Antwortbriefe hat er auch gekriegt. Er hat sie durch die Zensur laufen lassen und in die Post gegeben.«

»Wilbur?«

»Unser guter, alter Cousin Wilbur. Ob du's glaubst oder nicht. Er hat diesen tollen Posten in London ergattert. Hauptquartier. In der Registratur. Der kommt an alles ran. Er hat mir geholfen.«

Die ganzen immer wieder vorsichtig aufgefalteten Luftpostbriefe mit ihren in stundenlangen Träumereien aufgefüllten geschwärzten Stellen ... alle gelogen!

»Ich wollte unbedingt nach Hause zu Willie, wo sie doch so krank war«, fuhr Joseph fort, als wollte er jetzt, wo er schon einmal damit angefangen hatte, endlich reinen Tisch machen. »Ich wollte eine Entlassung, aber das Beste, das er kriegen konnte, war eine Urlaubsgenehmigung für drei Wochen, und dann musste der Trottel da meinen richtigen Namen reinsetzen. Ohne meine Einheit zu unterrichten. Sie haben einen Suchbefehl wegen unerlaubten Entfernens von der Truppe rausgeschickt. Bis ihm klar wurde, dass ich nicht mehr wiederkommen würde, steckte er schon bis zum Hals drin. Also hat er weitergemacht. Hat ein paar Papiere zusammengeschustert und meinen Sergeant damit ruhig gestellt.«

So viel auf einmal wollte Victor nicht in den Kopf. Er hatte natürlich die Fotos von Deserteuren in der Zeitung gesehen, gleich neben Axis Mary und Tokyo Rose. Wie konnte Joseph jetzt einer von diesen bleichen, entsetzten Jungen sein? Was mochte ihm zugestoßen sein?

»Aber irgendwie war die Sache nicht wasserdicht«, sagte er gerade. »Sämtliche FBI-Stellen haben mein Foto. In Brownsville hätten sie mich fast gehabt, vor drei Wochen. Seitdem habe ich jeden Tag mit ihnen gerechnet. Ich wär bloß gern – gern noch ein bisschen länger zu Hause gewesen …«

Und jetzt strömten Tränen das Gesicht seines Bruders hinab. Seine Miene war wie versteinert, aber die Tränen flossen, und die Mauer zeigte bereits Risse. »Sag was, Victor, sag doch irgendwas.« Er sog Luft ein.

Am liebsten wäre es Victor gewesen, sie wären wieder kleine Jungs gewesen, dann hätte er sich hinsetzen und Joseph in den Arm nehmen können, aber sie waren keine kleinen Jungs mehr, und so konnte er das nicht. Darum sagte er: »Ich weiß nicht, was ich sagen soll. Ich krieg es nicht in den Kopf. Ich dachte immer, du wärst mutig. Ich wollte immer sein wie du.«

»Tut mir Leid.« Joseph fuhr sich mit dem Ärmel über die Augen. »Tut mir Leid. Ich kann nicht dein Held sein. Ich bin kein Held.«

»Jetzt hör bloß auf, dir selber Leid zu tun!«, rief Victor. »Du redest bloß davon, wie gut es sich angefühlt hat und wie froh du bist, dabei bringt es dich um. So hab ich dich noch nie erlebt. Warum hast du das getan? Warum hast du dich abgesetzt? Hattest du Schiss? War es das?«

»Ruhe da hinten«, ertönte es von vorn.

Es war fast Abend inzwischen. Der ganze Flur lag schon im Schatten, bis hin zu den Gitterstäben.

»Da war was, das ich nicht ertragen konnte«, sagte Joseph.

»Sag's mir einfach, ganz egal, was es ist.« Auch wenn sie keine Kinder mehr waren, auch wenn Joseph der Ältere war … Victor setzte sich neben seinen Bruder auf die Pritsche, nahm ihn in den Arm. Dadurch löste sich etwas von der Einsamkeit, von dem Schmerz in Luft auf, der ihn zu Willie hatte beten lassen.

Joseph wand sich aus seiner Umarmung und zog den anderen Fuß auch noch unter sich. »Es fing gut an«, sagte er. »Ich war der Beste. Die meisten Liegestützen. Die schnellsten vierhundert Meter. Sie sagten einem, wann man morgens aufzustehen hatte, was man anziehen sollte, wann man pinkeln und sich in der Nase bohren durfte, und wenn der Tag dann rum war, schickten sie einen mit 'nem Tritt in den Hintern ins Bett. Genau wie zu Hause.« Sein Lächeln war trübe, aber er fuhr fort, als habe er diese Geschichte schon hundertmal im Stillen aufgesagt.

»Ich hatte ein paar gute Kumpels dort. Das war wohl noch das Beste daran. Das einzig Gute. Dieser eine, Darden, aus South Carolina. Der hat Scheiße gebaut bis zum Gehtnichtmehr. Ein Teufelskerl.«

»Von dem hast du auch geschrieben.« Victor rutschte an die Wand. Seine Füße hingen über den Rand der Pritsche. »Ist der nicht mit 'nem Jeep durch den Offiziersclub gefahren?«

»Mit dem Motorrad«, sagte Joseph. »Beim Valentinsball für die Offiziersfrauen. Dazu hatte er sich noch den roten Seidenschlüpfer von irgendeiner Hure über den Kopf gezogen. Drei Wochen Bau hat er dafür gekriegt. Er war verrückt. Er und ich haben von Anfang an aufeinander aufgepasst. Die zwei von der Klugscheißer-Brigade. Der Ausbildungsunteroffizier hat uns gehasst und geliebt zugleich. Er meinte, wir wären die schlimmsten Chaoten seit Leopold und Loeb. Er muss uns geliebt und gehasst haben, denn am Schluss hat er dafür gesorgt, dass wir beide in die gleiche Einheit kamen. Zu den Luftlandetruppen. Stationiert in Howellton, England.«

»Luftlandetruppen sind die, die mit Fallschirmen abspringen?«, sagte Victor.

»Genau.«

»Das haben sie in deinen Briefen immer geschwärzt.«

»Zuerst lassen sie dich von einer Kiste springen, von so hoch« – Joseph streckte eine Hand aus –, »und dann geht's zwei Stufen höher und immer so weiter, und eh du dich versiehst, hüpfst du von einem Turm runter. Bloß mit nem dicken Gummiband um die Taille, damit du dir beim Aufkommen nicht das Hirn zermatschst.«

»Aber du hast es gemacht ...«

»Ist nicht viel dabei. Du und ich, wir sind doch immer von diesem Baum oben bei der Quelle gesprungen, der war genauso hoch, und wir hatten kein Gummiband. Darden hatte seine Probleme damit. Er ist immer ein bisschen hinterhergehinkt. Aber er hat durchgehalten, er musste bloß immer beim Absprung die Augen zukneifen. Keine Ahnung. Ich fänd's so noch schlimmer. Schließlich haben sie uns in ein Flugzeug gesteckt und mit der festen Leine üben lassen. Du kriegst diesen Gürtel um, der mit einer Stange verbunden ist. Wenn du springst, öffnet die Leine deinen Fallschirm, du brauchst also nicht zu zählen oder sonst irgendwas zu machen. Oben über der Tür sind diese Glühbirnen. Eine rote und eine grüne. Die rote geht schon beim Abheben an, sodass alle ganz rot aussehen. Rot und ängstlich.

Aber wenn dann die grüne angeht, Bruder, dann schieben sie die Tür auf und hetzen dich da raus, hopp hopp hopp, so schnell, wie der Ausbilder bloß brüllen kann. Und dann schaffst du deinen Arsch besser schnell durch die Tür, weil gleich hinter dir schon der Nächste kommt und hinter dem noch fünf. Wenn du bloß mal kurz auf einen zweiten Blick stehen bleibst, dann brüllt dir dieser Ausbilder ins Ohr und schmeißt dich eigenhändig raus. Geht einem ganz schön an die Nieren, kann ich dir sagen. Sobald du da in diesem Flugzeug hockst, wird es ernst.«

Victor wagte kaum zu atmen. »Klingt übel.«

»Dann, am Tag vor Thanksgiving. Unser siebter Sprung. Die verflixte Sieben. Wenn du innerhalb einer Viertelmeile vom Zielpunkt landest, geht's ab zum aktiven Dienst. Wenn nicht, darfst du noch mal von vorn anfangen. Sie schafften uns hoch und flogen noch ein paar Kreise, damit wir uns das Ziel richtig angucken konnten. Darden stand vor mir. Ich konnte seinen Kaugummi riechen ...« Josephs Augen trübten sich. »Er war total rot von dieser Glühbirne und hatte sein breites Grinsen im Gesicht. Dann ging die grüne Birne an und die Tür auf. Wir raus, erst er, dann ich. Meine Leine entrollt sich, wie es sich gehört. Am Schluss gibt es immer diesen harten Ruck, aber diesmal nicht. Ich gucke, und die Leine ist weg. Einfach weg. Bloß das eine Ende flattert noch im Wind rum.«

»Himmel«, sagte Victor.

»Genau das hab ich auch gesagt. Herr im Himmel. Ich bin gestorben, Vic. Ich bin gestorben da oben. Vierzigmal in der ersten Sekunde. Ich hätt mich hunderttausendmal sterben gesehen, bis ich irgendwann aufgeschlagen wäre. Mit Fliegen hatte das nichts zu tun. Es war Fallen. Fallen wie ein Stein. Aber ein Stück bloß, dann kam mir was entgegen. Ein Fallschirm. Ich knallte da rauf und rutschte die Leinen runter und bekam ein Beinpaar zu fassen, und es war Darden.« Joseph zog seine Knie hoch und legte die Arme darum. »Mein Kumpel. Ich klammerte mich fest. Weiter nichts. Ich klammerte mich fest. Und jetzt kommt das, was ich einfach nicht in meinen Kopf kriege. Um Gottes willen, Vic, ich krieg es einfach nicht in meinen Kopf. Sein Fallschirm war offen. Ich hatte nicht mal den kleinsten Fitzel daran kaputt gemacht. Aber er, er fing an, nach mir zu treten. Richtig fest. Immer hier rein. So fest er konnte. Er hat gedacht, mit mir dran würden wir beide sterben. Er müsste sich retten, und das ginge nur, wenn er mich dafür umbrächte. Er gab sich alle Mühe. Ich versuchte, ihn davon abzuhalten. Er schlug mir mit der Faust auf den Kopf. Ich hörte nicht auf, seinen Namen zu brüllen und meinen Namen und dass wir es schaffen würden und er aufhören solle mit dem Treten. Aber er hörte nicht auf. Bis runter zum Boden nicht.«

»Wie zum Teufel hast du dich überhaupt festhalten können?«, sagte Victor.

»Glaub's mir. Ich hätte nie losgelassen.« Josephs Stimme klang wieder wie die eines Fremden: hohl, gequält.

»Ja. Schätze nicht.«

»Drei Rippen hatte er mir gebrochen mit seinem Stiefel. Die Landung ging natürlich daneben, er landete voll auf mir drauf. Und dann ist er weggerannt. Ich lag da und musste erstmal wieder Luft kriegen. Lag bloß da und dachte, du lebst ... und dann dachte ich, dein bester Freund hat versucht, dich umzubringen. Das ist der Krieg, da hast du dich hineinmanövriert. Dafür bist du hier. Um darin umzukommen.«

»Aber du bist nicht darin umgekommen.«

»Ja, Vic, genau. Es stand auf Messers Schneide, aber ich hab's geschafft. Und was sagt uns das?«

»Dass du Glück gehabt hast vielleicht?«

»Ja, genau das hab ich zuerst auch gedacht. Was für ein gottverdammter Glückspilz ich war. Zum Teufel, Darden hat doch nur seine Haut retten wollen. Das bringen sie einem doch bei. Steht sogar so im Handbuch. Das Leben eines Soldaten ist seine wichtigste Waffe. Ohne diese Waffe kann ein Soldat nicht kämpfen.

Aber dann lag ich da auf dieser Trage, und der Sani tastete mich überall ab, und ich hatte Zeit genug, an Dardens Gesicht zu denken. Als er versucht hat, mich wegzutreten. An dieses mordsbreite Grinsen, kurz bevor wir gesprungen sind. Und dann dachte ich, vielleicht wollte er ja nicht, dass du in den aktiven Dienst kommst, vielleicht hasst er dich ja dafür, dass du weiter bist als er. Vielleicht hat er ja einen kleinen Schnitt in deine Leine gemacht.«

»Du meinst – du denkst, er hatte vor, dich umzubringen? Schon bevor ihr in die Luft gegangen seid?« So eine Kriegsgeschichte hatte Victor im Leben noch nicht gelesen, und er hatte einige gelesen. Aber in denen waren die Jungs immer auf derselben Seite gewesen. »Warum hast du es nicht irgendjemandem erzählt? Er war dein Freund, und er hat zweimal versucht, dich umzubringen?«

»Du weißt nicht, wer dein Freund ist.« Joseph drehte sein Gesicht zur Wand. »Ich glaube, dabei ist irgendwas passiert mit mir. Als mein Fallschirm nicht da war und ich gestorben bin. Einsamer kannst du nicht sein, Vic. Als wenn du weißt, dass von allen Leuten auf der ganzen gottverdammten Welt ausgerechnet du jetzt mit dem Sterben dran bist. Keine Ahnung. Vielleicht war ja auch ausgerechnet diese Leine jetzt mit dem Reißen dran. Vielleicht war es Darden, vielleicht irgendjemand anderes von meiner Einheit. Oder jemand in der Fallschirmfabrik. Oder jemand hinterm nächsten Baum. Auf jeden Fall hatte ich plötzlich das Gefühl, dass ich irgendwie *dran* war.

Dann bin ich zurück zu meiner Einheit. Sie hatten alle irgendwie etwas gehört davon. Als ich reinkam, sahen sie mich an. Klopften mir aufs Kreuz und sagten, na, wieder in Form? Das war alles, was sie wissen wollten. Darden redete kein Wort mehr mit mir. Ich fing an, alles … anders zu sehen. Meinen Sergeant, die Deutschen, die Jungs. Darden. Kann ich gar nicht aufzählen alles. Ich wollte nicht mehr springen. Ich wollte keine Waffe mehr tragen. Ich hatte keinen Biss mehr.«

»Was hast du gemacht?«, sagte Victor.

»Die Ausbildung ging weiter. Darden kam in den aktiven Dienst. Ich durfte wieder ganz vorn bei der Kiste anfangen. Und da wurde mir alles klar, Bruder. Noch so ein kleines Stück, und ich wär dran gewesen. Das war ein Zeichen. Hau ab. Kratz die Kurve, solange du es noch kannst. In dem Moment war mir ganz egal, wie. Ich wusste bloß, dass ich nach Hause musste.«

Joseph saß da, atmete ein, atmete aus, das Kinn auf der Brust. »Und da bin ich nun. Sie haben mich. Jetzt weißt du, warum sie mich an die Wand stellen werden«, sagte er. »Weil ich nach Hause gekommen bin.«

Victor hatte sein ganzes Leben lang so wie Joseph sein wollen, und nun war Joseph plötzlich ein Niemand. »Wir dürfen es nicht zulassen, dass sie dich kriegen«, sagte er. »Wir kommen hier schon irgendwie raus.«

»Dann holen sie mich eben wieder.«

»Wir kommen hier *raus*!« Victor packte seinen Bruder bei den Schultern und schüttelte ihn, kräftig. »Du darfst nicht aufgeben. Der Feind ist doch schon hier. Da kannst du dich nicht einfach so davonschleichen und nicht kämpfen!«

»Dann guck mal, Victor.« Joseph legte sich auf die Pritsche. »Guck's dir einfach an.«

27

Sie hörten die Klingel vorne gehen und wie Wiggins irgendjemanden angrummelte. Sie sahen sich an. »Klingt nach ihr«, sagte Joseph.

»Oh Gott. Sie ist es.«

Officer Wiggins führte ihre Mutter den Flur entlang.

Die Glühbirne fing an zu schaukeln, als sie darunter vorbeikam. Victor überkam die lachhafte Vorstellung, dass ihre Mutter ebenfalls eingesperrt werden würde.

»Sind sie hier drin?« Sie klang wütend.

»Hier drüben, Mama«, sagte Victor.

»Ich kann sie nicht sehen. Gibt's hier drin kein Licht?«

»Wir haben Krieg«, sagte Wiggins, knipste es aber an.

Der Kragen ihres blauen Kleides war rundherum hochgestellt. Ihre Haare waren völlig vom Wind zerzaust. »Ich kann's nicht fassen, dass Sie Menschen hier einfach im Dunklen hocken lassen. Joseph? Alles in Ordnung mit euch beiden? Hat dieser Mann euch etwas getan?«

»Uns geht's gut«, sagte Joseph. »Tut mir Leid, dass du extra herkommen musstest.«

»Mama, wie bist du denn überhaupt hierher gekommen?«

»Im Walfänger. Ich wär fast ertrunken. Ihr könnt wirklich stolz auf euch sein, Jungs.«

Sie saßen auf ihrer Seite der Gitterstäbe und sahen zu Boden.

»Nun?« Sie tappte mit dem Fuß. »Was soll ich jetzt wohl tun?«

Officer Wiggins zog sich zurück.

»Was meint ihr wohl, was euer Vater dazu sagen wird? Er müsste schon fast wieder zu Hause sein.« Ihre Stimme zitterte jetzt. Vor Zorn. »Was wird er wohl dazu sagen?«

»Als ob das eine Rolle spielt«, sagte Joseph.

»Ein Mann ist zu meinem Haus gekommen, Joseph Sylvester. Er hat mitten auf meiner Veranda gestanden. Er hat gesagt … er hat gesagt, du wärst – ein Deserteur.« Sie kam an die Gitterstäbe getreten. »Sag mir, was er damit meint.«

»Er hat Recht. Ich bin einer. Ich hab meine Einheit im Dezember verlassen. Ich hab seitdem auf Tankern gearbeitet.« Joseph packte die Gitterstäbe, seine Augen glänzten. »Mutter. Mir war klar, dass es dich verletzen würde. Darum habe ich gelogen.«

»Ach, das will ich alles gar nicht hören«, sagte sie. »Den ganzen Weg lang wusste ich genau, dass du sagen würdest, es würde nicht stimmen.«

»Aber Mama ...«

»Victor, sei still. Zu dir kommen wir noch.«

»Er muss nicht für mich sprechen«, sagte Joseph. »Ich fürchte mich nicht vor der Wahrheit. Ich habe mich abgesetzt, denn wenn ich geblieben wäre, dann hätten sie mich umgebracht. Ich wusste es. So sicher, wie du jetzt hier vor mir stehst. Tut mir Leid wegen dem Krieg, aber an dem ist nichts dran, für das es sich lohnen würde, sich umbringen zu lassen.«

Ein leichtes Zittern überkam sie. Sie lehnte sich an die Gitterstäbe, um es in den Griff zu kriegen. »Ich hatte auch Angst um dich«, sagte sie. »Ich hatte die schrecklichsten Albträume. Immer wieder hab ich darum gebetet, dass sie dich nach Hause schicken.«

»Haben sie aber nicht. Ich bin von allein gekommen.«

»Du bist nach Hause gekommen, zu deiner Mama ... Man sollte ihnen verbieten, dagegen ein Gesetz zu machen. Du wirst doch nicht wieder rüber müssen, oder?«

»Sie werden mich ins Gefängnis stecken«, sagte Joseph. »Ist ein Verbrechen, was ich getan habe.«

Victor fiel auf, dass er die weiteren Einzelheiten ausließ. »Joe, und wenn du sagst, du wärst verletzt worden«, sagte er. »Du wärst verletzt worden und hättest nicht mehr gewusst, was du tust?«

»Victor, Herrgott noch mal, was für eine Idee«, fuhr ihre Mutter ihn an. »Seit wann lässt sich eine schlechte Tat denn mit einer schlechten Tat ausgleichen? Siehst du denn nicht, dass du dich genau damit ins Gefängnis gebracht hast, mit deinem ganzen Gelüge und deiner Herumtreiberei?«

»Es ist nicht so, wie du denkst.«

»Ach nein? Wie denn dann? Sag's mir.«

Ihm war klar, dass für sie längst alles feststand, aber er redete trotzdem drauflos. »Ich hab diese Leute kennen gelernt. Ich hab ein paar Sachen über sie rausgefunden, die ich nicht hätte herausfinden sollen.«

»Was für Leute? Was für Sachen? Was hat er gemeint mit diesem Mann, der erschossen worden ist?«

Victor spürte das Blut in seinem Gesicht. »Es waren zwei, Mama. Den einen hab ich im Sumpf gefunden. Der andere war ein alter Mann, den ich kannte. Ich hab gesehen, wie sie ihn ermordet haben. Sie haben es mir in die Schuhe geschoben.«

»Was redest du da? Sohn, um Gottes willen, in was bist du da reingeraten?« Sie versuchte, durch die Gitterstäbe seine Hand zu berühren, aber er wich zurück.

»Ist viel passiert, Mutter«, sagte er. »Ich konnte nicht unten bei Willie bleiben. Ich konnte nicht nach Hause kommen. Daddy wollte mich umbringen. Ich hab was gesehen. Ich kann das jetzt nicht alles auf die Schnelle erklären. Aber ich musste herausfinden, was es war.«

Ellen klappte ihren Kragen herunter. Sie wollte etwas sagen, aber dann wurde sie von ihren Gefühlen übermannt und drehte sich weg.

»Mutter, du solltest jetzt besser nach Hause gehen«, sagte Joseph.

»Kann ich diesem Mann nicht einfach ein bisschen Geld in die Hand drücken und euch mitnehmen?«

»Haben wir schon versucht.« Joseph hielt ihr die Geldscheine und die Schlüssel durch die Gitterstäbe hin. »Hier. Nimm den Laster. Wenn Daddy nach Hause kommt, dann sag ihm, er soll anrufen und fragen, ob wir immer noch hier sind. Wenn ja, dann soll er besser diesen Anwalt in Daphne anrufen.«

»Ich kann ihm das nicht sagen«, sagte sie. Ihr Gesicht blieb im Dunkeln. »Ich sag's ihm nicht. Wir werden das selber hinkriegen, und er wird nie was davon erfahren.«

Victor rückte wieder vor. »Mama, das wird schon werden.«

Sie wühlte in ihrer angestoßenen alten Tasche nach ihrem Zippo und einer Zigarette. Sie inhalierte eine Brust voll Rauch, stieß ihn scharf wieder aus. »Ihr könnt euch überhaupt nicht vorstellen, was euer Anblick in mir anrichtet. Ich habe immer so große Hoffnungen in euch Jungs gesetzt. Ich werde keinem mehr in die Augen sehen können.«

»Doch, das wirst du«, sagte Victor. »Wenn wir erstmal hier raus sind, werden wir es dir beweisen.«

»Hat dieser Mann euch etwas zu essen gegeben?«

»Bis jetzt nicht.«

»Wäre typisch für diese Stadt, mal zu gucken, ob man euch nicht einfach verhungern lassen kann.«

Victor konnte nichts dagegen machen; er musste schmunzeln, und das machte sie so zornig wie eben beim Reinkommen. »Grins mich ja nicht an, Bursche. Solange ich hier stehe, will ich kein Grinsen von dir sehen.«

»Mama, ich bin nicht mehr dein kleiner Junge.«

»Nein. Sieh dich bloß an. Du bist ganz und gar nicht mehr der Junge, den ich aufgezogen habe.« Sie wich zurück, Richtung Tür. »Ich gehe nach Hause. Ich komme wieder.«

Das Klacken ihrer Absätze im Flur. Sie redete noch kurz mit Officer Wiggins, dann war sie verschwunden. Ein blauer Rauchschleier trieb in der Luft.

Schweigen, das schließlich von Joseph gebrochen wurde. »Junge. Die war vielleicht sauer.«

»Ja«, sagte Victor.

»Victor?«

»Ja?«

»Du hast Recht«, sagte Joseph. »Wir müssen hier raus.«

»Ach, guck mal einer an. Was treibt der denn da vorne?«

Joseph presste sich in die Ecke der Zelle. »Da ist noch irgendwer bei ihm. Noch ein Bulle. Jünger als er.«

»Draußen schon dunkel?«

»Fast.«

»Ich weiß nicht«, sagte Victor. »Sieht so aus, als wäre immer alles in die Hosen gegangen, wenn ich mal was unternommen habe.«

»Ach, lass dir bloß nichts einreden von ihr«, sagte sein Bruder. »Sie ist stinksauer, das ist alles.«

Victor sagte: »Mir wär's einfach bloß lieber, sie hätte uns nicht so angeguckt.«

»Geht mir genauso.«

Und dann saßen sie da und konnten an nichts anderes denken.

28

Der Pier von Fairhope war eine hölzerne Promenade, die vom Ende der Bay Street aus zweihundert Meter weit in das flache Wasser hinausragte – rund um die Uhr für jeden zugänglich, der sich nicht an den unebenen Planken störte und aufpasste, dass er nicht in irgendwelche Angelhaken oder unsichtbare Lücken trat und auf die Nase fiel oder seine Köder verlor. In heißen Nächten wie dieser war immer irgendjemand dort. Die Leute flohen aus ihren Küchen, ihren Zimmern, um hier in der Dunkelheit über der Bucht zu sitzen, wo sie vielleicht ein bisschen Wind abbekamen und wo sich mit einem Hühnerknochen und einem Stück

Schnur vielleicht eine blaue Krabbe für den Gumbo ergattern ließ.

In dieser Nacht, in der man vor Hitze fast verging, war dort richtig was los. Küssende Paare, hier und dort jemand, der ernsthaft angeln wollte, an der Spitze eine ganze Horde mit Wurfnetzen, und überall wimmelten Kinder herum. Es war abnehmender Mond. Die Luft war so drückend, dass das Wasser aussah wie gebügelt.

Die tief hängenden Wolken glommen schwach in der Ferne, wo die Stadt Mobile lag. Im Süden deutete ein schwarzer Bogen den Verlauf der Küste zum Hotel hin an, unterbrochen von den Stegen und Badehäuschen der teuren Sommerhäuser.

Von einem dieser Stege erklang ein dünner Ruf: *Jubilee!*

Ein Mann, der gerade sein Netz auswarf, hörte mittendrin diesen Ruf und ließ zu früh los. Das Netz blieb an einem Nagel hängen. Der Mann fluchte und sah die Küste hinab.

Jubilee!

Die Neger am Ende des Piers hörten als Erste zu reden auf.

Ein paar Leute sagten den Kindern, sie sollten mit ihrem Herumtoben und ihrem Geschrei aufhören.

Einer nach dem anderen, immer weiter den Pier hinauf, spitzten die Leute die Ohren, nicht ganz sicher, ob sie richtig gehört hatten, von wo der Ruf gekommen war, ob sie überhaupt etwas gehört hatten.

Jubileeeeee!

Aufgeregtes Geflüster, das allmählich den ganzen Pier erfasste. Alle wussten, was dieses Wort bedeutete, selbst die kleinen Kinder, die es nur aus den Geschichten kannten. Es bedeutete so viel Fisch, wie man aus dem flachen Wasser nur schöpfen konnte, wohin die Tiere gekommen waren, um nur brav auf die Hand, das Netz zu warten. Es bedeutete, dass der Himmel selbst einem etwas schenkte, auf das man schon lange gewartet hatte. Bald starrten sie alle vom Pier aus in die Dunkelheit und flüsterten:

Hast du das gehört?
Denkst du ich bin taub
Ich seh keinen Fisch nich
Was war das?
Jubileeeee!
Ja, Scheiße noch mal!
Den ganzen Abend lang hat keiner angebissen
Hat der Jubilee gesagt?
Mach hinne, Mavis, pack deine Sachen zusammen
Seit Sechsunddreißig hat's keins mehr gegeben
Ja, aber das ist genau die richtige Nacht dafür …

Angelkästen wurden zugeknallt. Gute Köder wurden aus dem Wasser gezogen. Pärchen hörten auf, sich zu küssen, und sahen sich verwundert um.

Jemand fing an zu laufen. »Jubilee! Jubilee!«

Wo denn?
Weiter drüben
Könnt ihr schon was sehen
Drüben! Drüben beim Hotel!
Jubilee!

Zwei Automobile starteten gleichzeitig und fuhren mit quietschenden Reifen vom Pier weg. Ein paar Berufsfischer gingen mit ihren Laternen ans Wasser und wateten hinein, suchten die Untiefen mit ihren Streichnetzen ab. Einer bekam gleich beim ersten Versuch zwei mittelgroße Flundern zu fassen und stieß einen Schrei aus, der neue Hoffnung verbreitete.

Menschen liefen den Strand entlang. Noch mehr aufheulende Motoren. Fahrer schalteten die Scheinwerfer ein und rasten davon, ohne noch weiter an das Verdunklungsgebot zu denken, so eilig hatten sie es, die Fenster herunterzukurbeln, zu hupen und »Jubilee!« zu brüllen.

Die Nachricht wurde den Hügel hinaufgetragen, von Veranda zu Veranda, die ganzen Häuser an der steilen Küste entlang. Telefone klingelten. Besteck landete auf dem Tisch. Garagentore flogen auf. Kleinlaster kamen stotternd zum Laufen.

Bald waren die kleinen Straßen von Fahrzeugen verstopft, überall liefen Leute herum und lachten und riefen ihre Nachbarn heraus: Eine ganze Stadt ließ das Abendessen stehen und machte sich zum Wasser auf.

Derjenige, der den Ruf als Erster hatte erklingen lassen, mischte sich unbemerkt unter die anderen und lief gegen den Strom den Hügel hinauf.

Am anderen Ende der Bay Street erkletterte er in einem kleinen Park einen Obelisken aus weißem Marmor, ein Denkmal für irgendetwas – es war zu dunkel zum Lesen. Von diesem Punkt aus hatte er den besten Blick auf die Menge, die sich vom Pier aus nach Süden schob. Überall Laternen, wie Sterne, überall aufgeregtes Geschrei, überall Autos, die wie aus dem Nichts aufgetaucht waren.

Klagend heulte in der Stadtmitte eine Sirene los.

Im vorderen Teil des Gefängnisses spitzte Officer Wiggins die Ohren. »Was war das denn?«

»Die Feuerwehrsirene«, sagte sein jüngerer Kollege.

Wiggins trat an die Tür. »Wahrscheinlich hat Corcoran wieder bloß mit den Anschlüssen rumgefummelt, aber vielleicht sollte besser einer von uns kurz rüber und nachsehen.« Er kreuzte die Arme vor der Brust. »Ganz schön viel Verkehr für Mittwochabend.«

»Ich gehe«, sagte der andere. »Behalt du solange unsere Gäste im Auge. Ich bin gleich wieder zurück.«

Die Sirene erklang erneut.

Der junge Mann stieg in den Streifenwagen und fuhr davon. Wiggins blieb in der Tür stehen und sah sich das Durcheinander auf der Straße an.

»Er ist draußen«, flüsterte Joseph im Dunkeln. »Guck, was an dem Nagel hängt.«

»Da kommen wir nicht ran …«

Wiggins kam eilig den Flur herunter. Er atmete schwer. Er ging zu einem grünen Spind und begann darin herumzufuhrwerken. Ein Kescher mit langem Stiel kam zum Vorschein, dann ein kürzerer, dann eine Laterne und drei Arbeitshandschuhe.

Victor streckte seine Finger durch die Gitterstäbe. »Was ist denn los?«

Der Polizist lief rot an, als er sich bückte, um die Kescher aufzuheben. »Ein Jubilee ist los. Das erste seit ich weiß nicht wann. Dieser Junge hat gesagt, die sind schon alle unten!«

Victor wollte etwas sagen, aber dann spürte er Josephs Hand an seinem Knie. Eine Warnung.

»Vielleicht können Sie uns zum Abendessen ja ein bisschen frischen Fisch mitbringen«, sagte Joseph.

»Mal gucken. Barnes ist gleich wieder da.« Wiggins machte das Licht aus und lief mit seinem Zeug nach vorn, nach draußen.

»Das ist ja 'n Ding«, sagte Joseph. »Jetzt guck mal. Siehst du einen Besen oder so?«

»Pst. Er kommt zurück.«

Vorn wischten Scheinwerfer über das Fenster, wanderten die Wand entlang. Ein Umriss in der Glastür. Jemand spähte hinein.

Die Tür ging auf.

»Sandy?«

»Butch! Hier hinten! Mach bloß schnell, Mann!«

Butch kam den Flur hinuntergeschlichen.

»Keine Sorge, er ist weg! Scheiße, ich fass es nicht! Sind wir froh, dich zu sehen!«

»Dunkel hier drin. Wer ist da bei dir drin?«

»Mein Bruder Joe. Beeil dich, Mann, die Schlüssel hängen gleich da auf dem Nagel.«

Butch probierte sie hastig durch. Victor trieb ihn an. Endlich machte es klick.

»Der war's! Jetzt zieh!«

Die Tür scharrte über den Zement. Sie liefen nach vorn.

Joseph blieb stehen. »Ob sie ihre Waffen hier gelassen haben?«

»Egal«, sagte Victor. »Bloß weg hier.«

»Nein. Warte.« Joseph durchwühlte die Schreibtischschubladen und richtete sich mit einer chromglänzenden Pistole von der Größe seiner Hand wieder auf.

»Joseph, los jetzt. Die sind jeden Moment wieder zurück!«

»Und dann verfolgen sie uns.« Joseph füllte sich eine Tasche mit Patronen und ging zur Tür. »Irgendwer zu sehen da draußen?«

»Ja, verdammt. Die ganze Stadt«, sagte Butch, das Gesicht an die Scheibe gedrückt.

»Wir gehen trotzdem.« Joseph schob sich die Waffe in den Gürtel.

Sie traten nach draußen. Ein kleiner Laster raste vorbei. Im Licht des Haushaltswarenladens war ein Menschenstrom zu sehen, der sich zur Bucht hinunter ergoss.

»Und ich hab gedacht, ich müsste dich rausschneiden, Sandy.« Butch bog ein Sägeblatt zwischen den Fingern, dann verstaute er das eine Ende in seinem Schuh und das andere in seinem Hosenbein. Seine schicke Abendgarderobe war zerfetzt, als hätte er sich die ganze Nacht lang durch Dornen gekämpft. Das Jackett war weg. Ein Ärmel seines Hemdes war zerrissen, und es verfügte nur noch über zwei Knöpfe.

Joseph schloss die Tür ab. »Das wird den alten Knaben einen Moment verwirren.«

»Wie kommt's, dass ihr beide da drin wart?«, sagte Butch.

»Ist 'ne lange Geschichte«, sagte Joseph. »Wir gehen mal besser von der Straße weg.«

Sie bogen in eine dunkle Seitenstraße ein. »Ich fass es nicht«, sagte Victor. »Ausgerechnet in dem Moment. Ein Jubilee.«

Butch grinste. »Tja, Glück muss der Mensch haben. Wir legen besser einen Zahn zu. Kann nicht mehr lange dauern.«

»Woher willst du das wissen? Die sind garantiert noch die ganze Nacht da draußen am Einsammeln.«

Butchs Grinsen wurde breiter. »Was sich so alles erreichen lässt, wenn man die Leute bloß auf die richtige Idee bringt.«

Victor blieb stehen. »Hey, was hast du angestellt?«

Butch kicherte, tanzte ein Stück die Straße hinauf. »Ich hab dich schon mal wo rausgeholt. Ich hab gedacht, du kriegst es diesmal auch wieder nicht alleine hin«, sagte er. »Und ich hab da selber schon ein paarmal dringesessen. Ich wusste, dass der alte Bulle nicht allzu helle ist. Also hab ich mich gefragt, welcher Sache kann dieser fette alte Sack unmöglich widerstehen. Essen. Also bin ich zu einem der Stege runter und hab angefangen, Jubilee zu brüllen, und du brauchtest kaum bis drei zählen, da rannten sie alle rum wie aufgescheuchte Hühner.«

»Du warst das? Du ganz allein?« Victor holte ihn ein.

»Diese Leutchen fangen vielleicht ein, zwei Fische, so

viele, wie's da draußen eben gibt, aber das wird's dann auch gewesen sein«, sagte Butch.

Victor packte seine Hand. »Ein falsches Jubilee, Mann, ist ja irre! Klasse ist das!«

»Das ist das Irrste, was ich je gehört habe«, sagte Joseph. »Vic, ich verstehe so langsam, was du an dem Burschen findest.«

»Und sie sind auch noch alle voll drauf reingefallen!«, sagte Victor. »Butch, du hättest diesen Bullen mal rumschnaufen sehen sollen. Warum hast du dir so lange Zeit gelassen damit?«

»Naja, ich war quasi anderweitig beschäftigt. Hatte ja 'nen Fisch auf der Pfanne. Da wollt ich nix anbrennen lassen.«

»Fisch?«, sagte Victor. »Ach nein, lass stecken. Ich will's gar nicht hören.«

»Du kennst sie. Hast ihren Namen ja schon im Radio gehört. Dinah. Ich schwör dir, Sandy, dass so viel Frau in ein dermaßen kleines Kleid reingeht, ist ein gottverdammtes Wunder.«

»Ich hab gesehen, wie du dich reingehängt hast«, sagte Victor. »Du meinst, sie – sie hatte dich richtig gern?«

»Ja, was denn sonst«, sagte Butch und stolzierte los, einen Daumen an der Brust. »So ein Mädel wird einsam unterwegs, weißt du, ein Auftritt nach dem anderen, keine Nacht im selben Hotel. Ojemine!« Er warf den Kopf in den Nacken und heulte.

»Nicht so laut«, sagte Joseph und sah die Straße hinunter. »Sollen wir gleich wieder im Gefängnis landen?«

»Ganz locker, Großer, ich hab euch doch grad erst rausgeholt.«

Joseph winkte sie auf ein verwildertes unbebautes Grundstück. Victor blieb ein bisschen zurück und brachte

Butch auf den neuesten Stand, was seinen Ausflug in Glass' Zimmer anging, den wertvollen Fund, den er unter der Bühne versteckt hatte, das Durcheinander, als Edgar langsam zu sich kam, die sich langsam schließende Falle. »Dann sagte sie, dass wir beide ihnen nicht mehr in die Quere kommen würden, nahm die Waffe und knallte ihn ab.«

»Ja, ich hab seine Leiche gesehen«, sagte Butch. »Ich bin gerade wieder aus diesem Bus raus, da haben sie ihn in einen Krankenwagen verladen. Überall haben Leute rumgestanden und zugeguckt. Nur Glass und die alte Madame waren nirgends zu sehen. Da hab ich mir schon gedacht, dass sie es gewesen sind. Hatten beide solche Schlangenaugen. Dieser alte Trottel. Ich hab dir ja gesagt, dass ihm der richtige Durchblick fehlt.«

Joseph blieb stehen. »Vic, was meinst du, wo Ellen mit dem Walfänger angelandet ist?«

»Keine Ahnung. In der Nähe vom Pier vielleicht?«

»Da unten ist zu viel los. Wir könnten unserem Knastwärter in die Arme laufen«, sagte Joseph.

»Wir können uns ja von der Seite anschleichen«, sagte Victor. »Joseph. Warte mal eine Sekunde. Hör zu. Du bist frei. Du bist draußen. Du solltest abhauen. Ich komm schon klar. Butch wird mir helfen. Nimm den Walfänger und hau ab nach Mobile. Bis dieser FBI-Heini das spitz kriegt, bist du längst über alle Berge.«

»Ja, ich weiß«, sagte Joseph. »Ich muss nur immer in Bewegung bleiben.«

»Vergiss, was ich gesagt hab. Sie werden dich ins Gefängnis stecken. Sie werden dich …« Er konnte es nicht aussprechen.

Joseph lächelte. »Das sollen sie mal versuchen. Ich bin zwar ein Deserteur, Vic. Aber dich lass ich deshalb noch lange nicht im Stich.«

»Das ist bescheuert. Sie werden dich kriegen.«

Joseph sagte: »Wenn ich die Sache mit dem U-Boot einfach dir überlasse, wirst du alles vermasseln.«

»Aber …«

»Sie werden mich nicht kriegen«, sagte Joseph und ging weiter. »Das ist ja das Schöne daran. Ich hab eine Idee.«

Victor kam kaum hinterher. »Was denn für eine?«

»Ich mach bei euch mit«, sagte Joseph. »Wenn ihr Recht habt, dann kommt dieses Ding wieder. Wir können ihm die Küstenwache auf den Hals schicken. Wir brauchen bloß ein Boot.«

In der zugewucherten Wasserrinne holte Victor ihn ein. »Warte mal. Butch hat gesagt, dass niemand auf Edgars Boot gewesen ist. Stimmt's, Butch?«

»Jawoll.«

»Das könnte hinhauen«, sagte Joseph beinahe zu sich selbst. »Wenn ich der Küstenwache ein Scheiß-U-Boot frei Haus liefere, dann könnte das hinhauen. Danach hätte die Army nicht mehr den Nerv, mich an die Wand zu stellen.«

Butch lachte. »Ja! So was soll's geben!«

Victor kämpfte einen Anflug von Groll nieder: Auf einmal gehörte das Ungeheuer ihm nicht mehr allein, es war Josephs Weg aus der Klemme – aber wie blöd. Victor brauchte alle Hilfe, die er kriegen konnte. Die Gefahr war echt. Das war mehr als eine Klemme. Joseph war sein Bruder.

»Wie sollen wir das Boot klauen?«, sagte er.

»Raufgehen, Motor anlassen«, sagte Joseph. »Wegfahren.«

»Aber wohin?«

»Zuerst gucken wir uns deine Karte mal an«, sagte Joseph. »Dann sehen wir weiter. Mit dieser verrückten Geschichte können wir nicht einfach irgendwo hingehen … wir müssen rauskriegen, was sie vorhaben.« Victor spürte einen Arm um seinen Nacken. Er ließ sich näher ziehen. »Wird schon klappen, Vic. Jetzt wo der alte Joe dabei ist. Wir *holen* uns das verdammte Ding.«

»Gestern Nacht können sie das jedenfalls nicht durchgezogen haben«, sagte Victor. »Glass hatte zu viel damit zu tun, mich ins Gefängnis zu kriegen und Edgar umzubringen.«

»Au weia«, sagte Butch. »Guck sich das einer an.«

Fünf oder sechs Fischer kamen den langen Hang hinauf. Sie fuhrwerkten mit ihren Netzen herum und stritten sich. Ihre leeren Eistruhen kratzten über das Pflaster.

Und wer zum Teufel hat dann die Sirene angemacht?

Ich etwa, oder was

Klatschnass bin ich geworden und wofür

Wer hat euch das denn erzählt von dem Jubilee?

War doch überall zu hören

Wer hat überhaupt angefangen mit dem Geschrei?

Irgendwelche Kinder wahrscheinlich

»Wisst ihr«, sagte Butch, als sie vorbei waren, »jetzt muss ich mich glatt mal selber loben. Das ist das absolut Beste, was je irgendjemand angestellt hat.«

»Zum Glück sind wir die Einzigen, die wissen, dass du das warst«, sagte Joseph.

»Habt ihr ihre Gesichter gesehen?« Butch lachte und stürmte die Straße hinauf, um sich noch einmal die Bescherung anzusehen, die er dort unten angerichtet hatte.

»Das ist jetzt das zweite Mal, dass er mich irgendwo rausgeholt hat«, sagte Victor.

»Er macht einen Haufen Krach, aber es ist immer gut, ihn dabeizuhaben«, stimmte ihm sein Bruder zu.

Gruppen von Enttäuschten stapften kopfschüttelnd vom Wasser weg. Die Brise trug den metallischen Geruch von Regen heran. Die Wellen liefen weit den Strand hinauf.

Weiße Schaumkronen zerriffelten die dunkle Spiegelfläche der Bucht.

»Guck, Joe, da ist er.« Der Walfänger, an einen kurzen Anleger geleint, ein Stück vom städtischen Pier aus den Strand entlang.

Victor begann zu rennen und war als Erster dort. »Die Flut ist zurückgegangen, seit sie ihn festgemacht hat«, rief er. »Da ist Wasser im Heck.«

Butch half ihm beim Ausschöpfen.

»Lasst mich fahren«, sagte Joseph. »Ist lange her, dass ich ein Boot gesteuert habe.«

Victor stand in der Brandung, die Hände am Heckwerk des Walfängers, und starrte auf die Wellen hinaus. »Braut sich was zusammen, da draußen.«

Butch kletterte in den Bug.

Victor sagte: »Die anderen Male konnte ich es spüren. Diesmal bin ich mir nicht sicher. Ich glaube, es ist immer noch irgendwo da draußen. Wenn ein Sturm kommt, versuchen sie bestimmt, es hier reinzuschaffen.«

»Wenn sie nicht längst drin gewesen sind«, sagte Joseph. »Vielleicht ist schon alles erledigt.«

»Nein«, sagte Victor und stieg ein. »Frag mich nicht warum, aber ich weiß es. Die sind noch nicht fertig mit uns.«

29

Überall am westlichen Horizont leuchteten wie bläuliche Adern Blitze in der Wolkenwand auf. Der Sturm war zu weit entfernt, um das Donnern hören zu lassen, aber der Wind und die Blitze waren schon da. Die Bucht war in Aufruhr, überall hohe Wellen, weißer Schaum. Eine gewaltige dunkle See, dann wieder eine energiegeladene Szenerie aus Küstenlinie, Bootshäusern und Stegen, die nach dem Walfänger zu greifen schienen, der sich gerade durch eine eingefrorene Welle kämpfte. Joseph fuhr einen Kurs schräg zur Dünung. Das kleine Boot hüpfte und krängte.

Butch klammerte sich am Dwarsbalken fest und ließ sich die Wellen ins Gesicht klatschen. Bei besonders großen schrie er auf. Victor duckte sich hinter ihn, hielt sich mit beiden Händen fest und dachte daran, wie er früher immer seekrank geworden war; dann versuchte er, lieber nicht mehr daran zu denken.

Ein Blitz erhellte die große Landspitze, das Hotel. Victor zitterte am ganzen Leib. Joseph hatte schwer damit zu tun, den Kurs zu halten. Der Wind wollte sie dorthin zurückschieben, wo sie hergekommen waren, als wüsste er irgendetwas.

»Willst du etwa einfach ins Hafenbecken rein?«, brüllte Butch. »Diese Schweine warten vielleicht schon auf uns. Vielleicht sollten wir uns besser irgendwie reinschleichen!«

»Ganz meine Meinung«, rief Joseph zurück. Er richtete den Bug auf den Wald an der Nordflanke der Landspitze aus. Der Bug kam hoch und ritt auf den langen, rollenden Wellen.

Victor war heilfroh über seine beiden Mitstreiter. Diesmal würde er da nicht einfach allein reinplatzen, ahnungslos, planlos, ohne Übersicht. Wenn die drei ihren Grips zusammentaten, dann mussten sie einfach dazu in der Lage sein, jeden auszutricksen, den es auszutricksen galt.

Eine große Welle nahm sie mit, trug sie fast bis an Land, lief zischend aus. Die Schraube fasste Grund. Joseph machte den Motor aus.

Victor sprang mit der Bugleine ins Wasser und zog das Boot zu den Bäumen, die über das Wasser ragten.

Joseph zog den Kopf ein. Butch stellte einen Fuß in den

Bug wie Washington beim Überqueren des Flusses und kam stehend zwischen den Bäumen an.

Victor band die Leine um einen Eichenstumpf. Als sie zwischen den Bäumen hervortraten, lag ein Rasenfeld vor ihnen, das sich meilenweit zu erstrecken schien. Wind zerzauste den Waldrand.

»Scheiße, wer braucht denn so viel Weideland?«, sagte Butch.

»Das ist ein Golfplatz«, sagte Victor.

»Ein was?«

»Zum Golf spielen. Egal. Guckt, da drüben.«

Eine schnurgerade Linie hinter den Baumwipfeln. Das Dach des Hotels. Sie gingen den Fairway entlang.

»Sandy, du lässt dich da besser nicht blicken«, sagte Butch. »Die werden nach dir suchen.«

Joseph hob eine Hand. »Pst. Leise.«

Sie kauerten sich in eine niedrige Baumgruppe. Victor reckte den Hals: ein Mastendickicht. Der Yachthafen lag so friedlich da wie Pearl Harbor in der Nacht auf Sonntag – schlanke Boote, zu Päckchen vertäut, die Biegung des Wellenbrechers, matt glühende Lampen. In der letzten Schlippe vor der Ausfahrt ragte die Laufbrücke der *Constance* über die anderen Brücken.

»Ruhig hier«, flüsterte Victor.

»Kein Licht an Bord«, sagte Joseph. »Da drüben ist irgendwer.«

»Wo?«

»Da. Beim Schuppen.«

Butch zwängte sich neben sie. »Ach, mit dem Burschen hab ich schon mal gequatscht. Der hat gesehen, wie dieser Bulle sich Sandy gegriffen hat. Der ist in Ordnung.«

»Das weiß man nie«, sagte Victor.

»Butch, du gehst und quatschst mit ihm«, schlug Joseph

vor. »Vic und ich schleichen uns da drüben lang und versuchen auf das Boot zu kommen.«

»Alles klar.« Butch stand auf und schlenderte von den Bäumen weg, den Rasen hinunter. Sie hörten, wie er ein Gespräch begann. Er zeigte nach Westen. Der Junge nickte.

Raffiniert. Das Wetter.

»Vic, warum nennt er dich eigentlich ständig Sandy?«

Victor verzog das Gesicht. »Aus dem Comicstrip. So heißt der Hund von Little Orphan Annie.«

»Oh.« Joseph verzog ebenfalls das Gesicht.

»Guck.« Victor zeigte. »Da drüben kann man das Cottage sehen. Kein Licht an.«

Joseph sagte: »Dann mal los.« Er übernahm die Führung, immer im Schatten, auf Zehenspitzen über die Austernschalen-Auffahrt. Victor blieb ihm dicht auf den Fersen. Geräuschlos liefen sie einen weichen Rasenstreifen entlang, dann rasch über den Kai zur hintersten Schlippe, wo sie sich hinter einem kleinen Ausrüstungsbehälter versteckten. Die *Constance* schimmerte, sie schien einladend zu nicken.

»Die Crew«, flüsterte Joseph. »Wie viele?«

»Drei. Dieser Charles, die Köchin und der Rudergänger. Ist aber keine Menschenseele zu sehen.«

»Das läuft zu glatt«, sagte Joseph. »Könnte eine Falle sein.« Er griff nach der Pistole in seinem Gürtel.

»Gibt nur einen Weg, das rauszufinden«, sagte Victor und huschte die Gangway hinauf.

Er winkte Joseph weiter, dann stahl er sich steuerbords das Deck entlang, guckte immer erst in jedes Fenster. Joseph übernahm die Backbordseite. Sie trafen sich an der Tür, die nach unten führte. Victor hielt sich einen Finger an die Lippen. Jeder stellte sich auf eine Seite. Er öffnete die Tür, einen Spalt nur. Nichts zu hören. Er lugte um den Türpfosten herum. Die Treppe war schwach beleuchtet.

Er stellte einen Fuß auf die erste Stufe, lauschte, trat auf die nächste, lauschte und nickte Joseph zu. Ein einsames Gaslicht flackerte im Korridor. Joseph schlich nach hinten zum Maschinenraum, während Victor durch den Speisesalon zur Kombüse ging. Sämtliche Türen waren unverschlossen, sämtliche Zimmer dunkel.

Sie trafen sich am Fuß der Treppe. »Niemand zu Hause«, berichtete Victor.

»Nicht zu fassen.« Joseph schob die Waffe hinter den Gürtel. »Hier kann jeder reinspaziert kommen und einfach damit abhauen.«

»Schön für uns«, sagte Victor, als sie die Treppe hinaufgingen. »Ich geh das Zeug holen und geb Butch auf dem Rückweg ein Zeichen. Du kannst ja solange mal gucken, wie man das Ding zum Laufen bringt.«

Er war gerade von der Gangway herunter, da sah er Butch den Pier heraufkommen und gleich hinter ihm den Jungen vom Schuppen, der irgendein Tau oder einen Schlauch hinter sich herzog.

Victor blieb stehen. »Herrgott, Butch, unauffälliger ging's wohl nicht«, sagte er leise.

Butch zwinkerte ihm zu. »Die alten Herrschaften schon an Bord?«, sagte er mit lauter Stimme. »Das hier ist Waldo. Er kennt Edgar und Madame schon seit Ewigkeiten. Er übernimmt noch schnell das Volltanken.«

Victor schaltete sofort. »Ja, gut. Sie sind schon unter Deck. Madame wird langsam ungeduldig«, sagte er. »Wir sollen schneller machen. Ich hol noch schnell den Rest von ihrem Zeug. Also haltet euch ran, Jungs.«

Waldo musterte ihn kurz, als versuche er, ihn einzuordnen, dann zerrte er den Schlauch die Gangway hinauf.

Wenn Butch mal eine Sache anpackte, musste Victor zugeben, dann hatte er den Bogen raus – ob er nun ein Boot abfackelte oder ganz Fairhope zum Narren hielt oder diesem Burschen rationierten Treibstoff aus dem Kreuz leierte. Auf seine Art verstand er sich ebenso auf die Schauspielerei wie Madame.

Victor schlenderte den Pier hinab, bis er außer Sichtweite war, dann lief er quer über den großen Rasen, an dem Tor in der rosafarbenen Wand und dem unbeleuchteten Bungalow vorbei, um den einen Flügel des verdunkelten Hotels herum. Heute schlenderte hier niemand herum. Es war spät, und ein Sturm zog auf.

Jetzt aber schnell. Er kürzte durch eine Azaleenhecke ab, dann stand er vor dem Haupteingang des Ballsaals. Die Tür war unverschlossen.

Ohne die prächtige Beleuchtung war es bloß noch ein Raum, ein großer Raum mit nackten Tischen und einer silbernen Kugel an der Decke. Victor machte die Tür leise hinter sich zu. Ein grün fluoreszierender Streifen lief unten um die Bar herum. Von den Balken hingen Papierschlangen herab. Die leere Tanzfläche warf das Geräusch seiner Schritte zurück.

Mit einem Satz war er auf der Bühne. Tommy Fosseys Muschelschalen waren verschwunden, die Instrumente, die Notenständer, nur das kugelförmige Mikrophon stand dort noch auf seinem gusseisernen Ständer. Victor starrte in das Halbdunkel hinab, dachte sich die tanzenden Paare hinzu, die Zuschauer. In seinem Rücken die Big Band, von oben Scheinwerferlicht und Konfetti und überall der Lärm der vielen Leute …

Schluss mit dem Kinderkram. Für heute jedenfalls. Heute wird richtig gespielt. Das Spiel ist schon am Laufen.

Durch den Vorhang, die schmale Treppe zu der kleinen Halbtür hinab. Es war enger da drin, als er es in Erinnerung hatte, aber er quetschte sich an den Rohren vorbei –

und Gott sei Dank, da waren sie noch: die Maschine, der schwarze Aktendeckel, die Kamera, der Satz Spielkarten. Die Sachen, die ihn retten würden. Er presste sie an seine Brust und krabbelte rückwärts wieder nach draußen.

Er schlüpfte aus dem Bühneneingang. Die Bandits of the Beat hatten Reifenspuren auf dem Sandplatz hinterlassen, ansonsten deutete nichts darauf hin, dass sie je hier gewesen waren. Der Wind peitschte die großen Eichen und schüttelte die Bananenbäume beim Pavillon vorn an der Landspitze. Victor hielt sich an die Promenade, immer die Kaimauer an der Rasenfläche entlang.

Drüben im Yachthafen spiegelte sich die *Constance* im Wasser, auf der Laufbrücke glühte ein rotes Licht.

Victor umrundete die Lagune. Als er die Gangway hinaufging, machte der Junge gerade den Schlauch von einem Stutzen im Achterdeck ab. Im Vorbeigehen hielt Victor die Maschine hoch. »Die alte Dame hat haufenweise Briefe zu schreiben«, sagte er.

»Schön für sie.« Der Junge begann den Schlauch aufzurollen. Victor trug seine Sachen ins Ruderhaus. Das Deck vibrierte unter seinen Füßen, in der Luft hing süßlicher Abgasgeruch. Als er die Tür öffnete, sahen Butch und Joseph von einem lichterübersäten Instrumentenbrett auf.

»Dann mal los, Leute!«, sagte er fröhlich. »Ihr habt sie schon zum Laufen gekriegt? Ihr seid technische Genies.«

»Guck, hier.« Joseph zeigte auf einen Knopf, auf dem START stand. »Ich hab ihn bloß gedrückt. Jeder Trottel könnte dieses Boot klauen.«

»Sind eben erst drauf gekommen, Sandy.« In Butchs breitem Grinsen spiegelten sich die Lämpchen. »Ist Waldo schon fertig?«

»Gerade fertig geworden. Hast 'ne gewandte Zunge, Butch.«

»Der Alte hatte einen Vertrag auf Lebenszeit mit dem Hotel«, sagte Butch. »Bloß dass niemand bei Waldo vorbeigekommen ist und ihm erzählt hat, dass es das jetzt war mit seiner Lebenszeit.«

»Psst, er kommt«, warnte Victor.

»Braucht ihr sonst noch irgendwas?«, fragte der Junge.

»Nein danke, Waldo«, sagte Butch. »Und ansonsten, du weißt schon. 'ne große ist bestimmt drin, vielleicht auch noch mehr. Ich meld mich bei dir.«

»Klasse.« Waldo ging die Gangway hinunter.

Victor zog die Karte aus dem schwarzen Aktendeckel und verstaute den Rest seiner Beweismittel in einem kleinen Schrank gleich hinter dem Kapitänsstuhl. Er sah zu Butch hinüber. »Kleines Nebengeschäft, ja?«

»Hör mal, Sandy, ich hab über zweihundert Liter Benzin gegen eine Flasche Selbstgebrannten getauscht. Was gibt's da zu meckern?« Er klopfte sich auf die Gesäßtasche. »Wie sich rausgestellt hat, weiß der Junge, was gut ist. Ich hatte ihn zu einem Schlückchen eingeladen.«

»Kein Wunder, dass du so selig guckst«, sagte Victor. »Joseph, sind wir soweit?«

»Leinen los, Jungs.«

Mit einem Satz war Butch über die Reling und arbeitete sich die Poller entlang, schleuderte die Leinen hinüber, so schnell er konnte. Sobald er an Bord gesprungen war, glitt das Boot vom Pier weg.

Victor zog die Gangway ein. Joseph hatte Recht. Das lief alles zu glatt – dieses prächtige Boot nicht abgeschlossen und dann auch noch frisch aufgetankt …

Wobei Madame und Glass natürlich annehmen mussten, dass er immer noch im Gefängnis steckte. Sie würden gar nicht auf die Idee kommen, dass er so schnell einen Gegenangriff starten konnte. Sie hatten ihn einbuchten lassen und verschwendeten keinen Gedanken mehr an ihn oder daran, dass er vielleicht Hilfe bekam. Das war ihr größter Fehler.

Das Boot bewegte sich langsam von seinem Anlegeplatz weg und aus dem Hafen hinaus. Kaum hatte die *Constance* den Schutz des Wellenbrechers verlassen, da wurden aus dem Gekabbel ausgewachsene Wellen, und die Yacht begann mit einer Begeisterung zu rollen, dass Victor sich mit beiden Händen an der Reling festhalten musste.

Der Sturm war da. Von Westen kam eine Regenwand herangezogen, nur noch eine halbe Meile entfernt. Unter den sich türmenden Wolken war es stockfinster.

Ein Blitzstrahl spaltete mit einem wimmernden Geräusch die Luft und schlug im Wasser ein.

Victor zuckte zusammen und rannte zum Ruderhaus. Joseph stand breitbeinig da und brachte dem ruckenden Steuerrad ein bisschen Vernunft bei. Er sah aus, als wäre er der geborene Rudergänger für dieses Boot. Er wäre wohl besser zur Marine gegangen damals. »Das wird ein Walfisch von einem Sturm, Joe. Wie läuft's?«

»Nicht so gut.« Joseph lehnte sich in das Rad. »Da stimmt was nicht.«

»Du wirst dich dran gewöhnen. Wohin fahren wir?«

»Der Karte zufolge wollen sie sich ungefähr eine Meile hinter Willies Insel treffen. Überm Graben.«

»Ja, ist mir auch aufgefallen«, sagte Victor. Der Graben, das war der Streifen tiefen Wassers westlich von Willies Insel. Tiefer war die Bucht nirgends. Willie hatte immer behauptet, da ginge es hundert Meilen runter bis zum Grund und da würden die größten Fische der ganzen Welt leben. »Meinst du, die sind jetzt gerade da unten?«

»Wäre einleuchtend«, sagte Joseph. »Sie brauchen eine tiefe Stelle, in der sie liegen können. Das Ding dürfte mindestens viereinhalb Meter Tiefgang haben. Da hätten sie eine schöne Fahrrinne den Fluss hinauf.«

»Warum fahren wir nicht zur Küstenwache?«

»Guck uns doch an, Vic – Ausbrecher mit einem gestohlenen Boot. Wir müssen schon was vorzuweisen haben.«

»Was ist mit der Maschine und dem anderen Zeug? Mit der Karte?«

»Alles ein bisschen zu dürftig«, sagte Joseph. »Diese Karte könnte für letzte Woche gelten oder für nächsten Monat. Ich finde, wir sollten aus der Bucht raus, in ruhigeres Wasser, und gucken, wofür dieses andere Kreuz steht.« Als er zum Magnolia River zeigte, sprang ihm das Steuerrad aus der Hand und begann sich wild zu drehen, knallte ihm gegen die Knöchel. Er bremste es, indem er seinen Arm durch die Speichen stieß. »Kümmert euch da mal drum, Vic. Wir ziehen irgendwas nach. Wir müssen einen Anker übersehen haben oder so.«

»Komm, Butch.«

Regentropfen prasselten wie Luftgewehrmunition an die Fenster. Butch hatte es nicht eilig. Er klammerte sich Halt suchend an der Tür fest und trat unsicher aufs Deck hinaus.

»Du nimmst diese Seite!«, rief Victor über das Tosen des Windes hinweg.

Butch schluckte und ging zur Backbordreling.

Victor beugte sich über die Seite. Regen peitschte ihm ins Gesicht. Überall Schaum und stürzende Wasser, wenn der Wind den Wellen die Kronen herunterriss, aber nirgendwo ein Ankertau. Victor hatte gerade eine Fuhre Gischt ins Gesicht bekommen und sich spuckend aufgerichtet, da hörte er Butch rufen.

Er lief zur anderen Seite.

»Guck dir das an.« Butch zeigte auf eine zitternde Kette, die über die Reling führte, durch einen schwankenden

Führarm, hinüber zu einer elektrischen Winde an der Seite der Deckaufbauten.

»Das ist kein Anker«, sagte Victor. Er zeigte nach Steuerbord zu einer anderen Winde, zu einem riesigen hellinglosen Anker und massenweise Tau. »*Das* ist der Anker.«

Butch zerrte einmal kräftig an der Kette. »Aber irgendwas isses, und schwer isses auch«, sagte er.

Sie sahen sich an.

Victor drückte den Knopf. Die Winde summte und brummte und begann sich zu drehen. Klirrend und tropfend kam die Kette hoch, klackend legte sich eine Bahn über die andere.

Der Arm schwang auf seiner Achse nach außen.

»Ach du lieber Gott«, flüsterte Victor und tastete nach dem Knopf, um abzuschalten, schnell abzuschalten. Aber bis er ihn gefunden hatte, war das Gewicht schon vollständig aus dem Wasser und schaukelte gleich unter dem stählernen Arm.

Ein Mann.

Er baumelte da wie eine Puppe, die Kette unter den Armen, ein großes schwarzes Loch in der Brust, die Handgelenke mit einer weißen Kordel zusammengebunden.

Ein heftiger Blitz, ein Donner – die *Constance* rollte und richtete sich wieder auf. Der Mann drehte sich langsam hin und her.

»Heilige Scheiße«, sagte Butch.

»Hol ihn rein, hol ihn rein!«

»*Ich* fass den nicht an ...«

Ein Toter.

»Geh und hol Joseph. Sag ihm, ich brauch Hilfe.«

Butch machte, dass er wegkam. Victor packte die Kette. Der Führungsarm schwenkte herum. Der Mann schwang auf ihn zu, die Füße rutschten über die Reling. Sie stießen zusammen, eine Umarmung – Victor stieß mit dem Gesicht gegen etwas Hartes, Kaltes, Nasses, das nach Fisch stank. Er stolperte entsetzt zurück, wischte sich die Augen.

Der Mann war erschossen, angekettet, als Anker über die Seite geworfen und dann den Meeresboden entlanggeschleift worden, war übel zugerichtet und mit Seetang behängt. Er trug noch den Großteil einer schwarzen Uniform. Der einzige erkennbare Gesichtszug war sein altmodischer kleiner Schnurrbart, aber das reichte. Victor kannte den Mann. Das war Edgars Diener, Charles.

Das Boot rollte. Die Leiche schwang nach vorn wie ein Pendel und knallte *peng!* mit den Füßen an die Wand. Victor ging auf ein Knie. Gnadenlos. Ein Loch in der Brust. Eine Kette um den Körper. Gnadenlos.

Dann war Joseph da, duckte sich unter der schaukelnden Leiche durch und rief: »Heilige Mutter Gottes!«

Eine große Welle schlug gegen die Seite, durchnässte sie alle.

»Er – er hat für den alten Herrn gearbeitet«, rief Victor und packte den Griff der Winde.

Die Winde machte *klonk,* die Kette lief ab. Die Füße berührten das Deck. Die Gelenke wollten sich nicht beugen. Charles sank in einem langsamen, steifen Bogen hintenüber, der der Schwerkraft spottete, wie ein Zauberer, der sich aus einer Levitation herabsenkte. Sein Kopf berührte das Deck. Die Kette wurde schlaff.

30

Victor hielt die Füße hoch, während Joseph die Persenning darunterschob. »Jetzt rollen wir ihn am besten einfach«, sagte Joseph. »Dann liegt er ganz drauf.«

Victor kniete im strömenden Regen. Kübelweise kalter Sommerregen und unzählige Blitze. Alles hätte er lieber gemacht, wäre lieber ohne Fallschirm aus einem Flugzeug gesprungen, als jetzt Charles' Leiche auf dieses glatte grüne Segeltuch zu hieven und ihn wie in einen Teppich einzurollen.

Womit hatte Charles sich das bloß eingehandelt? Er war doch garantiert in nichts eingeweiht gewesen. Ein Händeklatschen von Edgar, und er war zur Stelle gewesen, die Tüchtigkeit in Person. Hatte er je etwas Provozierenderes gesagt als »Ja, Sir«? Vielleicht hatte ihn jemand beim Lauschen an der Tür erwischt. Vielleicht hatte er nicht glauben wollen, was man ihm über den plötzlichen Tod des alten Herrn erzählt hatte.

»Verdammt, Joseph.« Victor wischte sich die Hände an der Hose ab. »Bis letzte Woche hab ich im ganzen Leben noch keine Leiche gesehen. Jetzt wimmelt's hier nur so von ihnen. Sind diese Leute hier, um Spione einzuschleusen, oder wollen sie alle umbringen?«

»Vic, du hast dich mit den Falschen eingelassen.«

»Irgendwas muss ihren Plan zunichte gemacht haben. Irgendwas Schlimmes«, sagte Victor. »Denn es ist doch sinnlos, überall Leichen zu hinterlassen.«

»Du kennst doch das Sprichwort: Tote Vögel singen nicht.« Joseph hob das eine Ende des Bündels an. »Komm, fass mit an.«

Victor war überrascht, wie leicht sein Ende sich anfühlte. Er ging rückwärts auf die Tür nach unten zu. »Meinst du, sie haben ihn als eine Art Botschaft dort hingetan?«, sagte er und tastete hinter sich nach dem Griff. »Sie konnten doch nicht wissen, dass ausgerechnet wir ihn raufholen würden.«

»Nein«, sagte Joseph. »Du hattest deine Botschaft ja

schon bekommen. Das war einfach ein sicheres Versteck, mehr nicht. Um ihn später woanders hinschaffen zu können. Wie wenn du einen Fisch so lange im Wasser hängen lässt, bis du mit Angeln fertig bist.«

Victor stemmte das Bündel auf Schulterhöhe und begann sich rückwärts die geschwungene Treppe hinunterzutasten.

»Pass bloß auf, wo du hintrittst«, warnte Joseph, der Mühe hatte hinterherzukommen.

»Alles klar.«

Das Boot legte sich plötzlich Schwindel erregend nach Backbord. Joseph verlor das Gleichgewicht. Victor stolperte und krachte gegen den Handlauf. Die Leiche knallte mit einem scheußlichen Geräusch auf den Boden und rollte gegen die Wand.

»Wer steuert dieses Ding?«, schrie Victor.

»Dein Kumpel«, sagte Joseph. »Ich geh besser wieder rauf.« Er nahm immer zwei Stufen auf einmal.

Victor hielt sich an der Wand fest, bis das Boot sein Gleichgewicht endlich wiedergefunden hatte. Ein Donnerschlag ließ die Kristallleuchter klirren.

Als er die Augen zumachte, sah er eine durchscheinende Gestalt vor sich, aber es war nicht Charles oder Edgar oder Willie oder der ursprüngliche Roy Glass, tot im Sumpf, mit diesem Gesicht. Er selbst war es: leblos, kalkweiß, mit einer flammendroten Narbe von der Kehle bis zum Nabel, wo sie ihn aufgemacht und wieder zusammengenäht hatten. War er erschossen worden? Schwer zu sagen. Kein Seil zu sehen, keine Kette. Es war eine Vorahnung oder eine Erinnerung, eingefangen von seinem ungerichteten Blick, so wie er sich im Spiegel anstarren konnte, bis er alles vergaß, immer starrte und starrte, bis sein eigenes Gesicht zu einer bedrohlichen, lächerlichen Fratze wurde, oder so wie ein Wort, das man immer und immer wieder vor sich hersagte, bis es schließlich seine Bedeutung verlor und nur noch irgendein Laut war, ein Zungenschlag, wie bei *Willie, Willie …*

Er hatte ihren Tod herbeigesehnt. Er hatte sich nach dem Krieg gesehnt, nach dem Leben aus dem Radio oder in den Gegenden der Welt, aus denen man Post bekommt. Er hatte sich gewünscht, dass die Sterne vom Himmel fielen. Nun waren die Sterne am Absaufen und die Leichen echt, und ihm war klar, dass er nie wieder zu diesem alten, gemütlichen, sterbenslangweiligen Leben zurückkehren konnte, so sehr er sich auch danach sehnte.

Dieses Ungeheuer würde ihn fressen, mit Haut und Haaren. Es brachte eine Art Wahnsinn mit sich, Gesichter des Todes, ans Ufer eines Flusses gespült, auf dem Anleger zusammengesackt, im Winken erstarrt, über dem Couchtisch zusammengebrochen, und die ganze Zeit kam es näher und näher, da draußen unter den Wellen. Victors Abenteuer war zu einer Fahrt ins Totenreich geworden, und nun hatte er auch noch zu sehen bekommen, wie es mit ihm selbst zu Ende gehen würde. Das machte ihn völlig fertig. Das schwarze U-Boot, es war da draußen und suchte nach ihm. Und wenn es ihn erstmal gefunden hatte –

Krieg dich ein, Vic

Komm schon, Sandy

Wo ist denn dein Mut geblieben, mein Goldjunge …

So viele innere Stimmen, nur seine eigene nicht.

Er fummelte ein Streichholzheftchen heraus, zündete ein Hölzchen an und hielt es in den kleinen Durchgang unter der Treppe, auf der Suche nach einem Stuhl oder einer Bettkante, damit er sich einen Moment hinsetzen und sein inneres Gleichgewicht wiederfinden konnte …

Oh, nein. Nicht schon wieder. Das halt ich nicht aus, nicht schon wieder. Nicht noch eine. Bitte nicht.

Da lag sie, auf dem Bett.

Victor blies das Streichholz aus.

Du drehst gleich durch.

Hau ab hier.

Alles nur Einbildung.

Hau ab schnell halt ganz ruhig jetzt, schnell – aber er fand die Nerven, ein zweites Streichholz anzuzünden, und dann sah er, dass sie zwar mit dem Gesicht nach unten über das Bett geworfen lag, aber ihre Schulterblätter sich gleichmäßig hoben und senkten. Sie schlief.

Er hielt die Flamme an den Docht der Wandlampe. Warmes Licht erfüllte die kleine Kabine.

Sie hatte immer noch das weiße Satinkleid an, und der Stoff war die üppige Kurve ihrer Schenkel hinaufgewandert ... Sie würde stinksauer sein, wenn sie mitbekam, wie er da stand und sie so anstarrte, aber er konnte sich nicht wegdrehen, jetzt wo er sie gesehen hatte.

Ihre Haare waren völlig durcheinander, überall blonde Wellen, Locken. Obwohl das Kissen ihr Gesicht verbarg, fürchtete Victor sich vor ihrer Schönheit. Er dachte daran, wie sie miteinander getanzt hatten, und sein Herz begann zu rasen, seine Handflächen wurden feucht, ein mächtiges, zügelloses Gefühl tief drinnen.

Wie konnte sie schlafen bei diesem Sturm und bei dem Lärm, den sie vor ihrer Tür gemacht hatten?

Er ging zu ihr, berührte ihren weichen Arm. »Diana.«

Sie reagierte nicht.

Er drückte ihr Handgelenk mit den Fingern. »Diana. Wach auf.«

Sie atmete ungestört weiter.

Das Aquarell hinter ihr an der Wand wirkte völlig fehl am Platz: ein kleiner Junge, der durch eine endlose Blumenwiese lief.

Victor zog ihr das Kissen weg. Sie war das schönste Geschöpf, das er je gesehen hatte. Wieder sausten ihm die Ohren, aber der Tod war plötzlich viel weiter weg als gleich hinter der Schiffswand. Sie war ein Geschenk, das ihm von irgendwo ganz hoch oben gemacht worden war. Er strich ihr mit dem Finger die Haare zurecht.

Er berührte sie an der Schulter, klopfte ihr mit der Hand auf die Wange, strich mit dem Finger ihren Arm entlang. »Diana. Du musst jetzt aufwachen. Komm.«

Die wollten sie alle für eine Nacht aus dem Weg haben.

Sie lebte wenigstens noch. Der Boden sackte weg. Victor stolperte zwei Schritte und bekam die Kante eines Überseekoffers zu fassen.

Auf einmal hatte er das Bedürfnis, sie zu küssen.

Er hatte eine leise Ahnung davon, was sich einer schlafenden Frau gegenüber für einen Mann gehörte. Bis jetzt hatte er diese Versuchung noch nie erlebt. Er war erstaunt, dass man mitten im Krieg so zärtliche, verwirrende Gefühle haben konnte. In diesem Augenblick schien ein Kuss die Antwort auf all seine Fragen zu sein.

Eine altbekannte Alarmglocke begann zu läuten. Diana war gefährlich. Sie war der Köder in der Falle. Sie hatte ihn zum Bungalow hinuntergeschickt, unmittelbar bevor sie Edgar ermordet hatten. Sie hatte ihn ins Gefängnis gebracht.

Der Boden wurde wieder gerade. Victor stützte sich auf die Matratze, beugte sich vor und küsste Diana auf die Wange. Das war sie ihm schuldig.

Er verharrte einen Moment lang und sah sie an.

Er war kein Märchenprinz. Sie wachte nicht auf. Sie würde es niemals erfahren.

Er küsste sie noch einmal, diesmal auf den Mund.

Ihre Lippen schmeckten nach Orangen.

Er schluckte, stopfte die Hände in die Taschen. Der Raum kam zur Ruhe; das Boot schien ruhigere Gewässer erreicht zu haben.

»Diana«, sagte er, und dann wurde die Anziehungskraft so stark, dass er sich umdrehte und aus der heißen kleinen Kabine floh, die Treppe hinauf, auf das regennasse Deck hinaus.

Die Schleusen des Himmels hatten sich geöffnet, erfüllten die Luft mit ihrem Brausen. Der Regen fiel jetzt schnurgerade herunter, in die Dunkelheit. Das Gewitter und der Wind hatten nachgelassen, waren diesem Ozean aus Regen gewichen, der auf die Wellen einprasselte und Victor völlig durchnässte, während er sich die Reling entlangtastete. Er hatte keine Ahnung, welchen Kurs die *Constance* fuhr. Küste, Wolken, Regen, alles verlor sich in der Nacht.

In das beschlagene Glas des Ruderhauses war ein Kreis gewischt. Victor öffnete die Tür.

Joseph fläzte im Kapitänsstuhl, den Fuß am Steuerrad. Er fuhr dieses Boot mit der Schuhspitze. Von Joseph, dem Deserteur, war nichts mehr zu sehen. Dieser Mann hier sah aus, als würde er nie voller Scham vor irgendwas weglaufen müssen. Er sah ihn mit einem triumphierenden Grinsen an. »Bruderherz, jetzt haben wir das Ding im Griff!«

»Wir haben noch mehr«, verkündete Victor. »Einen blinden Passagier.«

»Was?« Joseph nahm den Fuß vom Steuerrad.

»Diana. Du weißt schon, das Mädchen. Sie liegt unten in einem der Betten und schläft.«

»Die Blonde? Wie könnt ich die vergessen. Wie zum Teufel – ich dachte, wir hätten alle Kabinen durchsucht?«

»Unter der Treppe war noch eine, die haben wir übersehen.«

Durch die andere Tür kam Butch hereingestolpert, mit tropfnassen Haaren. »Wird klappen so«, sagte er zu Joseph, dann: »Hey, Sandy, der Große hier hat mir erzählt, wer das da war an der Kette. Diese Leute müssen völlig bekloppt sein, bringen ihre eigenen Sklaven um.«

»Ja, aber weißt du schon das Neueste?«, sagte Joseph. »Victor hat unten einen Passagier gefunden. Seine Freundin. Die Blonde.«

»Ohne Witz jetzt?«, sagte Butch. »Gesund und munter?«

»Das hab ich mich zuerst auch gefragt«, sagte Victor. »Sie schläft. Die haben ihr bestimmt irgendwas gegeben. So wie Edgar, bis sie dann soweit waren und ihn erschossen haben.«

»Ach Quatsch, Sandy. Sie konnte einfach die lange Trennung nicht ertragen.«

»Halt die Klappe, Butch.« Victor kramte in dem Schrank herum, in dem er die Kodiermaschine verstaut hatte; ihm war der weiße Kasten mit dem roten Kreuz drauf wieder eingefallen, und richtig, darin fanden sich unter einem Streifen Karton mit der Aufschrift RIECHSALZ eine Reihe Glaskapseln. »Ich werd mal versuchen, sie wach zu kriegen. Wo sind wir eigentlich?«

»Gerade an Willies Insel vorbei«, sagte Joseph.

»Wie kannst du bei dem Regen was sehen?«

Joseph wischte mit dem Ärmel über die beschlagene Scheibe. »Diesen Fluss könnt ich mit verbundenen Augen langfahren. Siehst du? Da drüben ist das Bootshaus vom alten Murphy.« Er steckte die Schuhspitze zwischen die Speichen und grinste. »Hab alles im Griff. Wir haben, was die wollen, Vic. Dieses Boot. Das Zeug, das du gefunden hast. Und die Kleine. Geh sie nur ruhig wecken.«

»Tu nichts, was ich nicht auch tun würde«, sagte Butch.

Victor trat in den Regen hinaus.

31

Victor zerbrach die Kapsel unter ihrer Nase, so dicht über sie gebeugt, dass die Dämpfe ihm in den Kopf stiegen, bevor Diana auch nur eingeatmet hatte. Er drehte sich weg, ließ die Hälften der Phiole fallen, stolperte, hustete und hielt sich die Augen zu.

Riechsalz war ein viel zu harmloser Name für etwas, das so beißend stank. Wie konnte irgendjemand dabei noch schlafen?

Er nahm eine zweite Kapsel. Diesmal wandte er das Gesicht ab und hielt den Atem an, während er sie aufbrach. Sie atmete die Dämpfe ein. Ihre Lider flatterten auf. Sie hustete, holte keuchend Luft.

»Komm, setz dich auf«, sagte er und zog sie am Arm hoch, »komm schon, ich weiß, es fühlt sich scheußlich an.« Ihr fielen die Haare ins Gesicht; sie beugte sich über die Bettkante, hustete sich die Seele aus dem Leib. Victor klopfte ihr zwischen die Schulterblätter, genau wie er es bei seiner Mutter tat, wenn die morgendliche Zigarette mit einem dieser Hustenanfälle endete. »Das wird schon. Hol einfach tief Luft.«

»Hör auf.« Sie schüttelte seine Hand ab und ließ den Kopf hängen. »Himmel, was hast du – mit mir – angestellt?«

»Riechsalz.« Victor setzte sich auf das Ende des Überseekoffers. Hinter ihrer Mähne war ihr Gesicht nicht zu sehen. Ihre Art, sich zu verstecken, dachte er. »Du warst ganz schön benebelt. Ich versuch schon eine ganze Weile, dich wachzukriegen.«

»Wasser«, krächzte sie.

Victor trat auf den Gang hinaus, stieg über Charles' Leiche hinweg und ging durchs Speisezimmer in die Kombüse.

Als er wieder zurückkam, saß Diana immer noch auf dem schmalen Bett. Sie nahm den Becher und trank ihn in einem Zug leer, dabei sah sie Victor über den Rand hinweg an. Auf ihrer linken Wange zeichneten sich die Falten des Kopfkissens ab. Ihr Blick war misstrauisch. »Wo ist Großmutter? Wie spät ist es?«

»Fast Mitternacht«, sagte er.

»Was – was soll das heißen? Es war schon nach zwei, als ich hergekommen bin.« Ihr schien zum ersten Mal aufzufallen, dass der Boden sich bewegte. Sie lauschte Richtung Maschinenraum. »Fahren wir irgendwo hin?«

»Wir sind schon unterwegs«, sagte Victor. »Der Tanz war gestern Abend. Jetzt ist Mittwoch. Vielleicht auch schon Donnerstag. Hast du die ganze Zeit geschlafen?«

»Großmutter hat nichts davon gesagt, dass du mitkommst.« Diana ließ sich gegen die Wand sinken. »Nur wir drei, hat sie gesagt, und das Personal. Wo ist sie?«

»Sie ist nicht hier.« Victor verschränkte die Arme vor der Brust, um ihr zu zeigen, dass er nicht vorhatte, sie anzufassen. »Außer dir ist niemand an Bord gewesen. Und dich habe ich auch gerade erst gefunden.« Zum Glück hatte er sie noch geküsst.

»Ich habe scheußliche Kopfschmerzen«, sagte Diana. »Hab ich wirklich so lange geschlafen?«

»Ich glaube, sie haben dir irgendein Schlafmittel gegeben«, sagte Victor.

Diana hielt sich die Stirn. »Ich hab nach dem Tanz ewig warten müssen. Dann kam Großmutter. Sie war schrecklich nervös. Mr. Glass hat uns Grog gemacht. Sie hat gesagt, Großvater fühle sich nicht gut und das Projekt sei abgeblasen worden. Vielleicht hat sie – ich weiß noch, dass ich ganz müde geworden bin und dass sie gesagt hat, ich solle doch einfach hier schlafen, wo wir doch in der Früh ohnehin abreisen würden …« Sie setzte sich auf, rieb sich die Schläfen. »Hier stimmt was nicht. Was ist passiert? Du weißt doch was.«

»Sie hat dich belogen«, sagte Victor langsam. Guck dir ihre Augen an. Pass auf, wie sie guckt. Dann weißt du Bescheid. »Glass hat dir was in den Grog getan. Das ist nur einer von ihren vielen Tricks.«

Sie lief rot an. »Was redest du da?«

Victor stand auf. »Du hast gewusst, dass sie mich loswerden wollten, stimmt's? Du hast ihnen geholfen, mich reinzulegen. Du hast es gewusst und mich trotzdem zum Bungalow geschickt.«

»Jetzt hör mal, Victor« – er verspürte einen albernen Stolz, weil sie sich noch an seinen Namen erinnerte –, »ich hab dir bloß was ausgerichtet. Glass wollte dich sprechen. Mehr hat er nicht gesagt.« Sie schaute weg und sah ihn dann wütend an. »Was ist los?«

»Edgar hat sie durchschaut, deine Großmama und diesen Mr. Roy Glass«, sagte Victor. »Er hat damit gedroht, Alarm zu schlagen. Also haben sie ihn erschossen.«

Ihr fiel die Kinnlade herunter. Der Schock war zu unvermittelt, um gespielt sein zu können. »Erschossen? Wen? Großvater? Du lügst!«

»Nein. Sie hat ihn eigenhändig erschossen, Madame. Er war tot, bevor er noch begriff, was sie da tat.«

Diana sprang auf. »Nein! Oh, nein!« Sie sah sich ruckartig um wie ein Kaninchen, das von Autoscheinwerfern erfasst worden war, dann traf es sie wie ein Schlag. »Die beiden waren – um Gottes willen, du lügst!«

»Ich habe keinen Grund zu lügen«, sagte Victor. »Sie haben es so gedreht, dass ich dafür ins Gefängnis kam. Er war sofort tot. Dreimal hat sie auf ihn geschossen. Immer hier hin.« Er stieß sich mit dem Daumen an die Brust. »So sehr hat sie ihn geliebt.«

Diana sank auf das Bett. »Ich glaube dir nicht.«

»Dann geh und wirf mal einen Blick in den Gang«, sagte Victor. »Erinnerst du dich an Charles, euren hilfreichen Butler? Er liegt da draußen, in ein Stück Segeltuch gewickelt. Wir haben ihn gefunden, als er an einer Kette unter Wasser trieb. Sieht so aus, als hättest du mächtig Glück gehabt. Deine Oma ist gemeingefährlich. Sie hat Blut an den Händen. Du denkst, ich lüge? Geh raus und guck ihn dir an.«

Ihre Stimme war dünn. »Aber warum? Warum sollten sie so was tun?«

»Ich glaube, der alte Herr hat sich gegen sie gestellt«, sagte Victor. »Bei dem Tanz, weißt du noch? Er war nicht bloß betrunken. Er hat sie durchschaut, aber zu spät. Sie stehen auf der falschen Seite, Diana. Sie schleusen Spione ein. Roy Glass arbeitet für die Deutschen.«

»Das ist unmöglich«, sagte sie. »Großvater hat gesagt, dass er beim FBI ist. Er hat gesagt, diese Leute wären Flüchtlinge!«

»Begreifst du denn nicht?«, rief Victor. »Sie haben ihn für dumm verkauft! Sie haben sein Boot benutzt, sein Geld ausgegeben, und dann haben sie ihn umgebracht. Sie haben ein doppeltes Spiel getrieben, mit jedem, der ihnen zu nahe kam!« Er sah, dass sie nicht überzeugt war, und ihm fiel nur ein einziger Grund ein, warum er sie unbedingt überzeugen wollte: Sie konnte einfach nicht auf deren Seite sein. Und außerdem wollte er, dass sie auf seiner Seite stand, damit er ihr noch einmal so nahe sein könnte …

»Großmutter hat ihn vielleicht nicht gerade geliebt«, sagte sie, »aber sie hätte ihm niemals wehtun können.«

Victor packte sie beim Arm, zwang sie, ihn anzusehen. »Sie hat ihm nicht *weh*getan«, sagte er. »Sie hat ihn abgeknallt. Vielleicht wollten sie danach wieder zu dir. Vielleicht nicht. Vielleicht wollten sie dich auch noch umbringen. Ich glaube, sie versuchen gerade zu fliehen. Wir werden sie aufhalten. Du musst mir alles erzählen, was du weißt.«

Sie schlug seine Hand weg. »Fass mich nicht an.«

Das machte ihn wütend. Musste man denn immer erst Gewalt anwenden, damit einem jemand glaubte? Er packte sie bei den Schultern und riss sie genauso brutal vom Bett hoch, wie sein Daddy nur je gewesen war, schob sie die fünf Schritte zur Tür, trat an ihr vorbei und rollte das grüne Segeltuchbündel mit dem Fuß zweimal herum. Ein übel zugerichteter, weißer Arm klatschte auf den Boden.

Diana sog scharf den Atem ein. Victor verspürte Befriedigung darüber, dass sie ihm jetzt wohl glauben musste, aber auch plötzliche Scham über die Mittel, zu denen er gegriffen hatte. Warum hatte ihm das bloß solchen Spaß gemacht? Lieber würde er sich beide Hände abhacken, als dass er sie je wieder dazu benutzte, irgendjemanden zu etwas zu zwingen.

»Es tut mir Leid«, sagte er und legte sie hinter dem Rücken zusammen. »Ich tu das nie wieder. Ehrenwort.«

Sie hatte es kaum bemerkt; sie starrte gebannt nach unten. »Charles liebte Großvater über alles. Er hat nie jemandem etwas getan. Warum haben sie das mit ihm gemacht?« Sie sah kurz hoch, mit feucht schimmernden Augen. »Ich hab gewusst, dass irgendetwas nicht stimmte. Großvater hat sich ihr gegenüber noch nie so schrecklich benommen, und dieser Ausdruck auf ihrem Gesicht … Ich hab dir davon erzählt. Als ob sie ihn umbringen wollte.« Sie wich zur Tür zurück. »Das war Roy Glass. Es ist seine Schuld. Er hat ihr das eingeredet. Hab ich selber schon mitgekriegt. Er –

er hat irgendwie Macht über sie. Er macht ihr Komplimente. Ich hab sie gesehen. Sie gehen auf lange Spaziergänge, wenn Großvater sein Nickerchen macht. Als du gesagt hast, er hätte sie durchschaut, da hab ich gedacht, du meintest … irgendeinen Skandal.«

Victor bückte sich und deckte die Leiche wieder zu. »Ist sie nicht ein bisschen zu alt für Glass?«

»Er ist jung und sieht gut aus, und sie kann ihm nicht widerstehen«, sagte Diana versuchsweise. »Mit ihm zusammen findet sie sich schön. Er macht ihr Geschenke. Hat sie mir selber gezeigt. Einen Diamantring. Sie hat gesagt, er wäre eine Nervensäge, genau das waren ihre Worte, aber gefreut hat sie sich trotzdem. Sie weiß nicht, was sie tut.«

»Sie weiß genau, was sie tut«, sagte Victor. »So wie sie mit dieser Knarre umgegangen ist, weiß sie es schon lange.«

Diana hielt sich eine Faust vor den Mund. »Sie hat den Verstand verloren. Das ist ihr schon mal passiert. Ich hätte nie gedacht, dass sie … irgendjemand anderem wehtun könnte. Besonders ihm nicht. Er hat sie so sehr geliebt.«

Sie stand auf und begann in der kleinen Kabine herumzugehen. Wie ein Tier in einem Käfig, dachte Victor. Er erinnerte sich noch gut an seinen Käfig.

»Als ich klein war, hat sie zweimal versucht, sich das Leben zu nehmen. Ich hab ein Skizzenbuch mit Zeitungsausschnitten gefunden. Sie hat sie aufgehoben. Ihr gefiel die Publicity.« Dianas Gesicht war von Sorgenfalten zerfurcht. »Sie hört auf mich. Ich hätte sie davon abhalten können. Ich hätte nie gedacht, dass sie – ich, ich hätte ihn warnen können!«

Sie brach in Tränen aus.

Victor blieb sitzen, wo er war. An der Art, wie sie sich in sich selbst zurückzog, konnte er sehen, dass sie seinen Trost nicht wollte.

Da war etwas, das Madame gesagt hatte: *Ich hab's aus Liebe getan.*

»Wirst du uns helfen?«, sagte er.

»Nichts – was ich tun könnte.« Sie schüttelte den Kopf, kämpfte mit ihrer Stimme. »Entschuldige. Bin – gleich wieder in Ordnung.«

Sie hatte keine Probleme, die Wahrheit zu akzeptieren. Sie musste etwas geahnt haben. Wie lange hatte sie schon darauf gewartet, dass Madames böse Seite sich offenbarte? Wie lange hatte sie schon mit dem Wissen gelebt, dass es diese böse Seite gab?

Ihre Eltern sind tot, dachte Victor. Ihre Großmutter hat ihren Großvater umgebracht. Hab Mitleid. Jeder schleppt irgendeine schlimme Familiengeschichte mit sich herum.

Jetzt sah sie nicht mehr schön aus, jedenfalls nicht auf diese vollkommene, unberührbare Art. Ihr Gesicht war gramverzerrt. Und die Scham, die sie empfinden musste – wie Victor, wenn sein Vater wieder einmal den Tyrannen herauskehrte: beschämt nicht von der Strafe selbst, sondern von der Schande des Riesen, dieses Mannes, der einmal die ganze Welt ausgefüllt hatte und nun zu einer Imitation geschrumpft war.

»Du bist besser als sie«, sagte er plötzlich. »Sie haben sich schuldig gemacht. Sie werden dafür bezahlen müssen.«

Diana trocknete sich mit dem Ärmel die Augen. »Wozu brauchst du mich? Du bist doch so von dir überzeugt. Geh und find sie allein.«

»Wir werden so viel herausfinden, wie wir können, dann gehen wir zur Küstenwache. Du kannst uns dabei helfen, sie zu überzeugen.«

»Ihr seid einfach mit Großvaters Boot abgehauen?«

»Joseph steuert. Mein Bruder. Und Butch hilft auch mit.«

»Ein Haufen Jungs«, sagte sie, »die Jungsspiele spielen. Ihr werdet sie nicht aufhalten können.«

»Vielleicht nicht. Sie haben jeden getötet, der es versucht hat.« Victor stand auf. »Entweder tun wir's oder niemand. Diesmal kriegen sie uns nicht. Wir sind auf sie vorbereitet.«

»Victor.«

Er drehte sich um.

»Ich hab geträumt, dass du mich geküsst hast.«

Panisch suchte er nach einer Möglichkeit, es abzustreiten, aber sie hatte ein Recht darauf, zu wissen, wer sie geküsst hatte. Vielleicht würde er gleich vor Scham im Boden versinken, aber er bereute es nicht.

»Ach ja?«, sagte er nach einer Weile. »Ich hab gedacht, es schadet ja nicht.«

»Nein. Im Ernst. Wenn du gewusst hättest, dass ich's merke, hättest du mich dann immer noch geküsst?«

»Ich glaube nicht.« Er lief rot an. »Ich hab gedacht, du hättest etwas dagegen.«

»Dann ist's ja gut, dass ich geschlafen habe«, sagte sie.

»Aber jetzt bist du hellwach.«

Sie nickte. Ihr Blick ging in ihm auf wie eine Blüte.

Victor ergriff ihre Schultern, des Gleichgewichts wegen, und küsste sie – zärtlicher diesmal, und seine Augen gingen zu, sodass der Moment nicht mehr war als ein sanftes Vibrieren, eine Berührung, eine flüchtige Vereinigung. Sie holte Luft und wich zurück.

»Das war sehr süß von dir«, sagte sie und senkte den Blick.

»Ich geh nach oben.« Victor machte, dass er wegkam. Auf seinem Weg nach oben dachte er darüber nach, wie sehr es ihn danach verlangte, Steine nach der Welt zu werfen und in die Luft zu springen und tollkühn zu sein. Siegreich zu sein. Ihr zu zeigen, dass er nicht so süß war, wie sie dachte. Sie den unscheinbaren Jungen vom Fluss vergessen zu machen. Diesen Krieg zu einem Ende zu bringen. Sie jede Minute zu küssen.

Es war nur ein Traum. Er trat in die Dunkelheit hinaus, in das Geprassel, in die Sturzbäche, die sich von der Laufbrücke ergossen. Regen hing in der Luft wie Nebel. Er hatte keine Ahnung, wo sie sich befanden – irgendwo auf dem Fluss. Dort unten mit Diana war die Zeit stehen geblieben. Nun lief sie mit einem Ruck wieder an.

Victor folgte dem Klang klirrenden Glases zum Achterdeck.

Am Heck hatte Butch sich aus einigen Persennings und verschiedenen Stangen und Treibholzteilen einen Unterstand gebaut, an dem der Regen abfloss und sich auf dem Deck sammelte.

»Hey, Sandy, bist du das?« Er steckte den Kopf heraus. »Komm aus dem Mistwetter raus. Aber zünd ja kein Streichholz an.«

In *deiner* Nähe sowieso nicht, Kumpel, dachte Victor und kroch in das Zelt. Flüchtige Gase stiegen ihm beißend in die Nase. Butch hatte einen Siphon an dem Tankstutzen befestigt und leitete den Benzinfluss in eine Weinflasche zwischen seinen Knien. Um seine Schuhe sammelte sich Benzin.

»Du machst Weinflaschen mit Benzin voll?«

»Nee, ich piss in sie rein, was denkst du denn?«, sagte Butch, den Daumen auf dem Siphon, und stellte die Flasche beiseite. In dem dämmrigen Licht konnte Victor kistenweise Flaschen an der Reling stehen sehen, die alle schon voll waren. »Gib mir 'ne neue, Sandy. Der alte Bursche hat vielleicht einen Wein getrunken, Mann. Ganz altes Zeug. Hättest sehen sollen, wie ich es alles über Bord gegossen habe.«

Victor hielt den Kopf an die offene Seite und schnappte nach Luft. »Was hast du denn vor mit dem ganzen Zeug?«

»Wir haben alles mal ein bisschen durchgeplant, der Große und ich«, sagte er und ließ die Flasche voll gluckern. »Wir haben nicht gerade viel Feuerkraft. Diese Leute sind *knallhart*. Die willst du ja wohl nicht mit dieser einen kleinen Erbsenpistole einfangen, oder?«

»Ich dachte nicht, dass wir das selbst übernehmen würden«, sagte Victor.

Als er die Tür öffnete, sah Joseph auf und lächelte. Victor ging auf, dass inzwischen praktisch jeder, der ihm etwas bedeutete, auf diesem Boot war – wie die Arche Noah würde es sie alle schließlich irgendwohin in Sicherheit bringen, an irgendein neues Ufer. Die alte Welt war im Untergang begriffen.

»Hey, Vic. Hat's geklappt?«

»Sie ist wach. Hat eine Weile gebraucht, bis sie mir geglaubt hat, aber sie hatte schon geahnt, dass irgendwas im Busch war«, sagte Victor. »Madame hat den alten Herrn betrogen. Mit Roy Glass. Er hat ihr einen Diamantring geschenkt.«

Joseph pfiff. »Diese Ratten spielen also nicht bloß Schiffe versenken«, sagte er. »Was hat die Kleine jetzt vor?«

»Ich glaube, sie hilft uns«, sagte Victor. »Ihr bleibt nicht viel anderes übrig. Wir werden sie ja wohl nicht zurückbringen, oder?«

»Auf gar keinen Fall. Guck mal.« Joseph schüttelte die Karte. »Die haben drei Biegungen in den Fluss gezeichnet, und an zweien sind wir jetzt vorbei. Was auch immer es ist, es ist gleich dort drüben.« Er öffnete die Tür. »Der Regen lässt nach. Kannst du mal raus und für mich gucken?«

Victor schlüpfte nach draußen und schirmte die Augen mit den Händen ab.

Joseph nahm Gas weg, sodass das Brummen der Maschinen völlig vom gleichmäßigen Nieselregen geschluckt wurde.

Am rechten Ufer eine schwarze Wand aus Bäumen, ein breiter Streifen Marsch, dann wurde der Blick auf eine Lichtung frei, ein großes, verschachteltes Blockhaus mit Licht hinter den Fenstern, Lampen an den Regenrinnen, Lampen auf der umlaufenden Veranda. Niemand zu sehen. Das alte Johnson-Haus. Die Räume schienen leer zu sein, nirgendwo Vorhänge, nirgendwo Bilder. Überall auf dem Grundstück standen Autos herum – schimmernde Chevrolets und alte aufgebockte Ford-As, Kleinlaster, ausrangierte Plymouths.

»Dafür steht das Kreuz«, rief Joseph vom Steuerrad hinüber. »Was meinst du, sind das alles die Autos vom alten Johnson?«

»Nein, du weißt doch, der ist in den Fluss gefallen und ertrunken«, sagte Victor. »An einem Silvester, schon vor Ewigkeiten. Seitdem haben sie das Haus vermietet.«

»An Henry Ford, wie's ausschaut«, sagte Joseph.

Die *Constance* glitt mit leise schnurrenden Maschinen so dicht vorbei, dass Victor ein Fenster hätte einwerfen können. Ihm fiel ein, dass er schon einmal Licht in diesem Haus gesehen hatte: in der Nacht, als er zum ersten Mal etwas gehört hatte in der Bucht, als er den Fluss raufgefahren war, um seine Benzinvorräte zu holen. Da waren genau hier diese Lichter gewesen und das Gelächter und Gebrüll von irgendeiner Party.

Butch brachte Benzingeruch vom Heck mit. »Wir haben mal hier gewohnt«, sagte er, »die alte Dame und ich. Ist Nolties Haus jetzt. Er hat jemanden aufgetrieben, der ihm fünfzig Dollar im Monat dafür zahlt, und uns rausgeschmissen.«

»Ich glaube, da geht was vor in dem Haus«, sagte Victor. »Kann man sich da ranschleichen, um mal ein bisschen mehr zu sehen?«

»Kein Problem. Fahr das Boot in die Mündung von dem kleinen Fluss da zurück. Dann kannst du von der anderen Seite aus ran.«

»Willst du mitkommen?«, sagte Victor.

»Teufel, warum nicht?« Butch lehnte sich in die Tür vom Ruderhaus. »Kannst du hier mal wenden, Großer? Siehst du die Landzunge? Da ist's tief genug. Lass uns da mal raus.«

Victor holte rasch Edgars Leuchtpistolen und zwei grüne Ponchos aus einer der tümmlerverzierten Gerätekabinen. Diana und seine Schwindel erregenden Visionen würden eben warten müssen. Sei vorsichtig. Tritt mir in kein Loch.

Er zog sich den muffigen Poncho über den Kopf und ging zum Bug zurück. »Hier, Butch, zieh den an. Zur Tarnung.«

»Was habt ihr vor?«, sagte Joseph. »Wir sollten ein paar Signale ausmachen.«

»Irgendwas geht da vor«, sagte Victor. »Die lassen diesen Haufen Lampen doch nicht ständig brennen. Butch kennt den Weg. Wir sehen nach, was los ist, und dann kommen wir zurück.«

»Und ihr traut euch das wirklich zu? Ich komm besser mit.«

»Alles ist hier auf dem Boot, Joe. Das Zeug. Diana. Du musst die Maschinen am Laufen halten und aufpassen, dass dich keiner sieht. Kann sein, dass wir hier schnell wegmüssen.« Victor gab ihm eine der plumpen Pistolen mit der aufgesteckten Leuchtmunition und stopfte sich die andere in den Hosenbund. »Falls irgendwas schief geht, feuer das Ding ab. Pass auf, ob jemand kommt.«

Unter Deck öffnete sich eine Tür. Diana kam heraus, in einen schwarzen Herrenregenmantel gehüllt.

»Hey, hey«, sagte Butch. »Wen haben wir denn da?«

Sie kam zum Bug, das Gesicht bleich und angespannt. »Weiß irgendjemand, wo wir sind?«

»Klar«, sagte Victor. »Ein Stück vor Magnolia Springs. Wo ich wohne.«

»Hallo, Diana«, sagte Joseph. »Vic hat gesagt, du willst uns helfen.« Sein Tonfall war, wie Victor auffiel, um einiges respektvoller als bei ihrer ersten Begegnung.

»Ich werd tun, was ich kann.« Diana starrte Victor und Butch in ihren Ponchos an und lächelte matt. »Ihr Jungs seht aus wie die Robben im Zoo.«

Wieder das Wort *Junge.* Victor hasste es. Nachdem er sie geküsst hatte, nachdem sie es laut ausgesprochen hatte. *Soll ich's dir beweisen? Dann pass auf.* Er machte auf dem Absatz kehrt. »Gut, Joseph. Halt an hier.«

Joseph ließ die Maschinen rückwärts fahren. Die *Constance* schob sich so dicht ans Land heran, wie der Fluss es nur zuließ. »Also dann, Vic!«, rief er. »Macht schnell und kommt wieder.«

»Alles klar.« Victor schob sich an Diana vorbei und stapfte das Deck hinunter, als gehöre das Boot wirklich ihm. Neben Butchs Unterstand war genau dieselbe Leiter, die sie in der Nacht, als Joseph aufgetaucht war, zur Rettung der Überlebenden benutzt hatten. Victor hängte sie über die Seite und zog sich die Schuhe aus. »Los geht's, Butch.« Er kletterte über die Reling, tastete mit dem Fuß nach der ersten Sprosse und stieg rasch nach unten, wo er einen Moment stehen blieb und sich fragte, wie tief das Wasser wohl sei.

Als er einen Blick nach oben warf, sah er Butch, Joseph und Diana über der Reling, die sich dasselbe fragten.

Er schloss die Augen, murmelte ein Gebet und sprang. Er landete platschend auf beiden Füßen. Das Wasser reichte ihm nur bis an die Schenkel.

Danke, Willie.

Er watete an Land, versaute sich in dem Schlamm seine Socken.

Butch purzelte mit flatternden Ponchoflügeln in den Fluss und kam spuckend wieder hoch.

Die *Constance* ragte über ihnen empor, um einiges größer, als sie einem von Bord aus vorkam, lang, schlank und dunkel, und sah mit ihren ausgeschalteten Lichtern wie eine Fata Morgana aus, mit Ecken und Kanten schwärzer als die Nacht.

32

Butch stürmte durch das Dickicht und folgte dem, was seinen Versicherungen zufolge ein Pfad sein sollte, aber keiner war. Victor schlugen Zweige ins Gesicht. Jedes Mal, wenn ein Windstoß in das dichte hohe Blätterdach fuhr, bekamen sie eine Dusche verpasst. Die Luft war von nächtlichen Geräuschen erfüllt: Blätter raschelten, irgendein Tier schoss unter lautem Gefauche davon, Vögel zwitscherten schläfrig und weit hinter ihnen klatschte der Fluss ans Ufer. Stachelige Kletterpflanzen und die Schwerter von wilden Yuccapalmen rissen Löcher in Victors Poncho.

»Butch, mach langsam«, flüsterte er rau. »Du hörst dich an wie eine Rinderherde.«

Butch blieb stehen. »Willst du vorgehen?«

»Nein.«

»Dann halt den Mund und komm«, sagte er und stürzte weiter.

Vom Wasser aus hatte es nicht so weit ausgesehen bis zum Johnson-Haus, aber Butch führte sie im Halbkreis über eine niedrige, versumpfte Stelle, wo sich der Schlamm um ihre Knöchel schloss. »Hier haben sie mir den ersten Kolben abgefackelt«, sagte er und blieb stehen, um zu Atem zu kommen. »Siehst du? Die Bäume sind immer noch verkohlt.«

»Vielleicht war es gar nicht Noltie«, sagte Victor. »Vielleicht wollten die neuen Mieter keine Nachbarn in der Nähe haben.«

Sie kletterten über einen Stacheldrahtzaun, marschierten über eine Weide in das nächste Dickicht hinein und arbeiteten sich schwitzend durch Netze von Kletterpflanzen. Schließlich sahen sie Lichter durch die Bäume schimmern. Butch kauerte sich dicht an den Boden. »Da wären wir, Sandy. Das ist die Rückseite.«

Victor ging neben ihm in die Hocke. In einer Lücke im Geäst waren Lampen zu sehen, die sich auf den Motorhauben und Kofferraumdeckeln der überall herumstehenden Autos spiegelten, und hinter den Autos das Blockhaus, an dessen Dach eine Leiter lehnte. Davor eine breite Sandfläche.

Die Leuchtpistole drückte Victor in die falsche Stelle. Er schob sie weiter nach außen. »Keine Menschenseele zu sehen«, flüsterte er. »Als ob sie einen Haufen Leute erwarten würden, aber noch niemand da sei.«

Butch schob die Äste zur Seite und lief los. Victor blieb dicht hinter ihm. Sie liefen bis hinter ein kleines Pumpenhaus am Rand des Lichtkreises, nur ein paar Schritte von der hinteren Veranda des Blockhauses entfernt. Dort blieben sie einen Moment und lauschten auf Geräusche im Haus.

Victor huschte aus der Dunkelheit, über einen hellen Sandstreifen, bis unter ein Fenster.

Er hob den Kopf über das Fensterbrett, richtete sich ganz auf und winkte Butch weiter. Sie stahlen sich die Stufen hinauf. Die Fliegentür war verriegelt. Victor stieß die Faust durch das Gittergewebe und machte auf.

In der Küche nichts als ein kalter Holzofen, der Dielenboden, die großen Wandbalken. Victor schlich sich in den Hauptraum. Grelles elektrisches Licht. Ein dunkler Kamin. Keine Möbel.

Er näherte sich jeder Tür in der Erwartung eines Hinterhalts, einer Leiche oder wenigstens eines Tisches oder eines Stuhls – aber das Haus war so leer, als sei eine Flutwelle hindurchgegangen.

Es gab sieben ineinander übergehende Räume. Dort, wo die lange Veranda zum Fluss hin lag, stieß Victor auf eine Wand, an die lauter Karten und Pläne geheftet waren: Baldwin County, Topografie. Navigationskarte Küstengebiet Alabama. Straßenkarte des Staates Alabama. Straßenkarte der Vereinigten Staaten.

»So leer war's ja nicht mal, als wir hier gewohnt haben«, sagte Butch und kam aus der Küche. »Was meinst du, wo sie schlafen?«

»Die wollen überhaupt nicht hier schlafen.« Victors Worte hallten von den Wänden wider. »Guck dir mal die Karten an.«

»Ja, hab ich schon. Und?« Butch reckte den Hals und sah aus dem Fenster hinter ihm.

»Ich weiß nicht. Wer von hier ist, braucht doch keine Karte von der Gegend. Aber ich hab gedacht, wir würden mehr rauskriegen.«

»Runter!«, schrie Butch und hechtete nach Victors Beinen, sodass sie beide schwer zu Boden krachten, unmittelbar unter dem Fenster.

»Was denn? Was ist denn los …«

»Ein Boot am Anleger«, keuchte Butch. »Bloß weg hier, Mann!«

Victor krabbelte schnell in den hinteren Flur und in die Küche, Butch gleich hinter sich. Aber an der Hintertür hielt er an. »Warte. Wir müssen wissen, wer es ist. Komm. Und lass sie bloß nicht zuknallen.«

Er schoss die Stufen hinab und um die Ecke herum, zu der schmalen Leiter, die an der Traufe lehnte. Zack, war er oben, packte die Dachrinne, zog sich auf das schlüpfrige Dach. »Komm schon!«

Butch sah sich so verzweifelt um, als warte er darauf, dass ihm jemand freundlicherweise einen Rückzugsbefehl ins Ohr flüsterte, aber dann zuckte er die Achseln und glitt die Leiter hinauf.

Victor zog ihn an einem Arm nach oben.

Sie krabbelten die glitschige Schräge hinauf wie zwei Käfer, traten mit den Füßen kleine Lawinen von Zweigen und grünen Eicheln los. Dann waren sie am First angelangt, neben dem Schornstein, und sahen auf den Fluss hinab, auf das Bootshaus und den Anleger und das nicht gerade kleine Boot im schwachen Licht der gelben Lampen.

Geduckte Gestalten kamen das Grundstück hinaufgelaufen, zwischen den Autos hindurch, auf das Blockhaus zu. *Nicht umsehen. Nicht stehen bleiben. Gleich ins Haus gehen.*

Fünf waren es, in langen grauen Mänteln, mit tief ins Gesicht gezogenen Wollmützen, als wäre die feuchte Brise ein ausgewachsener Schneesturm. Sie hatten alle wild wuchernde Bärte im Gesicht. Einer befühlte die Blätter einer tief hängenden Magnolie; ein anderer bückte sich und presste die Hände gegen die Erde.

Gleich ins Haus gehen.

Victor spürte einen Ellbogen an seinen Rippen. Butch zeigte – zu Roy Glass, der vom Anleger heraufkam, den

Hut in der Hand. In dem grellen Licht sahen seine Haare weiß aus, und seine Brille funkelte.

»Alle Mann ins Haus«, sagte er laut.

Jemand murmelte etwas.

»Ab jetzt wird nur noch Englisch gesprochen«, sagte Glass. Die Fliegentür knarrte.

Victor presste das Gesicht an die Dachkante, den Geruch von Teerpappe in der Nase, und besah sich die eintretenden Männer. Sie waren älter, als er gedacht hatte, mit angegrauten Bärten und Ringen unter den Augen. Die einen brachten Waffen mit, die anderen grüne Seesäcke.

Das ist das Mutigste, was du je gemacht hast, lobte Victor sich. Das Allermutigste.

Nicht nach oben gucken.

Unten Schritte, Geschepper, Türenknallen. Tiefe Stimmen, die sich kaum unterscheiden ließen.

Ganz konzentriert darauf, wie leicht er war und wie leise, der reinste Indianer aus Luft, bewegte Victor sich auf allen vieren das Dach hinunter, bis direkt über die Veranda. Butch ließ sich auf dem Bauch hinunterrutschen, immer nur ein winziges Stück auf einmal.

Sie hängten ihre Köpfe über den Rand, sahen in die Azaleenbüsche hinab und hörten praktisch jedes Wort.

Es war Glass, der gerade redete. »… Zivilkleidung anlegen. Die Uniformen werden hinten vergraben. Sie dürfen keine Spuren hinterlassen. Das Haus ist ausschließlich als Durchgangsstation gedacht. Sie bleiben nur so lange hier, bis Sie sich umgezogen haben.«

Victor warf einen Blick zu Butch, der die Ohren spitzte.

»Wir waren gezwungen, unsere Pläne zu ändern«, sagte Glass. »Dieser Stützpunkt wird geschlossen. KATALOG wird abgebrochen. Sie müssen diesen Distrikt schnellstmöglich verlassen.«

Die Männer fingen aufgeregt zu flüstern an. Glass klatschte in die Hände wie ein Schulmeister.

»Darüber wird nicht diskutiert. Dieser Standort hat sich als nicht sicher erwiesen. Mir fehlt leider die Zeit, Sie über Einzelheiten in Kenntnis zu setzen; also hören Sie sich bitte an, was ich Ihnen zu sagen habe. Ihre Anweisungen bleiben wie gehabt, nur die Einführung und Orientierung sind gestrichen. Sie werden jeder die Schlüssel für eines der Autos draußen erhalten. Für welchen Wagen, steht jeweils auf dem weißen Anhänger. Bitte entscheiden Sie sich jeder anhand dieser Karten für eine Route. Und zwar jeder für eine andere Route. Sie fahren zu Ihren festgelegten Standorten, richten sich dort ein und melden sich wieder. Dann erhalten Sie weitere Instruktionen.«

Das mussten die Männer erst einmal verdauen. Einer sagte: »Sir, was sollen wir tun, wenn wir uns verfahren?«

»In jedem Wagen befinden sich Straßenkarten«, sagte Glass. »Denken Sie daran, nur Englisch zu sprechen. Und überlegen Sie sich gut, wen Sie nach der Richtung fragen. Diese Leute sind misstrauischer, als wir gedacht haben.«

In diesem Moment bewegte Butch sich ein winziges Stück nach vorn, um besser hören zu können. Seine Knie rutschten weg; er rutschte: rutschte ganz vom Dach hinunter, krachte kopfüber in die Azaleen.

»Was war das?«

Victor stand auf und sprang, landete auf einem Knie, kam genau in dem Moment hoch, als Butch sich aus den Büschen gekämpft hatte. Victor zerrte ihn am Arm um das Haus herum, über herumliegende Stoßstangen und Motorhauben und Autodächer hinweg zum Fahrgestell eines Lasters und dann zu Boden. Er riss den Kofferraum eines verbeulten Hudsons auf. »Rein hier!« Er sprang auch noch mit rein, Butch ins Kreuz, zog die Klappe zu.

»Psst …« Gehaucht.

Hastige Schritte –

– vorbei

Ganz ruhig jetzt

Puh, geschafft, Mann

Die Schritte wurden lauter, kamen dicht heran. Victor verspürte einen gewaltigen Drang, zu rufen und sich zu ergeben, und ihm fiel ein, dass es ihm damals beim Versteckspielen immer so gegangen war. Er hatte es nie ausgehalten in seinem Versteck. Das suchende Kind hatte nur in seine Nähe zu kommen brauchen, und schon war das Geheimnis unerträglich geworden und er hatte aufgekreischt oder war davongeschossen. Er war jedes Mal abgeschlagen worden.

Jetzt hatte er sich im Griff, bloß stoppten die Schritte vor der Stoßstange. Der Kofferraumdeckel flog auf.

Grelles Licht. Victor schirmte es mit der Hand ab. Roy Glass richtete eine lange, schwarze Pistole auf ihn.

33

»Einer nach dem anderen. Raus aus dem Wagen.«

Victor machte den Anfang. Hinter Glass standen zwei bärtige Männer mit Lampen.

Glass deutete mit dem Lauf auf Butch. »Jetzt du. Raus mit dir. Dreht euch beide um.« Er knallte den Kofferraum zu. »Hände auf das Auto. Füße auseinander.«

Hilf mir, Willie, fing Victor an, aber sofort ging ihm auf, dass das ein bisschen viel verlangt war. Damit musste er allein klarkommen.

Grobe Hände tasteten seine Rippen ab, strichen das eine Bein hinunter, das andere hinauf, rissen ihm die Leuchtpistole aus dem Hosenbund. Ihm wurde der Poncho über den

Kopf gezogen, der linke Arm nach hinten gedreht. Kalter Stahl umfasste das Handgelenk. Glass setzte ihm einen Stiefel auf den Hintern und stieß ihn zu Boden.

Victor spuckte Sand aus. »Bringen Sie uns ja nicht um«, rief er. »Wir haben da was, das Sie wiederhaben wollen. Wir haben Beweise. Ich hab der Polizei Ihre Kodiermaschine übergeben.«

Victor sah wie ein Schattenspiel, dass auch Butch in den Sand gestoßen wurde. »Wenn ihr denen die Maschine schon übergeben habt, dann gibt es keinen Grund, euch am Leben zu lassen«, sagte Glass. »Wir sind dabei, das Land zu verlassen.«

»Wir haben Diana ...«

»Schön. Ihr könnt sie behalten.«

Vier Schatten versammelten sich um Glass. Victor drehte den Kopf. Und diese Männer sollten Spione sein? Sie waren Gespenster. Sie waren dürr und zu weiß. Ein paar waren bewaffnet.

»Diese Burschen sind eine Plage«, sagte Glass. »Die reinsten Dornen im Fleisch. Jetzt werden sie gezogen. Georg. Ernst. Nehmt sie mit.«

Victor wurde hochgezerrt und auf die Füße gestellt. Butch fluchte und versuchte sich aus dem Griff des Mannes zu winden, der ihn hochriss.

Von einem Moment zum anderen war Victor schwindelig, benommen, als wäre das Ganze ein wahnsinniger Witz, als sollte er loslaufen, sich von Glass in den Rücken schießen lassen und sich einen ablachen, bis er nicht mehr konnte. Angst. Musstest du hierher kommen? Weißt du nicht, dass wir Krieg haben? Jetzt weißt du's. Bist in der Hand von richtigen, echten Deutschen, wie in deinen Spinnereien, nur dass es diesmal Wirklichkeit ist, Wirklichkeit, Victor, sie sprechen Englisch, ihre Kanonen drücken dir ins Kreuz, und sie marschieren mit dir zu einem Anleger runter, einem Bootshaus. Steht da ein Käfig drin? Werden sie dich verprügeln? Geht *das* jetzt wieder los? Wo ist Daddy, oh Daddy, könntest du mich jetzt bloß sehen! Victor fiel hin und wurde wieder hochgerissen.

Glass ging vor, bis ans Ende des Anlegers, und richtete die Leuchtpistole zum Himmel. »Damit wollt ihr vermutlich euren Freunden signalisieren, dass ihr in Gefahr seid.« Die Rakete schoss hoch, ein flammend roter Bogen im Nebel. »Das sollte sie anlocken.«

Bleib weg, Joe. Er würde sich keinen Blick den Fluss hinauf gestatten, solange Glass seine Augen beobachtete. Nebel war aufgezogen. Hoffentlich genug, sodass die *Constance* darin verborgen blieb.

Im Blockhaus gingen raumweise die Lampen aus, dann die Lampen an den Ecken, unter der Dachkante. Automotoren heulten auf, Scheinwerferlicht strich über die Bäume.

»In die Barkasse mit ihnen«, sagte Glass. »Sie sollen am Boden bleiben. Ich will keinen Mucks von ihnen hören. Verstanden?«

»Ja, Sir.«

Victor riskierte einen Blick. Die Flussmündung war nicht zu sehen; das war keine Rauchbombe à la Agent X-9, das war schöner watteweißer Nebel, der da in dichten Schwaden den Fluss hinaufgekrochen kam. Joseph und Diana mochten gleich hinter der Landzunge warten oder drüben, am anderen Ufer, vorbeifahren. *Haut ab. Haut ab, solang ihr noch könnt. Geht Hilfe holen.*

Butch wurde im Nacken und am Hemd gepackt und in die Barkasse geworfen. Grüner Tarnanstrich, Emblem der Küstenwache, mit den Lehnen aneinander gestellte Sitzbänke, achtern eine große freie Fläche.

Victor wurden die Handgelenke hochgezogen, sodass er

sich vorbeugen musste, um nicht umzufallen. »Sie sind ein ganz schön nachlässiger Spion, Mr. Glass«, zischte er. »Ich dachte, Spione müssten Köpfchen haben. Sie dagegen lassen Ihren Dreck überall rumliegen.«

»Den Knebel, Ernst«, sagte Glass, während er den Nebel mit einem Fernglas absuchte.

Der große Deutsche zwang Victor auf die Sitzbank. Butch rollte auf dem Boden herum und trat denjenigen, der ihm die Füße fesselte.

»Gib's ihm, Butch!«

Victor bekam eine Faust aufs Ohr geknallt.

Er ging in die Knie, sah kleine weiße Glühwürmchen tanzen und hörte ein hohes Pfeifen, eine Flöte. Ein Stoffstreifen legte sich um sein Gesicht, rutschte ihm zwischen die Zähne wie eine Kandare und wurde so fest angezogen, dass seine Zunge sich umstülpte und er kaum noch Luft bekam. Der Mann zog den Knoten fest. Victor spürte, wie jemand seine Füße bewegte, und er wusste, dass er sie auch selbst würde bewegen können, wenn er es bloß versuchte, aber er hatte das merkwürdige Gefühl, die Männer, die ihn fesselten, durch einen Tunnel zu sehen, einen Tunnel voller Glühwürmchen. Ein Seil legte sich um seine Fußknöchel. Nicht das Seil und die Fahrt aufs Wasser raus, oh nein, doch nicht mit mir, Mann, aber seine Füße wollten ihm nicht gehorchen. Seine eine Gesichtshälfte war taub. Er lag am Boden des Bootes und lauschte.

Der andere Deutsche hatte mit einer Wildkatze zu kämpfen. Butch strampelte und spuckte und schrie, bis er den Knebel im Mund hatte, und dann strampelte er immer noch. Roy Glass warf sich auf ihn. Der drahtige Mann führte ein Seil zwischen Handschellen und Fußfesseln durch und zog es stramm. Butch wurde das Kreuz durchgebogen, und er lag da wie ein erlegtes Wild.

Victor hielt ganz still und entschied, dass sie ihn, da er immer noch lebte, vielleicht doch nicht umbringen konnten. Er musste die Glühwürmchen verscheuchen und diese Flöte zum Schweigen bringen. Einfach still daliegen. Damit niemand merkte, dass es ihn gab. Er lauschte. Butchs angestrengte Atemzüge, das tiefe Brummen der Innenbordmotoren, die sich hastig entfernenden Männer.

Glass ging den Anleger entlang, suchte den Nebel mit seinem Fernglas ab.

Schließlich sagte er: »Na schön, dann eben nicht«, stieg ein und kam zu Victor, der ihn hasserfüllt anstarrte. »Ich könnte euch jetzt gleich töten und hier liegen lassen«, sagte er, »aber du hattest Recht. Wir waren zu achtlos bei dieser Sache. Ich weiß nicht, wie du es aus dem Gefängnis rausgeschafft hast, aber damit hast *du* einen Fehler gemacht.

Wenn du darüber nachgedacht hättest«, fuhr er fort, während er die Leine aufwickelte und das Boot mit beiden Händen abstieß, »dann wäre dir aufgegangen, dass es dort am sichersten für dich gewesen wäre, bis wir weg sind. Wir hätten dich gleich mit Edgar zusammen erledigen sollen. Aber wir brauchten Zeit und – es hat alles so schön zusammengepasst. Zu schön. Madame konnte dem nicht widerstehen.« Glass gab Gas und lenkte das Boot den nebelverhangenen Fluss hinunter. »Die Anklage wäre spätestens nach einer Woche wieder fallen gelassen worden, aber dann wären wir längst über alle Berge gewesen. Was hätte es für eine Rolle gespielt? Edgar ist tot. Du wärst wieder frei gekommen. Wir dachten, das würde reichen.«

Ach komm, Glass: eine Mordanklage als persönlichen Gefallen? Na, vielen Dank. Victor mahlte mit den Kiefern, um den Knebel zu lockern. Er sah Nebelfetzen über die dunklen Baumkronen hinwegziehen. Das Boot raste flussabwärts.

»Dort hat deine Großmutter gewohnt, nicht?« Glass zeigte nach vorn. »Man kann kaum etwas sehen in dieser Brühe.«

Wag es ja nicht, über sie zu reden, du Schwein. Du hast sie nicht gekannt. Du bist es nicht wert, ihren Namen in den Mund zu nehmen.

»Ein Jammer, dass sie tot ist«, fuhr Glass fort. »Sie war eine nette alte Dame, die Hilfsbereitschaft in Person.«

Victor kämpfte mit seinen Fesseln.

»Ach, das macht dich wütend? Ich weiß mehr über sie als du. Das ist mein Beruf. Wir hatten uns diesen Fluss ausgeguckt, und sie wohnte zufällig an seiner Mündung. Was sollte ich tun? Mich mit ihr anfreunden. Sie konnte mich nicht vom ersten Roy Glass unterscheiden. Ich hab ihr Kuchen mitgebracht und rote Lakritze, genau wie er. Sie hatte jedes Mal irgendeine kleine Geschichte auf Lager. Zu Anfang haben wir ihre Anlegestelle als Treffpunkt genutzt. Wir haben ihr weisgemacht, wir wären Fischer auf dem Heimweg. Dann hat sie uns bei der Suche nach dem richtigen Haus geholfen. Sie kam jedes Mal zum Winken raus, wenn wir vorbeigefahren sind.«

Victor war nicht in der Lage, seinen Lügen ein Ende zu setzen. Das konnte nicht sein. Willie. Das stimmt nicht.

Die Bäume wichen zurück. Die Barkasse fuhr in die Bucht hinaus und begann hart auf den Wellen zu reiten. Glass' Worte fielen wie Steine auf den Boden des Bootes. »Du denkst nicht genug nach, Victor. Sonst würdest du wissen, was du dir mit deinen Aktionen eingehandelt hast. Als du mir erzählt hast, was an Land gespült worden war, bin ich sofort hierher gekommen. Diesmal hab ich ein stärkeres Tau und mehr Gewicht dabeigehabt, um Glass wieder in seinen stillen Winkel zu verfrachten. Deine Willie kam zum Anleger runter und winkte. Ich hab sie erst bemerkt, als sie meine Fracht schon gesehen hatte. Sie hat sich auf den Anleger gesetzt und das war's.«

Glass wirbelte herum. »*Du* bist die Ursache dieses ganzen Ärgers. Wärst du da nicht reingestolpert, wäre alles glatt über die Bühne gegangen. All diese Leute wären noch am Leben. Aber nein, du musstest ja mit Verdächtigungen nur so um dich werfen. Ihr beiden haltet euch für clever? Wir fahren ins tiefe Wasser raus. Euch findet keiner mehr.«

Er richtete das Gesicht in den Wind. Gischt spritzte über den Bug. Na los, bring mich um, wie Willie sagen würde. Kannst mich ruhig umbringen, denn so etwas passiert einem im ganzen Leben bloß einmal. Es war nicht genug, dass er hier zusammengeschnürt auf dem Boden einer Barkasse lag und aufs offene Meer hinausgefahren wurde – das Ungeheuer hatte auch noch die Zeit zurückgedreht, sich Willie geschnappt, sie zum Anleger runtergezerrt und ein zweites Mal umgebracht.

Natürlich hatte sie ihnen geholfen. Sie hatte jedem geholfen, der sie nett gefragt hatte. Es war ihr nicht gegeben, hinter einem freundlichen Gesicht den Feind zu erkennen.

Sie war ihr ganzes Leben lang ein vertrauensseliger Mensch gewesen. Hatte zerlumpte Kinder gefüttert und Garnelenfischer, die gerade vom Meer zurückkamen. Hatte Butch seinen Whiskey abgekauft. Sie hatte ihm geglaubt, diesem feschen Mann mit seinen Süßigkeiten und seinen verlogenen Vorträgen in Sachen Verdunklung. Sie hätte sich nie träumen lassen, dass irgendwer eine solche Untat begehen konnte wie die, bei der sie ihn gesehen hatte an diesem einen Sonntag, vom Anleger aus. Der Anblick musste zu viel gewesen sein für ihr altes Herz.

Und alles bloß, weil sie zufällig an der Flussmündung wohnte, an der Stelle, wo alles vorbeimuss, was die Bucht ausspuckt.

34

Butch presste die Zehen an Victors Bein.

Victor erwiderte den Druck. *Halt die Ohren steif, Kumpel.* Er rollte sich herum, gegen das Heckwerk.

Das Dröhnen der Motoren wurde zu einem Flüstern. Die Barkasse verlangsamte auf ein Kriechtempo, hob und senkte sich mit den Wellen. Glass putzte seine Brille und starrte mit zusammengekniffenen Augen in den Nebel. Die Bucht lag unter großen weißen Wolken begraben, die wie Eisberge umhertrieben, wie Schiffe.

Victor wurde sich des Brummens bewusst, des Dröhnens: gewaltige Maschinen irgendwo vor ihnen, im Leerlauf. Dieselgeruch in der Luft.

Eine schrille Glocke … wie in der Schule …

Sie verstummte.

Wellen gluckten und plätscherten unter dem Rumpf. Roy Glass stand da, die Hand an einem Schalter auf der Instrumententafel, und gab mit dem roten und dem grünen Positionslicht Blinksignale.

Tief im Nebel das hallende Dröhnen.

Dann tauchte direkt vor ihnen etwas Langes, Schwarzes, Stromlinienförmiges auf, kam längs zu ihnen hoch aus dem Wasser. Eine riesige schwarze Stahlklinge, die sich bis zum Horizont zu erstrecken schien. Lag reglos da, ein Knurren tief in der Kehle. Wellen schwappten über die Schnauze hinweg, über das Deck. Während die Barkasse näher herankam, schien die Bucht sich wieder zu beruhigen, bis sie fast spiegelglatt unter dem treibenden Nebel dalag. Schließlich sah Victor das dunkle Monstrum in seiner Gesamtlänge, die gekrümmten schwarzen Linien der Brücke und die schroff abstehenden Geschütze, Antennen,

Rohre an dem hohen Kommandoturm. Das Ding schien einen langen Hals zu machen, als wolle es aufpassen, wer da herangeschlichen kam. Eine Trosse war zwischen Brücke und Heck gespannt, eine andere zwischen dem höchsten Rohr und der Bugspitze. Weißer Schaum wallte auf, wo sie aus dem Wasser kam. Ein weißes Auge öffnete sich kurz.

Kein Wunder, dass das der Feind war. Es war aus glatter, unsichtbarer Finsternis gemacht, dazu geschaffen, unter die Wellen zu schlüpfen und sich an die Beute heranzuschleichen, schnell zuzuschlagen in der Nacht, und dann ebenso rasch wieder zu verschwinden, sich woanders auf die Lauer zu legen. Seine ganze Gestalt war darauf angelegt, noch die gefährlichsten Raubfische an Verstohlenheit zu übertreffen.

Das ausströmende Wasser ließ die Barkasse auf und ab hüpfen. Glass legte sich eine Leine zurecht. Victor sah drei – nein, vier Köpfe oben auftauchen, dann wimmelte es auf der Brücke von schwarzen Gestalten. Acht oder neun Männer kamen eine Leiter hinuntergehastet und sammelten sich auf dem Deck. Sie tänzelten hin und her, hielten sich an der Trosse über ihren Köpfen fest.

Glass warf die Leine hinüber. Zwei Männer kamen ins Boot gestiegen, dann noch zwei. Glass brüllte etwas; jemand brüllte etwas zurück, wieder in dieser nicht enträtselbaren Sprache. Vier Hände packten Victor und reichten ihn wie ein Baby in vier wartende Hände. Neben sich hörte er Butch auf das Deck knallen.

Die Männer umringten sie, flüsterten. Victor wurde auf die Füße gestellt, über die schlüpfrigen Planken zu einer Leiter gestoßen, von Hand zu Hand hinaufgereicht. In einem Winkel der dunklen, offenen Brücke stand eine runde Luke offen, aus der rötliches Licht drang: von tief unten. Hände auf ihm, Dutzende von Händen, grobe und sanfte, die ihn durch das Loch nach unten reichten. Seine Füße berührten nicht ein einziges Mal die Leiter. Unten in dem roten, ovalen Raum schlug ihm Gestank entgegen, eine Mischung aus Antiseptika und Zahnfäule, Diesel, heißem Öl, Rost, Zigaretten, Farbe, aufbereiteter Luft. Die Männer stanken nach Rauch und Gott weiß was. Sie trugen ihn um ein herabhängendes Stahlrohr mit Griffen und einem Okular herum (das Periskop!) zu einer weiteren Luke.

Butch kam herunter wie eine Mumie, die in eine Gruft gesenkt wird.

Niemand sagte etwas zu Victor oder sah ihn direkt an; alle sahen zutiefst erschöpft aus mit ihren ungepflegten Bärten und hohlen Wangen. Sie trugen Wollhosen und kragenlose Hemden oder dreckige Pullover mit hochgekrempelten Ärmeln. Ihre Gesichter waren fahl in dem roten Licht. Wie konnten sie diese Luft atmen? Sie reichten Victor weiter wie einen zerbrechlichen Gegenstand, der ihnen nicht kaputtgehen durfte.

Er schwebte über eine zweite gähnende Luke hinweg. Nervöse Gesichter sahen zu ihm herauf. Auf diesem Schiff mussten fünfzig Mann sein! Von draußen hatte es wie ein schwarzes, seelenloses Lebewesen ausgesehen, aber hier drin glühte alles rot wie auf einer Darstellung der Hölle – Messgeräte, Rohrleitungen, Skalenblätter, Kartentische, die vielen Schalter überall –, und diese ganzen Männer wateten durch Tümpel aus rotem Licht.

Victor wurde sanft die Leiter hinuntergelassen, ins wimmelnde Herz des Schiffes. Überall blinkten rote, grüne, blaue Anzeigen, wurden radförmige Regler an den Wänden betätigt und aus dem Boden ragende Messinghebel, sprachen Männer in Rohre, die von der Decke herabstachen. Einer starrte wie ein Wahrsager in ein blau glühendes Licht. Und überall die gewundenen Rohre, die freigelegten

Gedärme dieses Wesens, und diese abgerissenen Männer, die alles befühlten und versorgten und abtasteten, aufeinander abstimmten. Sie sahen ihn kurz an und wandten sich dann wieder ihren Anzeigen zu. Sie waren keine Gespenster oder Traumgestalten, keine verdammten Seelen, sondern Menschen, atmende Menschen im Bauch dieser lebendigen Maschine. Sie waren nicht alt, aber irgendetwas hatte sie alt gemacht.

Er wurde über eine Schulter gelegt. Dieser Mann war nicht sanft. Er bückte sich, damit Victor auch ja mit dem Kopf an den Durchgang schlug, schleppte ihn einen engen Gang zwischen lauter Kojen in den Wänden hinab, durch einen Vorhang, an einem Raum vorbei, in dem drei Männer überrascht von ihren Funkgeräten aufsahen.

Der Mann brummte etwas und ging weiter.

Jemand rief. Victor verstand nur das Wort Käpt'n. Der Mann rief etwas zurück, ließ ihn von seiner Schulter rutschen und auf den Boden eines Waschraums fallen.

Die Tür knallte zu und flog wieder auf.

Es hatte zwei Männer gebraucht, um Butch hierher zu schaffen; sie warfen ihn ohne Zögern auf Victor drauf und brüllten etwas.

Die Klingel läutete, dann heulte die Sirene los, stampften Füße an dem kleinen Kabuff vorbei. Die Tür knallte zu. Wurde abgeschlossen. Victor rollte sich unter seinem Freund hervor.

Eine rote Funzel, hinter einem Schutzgitter. An der Decke summte ein winziger Ventilator. Spiegel, Waschbecken, Dusche, das Mini-Klo, alles war aus rostfreiem Stahl, der vom vielen Scheuern mit endlosen Kringeln übersät war. Unmittelbar hinter der Tür knackte ein Lautsprecher, und auf einmal war ein langsames Lied zu hören, gesungen von einer Frau: *That old black magic has me* – knack – *in its spell …*

Das war natürlich Radio Mobile; aus irgendeinem Grund hatte Victor »Lili Marleen« erwartet.

Indem er das Gesicht an seiner Schulter rieb, bekam er den Knebel aus dem Mund. Diesen Geschmack würde er noch sein Leben lang auf der Zunge spüren. »Butch«, sagte er. »Dreh dich um. Vielleicht kann ich …«

Those icy fingers up and down my spine …

»Bleib so.« Er ackerte herum, bis er an Butchs Hinterkopf herankam, nahm eine Schlaufe des Knotens zwischen die Zähne und zerrte daran wie ein Hund, bis sie sich gelockert hatte, dann zog er an der anderen Schlaufe. Der Knoten fiel auseinander.

Butch spuckte den Knebel aus. »Heilige Mutter Gottes, danke, Sandy, endlich krieg ich wieder Luft.«

»Tja, jetzt haben sie uns«, sagte Victor, »diesmal haben sie uns gekriegt. Hättest du es uns nicht irgendwie ersparen können, von diesem Dach zu fallen, Butch?« Er stemmte sich an der Tür hoch. »Ich meine, Fehler machen wir alle, aber du hättest doch einfach bloß zu bleiben brauchen, wo du warst.«

Butch rollte herum. »Wessen Prachtidee war es denn, da überhaupt raufzuklettern?« Seine Augen funkelten. »Wer hat sie kommen gesehen und gesagt, lass uns abhauen?«

»Wir haben es vermasselt«, sagte Victor, »ganz unter uns, wir haben es vermasselt. Guck uns an. Guck dir an, wo wir sind.« Er stieß den Kopf gegen die Tür. »Ich wünschte, das wär ein schlechter Traum, dann könntest du mich einfach wecken.«

»Sandy, hast du dir dieses Ding angesehen? Das ist – das ist so ungefähr das *Schwärzeste,* was ich je gesehen habe.«

»Hoffentlich holt Joseph die Küstenwache und die Polizei und die Marines«, sagte Victor. »Hoffentlich pusten sie dieses Ding in die Hölle und uns gleich mit.«

»Mensch, Sandy, das ist mal ein Boot, das das Stehlen wert wär! Hast du die Bewaffnung gesehen? Wir müssen es uns irgendwie unter den Nagel reißen, du und ich und der Große, stell dir bloß mal vor, was wir damit alles anstellen könnten!«

»Träum weiter«, sagte Victor. »Die wollen uns bloß noch ein bisschen darüber nachdenken lassen, bevor sie uns umbringen.«

Butchs Augen strahlten, als wäre er es, der Gefangene gemacht hatte. »Das glaubt uns kein Schwein«, sagte er.

»Du hast da was übersehen, Butch. Wir haben keine Chance, das Blatt zu wenden. Oder hast du ein Messer oder so was?«

»Nee. Ich schätze, wir werden es einfach dem Großen überlassen müssen.«

»Joe und Diana gegen dieses U-Boot mit dieser Bewaffnung?« Victor schüttelte den Kopf. »Wir dürfen hier nicht bloß rumsitzen. Wir müssen uns etwas einfallen lassen.«

»Ich würd ja glatt noch mal ein Jubilee lostreten«, sagte Butch, »bloß wissen diese Burschen wahrscheinlich gar nicht, was das ist.«

»Du hast dir wenigstens noch ein paar gute Sachen einfallen lassen«, sagte Victor. »Ich schaff es immer bloß, uns in die Klemme zu bringen. Immer wenn ich mir was ausdenke, mein ich, jetzt hab ich alles gut durchdacht, weißt du. Aber die Leute machen nie das, was ich denke. Sie machen immer genau das Gegenteil. Geht dir das auch so?«

»Vielleicht solltest du ja mal genau das Gegenteil machen. Ich scher mich nicht drum, was andere Leute machen. Ich kümmer mich einfach nur um mich selbst.«

Victor starrte auf seine Füße. »Du hast mir zweimal aus der Klemme geholfen, und jedes Mal hast du dich tiefer reingeritten damit. Du hättest das nicht tun brauchen.«

»Man muss auf seinen Hund eben aufpassen«, sagte Butch mit einem schiefen Grinsen.

»Ich bin nicht dein Hund.«

»Was denn sonst. Einen bessren Freund als seinen Hund findet man nicht«, sagte Butch und schüttelte sich die Haare aus den Augen. Victor musste schmunzeln.

»Ich hab gehört, was dieses Arschloch über die alte Dame gesagt hat«, sagte Butch. »Vergiss es einfach. Du kannst nichts dafür. Ich hab selber so meine Probleme mit alten Damen. Sie haben ihren eigenen Kopf.«

»Willie hat getan, was sie wollte, abgehakt«, sagte Victor. »Aber weißt du, was mich freut? Dass wir ihm seinen Plan so richtig schön vermasselt haben.«

»Aber ein Arschloch ist er, stimmt's?«, sagte Butch. »Ich hätt nie gedacht, dass man von diesem alten Blockhaus aus Spionage betreiben kann. Ich hatte meinen Kolben *so* dicht daneben. Himmel. Und die Nazis. Die sehen ganz anders aus, als ich gedacht hab. Die haben überhaupt keine Stahlhelme *auf.*«

Die Glocke begann schrill zu läuten, Männer rannten an der Tür vorbei. Das rote Licht ging dreimal aus. Ein Beben durchlief die Luft. Victors Ohren knackten. »Hast du das gemerkt? Sie haben das Luk geschlossen.«

Butch machte große Augen. »Was heißt das?«

»Dass wir runtergehen.«

»Du meinst unter Wasser?«

»Du hast's erfasst. Darum heißt es auch Unterseeboot.« Victor schloss die Augen und lehnte den Kopf gegen das Schott. Der Boden begann kräftig zu vibrieren. Der Raum sackte ab wie der Fahrstuhl im Admiral Semmes Hotel in Mobile. Wasser gurgelte die Wände hoch, dann verstummten die Wellen – ein Moment Stille, dann die Dieselmotoren.

Wie tief konnten sie gehen? Das hier war der Graben. Eine Million Meilen in die Dunkelheit hinab. Hier kommt nie ein Lichtstrahl hin. Die Fische sind blind. Sie schwimmen ineinander, reißen die Mäuler auf und schlucken Zeug runter, das sie nicht sehen können. Victor stellte sich vor, wie das Ungeheuer immer tiefer in dem ganzen Schlamassel versank, den er angerichtet hatte, bis es unter der Last einfach zerknackte und er ertrank. Roy Glass hatte Recht. Und dieser Bulle. Und sein Vater und Willie und diese keifende innere Stimme, die über seine zahllosen Fehler Buch führte. Das hier hatte er sich mit seinen Aktionen eingehandelt. Hierhin hatte ihn seine Mission geführt – in einen Edelstahlwaschraum am Grund der Mobile Bay, mit Tonnen und Abertonnen von Wasser über dem Kopf.

Rufe auf dem Gang, rasche Schritte. Die Luft wurde allmählich dünner. Er sah zum Ventilator hoch.

»Sandy?«

»Hm.«

»Was meinst du, war's das jetzt?« Butchs Grinsen war verschwunden. Ihm war die zugeschnürte Kehle anzuhören. »Die werfen uns über Bord und kommen so davon?«

»Davonkommen werden sie vielleicht nicht.«

»Ich muss dir noch was sagen, und ich sag es besser jetzt, damit ich nicht in die Hölle komme. Es tut mir Leid, dass ich dein Boot abgefackelt hab. Wenn ich dich gekannt hätte, hätt ich's nicht getan.«

Victor war völlig baff. »Hast du wirklich Angst, in die Hölle zu kommen?«

»Teufel, ja, Sandy, du nicht?«

»Eigentlich nicht«, sagte Victor. »Ich kenn eine Menge Leute, die da noch vor mir hingehören. Außerdem, so schlimm wird es da nicht sein.«

»Meinst du?«

»Bestimmt nicht schlimmer als anderswo.«

»Aber dann würden doch alle da hin wollen«, sagte Butch.

»Wollen sie ja auch. Brauchst dich bloß mal umzugucken.«

»Ich nicht. Ich will in den Himmel und den Laden mal so richtig aufmischen.«

Victor lachte. Butch konnte ihn selbst jetzt noch zum Lachen bringen. Butch hatte keinen Respekt vor der Angst, aber er fürchtete sich trotzdem, und hier unten fürchtete er sich mehr davor, was Gott mit ihm wegen seiner Sünden tun würde, als vor dem, was die Nazis mit ihm vorhatten. Seine Rumtreiberei hatte ihn bis an den Abgrund gebracht, aber nicht hineinstürzen lassen. Victor verspürte eine plötzliche Woge der Zuneigung. »Und mir tut's Leid, dass ich dich hier mit reingezogen habe.«

»Na, wenigstens hab ich es zu sehen bekommen«, sagte Butch. »Manche Leute kriegen nie irgendwas zu sehen, ihr ganzes Leben lang nicht. Hör mal. Ich hab eine Idee. Wenn wir hier je wieder rauskommen, dann könnten wir doch vielleicht zusammen was auf die Beine stellen. Man kann einen Batzen Geld machen in den Sümpfen.«

Victor sagte: »Ich glaub nicht, dass ich zum Schwarzbrenner tauge.«

»Wieso nicht, du bist doch ganz schön helle«, sagte Butch. »Lass es dir durch den Kopf gehen.«

Die Tür ging auf, und Victor fiel rückwärts in den Durchgang. Über ihm ragten zwei Deutsche und Glass auf. Sie standen auf dem Kopf. Glass sagte etwas und machte auf dem Absatz kehrt.

»Und weiter geht's«, sagte Butch. Der Seemann bückte sich, aber er hob ihn nicht hoch, sondern zückte ein Messer und schnitt das Seil durch, mit dem ihm die Hände an den

Füßen festgebunden worden waren, dann das Seil an Victors Knöcheln.

»Danke, Adolf«, sagte Butch, als der große Mann ihm schweigend aufhalf. Sie wurden durch den dunklen Gang in einen Raum geschleift, der mit Tischen, Stühlen und weiteren schweigenden Männern vollgestopft war. Alle guckten sie in dieselbe Ecke. Dort stand Madame und lächelte einen bärtigen Seemann an. Vor ihnen kniete ein weiterer Seemann. Ein Blitzlicht knallte. Der erste Seemann strahlte, küsste Madame die Hand und verschwand wieder im Gedränge.

Victor ging auf, dass die Männer anstanden, um sich mit Madame fotografieren zu lassen.

Die Maschinen waren still; nur das Knallen des Blitzlichtes erhob sich über das Gemurmel. Victor stellte sich vor, wie das U-Boot über dem Meeresboden schwebte.

Madame sah sie bei der Tür stehen. »Ah!« Und noch etwas auf Deutsch. Die Männer traten beiseite, um die Jungen durchzulassen.

Sie trug Schwarz, unter einem Regenmantel aus Tweed, und am Finger einen glitzernden Diamantring von ansehnlicher Größe. Das rote Licht schmeichelte ihrem Gesicht. Sie lächelte ein glattes, ironisches Lächeln. »Victor, nun guck nicht so schockiert«, sagte sie. »Diese Männer wissen alle, wer ich bin. Ich bin eine Legende für sie. Sie möchten sich alle ein Bild mit mir machen lassen. Du nicht? Komm her.«

»Nein, danke.« Victor straffte die Schultern. »Ich hab schon ein Bild von Ihnen; das reicht mir vollkommen.«

Sie lachte, hakte sich bei dem nächstbesten Seemann unter. »Das kann ich mir vorstellen. Wie du siehst, brennen diese Jungs auf neue Gesichter. Ich werde behandelt wie eine Königin.«

Victor fiel zum ersten Mal auf, dass er mindestens einen

halben Kopf größer war als Madame. Er richtete sich auf, damit es zu sehen war. »Wo fahren Sie hin?«

»Nach Hause«, sagte sie. »In meine neue Heimat. Mein neues Leben. Ich habe vor, es mir richtig gut gehen zu lassen.«

»In Deutschland?«

»In Frankreich, wenn man's genau nimmt. Ist ja jetzt alles eins. Ein Europa. Man verehrt mich dort.«

Victor kam sich vor wie der Hund in dem Film, dieser kleine Hund, der den Vorhang herunterreißt und den Zauberer als heruntergekommenen Alten bloßstellt. »Sie haben Edgar und die anderen umgebracht, bloß um nach Frankreich gehen zu können?«

Madame stellte sich kurz mit einem dunkelhaarigen Seemann in Pose, der noch zu jung für einen Bart war. Er dankte ihr artig und zog sich zurück.

Sie sagte etwas auf Deutsch.

Die Männer murrten, aber ein Offizier sagte etwas im Befehlston, und sie verzogen sich durch die Luken.

Damit waren nur noch Victor und Butch und ihre beiden Bewacher übrig – und Madame.

»Dann sind Sie jetzt wohl reich, oder?«, sagte Victor.

»Ich habe keinen Pfennig besessen, solange Edgar noch am Leben war«, sagte sie. »Die Telegramme sind heute eingetroffen. Seine Vermögenswerte in Zürich gehören mir. Und dann dämmert dem armen Charles, was passiert ist, und er steht da und zittert wie Espenlaub und droht uns. Roy hat sich darum gekümmert. Ich hatte nicht die Nerven dazu.« Ihre Augen blitzten, und sie klopfte mit ihren Fingernägeln auf einen Stahltisch. »Aber bei Edgar, da hatte ich die Nerven dazu – dieser dumme alte Trottel! Er hat ein falsches Spiel gespielt. Mit uns! Ich war ihm am Ende völlig gleichgültig. Er hat alles kaputtgemacht.«

»Aber er hat sich nicht *umgebracht*«, warf Victor ein. »Das waren Sie.«

»Gib's ihr, Sandy!«

»Das war ich«, sagte Madame. »Und ich würd es jederzeit wieder tun. Vor mir liegt ein besseres Leben. Ich habe Edgar hinter mich bringen müssen, damit ich es finden konnte.«

»Na toll!«, sagte Victor. »Er wollte Ihnen bestimmt nicht dabei im Weg stehen. Erinnern Sie sich noch an Diana? Sie weiß, was Sie getan haben. Sie ist jetzt auf unserer Seite.«

Madame schüttelte den Kopf, als versuche sie gerade, eine fremde Sprache zu verstehen. »Nein, nein. Jetzt hört mal zu. Diana hatte nichts damit zu tun. Sie und Edgar sind ein Abschnitt meines Lebens, und der ist vorbei. Sie ist jetzt flügge. Sie hat bei mir eine gute Schule genossen.« Sie ballte die Fäuste und fuhr in einem erregten Flüsterton fort. »Vor mir liegt ein besseres Leben. Auf mich wartet etwas. Ich werde die Stimme des Neuen Europas sein. Stellt euch das vor. Millionen werden vor dem Radio sitzen und meine Stimme hören.«

»Sie meinen, Sie sind eine Verräterin«, sagte Victor. »Wie Tokyo Rose.«

»Keine Verräterin. Eine Heldin. Man kann das eine oder das andere sein, weißt du. Hängt ganz davon ab, auf welcher Seite man ist und wann. Man kann beides sein.« Sie lächelte wieder. »Die Presse wird diese Story lieben. Das ganze Reich wird über nichts anderes reden.«

»Und was wird aus Butch und mir?«

Madame sagte: »Ihr werdet leben oder sterben. Wahrscheinlich Letzteres. Ist mir egal.«

»Mag sein«, sagte Victor, »aber wir werden jedenfalls nicht in der Hölle schmoren, stimmt's, Butch?«

»Auf gar keinen Fall.« Butch schob das Kinn vor.

Roy Glass kam durch die vordere Luke. »Es gibt einigen Funkverkehr«, sagte er. »Wir werden möglicherweise Schwierigkeiten haben, aus der Bucht zu kommen. Henkel will wieder hoch und mit Höchstgeschwindigkeit durch die Meerenge. Der Nebel ist sehr dicht. Da stehen unsere Chancen recht gut.«

»Ich seh am besten einfach zu, dass ich niemandem im Weg bin«, sagte Madame und zog sich in eine kleine Kammer zurück. »Das ist alles so aufregend. Ein Unterseeboot.« Sie zog den Vorhang vor.

»Es wird Zeit, dass wir uns unserer anderweitigen Probleme entledigen«, sagte Glass und winkte bedeutungsvoll mit der Hand. Er klimperte mit Schlüsseln herum, entriegelte die Handschellen. Die Deutschen nahmen ihre Gefangenen bei den Armen.

»Dass ihr mir ja nicht aus der Reihe tanzt«, sagte Glass und stieß Victor den langen, schwarzen Lauf seiner Pistole in den Nacken.

Das rote Licht pulsierte. Das Zischen schwoll unvermittelt zu einem Brüllen an, dazu das Rauschen des Wassers von hinter den Wänden. Der Boden stellte sich schräg. Sie stiegen ins Herz des Schiffes hinab.

35

Aus der abgrundtiefen Finsternis stieg es empor, das Unterseeboot, stieg empor und brachte die Wasseroberfläche zum Zittern, bevor es sie mit dem gewaltigen, unterirdischen Brüllen durchbrach, das Victor in der allerersten Nacht aus dem Schlaf gerissen hatte. An die Wand des Kommandoturmes gequetscht spürte er das bebende Wasser hinter der äußeren Hülle. Die kalte Mündung der Waffe drückte sich ihm in den Nacken. Männer brüllten über das Läuten hinweg.

Ein Seemann huschte die Leiter hinauf und warf das Turmluk auf. Süße, kalte Luft kam hereingeströmt. Die U-Boot-Fahrer legten die Köpfe zurück und nahmen tiefe, hungrige Atemzüge.

Glass bellte Anweisungen, die Männer brachten zuerst Victor auf die Brücke, dann Butch, der fluchte und wild um sich schlug. Immer noch Nacht. Wie sauber der Nebel roch.

Du weißt, wie. Du weißt, was jetzt mutig wäre.

Aber die Pistole war zu dicht an seinem Nacken. Er musste eine lebensgefährliche Treppe zum Deck hinuntersteigen, das rollte und im Nebel schlingerte. Roy Glass blieb auf der Brücke. Die restlichen Männer gingen vorsichtig den schlüpfrigen Laufsteg entlang, am Geschütz vorbei.

Eine große Woge traf seitlich auf das Boot. Ein Seemann ging auf ein Knie; die anderen packten die Trosse. Victor drehte sich langsam herum. Der Kommandoturm, die wirbelnden Nebelschwaden, und dann war da ganz plötzlich der schlanke Bug, kam in einem Wahnsinnstempo aus dem Nebel geglitten, genau auf das U-Boot zu.

Die Männer an Deck sahen ihn ebenfalls und begannen zu laufen. Es war zu spät.

Der große Bug war schon da und rammte das U-Boot, eine gewaltige Erschütterung, die sie alle vom Deck warf und durch die Luft fliegen ließ.

Victor drehte unfreiwillig eine Rolle und landete *klatsch!* auf dem Rücken. Als die Wellen sich über ihm schlossen, wusste er, dass er es geschafft hatte, dass Joseph gekommen war, um ihn zu retten. Krieg deinen Kopf über Wasser und schwimm und such Butch und komm irgendwie um das Heck rum zum Boot. Er kämpfte sich nach oben und sah das Unterseeboot auf der Seite liegen, vom Bug der *Constance* festgehalten. Dann richtete es sich langsam wieder auf und drängte die Angreiferin zurück. Die Sirene jaulte los. Ein Mann klammerte sich an Deck fest. Ein anderer – Glass? – taumelte die Brücke hinunter.

Ein Licht flackerte oben im Bug der Yacht, dann segelte etwas Brennendes hinüber und explodierte am vorderen Geschütz, und Flammen breiteten sich aus.

Butch schlug fluchend um sich. Victor rief: »Wir müssen schwimmen!«

Zwei weitere Benzinbomben flogen hinüber und zerplatzten auf den Geschützen, scheuchten die Männer, die es geschafft hatten, wieder an Bord zu klettern, die Leiter zur Brücke hinauf. Die nächste Bombe explodierte auf der Brücke. Victor sah die Männer entsetzt durchs Turmluk fliehen.

Er senkte den Kopf und schwamm blind drauflos, tauchte nur kurz auf, um seine schier berstenden Lungen zu füllen und sich davon zu überzeugen, dass Butch noch hinter ihm war. Jetzt knatterte ein Maschinengewchr los. Die Flammen an Deck waren kleiner geworden. Die *Constance* schien schon näher zu sein. Victor schwamm weiter. Das Wasser war schwarz und strömte an ihm vorbei, hob ihn hoch und ließ ihn wieder nach unten sacken. Er machte unter Wasser die Augen auf. Er entdeckte, dass es in den Wellen um ihn herum von Flundern wimmelte, von dahintreibenden seidigen braunen Leibern, aus denen ihn seltsame Doppelaugen anstarrten. Wieso konnte er sie in dieser Dunkelheit sehen?

Er riss den Kopf hoch. Eine Linie Regentropfen perforierte einen Wellenkamm und wanderte spritzend an ihm vorbei. Dann glitt eine große Schwärze zwischen ihn und das Unterseeboot – das Heck der *Constance.* Oben an der Leiter stand Diana und winkte ihn heran.

Er erreichte die unterste Sprosse. Hinter ihm tauchte Butch auf. Victor machte ihm Platz, schnappte nach Luft. »Du – zuerst!«

Butch zog sich hoch.

Na los, Victor. Werd deinem Namen gerecht.

Die Wellen voller Fisch …

Er kletterte nach oben, ergriff Dianas starke Hand, landete auf beiden Füßen, schüttelte sich das Wasser aus den Haaren.

»Die sind immer noch am Rumballern!«, schrie Butch.

Ein flackernder Lichtpunkt – eine Geschoss-Spur raste die Kabinenwand entlang auf sie zu, ließ Splitter fliegen, krachte an ihnen vorbei. Sie machten, dass sie von der Reling wegkamen.

Diana schrie: »Du musst ihn aufhalten!«

Victor sah nach vorn. Joseph kauerte im Bug auf einem Knie. Das brennende Ende eines Lumpens baumelte an seiner Hand. Er gab einen wilden Urwaldschrei von sich und schleuderte die Flasche mit gestrecktem Arm hinüber. Er war besessen. Er kämpfte seinen Krieg. Das Boot und alles andere hatte er vergessen. Er ging völlig darin auf, das Ungeheuer mit Feuer zu bewerfen.

»Er hat den Verstand verloren«, sagte Diana. »Er hat uns direkt auf dieses Ding ausgerichtet und Vollgas gegeben.«

Butch duckte sich neben die Reling. »Womit er uns auf jeden Fall aus der Patsche geholfen hat.«

Victor hastete gebückt übers Deck. »Joseph! Wir haben's geschafft! Lass uns abhauen!«

Joseph fuhr herum, die Haare schweißnass, die Augen fremd, wild glitzernd. »Sie sind mir in die Falle gegangen.«

Eine Garbe pfiff vorbei. Die Scheibe des Ruderhauses ging zu Bruch, die Scherben prasselten herunter wie Regen.

»Du hast sie dir geschnappt, Joe, und wie du sie dir geschnappt hast! Aber jetzt weg hier!«

Joseph stand auf und warf. Ein greller Blitz beim Geschütz achtern. Der letzte Mann floh zur Luke. Ihr Scheppern trug übers Wasser. Das Deck würde nicht zu brennen anfangen, aber überall waren brennende Pfützen. Das U-Boot grunzte laut, ließ seine Sirene ertönen und nahm Fahrt auf.

»Sie hauen ab!«, brüllte Joseph und reckte die Faust. Das U-Boot kehrte ihnen die Flanke zu und glitt auf einem festgelegten Kurs davon, schüttelte dabei die Flammen von seinem Rücken ab, ganz und gar kein verwundetes Ungeheuer. Der Nebel verschluckte es.

»Kommt!« Joseph lief zum Ruderhaus. Er gab Gas und ließ sie alle zwei Schritte zurücktaumeln.

Victor stieß mit Diana zusammen. »Sie ist auch da drauf«, sagte er. »Zusammen mit Glass. Sie fliehen.«

Diana sah ihn verwundert an. »Denkst du, ihr könnt sie ganz allein aufhalten? Niemand hat deinem Bruder geglaubt am Funkgerät.«

»Vielleicht glauben sie dir«, sagte Victor. »Weißt du, wie man das Ding bedient?«

»Sicher … aber was soll ich denn sagen?«

»Erzähl ihnen einfach, was passiert ist. Sorg dafür, dass sie dir glauben.«

Diana hob die Hände. »Na schön, meinetwegen. Dann redest du mit unserem Helden hier.« Sie verschwand unter Deck.

Victor ging zum Ruderhaus, wo Joseph das Steuerrad herumwirbeln ließ. »Sie hatten euch darauf verfrachtet, Vic, ich hab's gewusst!« Er wischte sich den Schweiß vom Gesicht. »Was haben sie mit euch gemacht? Wie zum Teufel seid ihr rausgekommen?«

Victor lehnte sich gegen die Tür und rang nach Atem. »Mann, du bist genau im richtigen Moment gekommen. Sie waren gerade mit uns rauf, um uns zu erschießen. Zwei Sekunden länger, und du wärst zu spät gekommen.«

»Die Kleine kann was.« Joseph steckte den Kopf durch das zerborstene Fenster und suchte den Horizont ab. »Nachdem ihr unten wart, ist sie immer schön im Kreis gefahren, damit ich über Funk Alarm schlagen konnte. Hat bloß kein Schwein interessiert.«

Butch kam zur Tür, mit großen Augen. »Na, hat sich doch gelohnt, das Bombenbasteln, was, Großer?«

»Jetzt werden sie sich zweimal überlegen, ob sie hier noch mal aufkreuzen«, sagte Joseph. »Bring mal noch was davon nach vorne.«

»Mach ich.« Butch sauste los.

Joseph streckte die Hand aus. »Sieh mal, Vic. Der Nebel wird dünner. Da sind sie. Schön deutlich zu sehen. Sie versuchen, durch die Meerenge zu kommen. Und wie sie flitzen. Ihr gottverdammten *Hurensöhne*!«

Victor trat auf das Deck hinaus. Der Wind teilte den Nebel in große, dahintreibende Wolkenberge mit Schluchten aus klarer Luft dazwischen. Der längliche Schatten tauchte aus der einen Wand auf und verschwand in der nächsten, tauchte auf, verschwand, nahm immer wieder andere Gestalt an. Die *Constance* ließ alle Vornehmheit fallen und hob sich aus dem Wasser, dass die Gischtfahne immer länger wurde.

Er eilte die Stufen hinunter zu Diana, die im Stuhl ihres Großvaters saß und sich über das Mikrophon beugte. Ihre Augen leuchteten vor Aufregung. »Sie glauben mir. Sie brauchen unseren Kurs.«

»Süden, Richtung Meerenge«, sagte Victor. »Fort Morgan. Sie versuchen aus der Bucht zu kommen.«

»Unbekannter Sender, kommen«, sagte der Lautsprecher.

Diana drückte den Knopf. »Wir wissen nicht, wo in der Bucht wir uns befinden, aber wir fahren nach Süden. Sie versuchen, durch die Meerenge zu entkommen. Bitte helfen Sie uns. Kommen!«

Langes statisches Knistern, und dann sagte die ausdruckslose Stimme: »Ähm, verstanden, unbekannter Sender, wir schicken jemanden dorthin. Sie halten sich besser fern. Ende.«

Sie drehte sich zu Victor herum. »Sie haben gedacht, Joe wäre bloß irgendein Junge, der sich wichtig macht. Es gibt eben Sachen, die Mädchen besser können.« Dann verlor sie ihr Lächeln. »Du hast Großmutter gesehen. Was hat sie gesagt? Hast du mit ihr gesprochen?«

Victor lehnte sich an die Tür. »Ja, klar. Sie hat gesagt, es wäre langsam Zeit, dass du flügge wirst. Wo sie dir doch alles beigebracht hätte, was du wüsstest.«

Dianas Lippen wurden schmal. »Das hat sie gesagt?«

»Sie geht nach Frankreich. Sie will die neue Tokyo Rose werden. Du hattest Recht. Sie ist verrückt. Aber die Männer dort waren hin und weg von ihr. Sie haben sich gegenseitig mit ihr fotografiert. Das war das Letzte, was ich erwartet hätte, das kannst du glauben.«

Sie stiegen die Stufen hinauf. Sie konnten Joseph brüllen hören, während er die Maschinen hochjagte. Sie kamen genau in dem Moment an Deck, als die *Constance* den letzten Nebelschleier durchbrach und auf die glitzernde Bucht hinausfuhr, die im Schein des untergehenden Mondes dunkelblau dalag. Eine sandige Halbinsel erstreckte sich nach Osten, wo sich am Himmel das erste Grau des Morgens zeigte. Im Westen herrschte nach wie vor Dunkelheit.

Eine halbe Meile voraus, genau im Süden, produzierte der längliche Schatten ordentlich Schaum, so schnell fuhr er auf eine ferne Ansammlung von Lichtern zu – auf das Fort. Die Meerenge. Den offenen Weg in den Golf hinaus.

Die *Constance* holte auf. Victor machte den schwarzen Turm aus, die leere Brücke. Wenn sie ihr Periskop nach hinten drehten, konnten die Deutschen die große, leuchtende Yacht kaum übersehen, die sie unter diesem Mond verfolgte. Bestimmt läutete die Glocke, hasteten Männer durch die Gänge. Victor fragte sich, ob von diesen schimmernden Torpedos auch einige heckwärts zielten.

Butch schleppte von hinten eine Kiste mit Brandbomben an. »Was sagt ihr dazu, Leute? Der Große schnappt sich das Scheißding!«

Von den Türmen auf der sandigen Landspitze zeigten schmale Lichtfinger nach unten, strichen die Meerenge entlang, wanderten hierhin und dorthin, stoppten, wanderten wieder zurück, tasteten jedes Fitzelchen Treibholz ab, das vom Golf hereingetrieben kam.

Das U-Boot schien zu zögern. Die *Constance* glitt über die Wellen, und dann hatte sie das U-Boot eingeholt.

»Kopf einziehen!«, rief Joseph und riss die *Constance* herum, hielt direkt auf die Schnauze des Monstrums zu. Diesmal wollte er sie ihm absäbeln.

Butch warf sich der Länge nach aufs Deck.

Victor zog Diana zu sich herunter.

Die schwarze Mauer raste vorbei. Die *Constance* streifte ihren Gegner mit einem Schlag, der die Späne fliegen ließ. Victor wurde zum Heck gewirbelt. Das U-Boot drehte in die falsche Richtung ab, weg von der Meerenge, hinein in das flache Wasser im Schutz der Landspitze.

Die Lichtfinger kamen herübergestrichen, fanden es und glitten seinen Rumpf entlang. Eine Sirene krächzte kehlig los, tief erst, dann höher, eine zweite setzte ein, durchdringendes Alarmgeheul, noch mehr flammende Scheinwerfer.

Das U-Boot raste blindlings Richtung Strand. Victor sah ehrfürchtig mit an, wie es auf Grund lief und sich mit dem Bauch weiter hinaufschob, aus dem Wasser stieg wie ein gewaltiger schwarzer Wal, sich in seiner ganzen Größe zeigte und keine hundert Meter vom Strand entfernt im flachen Wasser knirschend zum Stehen kam.

Den Strand entlang knatterten Geschütze los, ein weißer Blitz, dann *buum!* und Tonnen von Wasser spritzten durch die Gegend. Eine Granate schlug direkt vor dem Kommandoturm ein.

Victor hörte Josephs Kampfgeheul; der Bug der Yacht schwang zum Strand herum; hämmernde Geschütze, überall hochschießende Wasserfontänen um das U-Boot herum, viel zu nahe an der *Constance*.

Victor rannte zum Ruderhaus. »Die schießen auf uns, Joe! Bleib weg da!«

Aber Joseph war wie rasend im Taumel des Gefechts, das noch nicht zu Ende war. Er hielt das Steuerrad gepackt. Auf beiden Seiten schossen riesige Wassersäulen hoch, aber Joseph fuhr durch sie hindurch, als wären sie ein Willkommensgruß. Er holte aus zum Todesstoß.

Das schwarze Ungetüm lag auf der Seite, stieß Rauch aus. Männer sprangen aus den drei Luken und stürzten sich ins Wasser. Victor schrie: »Runter!« Die *Constance* fuhr dem U-Boot in die Flanke.

Dann war Victor auf den Händen, zwischen den Glasscherben. Ihm klingelten die Ohren. Er zog sich an der Tür hoch. Blut lief ihm ins Auge.

Die Kodiermaschine. Im Schrank. Er stolperte aufs Deck hinaus.

Die beiden Schiffe waren für immer vereint, erbebten bei jedem Granateinschlag. Butch kniete im zerborstenen Bug der Yacht, zündete Lumpen an, warf Flaschen durch ein ausgefranstes Loch in der Wand aus schwarzem Stahl. Um seine Füße herum sammelte sich Benzin.

Licht gleißte hinter dem Festland auf, färbte den Himmel rosa.

Ein Lumpen berührte das Deck. »Butch, pass auf!«, rief Victor. Flammen schossen hoch. Butch taumelte nach hinten, starrte auf die brennenden Flaschen in seinen Händen, schleuderte sie über Bord und machte, dass er vom Bug wegkam. Die Weinkiste explodierte – Glas flog in alle Richtungen, ein weißgelber Feuerball ging auf wie die Sonne und schickte ihn zu Boden.

Victor zog ihn von den Flammen weg. Er sah Joseph, der Diana über die Heckreling half. Eine Granate kreischte über sie hinweg. Diana kreischte ebenfalls und stürzte ins Wasser.

Butch saß verdattert da. »Hey, Sandy«, sagte er mit einem schiefen Grinsen.

Victor schüttelte ihn kräftig durch und bekam ihn auf die Füße und eines seiner Beine über die Reling. »Los jetzt, Butch, schön an Land schwimmen«, rief er und versetzte ihm einen Stoß.

Butch ging unter, kam aber um sich schlagend wieder hoch.

Victor packte die Maschine, stieg auf die Reling und sprang.

Das Wasser kam ihm jetzt wärmer vor. Er zog die Maschine hinter sich her. Sie war hinüber, aber als Beweismittel taugte sie noch.

Keine zwanzig Meter entfernt ging Diana über das Wasser.

Nein, nicht über das Wasser. Es reichte ihr bis zu den Knien. Eine Sandbank. Ein flacher Weg bis an Land. Sie schützte ihr Gesicht vor den Granatsplittern.

Victors Füße berührten Grund. Er stand auf und sah sich um. Die Geschütze spuckten weiße Feuerlanzen und laut rasende Granaten aus. Die *Constance* sackte mit dem Heck weg, die Laufbrücke wankte, riesige Löcher gähnten im Rumpf, in der vorderen Kabine wütete ein Feuer. Die Suchscheinwerfer ignorierten sie, strichen den Rumpf des gestrandeten U-Boots entlang.

An Land überall Soldaten, Jeeps, bellende Geschütze. Die ersten Überlebenden wateten an Land, weiße Lichtstrahlen tasteten sie ab.

Butch kam den Strand heraufgetaumelt. »Wir haben's geschafft!«, rief er. »Wir haben's geschafft! Sandy? Wo ist dein Brüderchen abgeblieben?«

Victor sah sich überall im Wasser um, dann fand er Joseph schließlich – auf dem Wrack der *Constance*, am Heck, wo die Wellen über die Reling schwappten. Er stand mit vor der Brust verschränkten Armen da und besah sich die Verheerung.

Du hast gewonnen, dachte Victor. Du hast sie geschlagen, jetzt mach, dass du von diesem Ding runterkommst. Und gerade, als er das dachte, in genau dem Moment, als er seinen Bruder sah und sein Gehirn Gefahr flüsterte, da donnerte ein Granatwerfer, und ein kreischender weißer Feuerschweif schoss über den Kommandoturm hinweg und krachte in die brennende Kabine.

Die Detonation grollte erst wie eine Sturmböe, dann wie ein Donnerschlag, und dann zerbarst die *Constance* unter der Wucht ihres hochgehenden Treibstoffes, und der Feuerball erfasste einen Sprengkörper im Inneren des U-Boots und dann noch einen, und dann ging die ganze Welt in Flammen auf. Schwarzer Rauch wallte empor, verdunkelte den Mond.

Das war er, der finstere, sengende Geschmack des Krieges. Dieses Klingeln in den Ohren. Dieses Bluten. Diese innere Leere. Diana watete weiter aufs Land zu. Victor geriet in der Dunkelheit ins Stolpern. »Joseph!«

»Jetzt komm, Mann!«, rief Butch hustend. »Hier geht's lang!«

Victor folgte dem Klang seiner Stimme. Die Sandbank endete, und er taumelte ins Wasser. Wo seine Hand auch hinkam, überall waren Fische. Die Bucht lief schier über von ihnen. Flache, braune Flundern, Barsche und Stachelrochen, Millionen von winzigen silbernen Makrelen, tanzenden Krabben; Schnapper und Äschen, Katzenfische und sonstige Fische. Alle hatten sie ihre angestammten Tiefen verlassen und waren hier heraufgekommen, um sich an den Strand spülen zu lassen, und den Mond zu sehen und zu sterben. Dies war das echte Jubilee. Nichts konnte im Wasser dieser Bucht verborgen bleiben.

36

»Und damit gebe ich an unsere Studios in New York zurück. Carl Phillips für die Vereinigten Rundfunkanstalten, guten Abend.« Der Radiomann hielt den Atem an, hob die Hände und lächelte breit. »Das wär's, Leute.«

Moores Laden erbebte vom Applaus. Die Damenwelt von Magnolia Springs versammelte sich um den Berichterstatter, drängte ihn gegen das Lebensmittelregal. Alle anderen stürzten sich auf Victor und Butch, um ihnen die Hände zu schütteln, durch die Haare zu fahren, die Schultern zu drücken und lautstark ihre Begeisterung kundzutun. Alle sagten ihnen, was für mutige Jungs sie wären, und fassten sie dabei an, als könne etwas von ihrem Mut an ihnen selbst haften bleiben.

Die Eingangstür klingelte, während man familienweise nach draußen strömte. Die Zeitungsleute machten Fotos von der Kodiermaschine auf ihrem Ehrenplatz neben Mr. Jesses Registrierkasse. Vier Frauen umarmten Victor und erklärten ihm, Freundinnen seiner Mutter zu sein. Mrs. Wagner sah herein und sagte, sie habe schon immer gewusst, dass eines Tages einer ihrer Schüler groß rauskommen würde. Der methodistische Pfarrer fragte an, ob die beiden vor seiner Jugendgruppe über ihre Erfahrungen berichten könnten. (Butch drehte den Kopf zur Seite und streckte die Zunge heraus.) Mr. Jesse schüttelte Victor die Hand und sagte, dies wäre glatt der größte Tag in der Geschichte von Moores Laden geworden, wenn dieser pomadige Bursche nur daran gedacht hätte, den Namen im Radio zu erwähnen.

Victor stand da, verlegen, berauscht, und sagte immer wieder dieselben Sätze. Er hätte sich nie träumen lassen, dass in Magnolia Springs dermaßen viele Leute wohnten. Mädchen, die in der Schule nie mit ihm geredet hätten, schleppten ihre Eltern an, damit diese ihn kennen lernten. Jungen, mit denen er heimlich geraucht hatte, standen zögernd da, streckten ihm dann die Hand entgegen und murmelten Glückwünsche. Hinten im Laden standen einige ältere Männer und warteten darauf, dass sie an die Reihe kamen.

Das war alles, was Victor sich je erträumt hatte; das Dorf lag ihm zu Füßen, und die alten Damen flüsterten »bundesweite Ausstrahlung« und schnalzten mit den Zungen. Butch war da, um den Ruhm mit ihm zu teilen, aber Joseph war tot, und niemand erwähnte seinen Namen. Vielleicht fühlte er sich deshalb so leer.

Dann sah er seinen Vater unter den wartenden Männern hinten. Die Leere verwandelte sich in kalte Angst. Er hatte diese Angst zu oft gehabt, um sie jetzt einfach ablegen zu können.

Er straffte sich. Halt dich gerade und sieh ihm in die Augen. Es tut dir nicht Leid. Du hast keinen Grund, dich zu entschuldigen. Denk dran. Du hast gewonnen. Du bist kein kleiner Junge mehr. Zeig ihm das.

Daniel bildete das Schlusslicht einer Horde von Garnelenfängern, die Victor ins Kreuz schlugen und »Verdammt noch mal!« brüllten und »Nazijäger!« und »Der soll wirklich von dir sein, Dan?«

»Auf jeden Fall«, kam ein ausdrucksloses Grollen. »Tag, Sohn.« Er streckte die Hand vor.

Victor schüttelte sie.

Die anderen Männer zogen sich zurück.

Sein Vater war ungewaschen, unrasiert; er sah aus, als hätte er einen Monat nicht geschlafen. Seine Augen waren Schlitze, hart wie immer. »Was hast du mit deinem Gesicht gemacht?«

»Ich bin mit dem Kopf an eine Tür geknallt«, sagte Victor. »Als wir es gerammt haben.«

»Du hast deiner Mutter am Telefon nichts davon gesagt, dass du verletzt bist«, sagte der Alte. »Hat sich das schon ein Arzt angeguckt?«

»Klar«, sagte Victor. »Es ist nichts. Mach dir keine Sorgen deswegen. Wie geht's ihr?«

»Sie schläft jetzt. Ich hab mit diesem FBI-Mann gesprochen, Roberts. Komm mit.« Er legte einen Arm um Victors Schulter und führte ihn in den vorderen Teil des Ladens.

Der Radiomann stellte sich ihnen in den Weg. »Das muss dein Dad sein, hab ich Recht, Victor? Sehr erfreut, Mr. Sylvester. Sie sind bestimmt sehr stolz auf diesen jungen Mann.«

Tja, und was sagst du jetzt *dazu*, du alter …

»Auf jeden Fall«, sagte sein Vater.

Der Berichterstatter strahlte. »Ihr Jungs wart toll. Das war richtig was fürs Herz. Die Leute werden begeistert sein.«

»Danke«, sagte Victor, dann spürte er den Blick seines Vaters und sagte: »Vielen Dank, Sir. Hör mal, Daddy – ich muss kurz mit jemandem reden.« Er kämpfte sich durch die Parfümwolken und bedruckten Stoffe und flüsterte Butch ins Ohr. »Der Walfänger ist gleich hinterm Haus festgemacht. Geh hin und gib mir fünf Minuten, dann hauen wir ab.« Butch wandte den Blick von dem Meer bewundernder Gesichter ab. »Alles klar, Sandy. Mach nur.«

Victor ging zur Tür. Sein Vater war bereits halb die Straße zum Haus hinaufgegangen. Er folgte ihm. Leute kamen aus dem Laden getreten und sahen ihm nach.

Die Fliegenlampe warf ein ungesundes gelbes Licht über die Veranda. Motten umschwärmten sie. Der blaue Stern war aus dem Fenster verschwunden. Sein Vater ging zur Veranda hoch, lehnte sich gegen das Geländer, wartete.

Victor blieb vor den Stufen stehen. »Wo sind sie denn alle hin?«

»Deine Schwester hat die Kinder zu John und Rose gebracht. Deine Mutter ist völlig fertig. Ich wollte sie nicht im Haus haben.«

Die Nacht lärmte von Grillen und Fröschen. Victor sah zu seinem Vater hoch. Das Licht hob seine Umrisse hervor.

»Das ganze Theater dort unten im Laden. Hast du gewusst, dass sie das vorhatten?«

»Sie haben's mir heute Morgen erzählt«, sagte Victor. »Aber ich hatte keine Ahnung, dass dermaßen viele Leute kommen würden.«

»Jetzt kommst du dir wahrscheinlich ganz schön wichtig vor«, sagte sein Vater. »Das Radio. Das viele Schulterklopfen.«

»Nein, Daddy.« Victor wollte hier nicht sein.

Sein Vater verschränkte die Arme. »Ich bin heute Morgen mit dem Boot zum Fort runtergefahren«, sagte er, »um mir mal anzugucken, ob irgendwas übrig geblieben ist. Die Flut hat sich alles geholt.«

Victor verscheuchte ein Insekt von seinem Ohr.

»Ich verstehe nicht, was mit Joe los gewesen ist«, sagte sein Vater. »Ich hab ihn wohl gar nicht gekannt.«

Victor sagte: »Er war mutig, ganz egal was sie dir erzählt haben. Er hätte abhauen können. Oft genug. Es war, als ob er etwas zu beweisen gehabt hätte.« Er wich in die Dunkelheit zurück. »Ich kenne das Gefühl.«

Sein Vater setzte sich auf die oberste Stufe. »Komm, setz dich zu mir.«

»Ich bleib lieber, wo ich bin«, sagte Victor. »Ich weiß nicht, ob ich hier noch länger hingehöre.«

Sein Vater seufzte. »Ich weiß, was du jetzt denkst«, sagte er. »Du hast eine Menge durchgemacht. Ich hab dir ganz schön was zugemutet. Aber so ist das Leben. Du musst lernen, hart im Nehmen zu sein.«

»Oh, ich bin hart im Nehmen. Du hast keine Ahnung, was ich alles wegstecken kann.« Victor schluckte.

Sein Vater sagte: »Du hättest damit zu mir kommen können. Ich hätte dir geholfen.«

»Du hättest mir nie geglaubt«, sagte Victor.

»Du hättest es wenigstens mal versuchen können.«

Victor raffte seinen Mut zusammen. »Ich bin nicht mal auf die Idee gekommen.«

Der Alte legte die Hände aneinander. »Ich hab vieles getan, auf das ich nicht stolz bin.«

Victor wartete. Das war alles.

Sie standen eine Weile still da, lauschten den nächtlichen Geräuschen, und dann sagte Victor: »Ich muss gehen.«

Sein Vater kam mit einem Ächzen von der Stufe hoch. »Komm mit rein, deine Mutter wird dich sehen wollen.«

»Ich kann nicht. Ich kann hier nicht bleiben. Ich komme wieder. Aber ich hab mich verändert. Ich muss irgendwo anders hin. Ich muss mir ein paar Sachen durch den Kopf gehen lassen.«

»Sohn, komm mit rein und lass uns was essen. Du musst dich bloß mal ordentlich ausschlafen.« Er öffnete die Fliegentür und wartete, das harte gelbe Licht auf dem Gesicht.

Victor stand da und sah zu ihm hinauf. Ein Moment der Wahrheit kam und ging vorüber.

Er wandte sich ab und machte, dass er zum Fluss kam. Sein Vater rief seinen Namen, aber das ließ ihn nur noch schneller laufen. Er riss eine Hand hoch, winkte und rannte, rannte.

37

Sie fuhren mit dem Walfänger den dunklen Fluss hinab.

Nach einer Weile sagte Butch: »Was hat er gesagt?«

»Nicht viel.« Victor steuerte mit einer Hand. »Es war, als ob ich ihn kaum kennen würde.«

Butch streckte sich im Bug aus. »Meine alte Dame hat nicht mehr gewusst, wo ich bin, seit ich das erste Mal von ihr weg bin.«

»Wenn du so abhaust, wo gehst du dann hin?«

»In den Wald«, sagte Butch. »Im Wald ist es gut. Man kann viel machen da.«

Victor bog in den breiten unteren Fluss ein, lichtlose Wälder an beiden Ufern. »Ich dachte, ich zieh vielleicht für eine Weile in Willies Haus«, sagte er. »Ist gar nicht schlecht da. Schön viel Platz.«

»Häuser machen mich immer ganz kribbelig«, sagte Butch.

Sie tuckerten eine Weile dahin, dann wich auf der einen Seite das Ufer zurück. Der Noltie Creek.

»Ich sag dir mal was«, sagte Butch, »mir gefällt die Vorstellung, dass Glass und der alte Drachen jetzt bald in Mobile im Knast sitzen.«

»Ich hoffe, Diana muss da nicht auch rein«, sagte Victor.

»Meinst du, sie kommt mal gucken, was du so treibst, wenn alles vorbei ist?«

»Hab ich noch nicht drüber nachgedacht«, log Victor.

Butch zeigte zu einer überwucherten Stelle am Ufer hinüber. »Setz mich da ab, Sandy. Ich werd mal wieder bei der alten Dauphine reingucken. Die fällt glatt hintenüber. Wird gar nicht glauben können, was ich ihr alles zu erzählen habe.«

Victor nahm Gas weg. Auf einmal war er ganz mutlos. Er wollte nicht allein zur Insel fahren. »Willst du denn nicht mitkommen? Ich dachte, wir wollten zusammen was auf die Beine stellen.«

»Ich find dich schon«, sagte Butch und stand im Bug auf. »Aber waren wir nicht Klasse, wir zwei, vorhin im Radio? Meinst du, irgendjemand hat uns gehört?«

»Die ganze Welt hat uns gehört«, sagte Victor. »Die meinen, wir müssen vielleicht noch vor Gericht aussagen.«

Butch griff nach einer Kletterpflanze und schwang sich auf einen tief hängenden Ast. »Da werden sie aber noch einiges zu hören kriegen«, sagte er und grinste. »Pass schön auf dich auf.«

Victor wendete das Boot, damit die Schraube nicht in den Schlamm geriet. Als er wieder nach oben sah, schaukelte der Ast hin und her. Butch war verschwunden.

Der Fluss schlief.

Victor verspürte das erste unangenehme Zwicken der Einsamkeit. Er hielt auf die Mitte der Fahrrinne zu. Das schwache Licht der Sterne wies ihm den Weg. Eine Äsche sprang ihm mitten über den Bug.

Die Luft in Willies Haus war ungeatmet. Er rechnete mit einem Gespenst oder einem Geruch, einem Zeichen. Sie musste hier sein. Sie rief doch immer noch nach ihm. Immer wieder ging es ihm durch den Kopf: wenn er es schaffte, sich auf seinem Feldbett auf der Veranda auszustrecken und zu lauschen, wie die Insekten gegen die Fliegenfenster flogen, es schaffte, die Augen zu schließen und seinen Geist zu leeren, dann konnte er wieder zu dem Jungen werden, der er gewesen war, und verstehen, was sie ihm zu sagen versucht hatte.

Er wanderte durch die Küche und sah in ihrem Versteck unter der losen Diele nach.

Er setzte sich in ihren Sessel und hob die Füße auf die Ottomane. Die Stille war überwältigend. Er besah sich von ihrem Sessel aus das Zimmer. Alles war in bequemer Reichweite: ihr Tiegel Nachtcreme, ihre Bibel mit dem roten Ledereinband, eine Glasschale mit Knöpfen, Münzen und Sicherheitsnadeln, das Silvertone-Radio, eine Schachtel mit parfümiertem Briefpapier und eine Orangensaftbüchse voller Bleistiftstummel.

Er kniete sich hin und steckte das Radio ein. Eine federnde Swingmelodie krachte los, ganz Blech und Synkopierung. Victor hockte sich auf seine Fersen und hörte zu.

Sie brachte Diana in seine Arme zurück – seidig, tanzend, ihr warmer Atem an seiner Wange. Diese Erinnerung glühte auf und verschmolz mit der an den Geschmack dieses sanften Kusses, als sie so getan hatte, als ob sie schliefe.

Schon seltsam, wie dir die Leute so abhanden kommen.

Victor ging zur Fliegentür, trat hinaus und ging die Stufen hinunter. Eine spätabendliche Brise strich durch den Garten. Eichhörnchen schnatterten und flitzten die Äste einer Eiche hinauf. Ein Boot fuhr brummend die Mündung hinab, in die Bucht hinaus.

Victor fing langsam zu laufen an, immer die weiße Sandspur entlang, dann verlor er seine Angst und lief schneller und schneller den Hügel hinauf. Es fühlte sich gut an, im Dunkeln zu laufen, angenehm gefährlich. Voller Energie flog er den altbekannten Pfad entlang, über Wurzeln hinweg, verbreitete Panik im Gestrüpp. Nichts konnte ihn aufhalten.

Er stolperte durch die Ranken zu einem Graben, durch das Wasser, bis er bei dem Berg aus Austernschalen angelangt war.

Sie reichten bis in den Himmel hinauf.

Jeder Schritt ließ ihn bis zu den Knien einsinken, löste kleine Lawinen von Muschelschalen aus.

Victor stapfte bis ganz nach oben. Dabei stellte er sich vor, dass all die Leute, die diesen Berg aufgehäuft hatten, sich in seinem Inneren verborgen hielten und nun diese Vibrationen durch seine Füße jagten. Er hob eine Austernschale auf und fuhr mit den Fingern über die zerkratzte Außenseite.

Die Marsch dehnte sich weit unter den Sternen. Das Wasser trug das Licht bis zum westlichen Horizont. Da war nichts als Frieden, so weit Victor sehen konnte.

Copyright zu den Liedtexten